Яна Вагнер

Яна Вагнер

ВОНГОЗЕРО

роман

РЕДАКЦИЯ
ЕЛЕНЫ ШУБИНОЙ

Издательство
АСТ
Москва

УДК 821.161.1-31
ББК 84(2Рос=Рус)6-44
В12

Оформление переплета и иллюстрация
Виктории Лебедевой

Издательство благодарит литературное агентство
«Banke, Goumen & Smirnova»
за содействие в приобретении прав

Вагнер, Яна Михайловна.
В12 Вонгозеро : роман / Яна Вагнер. – Москва : Издательство АСТ : Редакция Елены Шубиной, 2020. – 443, [5] с. – (Классное чтение).

ISBN 978-5-17-121428-9

«Вонгозеро» – роман-катастрофа, антиутопия, роуд-стори, постмодернистский триллер. Вошел в лонг-листы премий «НОС» и «Национальный бестселлер», был переведен на 11 языков и стал финалистом премий Prix Bob Morane и журнала Elle.

На платформе PREMIER выходит его экранизация – киносериал «Эпидемия».

«Город закрыли вдруг, ночью. Я точно помню, тревоги еще не было. Невозможно было представить себе, что карантин не закончится за несколько недель. По телевизору в эти дни говорили “временная мера”, “ситуация под контролем”, “в городе достаточно лекарств, поставки продовольствия организованы”. Это было по-своему даже приятно – внеурочный отпуск; наша связь с городом была не прервана, а просто ограничена. Идея пробраться туда казалась несрочной... Все случилось так быстро. Мы ужаснулись тому, какими были беспечными. Четыреста тысяч заболевших!» Так начиналась *эпидемия*.

УДК 821.161.1-31
ББК 84(2Рос=Рус)6-44

ISBN 978-5-17-121428-9

Глава первая

Мама умерла во вторник, семнадцатого ноября. Я узнала об этом от соседки. Особая ирония заключалась в том, что ни я, ни мама никогда не были с ней близки; это была сварливая, недовольная жизнью женщина с неприветливым лицом, как будто вырубленным из камня. В четырнадцать я с ней даже не здоровалась и с удовольствием нажимала кнопку лифта прежде, чем она успевала дойти от своей двери, тяжело дыша и с трудом переставляя ноги; автоматические двери закрывались как раз в тот момент, когда она подходила, у нее было такое смешное выражение лица — монументальное возмущение. С этим выражением она часто стояла на пороге нашей квартиры (мама никогда не приглашала ее войти) и предъявляла свои претензии: талая вода, натекшая с ботинок в холле, гость, по ошибке позвонивший после десяти вечера. «Что ей опять надо, мам?» — спрашивала я громко, когда мамины интонации становились совсем уже беспомощными; за всю жизнь она так и не научилась защищаться, и любой пустяковый конфликт в очереди, от которого у прочих участников только появлялся блеск в глазах и здоровый румянец, вызывал у нее головную боль, сердцебиение и слезы. Когда мне исполнилось восемнадцать, соседкиной еженедельной интервенции внезапно пришел конец. Скорее всего, она почувствовала, что я готова сменить маму на посту возле двери, и прекратила свои возмущенные набеги. Еще спустя какое-то время я снова начала здороваться с ней, всякий раз чувствуя какое-то смутное торжество, а потом, очень скоро, я уехала из дома, и если после моего отъезда война продолжилась, мама никогда не говорила мне об этом, так что образ сердитой, недружелюбной женщины с совершенно неподходящим к ней именем – Любовь – съежился и превратился всего-навсего в одно из незначительных детских воспоминаний.

Наверное, за прошедшие десять лет я не слышала ее голоса ни разу, но почему-то узнала ее мгновенно, стоило ей сказать «Анюта». Она произнесла мое имя и замолчала, и я немедленно поняла, что мамы больше нет. Она только дышала в трубку прерывисто и шумно и терпеливо ждала, пока я садилась на пол, пока пыталась вдохнуть, пока я плакала, еще не услышав ни слова, кроме своего имени, и я плакала, прижимая трубку к уху, и слышала ее дыхание, а сердитая женщина с именем Любовь, превратившаяся в моей памяти в размытую картинку из детства – закрывающиеся двери лифта, монументальное возмущение, – позволила мне плакать несколько минут и заговорила только после. После (я сидела на полу) она сказала, что мама совсем не мучилась, «мы, конечно, насмотрелись всякого по телевизору, но ты ничего такого не думай, ничего не было, ни судорог, ни удушья, мы тут последние дни не запираемся, Анечка, мало ли что, сама понимаешь, станет хуже – до двери дойти не успеешь, я заглянула к ней, принесла бульона, а она лежит в кровати, и лицо у нее спокойное, как будто просто перестала дышать во сне».

Мама не говорила мне, что заболела, но я почему-то чувствовала, что это обязательно произойдет. Невыносимо было жить каждый день с мыслью, что она в восьмидесяти километрах от нашего спокойного благополучного дома, каких-то сорок минут на машине, а я не могу забрать ее. Полтора месяца назад я была у нее в последний раз; Мишкину школу к тому времени уже закрыли на карантин, занятия в институтах тоже уже отменили, и кажется, поползли слухи, что вот-вот закроют кинотеатры и цирк, но все это еще не выглядело как катастрофа. Скорее, как внеурочные каникулы. Люди в масках на улице по-прежнему встречались редко и чувствовали себя неловко, потому что остальные прохожие на них глазели, Сережа каждый день еще ездил в офис. И город, город пока не закрыли, это даже не обсуждалось. Никому не могло прийти в голову, что огромный мегаполис, гигантский муравейник площадью в тысячу километров можно запечатать снаружи колючей проволокой, отрезать от внешнего мира. Что в один день вдруг перестанут работать аэропорты и железнодорожные вокзалы, и пассажиры, которых высадили из пригородных электричек, будут стоять на перроне замерзшей, удивленной толпой, как дети, у которых в школе отменили занятия, со смешанными чувствами тревоги и облегчения, провожая глазами уходящие в город пустые поезда. Ничего этого еще не случилось в тот день. Я заехала на минуту – подхватить Мишку, который у нее обедал. Мама сказала: «Анюта, поешь хотя бы, суп еще горячий», но мне хотелось вернуться домой к Сережиному приезду. Кажется, я едва успела выпить кофе и сразу засобиралась. Ни о чем толком не поговорив с ней, торопливо клюнула ее в щеку в коридоре возле двери, «Мишка, давай скорей, сейчас самые пробки начнутся», даже не обняла, ах, мамочка, мамочка.

Все случилось так быстро. В интернете вдруг появились слухи. От нечего делать я читала их и вечером пересказывала Сереже, он смеялся: «Анька, ну как ты себе это представляешь, закрыть город, тринадцать миллионов человек, правительство, и вообще, там пол-области работает, не сходи с ума, из-за какой-то респираторной ерунды, сейчас нагонят страху на вас, параноиков, вы накупите лекарств, и все потихоньку стихнет».

Город закрыли вдруг, ночью. Сережа никогда не будил меня по утрам, но я знала, что ему нравится, когда я встаю вместе с ним, варю кофе или просто сижу рядом со слипающимися глазами, пока он завтракает и гладит себе рубашку, чтобы, проводив его до двери, вернуться в спальню, накрыться с головой и доспать еще час-другой. В то утро он разбудил меня звонком:

— Малыш, загляни в интернет, пробка зверская в город, стою уже полчаса, не двигаясь.

Тон у него был слегка раздраженный, как у человека, который не любит опаздывать, но тревоги в голосе не было. Я точно помню, тревоги еще не было.

Я спустила ноги с кровати и какое-то время сидела неподвижно, просыпаясь. Поплелась в кухню, включила ноутбук, налила себе еще теплого кофе и стала ждать, пока загрузится Яндекс, чтобы посмотреть пробки, и среди новостей вроде «При крушении самолета в Малайзии никто не погиб» и «Михаэль Шумахер возвращается на трассы Формулы-1», вдруг появилась строчка: «Принято решение о временном ограничении въезда на территорию Москвы». Фраза была нестрашная, скучные плоские слова; «временное ограничение» звучало буднично и безопасно. Я прочла короткую новость до конца — четыре строчки, и пока я набирала Сережин номер, новости вдруг стали появляться одна за другой, прямо поверх первой, нестрашной надписи. Я дошла до слов «МОСКВА ЗАКРЫТА НА КАРАНТИН», и в этот момент Сережа взял трубку и сказал:

— Знаю уже. По радио только что передали. Сейчас позвоню в контору, а потом наберу тебя, ты пока почитай еще, ладно? Ерунда какая-то, — и отключился.

Вместо того чтобы дальше листать новости, я позвонила маме. В трубке раздавались длинные гудки, я сбросила вызов и набрала ее мобильный номер. Когда она наконец ответила, голос у нее был слегка запыхавшийся:

— Анюта? Ты что так рано, что случилось?

— Мам! Ты где?

— Вышла в магазин, хлеб кончился. Да что такое, Аня, я всегда в это время выхожу, что за паника?

— Вас закрыли, мама, город закрыли, в новостях передали, ты включала новости утром?

Она помолчала немного, а потом сказала:

— Хорошо, что вы снаружи. Сережа дома?

Сережа звонил с дороги еще несколько раз, я читала ему вслух всплывающие в сети подробности. Все новости были короткими, детали просачивались по кусочку, многие сообщения начинались со слов «по непроверенным данным», «источник в администрации города сообщил». Обещали, что в полуденных новостях по федеральным каналам выступит главный санитарный врач. Я обновляла и обновляла веб-страницу, пока у меня не зарябило в глазах от заголовков и букв, кофе остыл, и больше всего мне хотелось, чтобы Сережа поскорее вернулся домой. После моего третьего звонка он сказал вдруг, что пробка сдвинулась, и водители, бродившие между машин, переговариваясь и слушая обрывки новостей из радиоприемников («какой-то бред, малыш, новости раз в полчаса всего, они тут музыку крутят с рекламой, черт бы их побрал»), вернулись к своим автомобилям, которые колонной поползли в сторону города. Спустя сорок минут и пять километров выяснилось, что поток на ближайшем съезде разворачивается в область.

Сережа позвонил еще раз и сказал:

– Похоже, они не врут, город действительно закрыт, – как будто еще оставались сомнения, как будто, двигаясь в сторону города эти последние пять километров до разворота, он был уверен, что это всего лишь розыгрыш, неудачная шутка.

На лестнице затопали, и на пороге кухни появился Мишка, сонно кивнул мне и сунул нос в холодильник.

– Ты представляешь, – сказала я, – город закрыли.

– В смысле?

Он обернулся, и почему-то его заспанный вид, взлохмаченные со сна волосы и след от подушки на щеке сразу меня успокоили.

– В Москве карантин. Я бабушке звонила, она в порядке. Сережа едет домой. Но кажется, в город какое-то время попасть будет нельзя.

– Жесть, – сказал мой беспечный шестнадцатилетний мальчик, в жизни которого не было проблем горше сломанной игровой приставки.

Похоже было, что новость эта ничуть его не испугала. Может, он подумал о том, что каникулы продлятся еще на пару недель, а может, не подумал вообще ничего и, подхватив пачку апельсинового сока и печенье, просто направился назад в свою комнату.

Все это действительно было еще не страшно. Невозможно было представить себе, что карантин не закончится за несколько недель. По телевизору в эти дни говорили «временная мера», «ситуация под контролем», «в городе достаточно лекарств, поставки продовольствия организованы». Новости не шли еще бесконечным потоком, с бегущей строкой внизу экрана и прямыми включениями с улиц, которые выглядели странно пустыми, с редкими прохожими в марлевых повязках. По всем каналам еще было полно развлекательных передач и рекламы, и никто еще не испугался по-настоящему: ни те, кто оказался заперт внутри, ни мы, оставшиеся снаружи. Утра начинались с новостей, со звонков маме и друзьям, Сережа работал удаленно. Это было по-своему даже приятно – внеурочный отпуск; наша связь с городом была не прервана, а просто ограничена. Идея пробраться в город и забрать маму казалась несрочной. Впервые мы заговорили об этом невсерьез, за ужином, кажется, в первый день карантина, и после этого Сережа (и не он один, некоторые наши соседи, как выяснилось позже, делали то же самое) несколькко раз уезжал. По слухам, тогда еще были перекрыты только основные трассы, а много второстепенных въездов оставались свободны, но в город попасть он так ни разу и не смог и возвращался ни с чем.

По-настоящему мы испугались в тот день, когда объявили о закрытии метро. Все случилось как-то одновременно, словно вдруг приподнялись непрозрачные занавески и информация хлынула на нас оглушительным потоком. Внезапно мы ужаснулись тому, как у нас получалось быть такими беспечными. Четыреста тысяч заболевших! Позвонила мама: «В магазинах пустые полки, но ты не волнуйся, у меня тут есть кое-какие запасы, и потом, в ЖЭКе печатают продовольственные талоны, на днях обещают начать распределять продукты», а после она сказала: «Знаешь, детка, мне становится как-то не по себе, на улице все в масках».

Потом Сережа не смог дозвониться на работу. Мобильная связь зависла, как в новогоднюю ночь, — сеть занята и короткие гудки, а к концу дня новости посыпались одна за другой: комендантский час, запрет на передвижения по городу, патрули, раздача лекарств и продуктов по талонам, коммерческие организации закрыты, в школах и детских садах организованы пункты экстренной помощи. Ночью до нас дозвонилась моя школьная подруга Ленка и плакала в трубку: «Анечка, какие пункты, там просто лазареты, на полу лежат матрасы, на них — люди, как на войне».

С этого дня не было вечера, когда бы мы с Сережей не строили планов как-то проникнуть через карантин, через кордоны хмурых, вооруженных мужчин в респираторах. Вначале эти кордоны были составлены из пластмассовых красно-белых кубиков, каких много у каждого поста ГАИ и которые легко можно было бы раскидать машиной на полном ходу. Бетонные балки с торчащей из них ржавеющей на ветру арматурой появились позже. «Ну не будут же они стрелять в нас, у нас большая тяжелая машина, мы могли бы объехать полем, ну давай дадим им денег», — я сердилась, спорила, плакала, «надо забрать маму и Ленку, мы должны хотя бы попробовать», и в один такой вечер волна этого спора наконец вынесла нас из дома. Сережа рассовывал по карманам деньги; молча, не глядя на меня, шнуровал ботинки, вышел, вернулся за ключами от машины. Я так боялась, что он передумает, что схватила с вешалки первую попавшуюся куртку, крикнула Мишке:

— Мы за бабушкой, никому не открывай, понял? — и, не дождавшись ответа, выбежала за Сережей.

По дороге мы молчали. Трасса была пустая и темная, до освещенного куска шоссе оставалось еще километров двадцать. Навстречу нам попадались редкие машины — вначале из-за изгиба дороги появлялось облако рассеянного белого света, чтобы затем, мигнув, превратиться в тускло-желтый ближний, и от этих приветственных подмигиваний встречных автомобилей становилось немного спокойнее. Я смотрела на Сережин профиль, упрямо поджатые губы и не решалась протянуть руку и прикоснуться к нему, чтобы не разрушить импульс, который после нескольких дней споров, слёз и сомнений заставил его услышать меня, поехать со мной; я просто смотрела на него и думала – я никогда ни о чем больше не попрошу тебя, только помоги мне забрать маму, пожалуйста, помоги мне.

Мы миновали холмистые муравейники коттеджных поселков, безмятежно мерцающих окнами в темноте, и въехали на освещенный участок дороги: фонари, как деревья, склонившие желтые головы по обе стороны широкого шоссе, большие торговые центры с погасшими огнями, пустые парковки, опущенные шлагбаумы, рекламные щиты «Элитный поселок Княжье озеро», «Земля от собственника». Когда впереди показался кордон, блокирующий въезд в город, я даже вначале не сразу поняла, что это: две патрульные машины с включенными фарами, небольшой зеленый грузовичок на обочине, несколько лежащих на асфальте длинных бетонных балок, издали похожих на гигантскую пастилу, одинокая человеческая фигура. Все это выглядело так несерьезно, так игрушечно, что я впервые в самом деле поверила в то, что у нас может получиться, и пока Сережа сбавлял скорость, вытащила телефон и набрала мамин номер, и сказала ей:

– Мы едем, мам, слышишь? Мы сейчас приедем за тобой, – и дала отбой.

Прежде чем выйти из машины, Сережа зачем-то открыл и снова закрыл бардачок, хотя ничего оттуда не вытащил. Он оставил двигатель включенным, и несколько мгновений, пока он шел к кордону – медленно, неохотно, будто мысленно прокручивая в голове то, что придется сказать, я просто смотрела ему в спину, а потом выскочила следом. По звуку позади понятно было, что дверь не захлопнулась, но я не стала возвращаться и почти побежала. Сережа стоял уже напротив затянутого в камуфляж человека, неуклюжего, как медведь. Было холодно, под подбородком у человека была маска, которую он стал торопливо натягивать на лицо, как только увидел нас, безуспешно пытаясь ухватить ее рукой в толстой перчатке. В другой руке он держал сигарету, выкуренную до половины. В одной из патрульных машин за его спиной виднелось несколько силуэтов, неярко светился экранчик, и я подумала – они смотрят телевизор, это обычные люди, такие же, как мы. Мы сможем договориться.

Сережа остановился в пяти шагах, и я мысленно похвалила его: поспешность, с которой человек натягивал маску, заставляла предположить, что ближе подходить не стоит. Потом он произнес подчеркнуто-бодрым голосом:

– Командир, как бы нам в город попасть, а?

И это оказалась неправильная интонация, совсем не подходящая. Даже по тому, как он сложил губы, заметно было, как трудно дается ему это напускное дружелюбие, как он не уверен в успехе. Человек поправил маску и положил руку на автомат, висевший у него на плече. В его жесте не было угрозы, все выглядело так, как будто ему просто некуда больше девать руки. Он молчал, и Сережа продолжил тем же неестественно приветливым голосом:

– Дружище, очень надо. Сколько вас – пятеро? Может, договоримся? – и полез в карман.

Дверца стоящей позади патрульной машины слегка приоткрылась, и в этот момент человек, положивший руку на автомат, молодым ломающимся голосом сказал:

– Не положено, разворачивайтесь.

И махнул рукой с недокуренной сигаретой в сторону разделителя, и оба мы машинально посмотрели туда. Из металлической разделительной ленты был аккуратно вырезан кусок, и на снегу по обе стороны ленты отчетливо виднелась колея.

– Подожди, командир, – начал Сережа, но по глазам человека с автоматом уже ясно было, что ничего не выйдет и нет смысла звать его командиром, предлагать ему деньги, потому что сейчас подойдут остальные, и нам придется возвращаться к машине, разворачиваться в колее, проложенной теми, кто пытался проникнуть в запечатанный город до нас и точно так же не преуспел; так что я отодвинула Сережу и сделала еще четыре шага вперед, и встала почти вплотную к человеку с автоматом, и тогда только увидела, что он совсем молодой, может быть, лет двадцати, и постаралась взглянуть ему прямо в глаза, и сказала:

– Послушай.

Я сказала «послушай», хотя никому никогда не тыкаю, это важно. «Вы» устанавливает дистанцию. Вот я – взрослая, образованная, благополучная, а вот этот мальчик с темными оспинками на щеках там, где их не скрывает белая маска, но сейчас я точно должна сказать ему «ты»:

– Послушай, – сказала я. – Понимаешь, там моя мама. Мама у меня там, она совсем одна, она здорова. У тебя есть мама? Ты ее любишь? Ну пусти нас, пожалуйста, никто не заметит. Или хочешь, я одна проеду, а он меня тут подождет? А? Давай? У меня ребенок дома, я точно вернусь, обещаю тебе, я поеду одна и вернусь через час, ну пусти меня!

В его глазах появилась неуверенность, я заметила ее и приготовилась сказать что-то еще, но тут позади него появился второй, в такой же маске и с таким же автоматом на плече:

– Семенов, что у тебя тут?

И тогда я, стараясь смотреть им в глаза по очереди, чтобы не дать им опомниться и переглянуться, заговорила быстро:

– Ребята, ну ладно вам. Пожалуйста. Мне просто маму забрать, маму, я туда и обратно, за час обернусь. А муж меня тут подождет, да? Сережа, ты же тепло одет, погуляешь тут? Я скоро!

И тот, постарше, вдруг вышел вперед, оттеснив молоденького Семенова с почти догоревшей сигаретой в руке, и сказал громко, почти крикнул:

– Не положено, сказано вам! Как будто это я придумал! Разворачивайтесь быстро, у меня приказ, идите в машину! – и махнул автоматом, и в жесте этом не было опять никакой угрозы, но я не успела сказать ничего больше, потому что молоденький Семенов, с досадой бросив под ноги окурок, произнес почти жалостливо:

– Вокруг кольцевой натянули колючку, там еще один кордон. Даже если б мы вас пустили, там не проедете.

– Пошли, малыш, пошли, всё, – сказал Сережа сразу, как будто ждал этих слов, взял меня за руку и почти насильно потащил назад, к машине.

– Спасибо, мужики, я понял, – говорил он и тянул меня за собой, а я знала, что спорить уже бесполезно, но все еще пыталась придумать что-то, хоть что-нибудь, чтоб они все-таки меня пропустили, и ничего, ничего не пришло мне в голову.

Когда мы сели в машину, Сережа снова почему-то открыл и закрыл бардачок и, прежде чем тронуться с места, сказал мне:

– Это уже не милиция и не ДПС. Ты посмотри на форму, Анька, это регулярные войска.

И пока он разворачивал машину, пока под колесами хрустела снежная колея, я снова вытащила телефон и набрала мамин номер, первый на букву «М», «мама». Она сняла трубку после первого же гудка и закричала:

– Алло, Аня, детка! Алло! Что у вас там происходит?

И я сказала почти спокойно:

– Все хорошо, мам. Не получилось. Надо подождать, еще немножко. Мы что-нибудь придумаем.

Какое-то время она не говорила ничего, и слышно было только ее дыхание – так отчетливо, словно она сидела рядом со мной, в машине. Потом она сказала:

– Ну конечно, малыш.

– Я позвоню тебе попозже, вечером, ладно?

Я нажала отбой и стала рыться в карманах, мне даже пришлось привстать на сиденье. Желтые фонари летели мимо. Скоро должна была закончиться освещенная часть дороги, впереди уже виделись граница света и тьмы и мерцающие огоньки коттеджных поселков, дома ждал Мишка.

– Представляешь, я забыла дома сигареты, – сказала я Сереже и заплакала.

Ровно через неделю, во вторник, семнадцатого ноября, мама умерла.

Глава вторая

Этот сон снился мне всю жизнь. Иногда раз в год, иногда – реже, но стоило мне начать его забывать, он обязательно приходил снова: мне нужно добраться куда-то, совсем недалеко, где меня ждет мама, и я двигаюсь вперед, но очень медленно. То и дело мне встречаются какие-то ненужные лишние люди, и я зачем-то вязну в разговорах с ними, как в паутине, а когда наконец почти достигаю цели, понимаю вдруг, что опоздала. Что мамы там нет, что ее нигде нет, и я никогда ее больше не увижу. Я просыпалась от собственного крика, с мокрым от слёз лицом, пугая лежащего рядом со мной мужчину, и даже если он обнимал меня и пытался утешить, я отбивалась и отталкивала его руки, оглушенная своим несокрушимым одиночеством.

Девятнадцатого ноября наш телефон замолчал насовсем; вместе с ним отключился и интернет. Обнаружил это Мишка – единственный, кто пытался хотя бы сделать вид, что жизнь идет своим чередом. Выныривая из полусонной комы, в которую меня погружали таблетки, я отправлялась проверить, где они – два человека, которые у меня остались. Иногда я заставала их над компьютером, листающими ленту новостей. Иногда Сережа пропадал во дворе и рубил там дрова, хотя трудно было представить себе более бессмысленное занятие. А Мишка – Мишка все еще висел в интернете, крутил ролики на Ютьюбе или играл в онлайн-игры, и видеть это было почему-то особенно невыносимо, но стоило мне раскричаться, как тут же хлопала входная дверь и, впустив в дом струю холодного воздуха, появлялся Сережа, уводил меня в спальню и заставлял выпить еще одну таблетку.

В день, когда пропала связь, я проснулась от того, что Сережа тряс меня за плечо:

– Анька, малыш, вставай. Ты нам нужна. Интернет умер, новости теперь только по тарелке, нашего с Мишкой английского не хватает. Пошли, переведешь нам.

В гостиной я обнаружила включенный телевизор, а перед ним на диване – Мишку с раскрытым оксфордским словарем на коленях. Лицо у него было сосредоточенное и несчастное, как на экзамене, потому что с двух сторон от него сидели взрослые: наши соседи из трехэтажного дворца с жуткими башенками, красавица Марина и ее толстый муж Лёня. На полу их маленькая дочка копалась в вазе с ракушками, которые мы привезли из свадебного путешествия. Судя по раздувшейся щеке, одна из ракушек уже была у девочки во рту, и тонкая сверкающая нитка слюны тянулась от подбородка к остальным хрупким сокровищам. Сережа тянул меня за руку по лестнице вниз. Наверное, два дня таблеток и слёз не прошли даром, потому что Марина, подняв на меня глаза (несмотря на ранний час, макияж ее был безупречен – есть женщины, которые выглядят совершенными ангелами в любое время суток), быстро поднесла руку ко рту и даже попыталась вскочить:

– Господи, Аня! С тобой все в порядке?..

– Мы здоровы, – поспешно сказал Сережа, и я тут же рассердилась на него за эту поспешность, как будто это мы сидели в их гостиной, позволив нашему ребенку обсасывать чужие романтические воспоминания. – У нас тут просто, понимаете...

Чтобы не дать ему закончить фразу (молчи, молчи!), я наклонилась к девочке и, разжав мокрые от слюны цепкие пальчики, выдернула вазочку и поставила ее повыше.

– Я нормально, – сказала я быстро. – А малышка ваша вот-вот подавится. Марина, ты бы ракушку вынула у нее из рта, это все-таки не конфета.

Сережа тихонько хмыкнул у меня за спиной, и, обернувшись, я не могла ему не улыбнуться.

Я терпеть не могла их обоих – и Марину, и ее несложного шумного Лёню, под завязку набитого деньгами и неумными анекдотами. В подвале у Лёни стоял бильярдный стол, и вежливый Сережа время от времени по выходным отправлялся туда поиграть.

В первые полгода нашей жизни в поселке я честно пыталась составить ему компанию, но оказалось, я не могу даже делать вид, что мне весело с ними. Зачем ты к ним ходишь, они ведь тоже тебе не нравятся, говорила я Сереже, и он всегда отвечал: «Да ладно тебе, привереда, соседи есть соседи, когда живешь в деревне, с ними надо общаться». И вот теперь эти двое сидели в моей гостиной, а мой сын с отчаянием на лице пытался перевести им новости CNN.

Пока Марина выуживала последнюю ракушку из-за щеки своей дочери, Лёня по-хозяйски похлопал по дивану рядом с собой и сказал:

– Ну-ка, Анька, садись и переводи. Наши врут, похоже, безбожно. Хочу знать, что творится в мире.

Я опустилась на краешек журнального стола – мне до смерти не хотелось садиться рядом, – повернулась к телевизору и тут же перестала обращать внимание на Маринино беспомощное бормотание «Даша, плюнь, плюнь, я сказала» и Лёнино зычное «Ничего без няни не может, а ее карантином отрезало, прикинь, третья неделя пошла». Я подняла руку, и они замолчали разом, на полуслове, как будто кто-то выключил звук. Сидя на жестком столике, я слушала и читала бегущую строку внизу экрана, десять минут или пятнадцать, и за спиной у меня было тихо. А когда я наконец обернулась, Марина сидела на полу, зажав в руке мокрую ракушку, добытую из Дашиного рта, а Лёня держал дочь на коленях, зажимая ей рот рукой, и глаза у него были очень серьезные, такого взрослого выражения я ни разу у него не видела. Рядом замер Мишка, худое лицо с длинным носом, уголки губ опущены, брови приподняты, как у карнавального Пьеро, словарь скатился с коленей на пол – видимо, его познаний в английском все-таки хватило для того, чтобы понять главное.

– Везде то же самое, – сказала я. – В Японии семьсот тысяч заболевших, а китайцы даже не дали статистику. Австралийцы и англичане закрыли границы, только это им не помогло, они тоже опоздали. Самолеты не летают нигде. Нью-Йорк, Лос-Анджелес, Чикаго, Хьюстон – все крупные города в Штатах на карантине, и вся Европа в такой же жопе, как и мы, – это если вкратце. Они говорят, что создали международный фонд и работают над вакциной. Еще говорят, что раньше, чем через два месяца, вакцины не будет.

– А про нас что? – Лёня отнял руку от лица девочки, которая немедленно принялась сосать палец; оба смотрели на меня, и я впервые заметила, как они похожи. Бедная малышка, в ней не было ничего от тонкокостной породистой Марины, Лёнины близко посаженные глазки, толстые мучнистые щеки и торчащий из них треугольной горошиной подбородок.

– Да что им мы. Про нас говорят мало. Тоже все плохо и тоже везде. На Дальнем Востоке особенно, китайскую границу не закроешь, они говорят, там треть населения инфицирована. Питер закрыли, Нижний закрыли.

– А Ростов, про Ростов они что говорят?

– Лёнь, да не говорят они про Ростов. Они про Париж говорят, про Лондон.

Неожиданно это было даже приятно, четыре пары испуганных глаз, прикованных к моему лицу; они ждали каждого моего слова, как будто от этого зависело что-то очень важное.

– У меня мама в Ростове, – сказал Лёня тихо. – Я неделю туда дозвониться не мог, а теперь телефон совсем сдох, чтоб его. Ань? Ань, ты чего?

Пока Сережа подталкивал Лёню с девочкой на руках и озирающуюся Марину к выходу («Серёг, да что я сказал-то? Случилось чё? Может, помощь нужна?»), я пыталась сделать вдох, но горло сжалось (не говори им, не говори!), и вдруг поймала Мишкин взгляд. Он смотрел на меня, закусив губу, и лицо у него было горестное, беспомощное. Я протянула к нему руку, и он прыгнул ко мне с дивана, и столик предательски затрещал под его весом.

— Мам, что же теперь будет?

И тогда я сказала:

— Ну, первым делом мы, конечно, сейчас сломаем журнальный столик.

И он сразу же засмеялся сквозь слезы. Маленького, его всегда было очень легко рассмешить сквозь любые горести, это был самый быстрый способ успокоить его, когда он плакал. Вернулся Сережа, я посмотрела на него поверх Мишкиной головы, и смеяться мне расхотелось.

— Ты знаешь, по-моему, дальше будет только хуже, — сказала я. — Что будем делать?

Остаток дня мы втроем — я, Сережа и даже Мишка, забросивший свои игры, провели в гостиной возле включенного телевизора, как будто ценность этого последнего оставшегося у нас канала связи с внешним миром стала нам очевидна только что, и мы торопились проглотить как можно больше информации прежде, чем и эта ниточка оборвется. Правда, Мишка сказал:

— Спутнику точно ничего не будет, мам, что бы они там ни отключали, он летает себе и летает, — но оставался с нами до тех пор, пока наконец не заснул, уронив взлохмаченную голову на подлокотник дивана.

Ближе к вечеру Сережа погасил свет, развел огонь в камине и принес из кухни бутылку виски и два стакана. Мы сидели на полу возле дивана со спящим

Мишкой, которого я укрыла пледом, и пили. Теплое оранжевое мерцание огня в топке смешивалось с голубоватым свечением экрана, телевизор тихонько бубнил и показывал в основном те же кадры, которые мы видели утром, – дикторы на фоне географических карт с красными зонами, опустевшие городские улицы, машины скорой помощи, военные, раздача лекарств и продуктов (лица людей в очередях отличались только цветом масок), закрытая Нью-Йоркская фондовая биржа. Я уже ничего не переводила. Мы сидели молча и просто смотрели на экран, и на мгновение мне вдруг показалось, что это обычный вечер, каких уже было много в нашей жизни, и мы просто смотрим нудноватый фильм о конце света, в котором немного затянулась завязка. Я положила голову Сереже на плечо, а он прижался щекой к моей макушке и шепнул едва слышно, чтобы не разбудить Мишку:

– Ты права, малыш. Все это просто так не закончится.

Звук, разбудивший меня, прекратился в тот момент, когда я открыла глаза.

В комнате было темно; огонь в камине погас, а едва тлеющие красным угли уже не давали света. Позади сопел Мишка, а рядом, неудобно откинув голову, спал Сережа. Спина у меня затекла от долгого сидения на полу, но я не шевелилась, пытаясь вспомнить, что именно заставило меня проснуться. Несколько бесконечно долгих секунд я сидела в полной тишине, напряженно вслушиваясь, и как только почти уже поверила в то, что этот странный звук мне просто приснился, он раздался снова, прямо за моей спиной – требовательный, громкий стук в оконное стекло. Я повернулась к Сереже и схватила его за плечо. В полумраке я увидела, что глаза его открыты; он приложил палец к губам и, не поднимаясь на ноги, чуть наклонился вправо и нашарил свободной рукой чугунную кочергу, которая легонько звякнула, когда он снимал ее с крючка.

Впервые за два года, которые мы прожили в этом светлом, легком и прекрасном доме, я остро пожалела о том, что вместо угрюмой кирпичной крепости с решетчатыми окошками-бойницами, как у большинства наших соседей, мы выбрали воздушную деревянную конструкцию с прозрачным фасадом, составленным из стремящихся к коньку крыши огромных окон. Я вдруг почувствовала хрупкость этой стеклянной защиты, как будто и гостиная наша, и весь дом позади нее, со всеми уютными мелочами, любимыми книгами, легкими деревянными лестницами, с Мишкой, безмятежно спящим на диване, — всего лишь игрушечный кукольный домик без передней стенки, куда в любую минуту извне может проникнуть гигантская чужая рука и нарушить привычный порядок, переворошить и рассыпать, выдернуть любого из нас.

Мы посмотрели в сторону окна — возле балконной двери, ведущей на веранду, на фоне ночного неба отчетливо темнела человеческая фигура.

Сережа сделал попытку подняться; я вцепилась в руку, которой он сжимал кочергу, и зашептала:

— Подожди, не вставай, не надо!

И тут за стеклом послышался голос:

— Ну что вы там замерли, защитники брестской крепости! Я отлично вижу вас через стекло, Сережка, открывай!

Сережа со звоном уронил кочергу на пол и бросился к балконной двери. Проснулся Мишка, сел на диване и тер глаза, диковато озираясь. Дверь открылась, в гостиной запахло морозным воздухом и табаком, а стоявший за стеклом человек шагнул внутрь и проговорил:

– Включите свет, партизаны, черт бы вас побрал.

– Привет, пап, – сказал Сережа, нашаривая выключатель на стене, и только тут я выдохнула, поднялась на ноги и подошла поближе.

С отцом Сережа познакомил меня не сразу, а почти через полгода после того, как бывшая жена наконец ослабила хватку, постразводные страсти немного утихли и наша жизнь постепенно стала входить в нормальную колею. Этот шумный нескладный человек завоевал мое сердце прямо с порога маленькой квартирки в Чертаново, которую мы с Сережей сняли тогда, чтобы жить вместе. Он с аппетитом оглядел меня с головы до ног, крепко и как-то совсем не по-отечески обнял и немедленно велел звать себя «папа Боря», хотя я так ни разу и не смогла себя заставить это произнести, вначале вообще избегая прямых обращений, а потом, спустя еще год или около того, остановившись на нейтральном «папа». На «ты» я с ним так и не перешла. Мне с самого начала было очень легко с ним, легче, чем в компании Сережиных друзей, привыкших видеть его совсем с другой женщиной, с их подчеркнуто вежливыми паузами, возникавшими всякий раз, когда я открывала рот, как будто им нужно было время для того, чтобы вспомнить – кто я такая. Я постоянно ловила себя на попытках понравиться им почти любой ценой и ненавидела себя – за эту глупую детскую конкуренцию с женщиной, которую я даже не знала, которую никогда не видела. За то, что тем не менее чувствую себя перед ней виноватой. А вот с ним мне было легко, но «папа Боря» бывал у нас нечасто. Мне всегда казалось, что Сережа одновременно гордится отцом и стыдится его, какая-то у них была сложная история в прошлом, хотя они никогда об этом не говорили. Они редко созванивались, а виделись еще реже – отца даже не было на нашей свадьбе. Я подозревала, все дело было в том, что у него не было приличного костюма; довольно давно он неожиданно для всех бросил карьеру университетского преподавателя, сдал свою московскую квартирку и уехал насовсем в деревню где-то под Рязанью, и жил с тех пор почти безвылазно в старом одноэтажном доме с печкой и туалетом на улице, потихоньку браконьерствовал и, по Сережиным словам, здорово пил с местными мужиками, среди которых завоевал себе непререкаемый авторитет.

Он стоял посреди освещенной теперь гостиной, щурясь от внезапного света. На нем была видавшая виды Сережина охотничья куртка, а на ногах огромные серые валенки без калош, вокруг которых на теплом полу уже начинала образовываться небольшая лужица. Сережа качнулся было ему навстречу, но они как-то неловко застыли в шаге друг от друга и так и не обнялись, и тогда я встала между ними и обняла их обоих. Сквозь густые уютные запахи табака и дыма вдруг отчетливо потянуло спиртом, и я даже удивилась сначала – как он доехал, но тут же сообразила, что навряд ли на дорогах сейчас кому-нибудь есть до этого дело. Я прижалась щекой к вытертому воротнику его куртки и сказала:

– Как хорошо, что вы здесь. Есть хотите?

Через четверть часа на плите шипела яичница, и все мы, включая Мишку, который отчаянно таращил глаза, чтобы не заснуть, сидели вокруг кухонного стола. Часы показывали половину четвертого утра, и вся кухня уже пропахла чудовищными папиными сигаретами – он признавал только «Яву». Пока готовилась еда, они с Сережей успели выпить «по одной», а когда я поставила перед ними дымящиеся тарелки и Сережа приготовился налить еще, папа неожиданно накрыл рюмку своей большой ладонью с пожелтевшими от никотина пальцами и сказал:

– Все, хватит, я тут не за этим. Я приехал сказать вам, дети, что вы идиоты. Какого черта вы сидите тут в этом своем стеклянном домике с дурацкой яичницей и делаете вид, что все в порядке? У вас даже калитка не закрыта! И хотя, конечно, ваша смешная калитка, декоративный заборчик и вообще вся эта пародия на безопасность даже ребенка не остановит, я все-таки ожидал от вас большей сообразительности.

Тон у него был шутливый, но глаза не улыбались. Я вдруг увидела, что большая рука, в которой он держал очередную зажженную сигарету, дрожит от усталости и пепел падает прямо в тарелку с яичницей. Что лицо у него серое, а вокруг глаз – темные круги. В своем старом свитере с вытянутым воротом (наверняка тоже Сережином), толстых штанах и валенках, которые он и не подумал снимать, посреди нашей чистенькой светлой кухни он выглядел огромной чужеродной птицей, а мы втроем действительно сидели вокруг него как перепуганные дети и ловили каждое его слово.

– Я очень надеялся, что вас здесь уже не найду. Что вам хватит ума понять, что происходит, и вы давно уже заколотили свой кукольный домик и сбежали отсюда, – продолжил он, отхватив вилкой пол-яичницы и держа ее на весу. – Но, учитывая этот ваш современный бездумный идиотизм, я решил-таки проверить и, к сожалению, оказался прав.

Мы молчали – ответить нам было нечего. Папа с сожалением посмотрел на яичницу, дрожащую на вилке, положил ее обратно в тарелку и отодвинул в сторону. Видно было, что он думает, как начать, и какая-то часть меня уже знала, что́ именно он сейчас скажет, и чтобы хоть немного оттянуть этот момент, я дернулась, чтобы встать и убрать со стола, но он остановил меня:

– Подожди, Аня, это недолго. Город закрыли две недели назад, – он сидел теперь, сложив руки перед собой и опустив голову, – а с момента, как появились первые заболевшие, прошло чуть больше двух месяцев, если, конечно, нам не врут. Я не знаю, сколько человек должно было умереть прежде, чем они решили закрыть город, но, судя по тому, что они уже отключили нам телефоны, все происходит быстрее, чем они рассчитывали, – он поднял голову и посмотрел на нас, – ну же, дети, сделайте лица немного поумнее. Вы что, никогда не слышали, что такое математическая модель эпидемии?

– Я помню, пап, – сказал вдруг Сережа.

– А что такое модель эпидемии? – тут же спросил Мишка. Глаза у него были круглые.

– Это очень старая штука, Мишка, – сказал папа, но смотрел при этом на меня. – Мы их рассчитывали еще в семидесятые годы для института Гамалеи. Сейчас я, конечно, давно уже вышел в тираж, но, полагаю, общие принципы не изменились. Точные науки не пропьешь, дети, это как ездить на велосипеде. Если коротко, тут все зависит от болезни – как именно она передается, насколько заразна, какой у нее инкубационный период и процент смертности. А еще очень важно, как именно власти с этой болезнью борются. Мы просчитали тогда семнадцать инфекций – от чумы до банального гриппа. Я не врач, я – математик, и про этот новый вирус знаю очень мало. Не буду мучить вас дифференциальными уравнениями, но, судя по скорости, с которой все развивается, карантин им особенно не помог. Вместо того чтобы выздоравливать, люди мрут, и мрут стремительно. Может, они не так этот вирус лечат, может, им нечем его лечить, а может, они просто еще не нашли способа. Как бы там ни было, я не думаю, что город уже погиб, но он погибнет, и очень скоро. И когда все это начнется, на нашем с вами месте я постарался бы быть от него подальше.

– Что начнется? – спросила я, и тут заговорил Сережа:

– Они прорвутся наружу, Ань. Те, кто в городе. Те, кто не успел заболеть, вместе с теми, кто уже заразился, но еще не знает об этом. А еще они возьмут с собой тех, кто на самом деле болен, потому что нельзя же их там бросить. Они поедут мимо нас во все стороны. Они будут стучаться в твою дверь и просить воды, или поесть, или пустить их переночевать, и как только ты сделаешь что-нибудь из этого, ты заболеешь.

– А если ты им откажешь, Аня, – сказал папа, – они могут быть очень обижены на тебя за это, так что вся эта история не сулит нам ничего, кроме неприятностей.

– Сколько у нас времени, пап, как ты думаешь? – спросил Сережа.

– Не очень много. Я думаю, неделя от силы, и очень надеюсь, что мы не опоздаем. Я, конечно, ругал вас, дети, но и сам я хорош. Вы всего-навсего глупые маленькие буржуи, а мне, старому дураку, надо было не водку пить в деревне, а ехать к вам сразу, как только они объявили этот свой карантин. Кое-какие нужные вещи я привез с собой, но не все, конечно. Денег у меня с собой было немного, и я торопился, так что нам предстоит пара очень суматошных дней. Сережка, сходи, открой ворота, надо загнать мою машину во двор. Боюсь, моя старушка никуда уже не поедет. Последние километры я всерьез опасался, что придется идти к вам пешком, – и пока он вставал и рылся в карманах в поисках ключей, я смотрела на него и думала, что этот большой нескладный человек, про которого мы совсем забыли и которому ни разу даже не позвонили с тех пор, как все началось, бросил свою рязанскую деревню, загрузил в машину весь свой нехитрый скарб и готов был бросить его посреди дороги, если сдохнет его двадцатилетняя Нива, и идти пешком по морозу, просто чтобы убедиться в том, что мы все еще здесь, и заставить нас сделать то, что кажется ему разумным. Видно было, что Сережа подумал о том же – мне даже показалось, что он сейчас скажет что-нибудь, но он просто взял ключи от машины и пошел к выходу.

Когда дверь закрылась, мы остались на кухне втроем. Папа Боря снова сел, посмотрел на меня без улыбки и сказал:

– Плохо выглядишь, Аня. С мамой что?

Я быстро замотала головой, отворачивая лицо, и он сразу же взял меня за руку и задал еще один вопрос:

– От Иры с Антошкой слышно что-нибудь?

И тогда я почувствовала, как слезы высыхают у меня на глазах, не успев пролиться, потому что я забыла, совсем забыла и про Сережину первую жену, и про пятилетнего Антошку. Я прижала руку ко рту и с ужасом покачала головой еще раз, а он нахмурился и спросил:

– Как думаешь, он согласится уехать без них? – и тут же сам себе ответил: – Хотя ладно, что сейчас об этом. Нам для начала самим бы придумать, куда ехать.

В эту ночь мы больше ничего уже не обсуждали. Когда Сережа вошел в дом, сгибаясь под тяжестью огромного брезентового рюкзака, папа вскочил ему навстречу, бросив на меня короткий предупредительный взгляд, и разговор был закончен. Следующие полчаса они, всякий раз старательно топая ногами на пороге, чтобы стряхнуть снег, носили из Нивы, стоявшей теперь на парковке перед домом, какие-то мешки, сумки и канистры. Сережа предложил было оставить большую часть вещей в машине: «Они же не нужны нам прямо сейчас, пап», но папа был непреклонен, и скоро весь его разномастный багаж был сложен на хранение в кабинете, куда затем отправился и он сам, отказавшись от предложенного белья.

– Не надо мне стелить, Аня, я прекрасно устроюсь на диване. Спать осталось недолго, заприте двери и ложитесь. Утром поговорим, – сказал он и, так и не сняв валенок, протопал в кабинет, оставляя за собой мокрые следы на полу, и плотно затворил за собой дверь.

Его слова прозвучали, как команда. Сначала, не сказав нам ни слова, отправился в постель Мишка, я слышала, как наверху хлопнула дверь его комнаты. Сережа тоже ушел наверх, а я прошла по первому этажу, выключая свет. С тех пор как мы переехали сюда, этот тихий ночной обход стал одним из моих любимых ритуалов: после отъезда гостей или после обычного спокойного вечера втроем дождаться, пока все разойдутся по спальням, а после вытряхнуть пепельницы, убрать посуду со стола, задернуть шторы и поправить диванные подушки. Выкурить в тишине последнюю сигарету и отступить по освещенной лестнице на второй этаж, оставив за собой внизу уютную сонную темноту. Немного постоять возле Мишкиной двери и наконец войти в нашу темную спальню, сбросить одежду, скользнуть под одеяло к засыпающему Сереже и прижаться к его теплой спине.

Глава третья

Проснувшись, я открыла глаза и взглянула в окно, попыталась понять, сколько сейчас времени, но по серому ноябрьскому полумраку за окном невозможно было догадаться, утро сейчас или вторая половина дня. Постель рядом со мной была пуста, и какое-то время я лежала без движения, прислушиваясь. В доме было тихо. Никто не разбудил меня, и несколько мгновений я боролась с искушением закрыть глаза и заснуть снова, как часто делала в последние дни, но потом все-таки заставила себя встать, набросить на плечи халат и спуститься вниз. Мне не показалось – дом был пуст. В кухне снова пахло папиными сигаретами, на столе среди остатков завтрака стоял еще теплый кофейник. Я налила себе кофе и стала собирать со стола тарелки. Хлопнула входная дверь и вошел папа.

– Сдохла машина, – сказал он каким то торжествующим тоном, словно радуясь тому, что оказался прав. – Придется бросить старушку здесь. Слава богу, у вас обоих внедорожники, была бы у тебя какая-нибудь девчачья ерунда на колесах, не знаю, что бы мы делали.

– Доброе утро, папа, – сказала я. – А где все?

– Мы не стали тебя будить, Анюта, – он подошел поближе и положил мне руку на плечо. – Уж слишком измученный вид у тебя был вчера ночью. Давай пей кофе, у нас много дел с тобой. Сережку с Мишкой я услал за покупками. Не волнуйся, дальше Звенигорода они не поедут, да это и не нужно. Список у нас большой, но не очень разнообразный, все можно купить в окрестностях. Если повезет и соседи ваши еще не сообразили, что запасаться нужно не вермутом и оливками без косточек, за пару дней соберем все, что нужно, и можно будет выезжать.

– Так куда же мы поедем?

– Для начала главное – уехать отсюда. Слишком вы близко к городу, Аня, а для нас сейчас чем дальше, тем лучше. Мы с Сережкой поговорили утром, решили, что сперва вернемся ко мне, в Левино – все-таки двести километров от Москвы, народу немного. От трассы далеко. У нас там речка, лес, охотхозяйство рядом. Поедем туда, а дальше видно будет.

При дневном свете, в привычной уютной атмосфере нашей кухни – запах кофе, неубранная посуда, хлебные крошки, Мишкина домашняя оранжевая кофта с капюшоном на спинке стула – все, сказанное вчера за этим столом, сегодня казалось нереальной фантазией. За окном проехала машина. Я представила себе папин темный двухкомнатный домик, в который мы зачем-то должны уехать из нашего продуманного удобного мира, но у меня не было сил с ним спорить.

– Что я должна делать? – спросила я.

По выражению моего лица он, наверное, догадался, о чем я думаю, и то, что я все-таки не стала возражать, обрадовало его.

– Ничего, Аня, прокатимся. Можно подумать, вам есть чем заняться, – сказал он примирительно. – А если я вдруг оказался не прав, вы всегда успеете вернуться назад. Пойдем, покажешь мне, где у вас теплые вещи. Я тут список тебе набросал. Подумай, может, захочешь взять еще что-нибудь.

Через час с небольшим на полу нашей спальни кучками была сложена одежда: теплые куртки, шерстяные носки, свитера, белье. Особенное папино одобрение заслужили добротные ботинки на меху, которые Сережа купил нам с Мишкой в прошлом году перед поездкой на Байкал. «Дети, вы небезнадежны!» – объявил он торжественно. Я носила вещи из шкафа, он сортировал их. Время от времени я подходила к окну и смотрела на дорогу. Начинало темнеть, и мне очень хотелось, чтобы Сережа с Мишкой вернулись поскорее. В доме напротив зажегся свет, и я заметила мужскую фигуру на балконе второго этажа – это Лёня вышел покурить, Марина не позволяла ему дымить в доме. Увидев меня, он помахал мне рукой, и я в очередной раз привычно подумала о том, что нужно наконец повесить непрозрачные шторы; переехав за город, мы и не подозревали, что все, происходящее у нас во дворе и в доме, прекрасно видно соседям – до тех пор, пока Лёня, в обычной своей беспардонной манере, не сказал как-то Сереже: «С вашим приездом, ребята, курить на балконе стало гораздо интересней, сразу видно – молодожены». Я помахала ему в ответ, и в этот момент папа Боря произнес за моей спиной:

– Всё. Пожалуй, одежды достаточно, Аня. Давай теперь посмотрим, что у вас в аптечке.

И я почти уже было отвернулась от окна, как вдруг увидела, что у автоматических Лёниных ворот остановился зеленый армейский грузовичок.

За рулем сидел человек в камуфляжном костюме и черной вязаной шапке. Даже сквозь стекло заметно было, что на лице у него белеет маска. Хлопнула дверца, из грузовичка выпрыгнул второй человек, одетый точно так же; через плечо у него висел автомат. Он отбросил себе под ноги сигарету и тщательно растер ее по присыпанному снегом асфальту носком ботинка, а затем подошел к Лёниной калитке и подергал ее – она не открылась, видимо, была заперта. Я подняла было руку, чтобы предупредить Лёню, но он уже и сам увидел гостей и как раз закрывал балконную дверь. Спустя полминуты калитка открылась, и Лёня показался в проеме в куртке, наброшенной на плечи. Он протянул человеку в камуфляже руку, но тот отступил на шаг и только махнул автоматом, будто приказывая Лёне отойти подальше. Брезентовый тент грузовика чуть распахнулся, невысокий борт откинулся, и оттуда выпрыгнул еще один человек, тоже в маске и с автоматом, но в отличие от первого к калитке не пошел, а остался стоять возле грузовика.

Какое-то время не происходило ничего. Лёня по-прежнему стоял в проеме калитки. Руку он больше не протягивал, но все еще улыбался. Видимо, они о чем-то разговаривали; человека в камуфляже мне было видно только со спины.

– Что там, Аня? – окликнул меня папа. – Ребята приехали?

И в этот момент первый человек в камуфляже вдруг быстро шагнул к Лёне и ткнул его дулом автомата в грудь, и оба они сразу скрылись в проеме калитки, спустя мгновение туда же двинулся и второй, а из кузова выпрыгнул третий и бегом последовал за ними. За глухим трехметровым Лёниным забором разглядеть ничего уже было нельзя, раздался громкий собачий лай и вдруг — странный сухой звук, в котором я сразу узнала выстрел, хотя он был совсем не похож на сочные рокочущие очереди из голливудских фильмов. Не думая, я бросилась открывать окно, почему-то в эту минуту важнее всего было понять — что там, и тут почувствовала на плече тяжелую руку, которая буквально опрокинула меня на пол.

— Аня, отойди от окна и не вздумай высовываться!

Папа, чертыхаясь, уже бежал вниз, на первый этаж. Я слышала, как он топает по лестнице, хлопает дверью кабинета, и, чтобы не оставаться одной наверху, бросилась было следом, но не успела даже добежать до лестницы, как он уже возвращался. В руках у него был продолговатый черный пластиковый футляр, который он, ругаясь вполголоса, пытался открыть на бегу. Прижавшись к стене, я пропустила его назад в спальню и как привязанная последовала за ним обратно к окну. Не оборачиваясь, он яростно несколько раз махнул на меня рукой, и я отступила на пару шагов и застыла чуть позади, выглядывая из-за его плеча.

Видно по-прежнему не было ничего, но сквозь открытое окно мы слышали, как где-то за забором тонко визжит Марина. Потом в проеме калитки появились двое. Они двигались медленно, не торопясь, и в руках несли огромный плоский Лёнин телевизор, провода хвостом волоклись за ними по снегу; через плечо у первого была перекинута жемчужно-серая длинная шуба, что-то еще – я не разглядела – и, кажется, женская сумочка. Пока эти двое возились у грузовика, загружая вещи в кузов, на дороге показался третий. Постоял еще долю секунды, держа наперевес автомат, направленный вглубь Лёнинного двора, а затем вдруг повернулся, поднял голову и как будто посмотрел мне прямо в глаза. На мгновение мне даже показалось, что это юный Семенов с темными оспинками на щеках в тех местах, которые не были скрыты маской, – тот самый, которого мы неделю назад видели с Сережей у карантинного кордона. Я машинально подошла поближе, чтобы лучше рассмотреть его, споткнувшись о валявшийся на полу раскрытый пластиковый футляр, и тут папа, стоявший возле окна, обернулся и сердито крикнул:

– Аня, твою мать, ты отойдешь или нет? – и тогда я с размаху села на пол прямо возле его ног и наконец взглянула на него – в руках у него был длинный, резко пахнущий оружейным маслом охотничий карабин, в котором он что-то с лязгом повернул и просунул ствол в раскрытое окно, упираясь локтем в подоконник.

Раздался глухой металлический звук; видимо, человек, похожий на юного Семенова, ногой стучал в наши ворота. За два года мы с Сережей так и не собрались провести звонок от калитки, и почему-то сейчас я была этому рада. У людей, которые собрались ворваться в твой дом, не должно быть возможности позвонить. Мелодичный звук дверного звонка – мне особенно нравился один, звучавший, будто кто-то ударяет легким молоточком по медной тарелке, «бо-бом-м-м», – был бы тем более неуместен сейчас, после одиночного выстрела, раздавшегося вначале. После Марининого крика. После того, что я увидела в окно. В отличие от удара сапогом по тонкому металлу ворот. Папа чуть шевельнулся, но вместо того, чтобы высунуться из окна, напротив, прижался к боковой стене и крикнул громко и хрипло:

– Эй, защитник родины! Посмотри вверх! – и, подняв руку, постучал по оконному стеклу.

Похоже, ему удалось привлечь внимание стоявшего у наших ворот человека – я сидела на полу, и мне ничего не было видно, – потому что стук прекратился. Убедившись, что внимание приковано к нему, папа продолжил:

– Послушай, мальчик! Тебе придется стрелять из своего автомата, который ты держишь, как лопату, сквозь толстые бревна, и я очень боюсь, что ты можешь не попасть с первого раза! А может, и со второго не попадешь. А вот этой штукой, – тут он немного помахал торчащим из окна стволом карабина, – я продырявлю твою башку очень быстро. И если мне повезет – а я везучий! – я успею еще продырявить бензобак вашей помойки, и никто уже не увезет всю эту ерунду, которую вы награбили в соседнем доме! А сначала, может быть, я подстрелю того парня, который сидит за рулем. Нам все это ни к чему, правда?

Снаружи было тихо, очень тихо. В открытое окно влетела снежинка, за ней другая; они немного покружились в воздухе у меня перед глазами и, приземлившись на пол возле моих ног, стали таять. Потом хлопнула дверца и заработал двигатель. Через полминуты, когда звук удаляющегося автомобиля растаял в воздухе, мы с папой, не говоря ни слова, вскочили на ноги и бросились вниз по лестнице, к входной двери и через покрытый снегом двор. Я не успела надеть зимнюю обувь и тут же провалилась в снег по щиколотку. Мы распахнули калитку и побежали к дому напротив.

В нескольких метрах от ворот, слева от чисто выметенной дорожки, неловко подогнув под себя лапы, словно остановившись в прыжке, лежала огромная Лёнина любимица, белая красавица алабаиха. Собака была мертва, и снег вокруг был красный и пористый, как разрезанный августовский арбуз. Рядом на корточках сидел Лёня, и на щеке его я увидела кровь – может, его, а может – собачью. Услышав наши шаги, он обернулся. На лице его было какое-то детское, обиженное выражение. Я подошла поближе и прошептала:

– Лёнь...

Он прижал зачем-то палец к губам и сказал жалобно:

– Посмотрите, что они сделали, – а потом неловко опустился на снег, с усилием приподнял крупную безухую голову и положил к себе на колени, и погладил. Белая голова запрокинулась, огромные челюсти немного приоткрылись, и между белоснежных зубов свесился перламутровый розовый язык.

Я села рядом на корточки и сжала его плечо, а он зарылся лицом в густую светлую шерсть и начал раскачиваться из стороны в сторону, словно баюкая неподвижное собачье тело. В этот момент массивная кованая дверь распахнулась, и на пороге показалась

Марина, бледная и заплаканная. Она посмотрела на нас, но во двор не вышла и сказала тоненько:

– Аня, ты видела? Видела? Они шубу забрали, деньги, даже телевизор, господи!..

– Скажи спасибо, девочка, что они не забрали с собой тебя. И не выкинули потом где-нибудь в лесу, километров через сорок, – произнес за моей спиной папа. – Несчастные идиоты, можно подумать, пригодится им эта сраная шуба.

Лёня поднял голову, оглядел папины валенки, неопределенного цвета свитер с вытянутым воротом и тяжелый охотничий карабин и сказал уважительно:

– Ого, серьезная штука.

И тогда папа Боря посмотрел вниз, на длинную страшную вещь в своей руке, и произнес:

– Серьезная, да. Незаряженная только. Когда мы наконец научимся думать по-новому, вот что мне интересно.

Глава четвертая

Почему-то всем одновременно показалось, что наш с Сережей легкомысленный деревянный дом безопаснее Лёниной кирпичной крепости. Возможно, оттого, что она уже была осквернена вторжением – распахнутая дверь, упавший столик в прихожей, рассыпанная по полу мелочь, следы грязных ботинок на мозаичной плитке и мертвая собака на снегу во дворе, в то время как нашу призрачную неприкосновенность мы пока сумели отстоять. Поэтому Лёня, очнувшись от оцепенения, на минуту скрылся в доме и вынес завернутую в одеяло сонную девочку, а затем подхватил Марину, и оба они, не одеваясь, уже бежали через присыпанную снегом дорогу, и даже не обернулись бы на свою распахнутую калитку и настежь раскрытую входную дверь, если бы папа не крикнул:

– Эй, как тебя, Лёня! Это нельзя так оставлять, соседей напугаешь!

И тогда Лёня остановился, поморгал и медленно вернулся назад, закрывать калитку. Через полчаса все мы: я, папа, Лёня с распухающей на глазах багрово-синей щекой и прежним, по-детски обиженным выражением лица, и Марина, впервые на моей памяти непохожая на холодную безупречную диву — прическа в беспорядке, припухшие веки, дрожащие руки, — сидели в нашей гостиной. Устроившись на корточках возле камина, папа разводил огонь, на диване сонно хлопала глазами толстощекая девочка в розовой пижаме с медвежатами. Я сходила на кухню и принесла бутылку, которую мы начали вчера с Сережей. Лёня благодарно блеснул глазами, одним махом опрокинул в себя виски, и пальцем подвинул опустевший стакан ко мне, чтобы я наполнила его еще раз.

— Мне тоже налей, Аня, — подала голос Марина, сидевшая рядом с дочерью. Одной рукой она крепко сжимала девочкину маленькую розовую пятку.

Зубы ее отчетливо звякнули о край стакана, но она выпила его до дна, не поморщившись.

В это время, громко треща, дрова наконец разгорелись. Папа повернулся к столу и обвел нас взглядом. Лицо у него было строгое и торжественное, и мне вдруг пришло в голову, как он рад, наверное, впервые за долгое время почувствовать, что нужен своему сыну. Как нравится ему быстрота, с которой все мы — взрослые, состоявшиеся, не искавшие его советов, превратились в неуверенных детей, собравшихся под его защитой. И еще я подумала о том, что ни разу с тех пор, как он появился на нашем пороге посреди ночи, никто не сказал ему и сло́ва благодарности.

Словно в продолжение моих мыслей, Лёня со стуком поставил стакан и заговорил:

— Вы, я смотрю, серьезней как-то ко всему отнеслись. А я-то, дурак, дверь им открыл, думал — свои же! Может, им водички там или дорогу подсказать. Если б не ты...

– Борис Андреевич, – значительно сказал папа Боря и протянул руку, которую Лёня пожал, торопливо приподнявшись с места.

– Если б не ты, Андреич, они бы и меня там положили, наверное, рядом с Альфой. Я даже с цепи спустить ее не успел. Пошел и открыл дверь, дятел, руку хотел ему пожать, – тут он схватил бутылку и налил себе еще.

Он смотрел на карабин, стоявший здесь же, возле стены, дулом вверх. Вернувшись, папа Боря первым делом возился с ним, заряжая, и поставил так, чтобы можно было схватить его быстро, просто протянув руку.

– У тебя разрешение-то есть на него? Ты прямо Натаниэль Бампо, Андреич, как ты его из окна высунул, а? Они бы просто так не уехали ни за что...

Он говорил и говорил, а я думала – надо же, Лёня с его мясистым затылком и плоскими шутками читал, оказывается, в детстве Фенимора Купера, играл в индейцев и, наверное, воображал себя Следопытом или Чингачгуком Большим Змеем. Я подняла на него глаза и услышала:

– Такая девочка была!.. Я ее из питомника взял, для охраны. Няню гоняла по двору, ты бы видел! Мы курьера однажды потеряли, полчаса в гараже сидел, слышишь, выйти боялся. Помнишь, Маринка? Но умная, знаешь... Дашка вон ей даже пальцы в рот засовывала – сидит, терпит. Знает, что нельзя. А они ее – на бегу, не глядя, как мусор...

Губы у него вдруг задрожали, а я смотрела на него и чувствовала, как слезы, которых не было целый день, со вчерашнего утра, вдруг потекли у меня из глаз – горячо, сильно, ручьями, но я не успела даже всхлипнуть, потому что все мы услышали, как возле наших ворот, снаружи, остановилась машина.

Следующая секунда была наполнена событиями так густо, что могла бы, наверное, длиться в десять раз дольше. Марина обхватила маленькую Дашу руками и, пригнувшись, села с ней на пол. Карабин, только что стоявший у стены, как декорация для охотничьего натюрморта, оказался у папы в руках, а сам он словно взлетел по лестнице на второй этаж, к окну. Лёня, на мгновение скрывшийся в кухне, показался на пороге, сжимая в руке разделочный нож; на свету заметно было, что широкое страшное лезвие ножа некстати испачкано чем-то жирным, как будто им резали колбасу к завтраку. Я единственная не сдвинулась с места, но стоило мне устыдиться глупого своего бездействия, сверху раздался папин голос, который произнес с облегчением:

– Отбой. Ребята вернулись.

Потом загоняли машину во двор и выгружали покупки – тяжело звякающие коробки и полные пластиковые сумки, белые и хрустящие, быстро заполнили маленькую нашу прихожую, словно накануне шумного домашнего праздника. Вошел Сережа с последней коробкой в руках, и папа сказал – не носи дальше, оставь тут, все равно обратно грузить.

– Купили почти все, кроме бензина. На заправке очередь километровая, мы хотели засветло вернуться. Завтра съездим.

– Плохо, – ответил папа. – Но сейчас ехать точно не стоит, подождем до утра.

— Да ладно, пап, — начал Сережа, — мы думали, неделю будем собираться, а достали почти все — и продукты, и лекарства. Осталось-то всего ничего — бензин и патроны, завтра возьмем канистры и метнемся по заправкам. Придется покататься, мужики в очереди сказали — помногу в одни руки не отпускают. Да, и ближайший к нам «Охотник» в Красногорске, совсем не по дороге, может, в Рязани у тебя патронов докупим?

Втроем они вошли в гостиную, хмурый, серьезный папа, довольный Мишка с ключами от машины и Сережа с тетрадным листком в руках, с двух сторон исписанным убористым папиным почерком.

— Там мы точно ничего не докупим, — мрачно ответил папа, помолчав. — Боюсь, в Рязани нам уже делать нечего.

Тут только Сережа поднял глаза от своего списка, оглядел нас одного за другим и наконец заметил Лёнину вздувшуюся синюю щеку и нож, который тот все еще почему-то сжимал в руке.

— Что у вас тут происходит? — спросил он после паузы, и Лёня, смутившись, быстро положил нож возле своего пустого стакана. Лезвие звякнуло о полированную поверхность стола. Он открыл было рот, но папа опередил его, сказав то, о чем я думала с момента, когда мы вернулись в дом, но боялась произнести вслух:

— Плохи дела, Сережка. У нас тут были гости. Судя по машине, на которой они приехали, и по форме, в которую были одеты, патруль, охранявший въезды в город, разбежался. Никто ими больше не командует, и они решили немного помародерствовать. Да в порядке мы, в порядке, обошлось более или менее, — продолжал он, мельком взглянув на Лёню. — Рад буду ошибиться, но, по-моему, все это может означать только одно — город погиб.

Сережа опустился на диван, и лицо у него было скорее задумчивое, чем встревоженное.

— Вот черт, — сказал он. — Хорошо, что мы не сунулись в Красногорск, это же сразу за МКАДом. Вот там, наверное, весело сейчас.

— Так я не понял, — подал вдруг голос Лёня, — какой план? Будем тут держать оборону? Я вижу, вы провизией запасаетесь. Патроны там, все дела. Это, конечно, здорово, только что мы будем делать, когда они в следующий раз на танке приедут?

Сережа с отцом переглянулись, и пока они молчали, я посмотрела на толстого шумного Лёню, который всегда смертельно раздражал меня своими бестактными замечаниями, привычкой громче всех смеяться над собственными шутками, способностью немедленно и без остатка заполнить собой любое помещение и заглушить любую компанию, и неожиданно для себя сказала:

— Здесь нельзя оставаться, Лёнь. Скоро тут начнется настоящий кошмар. Так что мы уезжаем, мы почти все уже собрали и... по-моему, вам нужно поехать с нами.

— Хорошо, — быстро ответил Лёня. — Куда?

— Левино отпадает, — сказал папа Боря с досадой. — Вы тут тоже в двадцати километрах от трассы, и посмотри, как быстро они сюда добрались. Я надеялся, все эти жирные коттеджные поселки на Новой Риге задержат их подольше. Моя деревня от Рязани далеко, но до шоссе всего шесть километров, мы там выиграем неделю-другую, не больше, а потом нас накроет. Тут нужна тайга какая-нибудь, чтобы никого вокруг. Жаль, мы не в Сибири. В нашей средней полосе, черт бы ее побрал совсем, таких мест, боюсь, не найдется.

– Тайга! – закричал вдруг Сережа и вскочил с места. – Тайга, ну конечно, вот же я идиот. Анька, я знаю, куда мы поедем!

Он торопливо вышел из гостиной и, споткнувшись об один из хрустящих пакетов, стоявших в коридоре, скрылся за дверью кабинета. Слышно было, как он, ругаясь вполголоса, роется в шкафу, роняя книги на пол, и через мгновение он снова показался на пороге. В руках у него была зажата толстая зеленая тетрадь, которую он, торопливо растолкав стоявшие кучкой стаканы, звонко шлепнул на стол.

Лицо у него было торжественное, и все мы – даже Марина с девочкой, за все время не издавшие ни звука, – подались вперед и посмотрели на то, что лежало перед нами – глянцевая обложка, большие белые буквы: «Атлас автомобильных дорог. Северо-Запад России».

– Не понимаю, – сказала Марина жалобно.

– Вонгозеро, Анька, вспоминай, я тебя три года уговариваю туда со мной поехать, – заговорил Сережа быстро. – Пап, мы там были с тобой перед тем, как Антошка родился.

Он схватил атлас и начал торопливо перелистывать страницы, но папа протянул руку и остановил его.

– Отлично, сын, – сказал он вполголоса. – Лучше места, пожалуй, не придумаешь. Значит, мы едем в Карелию.

— Там дом, Анька, помнишь, я тебе рассказывал, дом на озере. Это остров, иначе как на лодке не добраться.

Сережа снова зашуршал страницами, но я уже вспомнила: серая и блестящая, как разлившаяся ртуть, поверхность озера, бледная прозрачная трава, растущая прямо из воды, заросшие черным лесом одинокие бугорки островов. Свинцово-серый безрадостный карельский сентябрь, которого я, взглянув на Сережины охотничьи снимки, испугалась раз и навсегда, таким он показался мне холодным, даже враждебным по сравнению с нашей теплой и солнечной оранжево-синей осенью.

А зимой, как же там все выглядит зимой? Я и здесь лишний раз не выглядываю из окна, чтобы не наткнуться взглядом на черные скользкие ветки и серое небо; я вечно мерзну в любой одежде. Ты, барсук, говорит Сережа, ну выйди на улицу, уже три дня носа не высовывала, а я не люблю холод, не люблю зиму и отгораживаюсь от нее огнем, горящим в камине, и коньяком. Только много ли можно взять с собой коньяка? Надолго ли я смогу удержать в себе тепло, без которого совсем не умею жить, в маленьком доме, сложенном из разбухших от сырости досок, пропитавшихся влагой холодного озера?

— Там же нет электричества, Сережа...

Я уже знала, что возражать — глупо, потому что больше нам действительно бежать некуда, но должна была хотя бы произнести свои жалобы вслух, мне было нужно, чтобы они прозвучали.

— И две комнаты всего. Он совсем маленький, этот ваш домик.

— Зато там печка, Аня. И лес вокруг. И целое озеро чистой воды. И еще там рыба, птица, грибы и брусники полный лес. И знаешь еще, что самое главное?

— Знаю, да, — сказала я вяло. — Там совершенно — никто — не живет.

И вопрос был решен.

Чего я никак не могла ожидать — так это Лёниного восторга по поводу предстоящего нам бегства. Он был похож на ребенка, которому в последнюю минуту разрешили присоединиться к чужому празднику. Не прошло и пяти минут, как он уже говорил громче всех, тыкал пальцем в карту: «Через Питер не пойдем, там такой же беспредел наверняка». Выдернул из-под Сережиного стакана позабытый было список, по которому совершались покупки: «Картошка, да у нас три мешка картошки в кладовке, Маринка, посмотри, крупы́ у нас тоже всякой полно, а тушенки я докуплю, завтра прямо съезжу и докуплю», — и потом вдруг притих, горестно сдвинув брови, словно толстый мальчик, которому не хватило подарка под елкой: «А ружья-то нет у меня, только пистолет травматический». — И Сережа отозвался успокаивающе: «Дам я тебе ружье, у меня их три». Они сидели, сдвинув головы — папа, Сережа и Лёня, оживленно разговаривая, и рядом с ними — Мишка с горящими глазами, заразившийся общим волнением, а я разлила оставшийся виски в два стакапа и протянула один Марине, которая схватила его немедленно, как будто все это время следила за мной, не отрываясь. Наши взгляды встретились, и в глазах этой отстраненной, едва знакомой мне женщины, с которой за два года жизни здесь я обменялась от силы парой фраз, я увидела то же чувство, которое переполняло и меня, — беспомощный, бессильный страх перед тем, что уже случилось с нами, и перед тем, что обязательно еще произойдет.

Спать засобирались через час. Есть никому не хотелось, потому даже в этом ни я, ни Марина не смогли оказаться полезными. Повысив голос, я по крайней мере сумела отослать наверх Мишку, который, недолго посопротивлявшись, горестно ушел, а за ним поднялись и все остальные. Лёня потянулся, чтобы взять девочку из Марининых рук, но та вдруг прижала ребенка к себе, и голос ее прозвучал неожиданно резко, так, что все замолчали:

– Аня! А... можно мы у вас переночуем? Не хочу туда возвращаться.

Все мы, не сговариваясь, посмотрели в окно гостиной – черное небо, мерцающий в свете уличных фонарей снег, пустая дорога, уходящая в лес. Я подумала о развороченной прихожей соседского дома, о мертвой красавице Альфе, лежащей на красном снегу. В темноте пятна крови, наверное, сделались черными, а белая собачья шкура заиндевела на морозе. В наступившей тишине Сережа произнес:

– О чем разговор, Марин. Оставайтесь, конечно. Отца положим в гостиной, а вы размещайтесь в кабинете. И еще я думаю, всем сразу спать нельзя, ребята. Кто-то должен смотреть за дорогой. Если уж они днем не побоялись, было бы глупо надеяться, что ночью нас оставят в покое.

Караулить первым вызвался Сережа. Пока папа переносил свой спальник из кабинета на диван в гостиной, он ушел наверх, доставать ружья из железного шкафа в гардеробной, а Марина отправилась купать девочку. Я не пошла с ней, потому что и там я тоже была не нужна, и сказала только: «Полотенца в шкафчике, посмотри там», и осталась в гостиной, глядя им вслед. Ребенок, как курортная обезьянка, выглядывал из-за тонкой ее спины, повернув ко мне голову: расфокусированный взгляд маленьких глазок, бесформенная пухлая щека, лежащая на Маринином плече. В очередной раз я про себя удивилась тому, насколько пассивна эта крошечная некрасивая девочка; маленький Мишка уже исследовал бы всю гостиную, пересидел на коленях у всех собравшихся взрослых. Я попыталась вспомнить, слышала ли я когда-нибудь, чтобы девочка эта разговаривала, и тут Лёня произнес:

– Не говорит еще ни слова, даже «мама» не говорит. По врачам затаскали ее. Ждите, говорят, ну вот мы и ждем. А она молчит, засранка, только смотрит.

Я обернулась к нему. Он стоял возле окна, словно пытаясь разглядеть собственный темный дом, который даже не было видно из окон нашей гостиной, а потом повернулся ко мне и сказал:

– Я б сходил, похоронил собаку, да Маринка распсихуется. Анюта, ты нам выдели белья постельного, – и пошел в сторону кабинета, а я отправилась за ним, почти радуясь тому, что кому-то наконец нужна моя помощь.

Посреди ночи я проснулась. За окном было темно, где-то вдалеке лаяла собака – успокаивающий звук, голос мирной жизни. Мне даже не пришлось поворачивать голову, чтобы почувствовать, что в постели рядом со мной снова никого нет, но я все равно обернулась и даже протянула руку – подушка была не смята.

Сережа вообще не ложился. Спать не хотелось совершенно. Я лежала на спине в своей тихой темной спальне и чувствовала, как сердитые слезы холодными дорожками струятся по скулам вниз, затекая в уши. Как же мне надоело просыпаться в пустой постели, ничего не знать, ждать, пока все решат за меня, чувствовать себя лишним бесполезным балластом. Я вскочила на ноги, вытерла глаза и, не зажигая свет, спустилась по лестнице вниз, на первый этаж. Я отправлю Сережу спать, возьму ружье и буду смотреть в окно. Я хорошо стреляю, Сережа всегда хвалит меня за меткость, я правильно держу ружье и спокойно целюсь.

Первый этаж был таким же темным, как и второй, балконная дверь приоткрыта. По ногам потянуло холодом, и я пожалела, что не оделась. На цыпочках я пробежала через пустую гостиную, выглянула на улицу и позвала вполголоса:

– Сережа!..

Мне хотелось, чтобы он обернулся, услышав меня, и шагнул обратно в гостиную, отругал меня за то, что я не одета, и скинул бы куртку, которую я отказалась бы надеть. Я поняла, что страшно соскучилась по нему, что мы уже бог знает сколько не оставались вдвоем. Мы постелили бы куртку на пол возле окна, выкурили бы одну сигарету на двоих, а потом, может быть, занялись бы любовью здесь же, на полу, мы целую вечность не занимались любовью. Я распахнула балконную дверь пошире и сделала еще шаг.

Человек, стоявший на балконе, щелчком отбросил сигарету куда-то в сторону забора, и она рассыпалась маленькими красными искрами. Он обернулся ко мне и сказал:

– Аня, черт возьми, почему ты не спишь? Иди в дом, ты замерзнешь.

И это был не Сережин голос.

– Где Сережа?

Я посмотрела на диван в гостиной, он был пуст.

– Давай зайдем в дом, – повторил папа и протянул ко мне руки, а я оттолкнула его, подбежала к перилам балкона и заглянула за угол, на парковку перед домом.

Сережиной машины не было.

Глава пятая

— Сядь, Аня, и не шуми, перебудишь весь дом, — сказал папа уже в гостиной, после того, как зажег свет и затолкал меня внутрь. — Самое позднее — завтра мы уедем отсюда. Он должен хотя бы попробовать забрать их, если они... если они в порядке. Сама же понимаешь.

Я понимала. Я опустилась на диван и машинально подтянула к себе плед, лежавший на подлокотнике. Вчера ночью под ним спал Мишка, а мы с Сережей сидели вот здесь, на полу, и смотрели на огненные искры, оседающие на задней стенке камина. Шерстяная ткань неприятно обожгла кожу сквозь тонкую ночную рубашку, но я накинула плед на плечи и мысленно отругала себя за то, что спустилась вниз, не одевшись; даже в эту минуту мне было неловко перед папой, который стоял здесь же и смотрел на меня, за неуместные сейчас, когда в доме столько чужих мужчин, кружева и голые колени. Я думала о том, как мы с Сережей ездили к кордону, чтобы забрать маму. Он наверняка знал уже, что мы не прорвемся, потому что несколько раз, сразу после объявления карантина, пробовал попасть в город один, без меня. Я помню, как он уезжал и возвращался, бросал со злостью ключи на столик и говорил: «К черту, все перекрыто, малыш», но ни разу, ни разу не сказал мне, зачем он ездил. А в день, когда я спорила, просила и плакала, он поехал со мной, поехал все равно, чтобы я убедилась в том, что в город попасть невозможно, потому что знал, что это нужно попробовать сделать самому, и даже тогда, в машине, пока пустое темное шоссе разматывалось у нас под колесами, он не сказал мне. И на обратном пути — не сказал, хотя наверняка тогда, раньше, он тоже предлагал им деньги и говорил: «Мужики, у меня сын там, внутри, маленький совсем», и показывал рукой от земли, «Мне проехать всего пятьсот метров от кольцевой, тут рукой подать, мы даже вещи не будем собирать, я просто заберу его, просто посажу в машину и вернусь, дайте мне пятнадцать минут», и после разворачивал машину и уезжал, и ехал к другому кордону, и пробовал снова, и возвращался домой ни с чем.

Я ни разу не спросила его, мне даже не пришло в голову. Хотя на столе в кабинете стоит фотография: светлая челка, широко расставленные глаза, и несколько раз в месяц Сережа обязательно ездит его проведать. «Сегодня у тебя выходной, Анька». Мы как-то привыкли не говорить об этом; когда он возвращался, я спрашивала дежурно: «Как малыш?», и он отвечал парой фраз: «нормально» или «растет», и ничего больше не рассказывал. Я не знала о том, каким было его первое слово и когда оно было сказано, какие он любит сказки, боится ли темноты. Однажды Сережа спросил: «Ты болела ветрянкой?» — и я поняла, что мальчик болен, но не спросила, высокая ли температура, чешется ли он, хорошо ли спит, а просто ответила: «Да, мы оба болели, и я, и Мишка, не волнуйся». Возможно, дело было в том огромном, удушливом чувстве вины, с головой захлестнувшем меня в то время, когда Сережа уходил ко мне от матери этого двухлетнего тогда мальчика. Уходил по частям, не сразу, но все равно очень быстро, слишком быстро и для нее, и для меня, не дав нам возможности свыкнуться с новым для нас обеих положением дел, как это часто делают мужчины, принимая решения, последствия которых торчат острыми рыбьими костями до тех пор, пока женщины не находят способа обернуть и спрятать их незначительными, но ежедневными маленькими усилиями, в результате которых жизнь снова становится понятной, а все случившееся можно не только объяснить, но и оправдать. А может быть, дело было вовсе не в этом. Просто ни женщина, которую он оставил из-за меня, ни я сама по какой-то необъяснимой причине не сделали ни малейшего шага для того, чтобы наши миры, в центре которых — почему-то я знала, что это так, — находился Сережа, пересеклись хотя бы в чем-то, хотя бы в нашем общем отношении к маленькому мальчику, которого было бы так легко полюбить. Просто потому, что он не успел еще сделать ничего, чтобы этому помешать.

Я готова была полюбить его — тогда, в самом начале, и не только потому, что была согласна любить все, что было дорого Сереже, а просто потому, что

Мишка вырос и начал стряхивать мои руки, когда я пыталась обнять его, – не обидно, но настойчиво, как делают лошади, отгоняя муху. Перестал сидеть у меня на коленях и просить, чтобы я немного полежала рядом с ним перед сном. Или потому, что спустя несколько лет после Мишкиного рождения очередной визит к доктору закончился фразой: «Хорошо, что у вас уже есть ребенок». А может, еще и потому, что гладкий, удобный, безукоризненный мир, который я в один миг тогда построила вокруг Сережи, его привычек и предпочтений, словно бы отталкивал любое вторжение извне, даже со стороны близких и невраждебных ему людей, и маленький мальчик со своей потребностью в заботе, внимании и в том, чтобы его развлекали, появляющийся изредка, по выходным или в каникулы, не пошатнул бы этого мира настолько, как это наверняка бы сделал другой ребенок – тот, которого у нас с Сережей не было. Не думаю, что объяснение это пришло мне тогда в голову, но я была готова полюбить его. Я точно помню, как была готова. Как говорила: «Не нужно тебе уезжать, давай заберем его на выходные, пойдем в цирк, погуляем в парке, я умею варить каши и рассказывать сказки, я чутко сплю и легко просыпаюсь по ночам». Когда мы переехали в этот новый красивый дом, я даже придумала комнату – она называлась «гостевая», но я поставила там небольшую кровать со спинкой, которая мала была бы взрослому, и припрятала Мишкины детские сокровища, которые сделались ему неважны: пластмассовых динозавров со сложными именами (я все еще помнила их наизусть), набор игрушечных индейцев, которых можно было снять с лошади, но ноги у них по-прежнему оставались изогнуты. Все это не пригодилось мне ни разу, потому что женщина, от которой Сережа ушел ко мне, одинаково решительно отвергла и мое чувство вины, и мое великодушие победителя — две вещи, которых я не могла не испытывать, а она — оставить незамеченными. Невидимый кордон, который эта женщина установила между нашими жизнями, существовал задолго до карантина.

Вначале она не желала отпустить мальчика к нам до тех пор, пока он не начал говорить и не смог бы сам рассказать ей, все ли в порядке. Позднее, когда он заговорил, появились новые причины — он простужен, у него сложный период и он боится незнакомцев, он начал ходить в детский сад и ему не нужны дополнительные стрессы.

Как-то я нашла подарок, который купила для мальчика, спустя несколько недель не распакованным в багажнике Сережиной машины, словно и он был соучастником этого заговора, и тогда я начала замечать, что мое желание сделать этого ребенка частью нашего общего мира гаснет и сменяется облегчением, и очень скоро я, пожалуй, была даже благодарна его матери за то, что она не напоминает мне о существовании длинной, разной и наверняка местами счастливой Сережиной жизни без меня.

Это было ее решение, и хотя я не знала причин, по которым она приняла его, я согласилась с ней — слишком легко. Я перестала задавать вопросы, а мужчина, три года живший со мной под одной крышей, спавший со мной в одной постели, перестал говорить со мной об этом — совсем. И это позволило мне отвлечься настолько, что, когда случился весь этот кошмар, я даже не вспомнила о женщине и ее ребенке, и потому он сегодня уехал ночью, не попрощавшись, не сказав мне ни слова.

— Аня? — произнес вдруг папа где-то за моей спиной, и в этот же момент сигарета обожгла мне пальцы, я даже не заметила, как закурила.

Смяв ее в пепельнице, я встала, плотнее завернулась в плед и сказала ему:

— Давайте сделаем так. Я сейчас оденусь и подожду его... их, а вы ложитесь спать, ладно?

— Следующим дежурит Михаил, — сказал папа и посмотрел поверх моего плеча, и, обернувшись, я увидела Мишку, идущего вниз по лестнице. Лицо у него было сонное и помятое, но решительное. Он, которого каждый день приходилось будить в школу, очевидно, впервые в жизни проснулся по будильнику — сам. Заметив меня, он нахмурился:

— Мам? — спросил он, — ты что тут?.. Иди ложись, моя очередь. Меня Лёня сменит через два часа, мы же вечером еще договорились — девочки спят, мужчины дежурят.

— Да при чем тут — девочки, мальчики, ну что за глупости! Я все равно уже проснулась, а тебе нужно выспаться, завтра тяжелый день, — начала я, но Мишка тут же досадливо сморщился, а папа протянул ко мне руку, словно собираясь подтолкнуть меня к лестнице, и сказал почти сердито:

— Иди, Аня, у нас все под контролем, незачем тебе тут... — и тогда я посмотрела ему в глаза и спросила:

— Погодите, а что такого? Вы что думаете, я ее пристрелю? Нет, серьезно?

– Кого – ее? – с интересом спросил Мишка, но я смотрела на папу, который взял меня за плечи, теперь уже по-настоящему, и повел наверх.

– Какую же ерунду ты несешь, Аня, сама послушай. Как только они вернутся, Мишка тут же тебя разбудит, а теперь иди, давай, ну что ты как маленькая, – и я почему-то послушалась его, перестала сопротивляться и начала подниматься по лестнице, и только на верхней ступеньке, перед самым пролетом, обернулась и еще раз взглянула на них.

Оба они, казалось, уже забыли обо мне. Папа объяснял Мишке, с какого места лучше видно дорогу; заметно было, что Мишка почти пританцовывает от нетерпения, так ему хочется остаться одному, у окна, с ружьем.

Я поднялась в спальню, набросила на плечи Сережин свитер, лежавший на полу среди прочих вещей, приготовленных накануне, и придвинула к окну кресло; оно оказалось слишком низким, и мне пришлось положить на подоконник локти и упереться в них подбородком, чтобы видеть улицу. Спустя несколько минут квадрат света на снегу от освещенного окна гостиной погас; это означало, что папа улегся спать на диване внизу, а Мишка приступил к своей двухчасовой вахте. Все стихло, собаки уже не лаяли, и слышно было даже, как тикают на прикроватной тумбочке Сережины часы – мой подарок к годовщине. Я сидела в неудобной позе, вглядываясь в темноту за окном – жесткое кресло, холод от оконного стекла, – и думала: он даже не взял с собой часы.

Когда наконец внизу хлопнула дверь кабинета – проснулся Лёня, чтобы сменить Мишку, – я натянула джинсы и спустилась в гостиную. До рассвета оставалось еще несколько часов, и первый этаж по-прежнему был погружен в темноту, балконная дверь приоткрыта, а все они – Мишка, Лёня и папа – стояли снаружи, вполголоса переговариваясь. Я выглянула на балкон и сказала:

– Мишка, иди немедленно ложись. Твое дежурство закончилось, я разбужу тебя часа через три.

Разговор тут же смолк, и все они повернулись разом, со смущенными лицами. Мишка поймал мой взгляд и, не протестуя, протиснулся в дом. Оставшиеся на балконе мужчины молча смотрели на меня.

– Не спится? – спросила я у папы.

– Я смотрю, ты тоже не ложилась, – ответил он.

Глаза у него были красные. Мне пришло в голову, что за прошедшие двое суток он спал от силы несколько часов, и сердце у меня сжалось.

– Давайте я кофе сварю, – сказала я, прикрыла балконную дверь, прошла через темную гостиную в кухню и зажгла лампу над столом. Следом за мной с балкона вернулся папа и встал в дверном проеме, словно не решаясь пройти дальше.

– Сделай лучше чайку, Анюта. С моим мотором много кофе нельзя уже.

Не глядя на него, я налила воды в чайник и нажала кнопку, и чайник сразу же зашумел, а я достала чашки, коробку с чаем, мне было важно не оборачиваться к нему, важно было чем-то занять руки, и тогда он сказал:

– Аня, ну не мог же я его не отпустить, – но я не ответила, мне нужно было найти сахар, а я все не могла вспомнить, где эта чертова сахарница, все мы пили несладкий чай и доставали ее только для гостей.

– Он вернется, Аня. Шестьдесят километров в один конец, плюс им же вещи какие-то собрать надо, детскую какую-нибудь дребедень, где ее сейчас достанешь? Каких-то четыре часа прошло, подождем, все будет хорошо, вот увидишь, – и тут я наконец нашла сахарницу, и схватила ее обеими руками, и постояла так немного, а затем повернулась к нему и сказала.

– Конечно. Конечно, все будет хорошо. Мы сейчас все вместе попьем чаю, а потом отпустим Лёню собирать вещи. Пусть, пока девочки спят, возьмет ваш список и посмотрит у себя. А мы подежурим, да?

– Подежурим, – сразу согласился он и с облегчением затопал обратно, сообщать Лёне новость, а я смотрела ему вслед и думала: интересно, неужели он даже спит в валенках.

Обрадованный нашим решением Лёня отказался от чая и сразу побежал к себе. Чтобы не провожать, я дала ему ключи от калитки и только смотрела через стекло, как он возится с непривычным замком. Как только он ушел, мы с папой заняли свои места у окна в гостиной – заряженный карабин стоял тут же, возле стены, – и следующий час просидели молча, наблюдая за темной пустой дорогой. Небо постепенно начинало светлеть, разговаривать не хотелось. Иногда кто-нибудь из нас менял позу, распрямляя затекающую спину, и второй тут же вздрагивал, вглядываясь в то место, где дорога показывалась между деревьев, сжимающих ее с двух сторон густым черным частоколом. Боже мой, думала я, когда-то мне казалось, что из нашей гостиной прекрасный вид, я никогда больше не смогу смотреть в это окно и не вспоминать при этом ужасные вещи, которые сейчас приходят мне в голову. У меня замерзли ноги и затекла спина, мне нужно в туалет, а я боюсь отвести взгляд от окна, словно если я перестану смотреть, знакомая черная машина уже точно никогда больше не появится.

Когда первый час нашего дежурства истек (прошло уже пять часов, что-то случилось), я встала со своего места – папа вздрогнул и поднял голову – и сказала:

– Знаете, я, пожалуй, займусь делом. Вечером выезжать, а вещи не собраны. Лёню мы отпустили, а сами сидим тут, тратим время. Давайте вы покараулите дорогу, а я пойду, – и прежде, чем он успел ответить, повернулась и вышла из гостиной.

Сразу же, как только я перестала видеть эту чертову дорогу в окно, мне стало немного легче. Я прошла в ванную, распахнула бельевой шкаф и стала вынимать оттуда банные полотенца: три синих (что-то случилось, он не вернется), три зеленых. Достала из ящика под раковиной зубные щетки, несколько тюбиков зубной пасты, мыло. Упаковку тампонов. Надо будет узнать у Сережи (он не вернется), догадались ли они купить мне тампонов, или можно спросить Марину, загородные жители иногда удивительно запасливы. Нам понадобится стиральный порошок. Или мыло, хозяйственное мыло, кажется, оно было в списке? Я открыла ящик с лекарствами: йод, ибупрофен, капли от насморка, Мишка не может спать, когда у него заложен нос, какая смешная у нас аптечка, «отпускная», с такой ездят на неделю на море, а не на полгода в лес, у нас даже нет бинтов, только лейкопластырь, каким заклеивают стертый мизинец под новыми туфлями, наверное, нужны антибиотики, вдруг воспаление легких или что-нибудь похуже — надо взглянуть, что они купили вчера в аптеке.

Я буду собирать вещи и ни разу не подойду к окну — и тогда он вернется. Шерстяные носки, теплые шапки, лыжные перчатки, белье, да, белье, в гардеробной на втором этаже вообще нет окон, или лучше спуститься вниз, в кладовку, нам нужны крупы и консервы, они наверняка купили всё это, но не оставлять же. Сахар, какая ерунда — два килограммовых пакетика, нужен мешок сахара, мешок риса, всего по мешку, нас семеро, сколько нужно картошки для семи человек на зиму, сколько банок тушенки, там просто лес вокруг, холодный пустой деревянный дом, никаких грибов и ягод, все под снегом, что мы будем есть, как будем спать — всемером, в двух комнатках? Нужно взять спальные мешки, у нас только два, а нужно — семь, нет, девять, они же вернутся втроем. Я буду ей улыбаться, буду, черт возьми. Я стану ей лучшим другом, только пусть он доедет, пусть останется невредимым, кажется, хлопнула дверь наверху, я не слушаю, это просто проснулся Мишка, или вернулся Лёня, я не пытаюсь расслышать Сережин голос, если я не буду вслушиваться, если я сделаю вид, что не жду его, тогда он вернется, как жаль, что в кладовке нет радио, я бы включила музыку, чтобы ни один звук не проник сюда, я не слушаю, не слушаю.

В кладовке вдруг стало светлее, я обернулась. В дверном проеме стоял Мишка, лицо у него было удивленное. Я отняла руки от ушей и услышала:

— Мам, ты чего? Мы зовем тебя, зовем. Все в порядке, мам. Они приехали. — И тогда я наконец выдохнула, словно все это время дышала только половиной легких, ну конечно, он приехал, и оттолкнула Мишку, и побежала в прихожую.

Сережа как раз снимал куртку, а рядом с ним, вполоборота стояла высокая женщина в стеганом пальто с капюшоном, накинутым на голову. За руку она держала мальчика в темно-синем комбинезоне, застегнутом до самого подбородка; оба стояли совершенно неподвижно, не делая попыток раздеться. Сережа поднял на меня глаза и улыбнулся неуверенно и устало; видно было, что он еле стоит на ногах:

– Мы задержались. Той же дорогой вернуться не удалось, пришлось сделать крюк по бетонке. Не сердись, малыш.

Мне хотелось подбежать к нему, потрогать, но для этого пришлось бы оттолкнуть высокую женщину в пальто и мальчика, которого она крепко держала за руку, и потому я остановилась в нескольких шагах и сказала только:

– Ты не взял с собой часы.

На звук моего голоса женщина обернулась, сбросила с головы капюшон и несколько раз встряхнула головой, освобождая длинные светлые волосы.

– Это Ира, – сказал Сережа. – Ира и Антошка.

– Привет, «малыш», – медленно проговорила женщина и спокойно посмотрела мне в глаза.

Наши взгляды встретились, и хотя больше она не сказала ничего, я мгновенно поняла, что вряд ли сумею выполнить обещание стать ей лучшим другом.

– Ира! – раздался за моей спиной папин голос. – Ну слава богу.

Улыбаясь, он подошел поближе, но не обнял ни ее, ни мальчика. Я посторонилась, пропуская его вперед, и подумала: кажется, в этой семье до моего появления вообще было не принято обниматься, а она чуть приподняла уголки губ, обозначив ответную улыбку, и сказала:

– Мы с Антоном две недели не выходили из квартиры. Точно не знаю, но кажется, кроме нас, в подъезде больше никого не осталось.

Подошел Мишка, на звук голосов из кабинета выглянула Марина, а Ира стянула наконец с плеч свое пальто и отдала Сереже, а затем, наклонившись к ребенку и расстегивая на нем комбинезон, начала рассказывать. Не поднимая головы, ровным будничным голосом она говорила о том, как умирал город, лежащий в нескольких десятках километров отсюда. Как сразу же после объявления карантина началась паника, и люди дрались в магазинах и аптеках. Как ввели войска и на каждой улице – в начале и в конце – стояли армейские грузовики, с которых военные в масках и с автоматами раздавали по карточкам продукты и лекарства. Как соседке, которая иногда оставалась посидеть с Антошкой, на обратном пути от пункта раздачи сломали пальцы на обеих руках, вырывая у нее сумку, и после этого ходили только группами по восемь-десять человек.

Как перестали ходить автобусы и трамваи, и на улицах остались только машины скорой помощи, и как их заменили потом те же самые военные грузовики, только с криво приклеенными, а после уже просто нарисованными краской крестами на брезентовых тентах – за заболевшими больше никто не приезжал на дом, родственники под руки выводили их из дома и сами вели к санитарным машинам, приезжавшим вначале два раза в день – утром и вечером, а затем уже только раз в сутки. Как санитарные машины перестали наконец приезжать совсем, и на подъездах появились объявления «ближайший пункт экстренной помощи находится по адресу ______», и люди сами, на санках везли туда своих заболевших, а потом и мертвых.

Она рассказала, что, когда заболел Ваня, сын ее сестры, «помнишь Лизу, Сережа?», Лиза сама отвела его к санитарной машине, а после искала его по всем ближайшим больницам, и ей везде отвечали – его нет в списках, тогда еще работали телефоны. А потом Лиза пришла пешком, поздно вечером, и звонила в дверь, и в глазок видно было, что она больна – лицо у нее было мокрое, и еще она кашляла, страшно, захлёбываясь, «я не открыла, мы сразу бы заразились, и тогда она села под дверью и сидела долго, не двигаясь, и потом ее, кажется, вырвало прямо на лестнице, а когда я подошла к двери в следующий раз, ее уже не было». Как после этого она поняла, что из дома больше выходить нельзя; по телевизору продолжали говорить, что ситуация под контролем, что пик эпидемии постепенно сходит на нет, а дома были кое-какие продукты, и она надеялась, что можно будет переждать, продержаться. Как первую неделю еды хватало, а на второй ей стало ясно, что надо экономить, и она стала есть совсем мало, но еда все равно кончилась, и последние два дня они с Антоном ели старое варенье из банки, которая нашлась на балконе – по четыре ложки утром, днем и вечером, и пили кипяченую воду.

Она рассказала, что все время смотрела в окно, и под конец на улицах почти никого уже не было –

ни днем, ни ночью, и сильнее всего она боялась, что пропустит какое-нибудь важное сообщение – про эвакуацию или про вакцину, и почти не выключала телевизор, даже спала рядом с ним, а потом начала бояться, что отключат электричество и воду, но все работало, только окна соседних домов вели себя странно – в некоторых свет не зажигался совсем, а в других – горел всегда, даже днем, и она выбирала какое-нибудь окно и наблюдала за ним, пытаясь определить, остались ли за ним живые люди. Она сказала, что, когда ночью приехал Сережа и позвонил в дверь, она долго смотрела на него в глазок и даже заставила его снять куртку и подойти совсем близко, чтобы убедиться в том, что он не болен. А когда они позже бежали к машине, справа от подъезда в палисаднике она увидела присыпанное снегом женское тело, лежавшее лицом вниз, как будто его просто оттащили с дорожки, и ей даже на мгновение показалось, что это Лиза, хотя это, конечно, не могла быть Лиза, потому что та приходила неделю назад.

Голос у нее был ровный, глаза – сухие. В руках она по-прежнему держала синий детский комбинезон и шапку, которую, закончив говорить, засунула в рукав, и наконец подняв на нас глаза, спросила просто:

– Куда это можно повесить?

Сережа забрал у нее из рук вещи, а я сказала:

– Ира, пойдемте, я покормлю вас.

– Нам незачем быть на «вы», – ответила она. – Покорми пока Антошку. Это, наверное, странно, но я совсем не хочу есть.

– Пойдем со мной, – сказала я мальчику и протянула к нему руку; он взглянул на меня, но с места не сдвинулся.

Ира легонько подтолкнула его:

– Ну, иди, иди с ней, – и только тогда он шевельнулся, но руки моей не взял, а просто пошел следом за мной в кухню.

Я открыла холодильник и заглянула внутрь:

– Ну что, омлет сделаем? Или кашу сварить? Ты с чем кашу любишь, с вареньем или с сахаром?

Мальчик не отвечал.

– А может, бутерброд? Будешь? Давай так – сначала бутерброд, а потом кашу, да?

Я отрезала кусок хлеба, положила на него кружок вареной колбасы и обернулась. Он по-прежнему стоял на пороге, и тогда я подошла к нему сама, села на корточки и протянула хлеб. Мальчик посмотрел на меня без улыбки широко расставленными глазами своей матери и спросил:

– Здесь мой папа живет, да?

Я кивнула, и он тоже кивнул – не мне, а скорее сам себе, и сказал вполголоса:

– Значит, я тоже здесь живу. А ты кто?

– Меня зовут Аня, – сказала я и улыбнулась ему. – А тебя, мне сказали, зовут Антон?

– Мама не разрешает мне разговаривать с незнакомыми, – ответил мальчик, взял у меня из рук бутерброд, повернулся и вышел из кухни. Я немного еще посидела на корточках, чувствуя себя очень глупо, как часто случается со взрослыми, полагавшими, что с детьми – просто, а затем поднялась, отряхнула руки и пошла за ним.

Взрослые стояли группой у окна гостиной. Мальчик подошел к матери, прижался к ее бедру и только тогда наконец откусил от бутерброда. В мою сторону он не смотрел; на самом деле ко мне не обернулся никто — все они что-то напряженно рассматривали в окно. Я спросила:

— Что там? — но никто не ответил, и тогда я подошла поближе и тоже увидела — совсем рядом, за узкой полоской леса, темнеющей на фоне неба, поднимался черный, густой столб дыма.

— Там коттеджный поселок, — сказала я, ни к кому конкретно не обращаясь, ведь никто ни о чем меня не спрашивал. — Совсем новый, домов десять-двенадцать. Его недавно достроили, я даже не уверена, что там кто-нибудь живет.

— Столько дыма, — сказал Сережа, не оборачиваясь, — похоже, это дом горит.

— Может, съездим, посмотрим? — предложил Мишка. — Тут километра полтора всего, — и прежде, чем я успела возразить, Сережа сказал:

— Нечего там смотреть, Мишка. Мы этих пожаров насмотрелись по дороге сегодня ночью, и еще увидим достаточно, можешь не сомневаться, — он взглянул на отца. — Все происходит слишком быстро, пап, а мы, похоже, отстаем.

— Мы почти всё собрали, — сказала я. — Ждать не нужно, давайте погрузимся и поедем.

— У меня бак пустой, Аня, — ответил Сережа. — Мы вчера не успели заправиться, ночью тоже было не до этого. Вы пока грузитесь, а я прокачусь по заправкам. Может быть, что-то еще работает.

— Я поеду с тобой. — сказал папа. — Сейчас лучше не ездить одному. С девочками пускай Лёня посидит — пойду, схожу за ним.

И все вдруг разошлись. Папа возился в прихожей, выуживая свою охотничью куртку из-под прочей одежды, висевшей на вешалке, мальчик вдруг сказал басом: «Мама, я писать хочу», и Мишка увел их. Мы с Сережей остались в гостиной одни, и только тогда я наконец смогла подойти к нему, обхватить за шею и прижаться щекой к его шерстяному свитеру.

– Я не хочу, чтобы ты ехал, – сказала я свитеру, не поднимая глаз.

– Малыш, – начал Сережа.

Но я перебила:

– Я знаю. Я просто не хочу, чтобы ты ехал.

Мы постояли так немного, не говоря больше ни слова. Где-то в доме текла вода, хлопали двери, слышны были голоса, а я обнимала его обеими руками и думала о том, что сейчас они все вернутся – папа, или Лёня, или Ира с мальчиком, и мне придется разжать руки и отпустить его. Входная дверь хлопнула, Сережа шевельнулся, как будто пытаясь высвободиться, и я инстинктивно сжала его еще крепче, но в ту же минуту мне стало неловко, и я опустила руки.

Мы вышли в прихожую. На пороге стоял папа – один, без Лёни.

– Анюта, выше нос, никуда мы его у тебя не забираем. Ваш Лёня – запасливый мужик, у него в подвале генератор и – не поверишь, Серега, – литров сто солярки, не меньше! Давай, пошли, надо открыть ворота. Аня, да пусти ты его, дальше ворот не выйдет! Пора грузиться. Нам лучше выехать до темноты.

Сережа схватил ключи, и они вышли во двор, а я, накинув куртку, с веранды смотрела на них, как будто хотела убедиться, что они снова меня не обманут, и Сережа действительно никуда больше не уедет. Ворота открыли, на парковку перед домом въехал Лёнин здоровенный Лендкрузер; чтобы он поместился, папину старенькую Ниву с забрызганными грязью стеклами, особенно жалкую на фоне этого черного сверкающего монстра, пришлось передвинуть подальше, за пределы мощеной площадки. Я смотрела, как под передними колесами Нивы, треща, ломаются крошечные туи, которые я посадила в прошлом году. Выйдя из машины, папа взглянул на меня. Лёня что-то кричал ему от ворот, но он отмахнулся и подошел к веранде. Положив руку на перила, он поднял ко мне лицо и сказал вполголоса:

— Аня, соберись. — Голос его звучал строго. — Я понимаю, очень много всего случилось, но сейчас не время, ты слышишь? Не время. Мы сейчас соберемся, сядем по машинам и уедем отсюда, и все будет хорошо, но в соседнем поселке — видишь дым? — творится черт знает что, и нам сейчас некогда утешать тебя из-за ерунды вроде этого несчастного сломанного дерева. Нам еще бензин из Нивы сливать, и я не хочу делать это снаружи, на глазах у соседей и бог знает кого еще. Ты слышишь, Аня? Посмотри на меня. — Я подняла на него глаза. — Не вздумай реветь. У нас впереди тяжелая длинная дорога, и ты мне нужна спокойная и собранная. Иди лучше, проследи, чтобы мы ничего не забыли. А когда доберемся до места, я тебе обещаю — мы сядем с тобой и как следует поплачем обо всем. Договорились?

— Договорились, — сказала я, и сама удивилась тому, как тонко, по-детски прозвучал мой голос. Он сунул руку в карман, выудил пачку своей кошмарной «Явы» и протянул мне:

— На вот, возьми. Выкури сигаретку, успокойся и иди домой. Там у тебя две бабы с детьми, которых надо организовать. Ты хозяйка, вот и берись за дело, – тут он отвернулся и пошел к воротам, крича Лёне: – Давай, Леонид, открывай багажник, посмотрим, что ты там набрал, – а я, морщась, курила его резкую вонючую сигарету и смотрела, как плавно открывается багажник Лендкрузера и трое мужчин, от которых зависит судьба всех, находящихся в доме, заглядывают внутрь. Я выбросила окурок в снег и вернулась в дом.

Я нашла их в кухне: Иру возле плиты, Марину за столом, с молчаливой девочкой на коленях, и рядом с ними, на стуле – смирно сидящего мальчика. Подходя, я слышала голоса, но стоило мне войти, все замолчали. Не оборачиваясь, Ира сказала:

– Ты не против? Я варю детям кашу, им надо поесть перед дорогой.

– Конечно, – ответила я. – Может, бутербродов еще нарежешь? Там есть сыр и колбаса. И яичницу можно поджарить. Нам ведь тоже нужно поесть.

Она не ответила, продолжая помешивать кашу, и тогда я распахнула дверцу холодильника и принялась выгружать оттуда яйца, колбасу и сыр.

– Сковородка на плите, – сказала я в пустоту. – А я вещи пока соберу.

Тишина густела, непроницаемая и плотная, как вата, как булькающая в кастрюле овсянка. Эта женщина не собиралась говорить со мной, выполнять мои просьбы, как будто даже не слышала меня. Как будто меня вообще здесь не было. Я поняла, что краснею – беспомощно и смешно, и сильнее всего мне захотелось вдруг повернуться и сбежать из кухни, из моей собственной кухни. Словно почувствовав это, из-за стола вскочила Марина.

– Ой, – сказала она. – Пойду проверю, как там Лёня собрался. Дашка с вами тут посидит, ладно? С ней не будет проблем.

И убежала, а девочка осталась, неподвижная и тихая. Над столом виднелась только часть ее маленького личика. Она не обернулась вслед матери и вообще никак не показала, что заметила ее отсутствие; протянув руку, она осторожно потрогала толстым пальчиком пустую тарелку, стоявшую перед ней, и снова замерла. Я еще раз взглянула на женщину, склонившуюся над плитой, и повторила зачем-то в узкую спокойную спину:

– Ладно, пойду собираться.

Наверху, в спальне я вытащила из шкафа Сережин охотничий рюкзак и две спортивные сумки и уселась на пол, среди аккуратно сложенных свитеров и ботинок, которые мы с папой приготовили накануне. Надо было спросить у нее, не нужна ли ей теплая одежда. Куртка, шерстяные носки или, может, какое-нибудь белье? Собирались они впопыхах, и вещей у них оказалось совсем немного, почему я не спросила? Потому что она бы тебе не ответила, угодливая ты дура, сказала я себе. Она даже бы к тебе не обернулась. К черту ее, я вообще не должна об этом думать. А если ей вдруг все-таки что-нибудь понадобится, ей придется самой об этом заговорить.

Можно было попробовать притвориться, что это сборы в отпуск. Я всегда любила паковать чемоданы сама – ночью, потому что накануне отъезда все равно не могла заснуть. Аккуратно складывать вещи и носить по одной, не спеша, делая паузы, чтобы выкурить сигарету или выпить вина. Предвкушая радость от предстоящего путешествия. Но сейчас все было иначе, и поэтому я просто быстро рассовала вещи по сумкам и, поставив их рядком у стены, села на кровать и оглядела спальню. Комната была пуста и спокойна, сложенные сумки стояли у стены, и я вдруг отчетливо представила себе, что через несколько часов мы уедем отсюда насовсем. Насовсем. И все, что я не упаковала, останется здесь. Покроется пылью, съежится и пропадет навсегда. Что мне взять с собой, кроме прочных ботинок, продуктов, лекарств и теплых вещей и запасного белья для женщины, которая, вероятнее всего, откажется его принять? В детстве я любила подумать об этом перед сном, мысленно проводя осмотр своих детских сокровищ, а после, утром, приставала с этим вопросом к остальным: выбери, что ты вынесешь из дома, если будет пожар? Можно было выбрать только одну вещь, всего одну, такие были правила, и все отшучивались и говорили какую-нибудь ерунду, а мама однажды сказала – тебя. Ну конечно, я вынесу тебя, глупенькая, и я рассердилась и замахала на нее руками, мама, я же говорю – вещь, надо выбрать вещь. Когда родился Мишка, я поняла, что она имела в виду. Сегодня я сидела в спальне дома, который мы построили два года назад и в котором я была очень счастлива, и дом этот был набит вещами, каждая из которых что-то значила для нас, а в сумках, стоящих на полу, оставалось еще немного места – немного, и поэтому мне нужно было выбрать. Снизу послышались голоса; мужчины вернулись в дом. Я встала, прошла в гардеробную и достала с верхней полки картонную коробку. У меня так и не дошли руки рассортировать их, разнокалиберные, лежащие вперемешку карточки – черно-белые, цветные; свадьба родителей, бабушка с дедом, маленький Мишка, я в школьной форме. Здесь не было ни одной Сережиной, в последние годы мы перестали их печатать и просто хранили в компьютере. Я вытряхнула фотографии из коробки, завернула в пакет и сунула в одну из сумок, а потом закрыла за собой дверь спальни и спустилась вниз.

На лестнице я столкнулась с Лёней и Мариной, они о чем-то спорили вполголоса. Увидев меня, она сказала растерянно:

– Представляешь, я не смогла туда зайти. Лёнька забыл, конечно, кучу всего, и одежки Дашкины взял не все, и белья не нашел, и много всего по мелочи. Я хотела сходить сама, правда хотела. И не смогла, я даже не вышла за ворота. Дым еще этот ужасный, – а потом опять повернулась к Лёне: – Нет, не пойду. Вот, возьми, я все тебе тут написала. Дашкин красный комбинезон в шкафу справа, и мой лыжный костюм, ну тот, белый, в этой жуткой куртке я не поеду. И термобелье, Лёня, ты же помнишь где оно, ты сам его складывал.

Страдальчески закатив глаза, Лёня взял список у нее из рук и пошел к двери, а она крикнула ему вслед:

– И шкатулку мою не забудь! На столике возле зеркала.

– Маринка, – застонал Лёня, – мы едем не в Куршевель, ну нафига тебе там цацки твои? – и не дожидаясь ответа, вышел за дверь.

– У нас соседка была в Ростове, – сказала Марина тихо, – давно. Богатая такая старуха, вся в кольцах. Картины, собачка, волосы крашеные. Мы с мамой ходили к ней окна мыть. Так вот, она всегда говорила, что бриллианты нужны для того, чтоб их, если что, обменять на хлеб. Он не понимает просто. Я тут ничего не оставлю, ничего.

Мы носили вещи еще два часа, сделав короткий перерыв на еду. Накормив детей (даже Мишка безропотно съел тарелку каши), Ира все-таки приготовила яичницу, которую все ели на бегу, даже не усаживаясь за стол, и мне даже не было жаль, что не удалось последний раз посидеть за нашим большим столом, который я так любила, слишком странная получилась бы компания. Из оставшихся хлеба и сыра она наделала бутербродов и положила по свертку в каждую машину. Каждый раз, когда казалось, что все уже собрано, кто-нибудь вспоминал о чем-то очень важном. Инструменты, говорил Сережа, и они с папой устремлялись в подвал, на пути крикнув мне – Анюта, ты взяла бы справочник какой-нибудь медицинский, нет у вас? У нас есть, кажется, вспоминала Марина, и Лёня снова бросался через дорогу, в свой пустой дом с темными окнами; и для всякой новой вещи приходилось искать свободное место, снова переставляя сумки, мешки и коробки. Три машины стояли на площадке перед домом с задранными вверх багажными дверцами. В наступающих сумерках они выглядели, как диковинная скульптурная группа. Разоренная Нива дремала тут же, папа сорвал с нее длиннющую антенну и вынул из салона коротковолновую рацию и полез ко мне в Витару подключать ее. Как же я ненавидела эту проклятую рацию. У тебя антенна, как у таксиста, говорила я, хотя на самом деле меня сердила Сережина привычка слушать разговоры дальнобойщиков: «куплю топливо», «на сорок пятом километре машинка работает, ребята, поосторожней». В последнее время это была любимая Сережина игрушка, и в наши редкие совместные поездки он обязательно включал ее, расшифровывая чужие разговоры сквозь шорох помех, пока я злилась и курила в окошко. Пошел легкий снег. Когда место в машинах закончилось, последние коробки прикрутили к багажнику на крыше Сережиной машины, обмотав полиэтиленовой пленкой. В самом конце Сережа вынес из дома свои охотничьи ружья и отдал одно из них Лёне. Стрелять-то умеешь, спросил он, но Лёня только обиженно пробурчал что-то и уволок ружье к себе в машину. Наконец, сборы закончились. Папа встал на пороге и крикнул внутрь дома:

– Все на выход! Собираться можно вечно. Уже половина пятого, ждать больше нельзя!

И Марина с Ирой вывели детей.

Когда все уже были снаружи, Сережа сказал мне:

– Пойдем, Анька, закроем все.

Выключив везде свет, мы немного постояли в прихожей, у самой входной двери. Сквозь большие окна по-лунному мягко заглядывал неяркий уличный фонарь, отбрасывая на светлый, в паутине мокрых следов пол вытянутые бледные тени. В дальнем углу коридора белел какой-то смятый, забытый листок бумаги. В небольшой лужице подтаявшего снега у нас под ногами мокли ненужные теперь тапочки, и почему-то их было пять штук, именно пять, и я наклонилась, чтобы собрать их, потому что нужно было найти шестой, обязательно нужно, он наверняка где-то здесь, и составить аккуратно, парами.

– Аня, – сказал Сережа у меня за спиной.

– Сейчас, – ответила я, сидя на корточках и заглядывая под калошницу. – Я только...

– Не надо, – сказал Сережа. – Брось. Пойдем.

– Ну подожди полсекунды, – начала я, не оборачиваясь, – я... – и тогда он положил руку мне на плечо.

– Вставай, Анька, всё, – и когда я поднялась и взглянула ему в лицо, улыбнулся: – Ты как капитан, последним покидающий судно.

– Не смешно, – ответила я, и тогда он обнял меня и сказал мне в ухо:

– Я знаю, малыш. Давай не будем затягивать этот момент, пойдем скорее, – и шагнул через порог, и ждал снаружи с ключами в руке до тех пор, пока я не вышла за ним.

Лёня с Мариной уже устраивали девочку на заднем сиденье своей машины, закрепляя ремешки детского кресла, а папа, Мишка и Ира с мальчиком стояли поодаль и смотрели, как мы запираем дверь.

– Ир, вы с Антошкой поедете с отцом на Анькиной Витаре, – сказал Сережа. – Пап, возьми у Ани ключи. Мишка! Садись в машину.

– Пошли, Антон, – Ира взяла мальчика за руку, и он пошел было за ней, но перед самой машиной неожиданно выдернул руку из ее ладони и сказал громко:

– Я хочу с папой.

– Мы поедем с дедушкой, Антон, а папа – впереди. Мы будем говорить с ним по рации, – она наклонилась к сыну и взяла его за плечи, но мальчик оттолкнул ее.

– Нет! – крикнул он. – Я с папой!

Мишка, уже успевший залезть в машину, высунулся снова, чтобы посмотреть, что происходит, а мальчик запрокинул голову, чтобы видеть наши лица. Все мы – четверо взрослых – стояли вокруг, а ему мешал глухо застегнутый под подбородком капюшон, и он выгнул спину и замер со сжатыми кулаками; глаза его были широко раскрыты, губы поджаты, но он не плакал. По очереди оглядев нас одного за другим, он крикнул еще раз:

– Я хочу с папой! И с мамой!

– Он маленький, – сказала Ира вполголоса. – Ему страшно.

Сережа сел на корточки возле сына и начал что-то вполголоса ему объяснять; видно было, как он сердит и растерян, а мальчик не слушал его и яростно мотал головой, туго упакованной в капюшон, и тогда я сказала:

– Мишка, вылезай. Папа, верните мне ключи. Мы поедем на Витаре, а Ира с Антоном сядут к Сереже.

Мальчик немедленно повернулся и, схватив Иру за руку, потащил ее к машине. Сережа беспомощно посмотрел на меня и сказал:

– Только до Твери, Анька, а потом пересядем.

Я кивнула, не поднимая глаз. Папа подошел поближе, и я протянула руку за ключами.

– Анюта, может, я поведу? Темно уже, – начал он, и я ответила – сразу, не дав ему закончить фразу:

– Это моя машина. Я вожу ее пять лет, и сейчас поведу ее тоже я. И хотя бы об этом мы спорить не будем, ладно?

– Она прекрасно ездит, пап, – начал Сережа, но я прервала его:

– Не надо, всё. Мы просто теряем время. Открой, пожалуйста, ворота, и поехали наконец, – и села за руль.

Как ни старалась я бесшумно закрыть водительскую дверь, она все равно оглушительно хлопнула.

– Жесть, – сказал Мишка с заднего сиденья. Я поймала его взгляд в зеркальце заднего вида и постаралась улыбнуться:

– Та еще будет поездочка, Мишка.

Пока Сережа открывал ворота, папа подошел к Лендкрузеру и крикнул в Лёнино открытое окошко:

– Значит так, Лёнька! Едем паровозом. Рации у тебя нет, поэтому смотри, не теряйся. Выезжаем на Новую Ригу, потом по Большой бетонке на Тверь. При хорошем раскладе через полтора-два часа доберемся. Деревни проезжаем без остановок, и никаких пописать ребенку! Если что, пускай в штаны писает. Если всё-таки потеряетесь – встречаемся перед въездом в Тверь. Да, и вот что: все ищем заправки! Нам пригодится всё топливо, которое мы сможем купить по дороге. В Анькину машину вашу солярку не зальешь.

Если Лёня что-то и ответил ему, я уже этого не услышала из-за шума работающих двигателей. Папа похлопал рукой по крыше Лёниной машины, повернулся и забрался на соседнее со мной сиденье.

– Ну, поехали, – сказал он.

И мы поехали.

Глава шестая

Чтобы не оглядываться на оставшийся позади темный дом, я открыла бардачок, стукнувший папу по коленям, нашарила пачку сигарет и закурила, а когда он тоже щелкнул зажигалкой и салон немедленно наполнился едким дымом, с силой дернула кнопку стеклоподъемника, так что пассажирское окошко опустилось до предела. Это было почти грубо, и я чувствовала, что он смотрит на меня, но убрала палец с кнопки и оставила все как есть. Не сказав ни слова, он завозился с рацией.

Не сговариваясь, до конца поселка мы ехали медленно; впереди – Лёнин Лендкрузер, за ним – Сережа. Не знаю, смотрел ли кто-нибудь по сторонам, а я видела перед собой только красные огоньки Сережиной машины – до тех пор, пока за спиной не осталась перечеркнутая металлическая табличка. Пятьсот метров до поворота, автобусная остановка. Если сейчас повернуть голову вправо, еще видна будет вся наша маленькая деревня, освещенное пятно посреди темного поля, с двух сторон зажатое полоской леса. Разномастные домики, среди которых глаз привычно выхватывает знакомую крышу. Еще сто метров, двести, рано. Еще нельзя оборачиваться. И тут с обеих сторон надвинулся лес и сразу стало темно; неподвижные деревья, едва присыпанный снегом асфальт и две большие, черные машины впереди. Теперь можно было повернуть голову, но смотреть уже было не на что. Все неосвещенные лесные дороги похожи одна на другую, и неважно, находятся они в километре от твоего дома или за тысячу километров от него; мир твой немедленно делается ограничен тонкой оболочкой машины, хранящей тепло и выхватывающей светом фар только маленький кусочек дороги перед колесами.

Рация, пристроенная папой на кожаный подлокотник между нашими сиденьями, замигала и захрустела, и в ней немедленно раздался Сережин голос, который словно говорил уже какое-то время:

— ...не едет почти на этом говне. Не знаю, что там у Лёньки за солярка была, надеюсь, не летняя. Хорошо бы нам по дороге заправку найти работающую, как думаешь, пап, реально?

Пока он говорил, сквозь шипение и помехи я слышала тонкий голос мальчика, слов которого разобрать было невозможно, а потом в заднем стекле автомобиля показалось его бледное маленькое лицо — наверное, он стоял на коленях на заднем сиденье машины и тянул руку, чтобы стереть испарину со стекла, но не дотянулся и теперь просто смотрел на нас. Светловолосая голова его матери чуть повернулась; вероятно, она что-то сказала мальчику, потому что было слышно Сережу:

— Оставь его, Ир, пусть сидит, как хочет. Ехать далеко, ему будет скучно.

Я подавила желание помахать мальчику рукой (он все равно не увидел бы меня) и нащупала справа микрофон.

– Милый, – сказала я, – нам, наверное, надо Лёню взять в кольцо. Он без рации, пускай между нами едет. Ты его обгонишь, или я?

Сережа молчал всего несколько секунд, потом ответил коротко «давай я» и начал маневр, не споря и не говоря больше ни слова, потому что я никогда просто так не звала его «милый», это слово было паролем, прибереженным на крайние случаи. Паролем, придуманным для тех, кто всегда замолкал, когда мы входили в комнату, полную людей, и переводили взгляд с него на меня и обратно, а после подходили ко мне на балконе, пока я закуривала, и спрашивали: «Ну как, все хорошо у вас?» Для тех, кто ждал от нас откровений и жалоб, потому что только это им и было от нас нужно – откровения и жалобы. А еще это слово требовалось нам самим, потому что женщина, сидящая сейчас у него в машине, всегда говорила гораздо больше слов, когда была недовольна – я знаю, он сам рассказывал мне, – и я готова была отдать правую руку, лишь бы не сделаться на нее похожей. И потому всякий раз, когда мне переставало хватать воздуха среди людей, которые меня не любили, я говорила: «Милый, может быть, поедем домой?» всего один раз и улыбалась, и голос мой звучал нежно, и тогда он заглядывал мне в лицо – внимательно – и тут же вставал, и мы уезжали; браво, милый, ты так хорошо меня знаешь.

Лёнина машина сзади выглядела совсем неинтересно. Девочка, зафиксированная в детском кресле, была неподвижна и не могла обернуться, а может, и не хотела. На самом деле сквозь тонированные стекла не было видно совсем ничего, и я смогла наконец посмотреть по сторонам; мы миновали первую полосу леса, отделявшую нашу деревню от остальных, светлыми электрическими пятнами рассыпанных в зимней темноте так густо, что недавно еще окружавший нас черный непрозрачный воздух разбавился рассеянным желтым светом, струящимся от уличных фонарей и льющимся из окон. Казалось, заглянув в окна стоящих у дороги домов, я увидела бы семейный ужин под оранжевой лампой и светящийся голубоватый экран телевизора в гостиной, припаркованную во дворе машину, огонек сигареты на крыльце; все эти люди, сотни людей, остались здесь, не ожидая плохого, не рыская по окрестностям в поисках бензина, не собирая вещей. Они решили переждать все, что творится вокруг, доверившись надежности своих домов, своих дверей и заборов. Столько светящихся окон, дымящих труб на крышах, столько людей; не могут же все они ошибаться?

Куда же едем мы, зачем мы едем? Правильно ли решение, которое приняли за меня, без моего участия, правильно ли я сделала, когда подчинилась, не сказав ни слова против, безропотно бросила единственное место, где могла бы сейчас чувствовать себя в безопасности? И пока все эти люди вокруг готовят ужин, смотрят новости, рубят дрова и ждут, когда все закончится, уверенные в том, что это случится очень скоро, моя реальность – поспешные сборы, выстрелы, мертвая собака, рассказ о погибшем городе – уже отделена от их реальности непроницаемым экраном. Я еще могу их увидеть, но мне уже нельзя к ним присоединиться. Я просто проезжаю мимо, на заднем сиденье сидит мой сын, и я не чувствую ничего, кроме невыносимого одиночества.

Мы все заметили это одновременно, и я нажала на тормоз еще до того, как вспыхнули Лёнины стоп-сигналы. Лёнина водительская дверь распахнулась, он тяжело выпрыгнул на дорогу, обогнул машину и сделал несколько шагов к обочине. Папа высунулся из открытого окна почти по пояс и крикнул:

– Лёня! Стой, не ходи туда! – и Лёня тут же остановился, но в машину возвращаться не спешил.

Огня уже не было. Даже большой дом не может гореть весь день, а этот был не так уж и велик, если судить по его нетронутым соседям, похожим друг на друга как две капли воды. Маленький опрятный коттеджный поселок; его начали строить, когда мы уже сюда переехали, и, проезжая мимо, я всякий раз удивлялась скорости, с которой на огороженной забором площадке появляются вначале аккуратные коробочки с пустыми неостекленными окнами, затем одинаковые коричневые крыши и невысокие светлые оградки. Еще через год высокий забор вокруг стройки был убран и с дороги стала видна сказочная пряничная деревенька. Сейчас она по-прежнему выглядела сказочной: расчищенные от снега дорожки, опоясанные шоколадными балками светлые стены, кирпичные дымоходы. Вот только вместо ближайшего к дороге дома было теперь масляно-черное неровное пятно с торчащими вверх обуглившимися фрагментами конструкций. Сквозь густое облако белого пара, какой бывает над открытыми зимними бассейнами, едва можно было разглядеть, что передняя стена дома обвалилась, обнажив его закопченные внутренности, а с перекрытий неопрятными жирными гроздьями свисали то ли остатки штор и ковров, то ли какие-то провода. Там, где раньше была крыша, торчали куски деревянных стропил. Вкусно пахло костром.

— Смотри, Мишка, ты интересовался утром, — сказал папа, поворачиваясь к нам.

— Что тут случилось? — спросил Мишка вполголоса.

— Скажу тебе так. Вряд ли тут все сгорело оттого, что кто-то баловался со спичками. Хотя, конечно, всякое может быть, — мрачно ответил папа, снова высунулся в окно и крикнул Лёне:

— Посмотрели и хватит, Лёнь! Едем, едем!

После сгоревшего пряничного домика ехать медленно, смотря по сторонам, никому больше не хотелось. Первым скорости прибавил Сережа, за ним с тракторным рокотом ускорился Лендкрузер — немедленно задымил выхлоп, и я поспешно закрыла окно. Чертова рация мешала мне вести машину; то и дело, забывшись, я задевала ее правым локтем, и железный прямоугольник с острыми углами предательски болтался, царапая кожаную крышку подлокотника. Но дорога была знакомая. За два года жизни здесь я выучила каждый поворот, и мы без труда нагнали Лёню. Уже через десять минут мы выехали на шоссе и, выстроившись гуськом, покатили в сторону Большого бетонного кольца. Почему-то теперь, после оставшейся позади разоренной сказочной деревеньки, я почти готова была увидеть колонну беженцев — на машинах или, может быть, даже пешком покидающих опасные окрестности мертвого города, но, кроме нас, на шоссе никого не было — ни на встречной полосе, ни позади. Судя по всему, пустая дорога удивила и папу, он даже нагнулся и проверил частоту, на которую была настроена рация; но в эфире не было ни звука, только тишина и потрескивание помех. Слева густой стеной стояли деревья, справа вот-вот должны были показаться съезды к расположенным вдоль шоссе поселкам, до бетонки оставалось еще километров сорок. Эти места тоже были мне знакомы. Когда мы с Сережей искали дом, подгоняемые неудобствами съемной квартиры с чужой мебелью и незнакомым видом из окна, к которому я за десять месяцев так и не смогла привыкнуть, мы объехали всю округу – это муравейник, малыш, ты же не хочешь жить в муравейнике, давай поищем еще, пусть подальше от города, не страшно, зато там будет тихо, спокойно, только ты и я, и никого вокруг. Оставшиеся в городе друзья, узнав о наших планах, крутили пальцем у виска, но мы не слушали их. И конечно, не могли предположить, что расстояние, казавшееся нам тогда вполне достаточным для того, чтобы отгородиться от всего мира, окажется теперь таким смехотворно маленьким.

Наконец, показалась развилка, на которой шоссе пересекалось с бетонным кольцом. Вначале просто засветилась издалека, потом вдоль обочины выросли синие дорожные указатели. Рация захрустела Сережиным голосом:

– Ань, здесь направо.

– Я знаю, – ответила я раздраженно и только после сообразила, что он не слышит меня, потому что микрофон по-прежнему покоится в подстаканнике, куда я обычно складывала сигареты; но никто из сидящих в машине не указал мне на эту ошибку. В ту же секунду рация заговорила снова, в этот раз чужим голосом:

– Братишка, – произнес голос взволнованно, – заправки работающие попадались на кольце? Мне до Одинцово бы дотянуть, все позакрывались, мать их...

Прежде чем Сережа успел ответить что-нибудь, я нажала кнопку и сказала:

– Не надо тебе в Одинцово. Поворачивай назад.

Голос спросил со страхом:

– А что там, в Одинцово? Вы знаете что-нибудь? – и сразу же, без паузы, задал еще один вопрос: – А где вы едете?

– Не говори, Аня, – быстро сказал папа и, протянув руку, отобрал у меня микрофон и сжал его в своем большом кулаке, словно пытаясь перекрыть звук на случай, если я попробую все-таки ответить неизвестному голосу, который продолжал выкрикивать в эфир:

– Алё! Алё, где вы едете? Что там, в Одинцово? Алё?

– Может, там еще все спокойно, – сказала я папе, не поворачивая головы, мы как раз съезжали с шоссе, и он ответил:

– Одинцово в десяти километрах от Москвы, Аня. Как там может быть спокойно, сама подумай. И вот еще что. Мы на общей волне, так что никаких деталей – кто мы, где мы, на чем мы, поняла? Если этот мужик сказал правду, сейчас даже за тот небольшой запас топлива, который у нас с собой, нам снесет башку любой добропорядочный гражданин. Не говоря уже обо всех остальных, которых на этой трассе было полно даже в лучшие времена.

– Я знаю, – повторила я все так же раздраженно, и больше мы уже ничего не говорили. Молчал и Сережа; в полной тишине три наших машины свернули на развилке направо и сразу же въехали под табличку с надписью «Новопетровское», за которой по обеим сторонам дороги начались жилые кварталы. На противоположной стороне дороги я увидела заправку. Возле съезда прямо на трассе стояли два длинных тентованных грузовика с выключенными фарами, сама же заправка была освещена, но совершенно очевидно закрыта – ни возле колонок, ни у кассы никого не было. Не сбавляя скорости, мы проехали мимо; мне показалось, что стекло вокруг кассового окошка разбито, а на сухом чистом асфальте блестят осколки, но прежде, чем я успела рассмотреть все подробнее, дорога немного вильнула, и заправка пропала из вида.

– Ты видел, пап? – спросил Сережа; ко мне он больше не обращался, и я пожалела о том, что вместо того, чтобы говорить с ним, обратилась к неизвестному голосу, который, как нарочно, именно в этот момент перестал засорять эфир и наконец замолчал.

Папа поднес микрофон к губам и сказал вполголоса:

– Тихо, Сережка. Давай молча проедем, после поговорим.

После пряничной деревни спокойствие окружавшего нас поселка уже не казалось мне безопасным. На первый взгляд все выглядело совершенно нормально: светящиеся окна, припаркованные во дворах автомобили, но теперь как-то сразу бросалось в глаза отсутствие людей на улице. Час был не поздний, но нигде, куда доставал взгляд, не было ни одного прохожего, не играли дети, не бегали собаки, и не было на обочине привычных старушек с аляповатыми махровыми полотенцами, картошкой и сомнительными грибами в разнокалиберных стеклянных банках. Вокруг стояла какая-то настороженная, подозрительная тишина, словно за каждым углом, за каждым поворотом нас поджидало что-то нехорошее, и я была рада, что мы не идем пешком мимо этих замерших домов, а, напротив, несемся мимо со скоростью сто километров в час. Слишком быстро, чтобы кто-то мог остановить нас.

По левую руку от дороги мелькнула крошечная, не больше автобусной остановки, зеленая будка с решетками на окнах; под скатом крыши тускло блестели красные буквы «Мини-Маркет». Несмотря на гордое название, размерами будка была скорее похожа на пивной ларек. Вероятно, злополучный «Мини-Маркет» был ближе к дороге, чем оставшаяся позади заправка, и потому я успела разглядеть, что железная дверь сорвана с петель, а окна разбиты; но и здесь уже никого не было. Скорее всего несчастье, случившееся с маленьким сельским магазином, произошло еще утром, а может, даже вчера.

Наверное, гнетущая тишина вокруг, оглушительно звенящая у меня в ушах, подействовала и на всех остальных, потому что Мишка внезапно предложил:

– Мам, может музыку включим, а?

Протянув руку, я привычно нажала кнопку тюнера, и пустое мертвое шипение на частоте, которую я привыкла слушать, напомнило мне о том, что города, оставшегося за нашей спиной, больше нет. Я даже представила себе безлюдную студию радиостанции, разбросанные бумаги, телефонную трубку, лежащую рядом с аппаратом – черт бы побрал мое живое воображение, – и поспешно переключилась с радиоприемника на проигрыватель. Сразу же низко, хрипло запела Нина: *«Ne me quitte pas, il faut oublier, tout peut s'oublier, qui s'enfuit déjà»*, и тишина, давившая мне на уши, немедленно отступила и наполнилась ее голосом настолько, что на секунду я забыла о том, что мы здесь делаем, три автомобиля на длинной пустой дороге, словно мы просто едем куда-то большой компанией, а не бежим – так быстро, как только возможно, не имея права оглянуться.

– Тьфу, Аня, – произнес папа с досадой. – Ну что за похоронный марш, ей-богу. А повесслее нет ничего?

– Она на всех действует по-разному, папа, – ответила я, выключая песню. – Но остальные диски все равно похоронены под вашей чудесной рацией, так что или Нина, или сами пойте.

– Мы едем-едем-едем в далекие края, – фальшиво пропел Мишка с заднего сиденья; я поймала его взгляд в зеркале заднего вида, и мне сразу стало легче.

По вспышке красного света впереди стало ясно, что Лёня снова сбавляет скорость; мы немедленно замолчали, пытаясь разглядеть причину остановки. Чертыхаясь, папа пытался нашарить кнопку, опускающую стекло и, как мне показалось, начал высовывать голову из окна раньше, чем оно успело опуститься. С моей стороны не видно было ничего, но я тоже сбавила скорость; несмотря на то, что обочина была пуста, ехать медленно было страшно и неуютно.

– Переезд, – сказал папа с облегчением, и я тут же увидела закрытую будку дежурного с темными окнами, красно-белый шлагбаум, задранный вверх, как колодезный журавль, а рядом – предупреждающий знак и светофор. Черные головки светофора, похожие на глаза игрушечного робота, поочередно мигали красным, и через раскрытое окно доносился негромкий мелодичный звон. Лендкрузер остановился совсем; я тоже опустила окно и увидела Сережину машину, застывшую перед самым въездом на рельсы.

– Открыт же шлагбаум, – сказала я, и папа тут же схватил микрофон и крикнул:

– Серёга! Чего стоим-то?

– Погоди, пап, – сразу же сказал Сережа, – красный же, тут видно хреново, еще под поезд въедем...

Закончить фразу он не успел, потому что дверь казавшейся необитаемой железнодорожной будки внезапно распахнулась, и два человека быстрым шагом направились в нашу сторону.

– Ходу, Серёга! Аня, поехали быстро, – закричал папа, но все мы, даже Лёня, не участвовавший в переговорах, уже успели увидеть бегущих к нам людей, нажали на газ и дернули с места почти одновременно, так быстро, что я чуть было не въехала в сверкающий Лендкрузеров зад.

Не снижая скорости, мы проскочили еще какие-то деревеньки, и паника начала отпускать меня, только когда неприятный переезд остался далеко позади, а по обеим сторонам дороги снова выросла черная непрозрачная стена деревьев, казавшаяся теперь гораздо дружелюбнее оставшихся за спиной затаившихся поселков с настороженно светящимися окошками, пустыми улицами и разбитыми продуктовыми ларьками. Я нашарила сигарету и закурила, радуясь, что руки мои не дрожат.

– Хорошее место для засады, – сказал папа в микрофон, – надо запомнить.

– Да, придумали отлично, – отозвался Сережа, – хорошо еще, шлагбаум не сумели опустить и поднять блоки. Шлагбаум я бы снес, конечно, а вот через железки эти никто бы из нас не перепрыгнул, даже Лёня на своем понтовозе.

— А вдруг это вообще не засада, — предположила я неуверенно, вспоминая, что в руках у людей, выскочивших из будки, ничего не было — ни оружия, ни палок. — Мы же не знаем точно.

— Конечно, — легко согласился папа. — Может, они просто сигарет хотели стрельнуть. Только я не стал бы проверять, Анюта, ей-богу не стал бы.

Ощущения безопасности, возникшего у нас, пока мы двигались сквозь ночной необитаемый лес, к сожалению, не хватило надолго. Не успели мы проехать и десяти километров, как вдалеке снова забрезжил электрический свет. Люди, люди, думала я, с тоской оглядывая дорогу, как же вас везде много, как кучно, как тесно вы живете, и никуда не убежать от вас, как бы далеко ты ни уехал. Интересно, есть ли в нашей средней полосе хоть одно место, где вас нет — нет совсем, чтобы можно было просто бросить машину на обочине, и уйти в лес, и остаться там, не боясь, что кто-то увидит твои следы или дым твоего костра и последует за тобой? Кто придумал это правило: жить окном — в окно, дверью — в дверь, кто решил, что так безопаснее? Как будто люди, такие же, как ты, живущие рядом, не превращаются в злейших твоих врагов, если у тебя есть что-то, что им действительно очень нужно. Мы в дороге всего несколько часов, а меня уже мутит от мысли, что придется проезжать насквозь еще одну деревню, еще один переезд, когда не хочется даже смотреть по сторонам. И не можешь не смотреть.

Наверное, я вздохнула или чуть сильнее нажала на газ, потому что папа, тоже глядевший на неотвратимо приближающиеся огни, произнес:

– Ну-ну, Аня, там ничего страшного. Обычная деревня. Кажется, это Нудоль. Нам даже проезжать ее не надо, она в стороне. Теперь до самого Клина будем ехать спокойно.

– Мы что, поедем через Клин? – спросила я, холодея. Мысль о том, что нужно будет проехать сквозь город – какой угодно город, – внушала мне ужас. – Мы же хотели объезжать города стороной?..

– Ну какой там город, – ответил папа, – не больше микрорайона московского. Я думаю, там все еще нормально, мы должны успеть. Понимаешь, Аня, это как волна. Она движется за нами, и чем скорее мы проедем, тем больше шансов, что нас не накроет. У нас нет ни времени, ни топлива для того, чтобы плутать по проселочным дорогам. К тому же совершенно не факт, что они безопаснее. Сейчас самое главное – скорость, и чем скорее мы исчезнем из Московской области, тем лучше для нас. А впереди у нас – Тверь, – добавил он, помолчав. – Ее вообще никак не объедешь, там же Волга.

Пока он говорил, я немедленно вспомнила кадр из фильма: зажатые между домами гудящие автомобили, полные людей, а на них стремительно надвигается гигантская, выше обступивших улицу небоскребов серо-стальная стена воды. Тяжелая, как бетонная плита, увенчанная шапкой седой пены. Волна. Если мы не поторопимся, она накроет нас, несмотря на наши быстрые машины, ружья, припасы; несмотря на то, что мы точно знаем, куда едем, – в отличие от тех, кто остался на месте и ждет чудесного избавления, и не получит его, и погибнет под ней, и от многих других, которых эта волна, показавшись на горизонте, вынудит сорваться с места и бежать наугад, без подготовки, и потому тоже обреченных на неудачу. Подумать только, раньше я любила такие фильмы.

Рация у меня под локтем зашипела и сказала:
– Заправка, Аня, смотри – по левой стороне, работает заправка!

– Притормози-ка, Сережа, – немедленно отозвался папа, но Сережа и так уже останавливался.

За ним, вспыхнув красным, замедлился Лёня, а я немного проехала вперед, чтобы поравняться с Лендкрузером, и опустила пассажирское стекло.

– Вижу, вижу! – крикнул нам Лёня. – Чего мы встали?

– Давайте поглядим сначала повнимательнее, – сказал папа. – А ты, Лёнька, не вздумай выскакивать опять из машины, как на день рождения, понял? Надо осмотреться.

Очереди никакой не было. Да и откуда ей было взяться здесь, учитывая опустевшее шоссе, молчащий радиоэфир и зловещий переезд, оставшийся позади? Чужих, кроме нас, на трассе не было, а местные жители, наверное, просто не рисковали соваться за бензином сейчас, в темноте. Заурядная придорожная заправка в поздний час: мирно светящаяся синяя вывеска, пара заночевавших грузовиков, три легковых машины с включенными фарами возле колонок, застекленное окошко кассы, несколько человеческих фигур. Все было как обычно, если не считать яркой рекламной растяжки с надписью «РАБОТАЕМ ДАЖЕ В КРИЗИС», припаркованного в стороне темно-синего микроавтобуса с желтой надписью ОХРАНА на борту и четырех автоматчиков в черной одинаковой униформе. На спине у них были какие-то надписи, неразличимые издалека, а на головах – кепки с короткими козырьками, и почему-то именно кепки подчеркнули отличие этих вооруженных людей от тех, других, которые стучали вчера утром сапогами в наши ворота. Один из них курил, стоя возле самой дороги, держа сигарету по-военному, в горсти.

– По-моему, все в порядке, пап, – сказал Сережа. – Мужики эти на охрану ведомственную похожи. Ну что, заедем? Заправиться бы нам очень надо. Заодно обстановку выясним.

– В кризис они работают, – зло сказал папа и сплюнул на асфальт сквозь раскрытое окно. – В кризис, мать их. Кризис у них, значит! – он витиевато, смачно выругался и тут же, оглянувшись, извинился:

– Простите, ребята, забыл про вас на секунду.

– Ничего, – ответил Мишка с восторгом.

Рация снова зашипела, и раздался голос Иры. Обратилась она почему-то именно ко мне:

– Аня, там в пакете с бутербродами у вас на заднем сиденье – маски. Без них из машины выходить нельзя. И Лёне скажите.

– Да ладно, Ир, – ответил папа. – Там народу всего ничего, выглядят нормально, мы их только перепугаем масками своими, – слышно было, как Сережа раздраженно произнес: «Ира, ну маски-то зачем сейчас», и она тут же закричала:

– Надо надеть маски, ты слышишь, надо! Вы не понимаете, вы ничего не видели!.. – и тогда я перехватила у папы микрофон и сказала:

– Ладно, ладно, мы наденем сейчас. Мишка, дайка пакет с бутербродами.

Когда с масками было покончено (папа, вполголоса ругаясь, последним натянул на лицо бледно-зеленый плотный прямоугольник), мы осторожно тронулись с места и покатились к заправке.

Охранник, куривший на обочине и наблюдавший за нами, щелчком выбросил сигарету и пошел в нашу сторону, положив руки на висевший на груди автомат. Поравнявшись с ним, Сережа остановился и опустил окошко. В тихом морозном воздухе было отчетливо слышно, как он говорит:

— Вечер добрый! Нам бы заправиться.

— Пожалуйста, проезжайте, — ответил охранник. Сережина маска его, судя по всему, не удивила, но к машине он не подошел, а даже скорее отступил на шаг. — Из машины выходит только водитель, к кассе подходим по одному. Топливо есть пока, все в порядке.

— А есть лимит какой-то? — спросил Сережа, не двигаясь с места.

— Нет очереди — нет лимита, — сообщил охранник официально, а потом улыбнулся и добавил уже нормальным голосом:

— Москвичи? Ребята, канистры не нужны пустые? Советую заправиться про запас, бензовозы два дня уже не приходили. Мы тут до завтрашнего вечера, распродаем остатки, а потом сворачиваемся, видимо.

— Нужны канистры, — подал голос Лёня, тоже опустивший окошко и, как все мы, прислушивавшийся к разговору.

— Как топливо оплатите — подходите к автобусу, — ответил охранник. — Полторы тысячи за канистру.

— За пустую? — ахнул папа, подавшись к моему окну и придавив меня плечом. — Да это грабеж!

Охранник повернул к нему замерзшее лицо и прищурился:

— Грабеж, дядя, — тут он перестал улыбаться, — это если бы мы тебя сейчас вывели в поле да стрельнули, и машинку твою блестящую забрали. Ты поищи давай заправку работающую в округе — хоть одну найдешь? Так нужны вам канистры или нет?

— Нормально, Андреич, не спорь, — сказал Лёня поспешно. — Нужны, нужны канистры, я подойду сейчас.

Господи, подумала я, главное, чтобы он не достал котлету и не принялся отсчитывать купюры у всех на глазах, тогда нам точно живыми отсюда не уехать. Последняя фраза, произнесенная человеком в кепке, казавшимся поначалу таким дружелюбным, напомнила мне о том, что вокруг — никого, ночь, а на площадке перед заправкой — минимум четверо людей с автоматами, и неизвестно еще, сколько их внутри микроавтобуса. Лёня, однако, не стал трясти деньгами у всех на виду, а вместо этого свернул становившийся неприятным разговор, высунувшись из окошка еще глубже, и бодрым жизнерадостным голосом, словно все мы ехали на шашлыки и ему не терпелось уже продолжить путь, крикнул:

— Проезжай к колонке, Серёга, не будем задерживать человека! — как будто за нами стояла очередь.

В дополнение к пустым канистрам, которые были у нас с собой, мы наполнили еще шесть: четыре дизелем и две — бензином, больше в микроавтобусе не нашлось. После завершенной бизнес-операции охранники оказались настроены благодушно и потому позволили нам задержаться на освещенной пустой площадке, чтобы найти для канистр место в наших и без того перегруженных машинах. Для этого всем пришлось выйти.

Марина освободила девочку из плена детского сиденья, отнесла ее к краю площадки и, сев рядом на корточки, принялась расстегивать на ней комбинезон. Один из автоматчиков приблизился к Лёне, выгружавшему из Лендкрузера тюки и коробки, и протянул ему открытую ладонь в черной вязаной перчатке:

— Мужик, вот ключ, возьми. У нас там справа кабинка туалетная. Вообще-то не положено, конечно, да ладно. Пусть сходят девчонки ваши с детишками, не в поле же, холодно.

Марина тут же подхватила девочку на руки и быстро скрылась в синей пластиковой кабинке, действительно оказавшейся неподалеку. Ира идти отказалась; она застыла на самом краю площадки, одной рукой плотно прижимая к лицу маску, а второй — крепко вцепившись в плечо мальчика. Человек, принесший ключ, направился было к ней, но она отшатнулась и быстро замотала головой, не произнося ни слова, и он отошел, пожав плечами.

Мне снова смертельно захотелось курить; почему-то это желание всегда становится особенно острым именно на заправках. С незажженной сигаретой в руке я пошла к обочине, где все еще скучал первый автоматчик. Когда я приблизилась, он чиркнул спичкой и протянул ее мне, прикрывая от ветра в ладонях; маску пришлось сдвинуть под подбородок, и я очень надеялась, что Ира этого не увидит. Какое-то время мы молча курили, глядя на безлюдное шоссе, а затем он спросил:

– Ну, что там Москва? Карантин же не сняли еще? – и я тут же поняла, что сейчас совру этому человеку, который еще ничего не знает о гибели города и разбежавшихся кордонах; который не представляет себе, во что неизбежно превратится эта тихая дорога в ближайшие дни.

Совру, потому что за спиной у меня – три наши распахнутые беззащитные машины. Потому, что Марина в своем белом швейцарском лыжном костюме унесла девочку в кабинку за углом, а эти вооруженные люди только что, возможно, обменяли свой последний шанс на спасение на кучку бесполезных бумажек, которые им, вероятно, уже не пригодятся. Волна, подумала я и пожала плечами как можно более равнодушно:

– Да нет, не сняли вроде. Мы из Звенигорода едем.

Не поворачивая головы и продолжая смотреть на дорогу, он задал еще один вопрос:

– А куда едете, если не секрет? Таким караваном..

– Аня! – громко крикнул Сережа. – Ну где ты там, поехали уже!

И я с облегчением бросила недокуренную сигарету себе под ноги и, не говоря больше ни слова и не оглядываясь на оставшегося у обочине человека, торопливо зашагала к машине, потому что ответа на этот его вопрос у меня не было.

В салоне Витары стало существенно теснее. Часть вещей из багажника перекочевала на заднее сиденье, зажав Мишку в угол, но настроение было бодрое. С облегчением освободившись от зеленой маски, папа Боря радостно заявил мне:

– Теперь на полдороги как минимум топлива хватит, если не больше. Ох, как удачно мы заехали! Хотя

Лёню разгрузили изрядно. Ты бы знала, почем они нам бензин продали. Кризисные цены, мать твою растак! Давай, Анюта, ребята уже двинулись, пристраивайся в хвост. Доедем до Твери, а там я тебя сменю, кому-то из нас надо поспать.

Остальные машины действительно уже выезжали на шоссе; в зеркальце заднего вида я увидела, как один из охранников, оставшихся возле микроавтобуса, поднял руку и помахал нам вслед. Стоявший у обочины человек посторонился, пропуская нас, поймал мой взгляд и слегка улыбнулся мне. Поравнявшись с ним, я на секунду притормозила, опустила стекло, посмотрела прямо в его улыбку и сказала быстро:

– Нет больше Москвы. Не ждите завтрашнего дня. Забирайте все, что осталось, и уезжайте отсюда подальше, слышишь?

Улыбка с его лица еще не исчезла, но в глазах появилось какое-то новое выражение, и тогда я нажала на газ и, уже вырулив на дорогу, обернулась и повторила еще раз, надеясь, что слова мои не снесет ветром:

– Подальше! Слышишь?

Тридцать километров до Клина мы ехали молча. Вероятно, мой способ попрощаться с охранником на заправке испортил всем настроение. Тишину нарушало только легкое потрескивание рации; в эфире по-прежнему не было ни звука, и если бы не освещенные деревни, рассыпанные по обеим сторонам шоссе, можно было бы подумать, что мы – последние, кто едет по этой дороге, что никого больше не осталось. Ощущение это рассеялось, когда впереди появился Клин – первый город, который нам нужно было проехать насквозь, с перекрестками и светофорами, которые могут замедлить наше движение, разделить нас или заставить остановиться. Я невольно выпрямилась и покрепче обхватила руль руками.

Как это обычно бывает в маленьких городах, дома на окраинах выглядели еще совсем по-деревенски — одноэтажные, с двускатными крышами и деревянными заборами. Городские кварталы начались чуть позже, но и там дома были уютно невысокие, со всех сторон обсаженные деревьями. Оранжевые автобусные остановки, трогательные провинциальные вывески, рекламные плакаты на обочине. Не успели мы проехать и километра, как Мишка встрепенулся:

— Мам, вон люди, смотри!

Действительно, улицы были не пусты. Людей было немного, но они были, и я невольно принялась считать их: два, нет — три человека с одной стороны улицы, еще двое — с другой; они спокойно шли по каким-то мирным, безмятежным делам, и на лицах не было масок. Пока я считала пешеходов, с боковой улицы на дорогу выехал грузовик с надписью ХЛЕБ вдоль грязно-голубого металлического борта и какое-то время ехал за нами, пока снова не свернул куда-то во дворы. Мимо проплыла маленькая красная церковь. Неподалеку приветливо светилась желтая эмблема «Макдоналдс», при виде которой Мишка сказал мечтательно:

— Эх, сейчас бы булку... Заедем, может?

Несмотря на то что «Макдоналдс» был, конечно, закрыт, парковка перед ним — пуста, а внутри, за стеклянными стенами, непривычно темно, и так же закрыты оказались заправки, щедро рассаженные то тут, то там, этот город явно был жив. Волна, от которой мы бежали, еще не добралась до него, еще не заставила спрятаться прохожих, не перекрыла улицы, и это означало, что мы успеваем. Что мы, похоже, еще не опоздали.

Мы добрались до перекрестка с мигающими желтым светофорами, повернули, и немедленно сухой асфальт покрылся яркой праздничной разметкой, а над нашими головами проплыл синий указатель с надписью: «ТВЕРЬ, НОВГОРОД, САНКТ-ПЕТЕРБУРГ».

— Ну вот, — сказал папа удовлетворенно. — Ленинградка.

Город не закончился сразу; какое-то время по обеим сторонам шоссе еще попадались дома, съезды были обозначены названиями улиц, но деревьев становилось все больше и больше, пока наконец весь он не остался позади, и как только трасса привычно потемнела, этот полный событиями день и вчерашняя бессонная ночь одновременно навалились на меня, и я поняла вдруг, что красные Лёнины габариты расплываются у меня перед глазами, что я устала — смертельно, и не смогу больше проехать ни километра.

— Папа, — попросила я вполголоса, — смените меня ненадолго. Боюсь, до Твери я уже не дотяну. И, не дожидаясь его ответа, нажала на тормоз и начала отстегивать ремень безопасности, не обращая внимания на встревоженно заговорившую рацию, и провалилась в сон немедленно, как только мы поменялись местами, не успела Витара еще тронуться с места. По-моему, я даже не слышала, как папа хлопнул водительской дверью.

Такое часто случается по дороге домой: как бы крепко ты ни задремал на заднем сиденье такси, глаза твои откроются ровно за минуту до того, как водитель скажет «приехали» и остановит машину. Я проснулась резко, сразу, просто подняла голову и открыла глаза, и тут же увидела, что наше одиночество закончилось.

По освещенному шоссе в обе стороны катились машины, да и рация тоже больше не молчала; сквозь знакомое бульканье и свист было слышно, как переговариваются между собой водители грузовиков.

– Эммаусс проехали, – сообщил папа, не поворачивая головы. – Подъезжаем к Твери.

– Народу-то, народу, – сказала я, оглядываясь по сторонам, – откуда они все взялись?

Присмотревшись, я поняла, что большая часть машин стоит вдоль обочины с включенными фарами, опущенными окошками и даже распахнутыми дверцами, что некоторые из них пусты и водители прогуливаются рядом.

– Почему они стоят? – спросила я, но тут же увидела сама, что эта бесконечная, разномастная вереница автомобилей – не что иное, как длинная, в несколько сотен метров очередь к стоящим по обеим сторонам дороги автозаправочным станциям.

– Не хотел бы я быть сейчас в этой очереди, – сказал папа. – Ты смотри, сколько московских номеров. Тут и маски, наверное, никакие не помогут.

Стоило последней заправке остаться позади, как дорога изрядно опустела; мало кто из двигавшихся с нами в одном направлении мог позволить себе роскошь проехать мимо. Несмотря на это, ехавший впереди Сережа вдруг резко сбавил скорость, а следом притормозили и мы. Прямо перед нами широкая трасса раздваивалась, и поток автомобилей загибался налево, а правый ее рукав, ведущий в центр города, оказался перекрыт знакомыми бетонными балками, за которыми торчала приземистая бронированная машина на широких колесах, похожая на толстый зеленый кусок мыла с острыми краями. Над дорожным указателем возвышался огромный желтый плакат: «ВНИМАНИЕ, ВОДИТЕЛИ! ВЪЕЗД В Г. ТВЕРЬ ЗАКРЫТ. ПРОДОЛЖАЙТЕ ДВИЖЕНИЕ В ОБЪЕЗД – 27 КМ».

– Вот, значит, как, – задумчиво произнес папа, когда все наконец насмотрелись на кордон и мы снова набрали скорость. – Хорошо придумали, молодцы. Интересно, пропустят ли нас дальше. Объезд объездом, но мост-то через Волгу все равно в черте города.

– Не могут же они перекрыть федеральную трассу, – сказала я. – Вы представьте только, если в этом месте закупорить дорогу, тут такое начнется.

– А вот мы сейчас и посмотрим, – отозвался он, хмурясь.

Желтые плакаты – такие же, как тот, первый, встретились нам еще несколько раз. Они торчали по правой стороне дороги на всех съездах, ведущих к городу, и так же белели уложенные поперек куски бетона, за которыми ждали молчаливые, неподвижные военные машины. Мы миновали два или три таких съезда, и впереди наконец показались городские кварталы. Дорога была свободна, никакого кордона не было, только прямо над табличкой «Тверь» стоял еще один плакат, белый, с надписью: «ВНИМАНИЕ! ОСТАНОВКА ЗАПРЕЩЕНА! СКОРОСТЬ НЕ НИЖЕ

60 КМ В ЧАС». Приглядевшись, я увидела целую цепочку таких плакатов по обеим сторонам дороги, через каждую сотню метров.

Было уже ясно, что нас пропустят, потому что город, имевший несчастье оказаться перерезанным надвое огромной магистралью, связавшей две погибающие столицы, оказался не в силах перекрыть эту артерию и разбираться потом с толпами растерянных, испуганных и, возможно, уже зараженных людей, которые вынуждены будут бросить машины, разбрестись по окрестностям и в любом случае хлынут в город – пешком, через поля, в обход освещенных перекрытых въездов с кордонами – в поисках еды, горючего и крыши над головой. И поскольку четырехсоттысячный этот город нельзя было обнести по периметру стеной, спасти его можно было единственным способом – открыть заправки и продать топливо всем, кто проезжает мимо. Перекрыть дорогу, ведущую через центр, и проследить за тем, чтобы те, кому нужно попасть на ту сторону Волги, как можно быстрее, без задержек и остановок покинули его.

Мы двигались теперь через город в самом узком его месте. Я бросила взгляд на спидометр. До шестидесятикилометрового барьера мы, конечно, не дотягивали, потому что никто из ехавших перед нами не мог удержаться, чтобы не глазеть по сторонам; светофоры на перекрестках мигали желтым, и на всех боковых улицах, ведущих вглубь города, а кое-где даже вдоль обочины стояли все те же коренастые восьмиколесные бронемашины. Теперь, на свету, было видно, что вместо лобового стекла у них небольшие, похожие на иллюминаторы окошки с приподнятыми металлическими ставнями, а на крышах между круглыми прожекторами торчат толстые черные стволы пулеметов.

– Да у них тут целая армия, – ахнул Мишка.
Он был прав – на улице не было ни одного человека в гражданской одежде. Не было даже полиции и ДПС, только люди в военной форме, в одинаковых пластиковых респираторах, закрывающих лица; они сидели в бронированных машинах или стояли вдоль дороги, провожая глазами медленно проезжающий мимо поток автомобилей.

Через два километра впереди показался мост, за которым город сразу же закончился; вместе с ним закончились и военные в респираторах, и бронированные машины, и белые плакаты с восклицательными знаками, и только сразу за мостом одиноко торчал последний, самый лаконичный из всех, с одним-единственным словом.

«УДАЧИ!» было написано на нем.

Глава седьмая

Уже осталась позади Тверь и две небольшие деревни, промелькнувшие одна – слева, вторая – справа от шоссе, закончились покрытые снегом поля, снова начался лес, а мы всё молчали. Прижавшись щекой к стеклу, я смотрела на несущиеся мимо темные деревья и пыталась представить, надолго ли удалось отложить катастрофу тем, кто остался, и что будет причиной ее начала. Что случится раньше – закончится топливо, необходимое тем, кто проезжает мимо, или продовольствие для тех, кто укрылся в городе? Сколько времени продержатся плотные, неприступные сейчас кордоны, как скоро защищающие эти кордоны военные начнут задумываться, стоит ли охранять то, что в любом случае обречено, покинут свои посты и повернут свое оружие против тех, кого только что защищали? А может, ничего этого не случится, потому что поток бегущих людей и машин захлебнется и иссякнет; и волна, которую мы сейчас так отчетливо чувствуем у себя за спиной, обмелеет настолько, что не сумеет опрокинуть возведенную перед ней стену, и тогда этот небольшой город останется – островом, центром, и укрывшиеся в нем люди смогут переждать самое страшное. И потом, постепенно, вернуться к нормальной жизни.

– Не спишь, Аня? Надо спать, – произнес вдруг папа, прерывая мои мысли. – Мы не спали двое суток – ни ты, ни я. Если оба будем таращиться в темноту, рано или поздно нам придется остановиться и заночевать. А это очень глупо, когда два водителя в машине.

Он был прав, но спать не хотелось совсем. Может быть, потому, что я и так слишком много спала в эти несколько бессмысленных недель, которые мы провели, ожидая неизвестно чего, и мне до смерти надоело спать, ни в чем не принимать участия, быть бесполезным статистом. А может, благодаря короткому отдыху, который я позволила себе перед Тверью. Я посмотрела на него. Выглядел он неважно. Ему шестьдесят пять, подумала я, и он не спал сорок восемь часов, а до этого полночи провел в машине, добираясь к нам из-под Рязани. Сколько он еще выдержит этот темп – прежде, чем у него сдаст сердце или он просто заснет за рулем?

– Давайте-ка сделаем по-другому, – сказала я, стараясь, чтобы в голосе моем не было слышно беспокойства. – Вы поспите сейчас, а я поведу. Сколько там до Новгорода осталось, километров четыреста? Сейчас ночь, дорога почти пустая, все спокойно. Ближе к Питеру наверняка будет сложнее, вот тогда вы и сядете за руль.

К моему облегчению, спорить он не стал; видимо, и сам уже был не уверен в том, что дотянет до рассвета без отдыха. Коротко взглянув на меня, он взял микрофон и сообщил Сереже:

— Перекур. Останови, Сереж, выбери только место поспокойнее.

Долго ждать не пришлось — машин на трассе почти не было, словно большая их часть так и застряла в бесконечной очереди за бензином. Не прошло и нескольких минут, как Сережа выбрал место, подходящее для остановки — лес по обеим сторонам дороги начинался сразу же, в нескольких шагах, и снег казался неглубоким. Возможность выйти и немного размять затекшие от неподвижности руки и ноги очень всех обрадовала; стоило машинам остановиться, как, захлопав дверцами, мы высыпали на обочину и немедленно увязли в подтаявшей снежной каше.

— Девочки налево, мальчики — направо, — бодро скомандовал Лёня и первым устремился за деревья.

За ним, высоко поднимая ноги, чтобы не провалиться в сугробы, запрыгал Мишка. Когда белый Маринин комбинезон тоже исчез в темноте («присмотрите за Дашкой, она заснула, не хочу ее тормошить»), на обочине остались только мы трое — я, папа и Сережа. Папа деликатно отошел в сторону, повернулся лицом к дороге и закурил, а я распахнула полы Сережиной куртки, крепко обхватила его руками, щекой чувствуя его тепло, и замерла, не говоря ни слова, с единственной мыслью — просто стоять так, вдыхая его запах как можно дольше.

— Ну как ты, малыш? — спросил он, прижавшись губами к моему виску.

— Нормально.

Мне столько всего хотелось рассказать ему! Как жутко выглядел сожженный пряничный домик, как тяжело было врать человеку на заправке, назвавшему нас «девчонки». Как пугает меня каждая встречная машина, каждая деревня, которую мы вынуждены проехать, как нужно мне быть с ним рядом, видеть его профиль, освещаемый редкими встречными огнями, а вместо этого я только изредка слышу его голос и вижу габаритные огни его машины, когда их не загораживает Лендкрузер. Но я сказала другое:

– Уговорила папу немного отдохнуть. Мне не нравится, как он выглядит. Тебе тоже надо поспать. Пусть тебя Ира сменит хотя бы на пару часов.

Он покачал головой:

– Плохая идея. В головной машине за рулем должен быть мужик. Или я – или отец. До Новгорода я дотяну, а там разбудим отца, посадим Иру за руль, и мы с тобой сможем поспать.

Он положил руку мне на затылок, запустив пальцы в волосы, и я подумала – он прав, и еще я подумала – это означает, что мы не пересядем. Ни сейчас, ни после Новгорода, потому что нам нельзя останавливаться надолго, мы должны двигаться вперед, не теряя времени, используя каждый час, каждую минуту, чтобы увеличить расстояние между нами и волной, от которой мы бежим.

Дверца Сережиной машины приоткрылась, Ира осторожно шагнула на обочину и сказала негромко:

– Заснул Антошка.

На нас она не смотрела, но я знала, что фраза эта адресована мне. И хотя можно было бы сделать многое – перенести спящего мальчика на руках в Витару, или даже нет, мальчика можно было не трогать, Сережа мог бы просто пересесть в Витару сам, поменявшись местами с отцом. Только вот папе нужен отдых, а я могу еще вести машину, и нет никакого смысла затевать все эти сложности только оттого, что я соскучилась, не проехав и двухсот километров.

Я не ответила ей, да она и не ждала моего ответа, а просто спокойно стояла возле машины, положив руку на крышу, с лицом, обращенным к дороге. Со стороны леса раздался треск ломающихся веток; это с шумом возвращался Лёня. Еще через мгновение мимо прошмыгнул Мишка и, хлопнув дверцей, скрылся в своей норе на заднем сиденье. Папа, выбросив окурок, тоже шел от шоссе к машине, а я все еще не могла разжать рук, как подключенный к зарядке электроприбор, для которого важна каждая лишняя секунда, и прошептала – тихо, так, что слышно было только Сереже:

– К черту все, постоим еще немного, ладно?

– К черту, – повторил он мне в висок. – Постоим.

На дорогу я не смотрела и потому, наверное, заметила машину, приближавшуюся по встречной полосе, только когда она залила все вокруг белым слепящим светом. И Лёня, и папа уже сидели на своих местах, Марина еще не вернулась из леса, а Сережа стоял спокойно и даже не вздрогнул; он просто отпустил меня и чуть повернулся к дороге. Машина притормозила и встала совсем рядом с нами, на противоположной стороне. Водительская дверь приоткрылась, кто-то высунулся и крикнул:

– Ребята, не подскажете, как там в Твери, заправки работают еще?

Ослепленные, мы молчали, пытаясь разглядеть говорившего. Черт бы побрал эти самодельные ксеноновые фары. Дверь распахнулась пошире, и на дорогу вышел человек; в ярком свете был виден только его силуэт. Он сделал шаг в нашу сторону и повторил свой вопрос:

– Заправки, говорю, работают в Твери? Тут проезжали недавно ваши, говорили – есть там бензин, только очереди страшные.

Как на погруженной в проявитель фотографии, детали проступали по одной по мере того, как глаза постепенно привыкали к свету: щурясь из-за Сережиного плеча, вначале я разглядела очень грязную иномарку с помятым передним крылом (номера были не московские), а затем и самого говорившего – мужчину средних лет в очках и толстом вязаном свитере, без куртки, которая, наверное, осталась в машине. Он неуверенно улыбался и сделал было еще один шаг, как вдруг резко вскинул руки вверх, словно закрывая голову, и замер так, а откуда-то сзади послышался голос, скрипучий и резкий, который я даже не сразу узнала:

– Стоять! А ну стой, я сказала!

– Да вы что, – заговорил человек торопливо. – Подождите. Я только спросить...

– Стоять! – крикнула Ира снова.

Я обернулась. Она стояла на обочине, прижимая к правому плечу Сережино ружье; держала она его неловко, и длинный тяжелый ствол, опасно раскачиваясь из стороны в сторону, все норовил опуститься в ее руках. Мне видно было, что курок не взведен, но замерший посреди дороги человек ничего об этом не знал.

– Господи, Ир, – начал Сережа, но она только нетерпеливо мотнула головой и снова заговорила с незнакомцем:

– Иди к машине, – а когда он, испуганно жмурясь, подошел еще на шаг, крикнула: – К своей машине! Ну, быстро!

Человек больше не пытался ничего объяснить; он сделал несколько осторожных шагов назад, хлопнула дверца, и тут же незнакомая машина, коротко взвизгнув, рванула с места и скрылась, унося с собой ослепительный свет фар. В ту же секунду Сережа шагнул к Ире и вынул у нее из рук ружье. Она отдала его, не сопротивляясь, и стояла теперь, опустив руки вдоль тела.

– Какого черта ты его схватила, – спросил он сердито. – Ты же не умеешь стрелять! Что на тебя нашло вообще?

Из Лендкрузера осторожно высунулся Лёня:

– Семейка у вас, однако, – сказал он, криво улыбаясь. – Чуть что, сразу за ружья хватаетесь.

Задрав подбородок, Ира оглядела нас – одного за другим – и сложила руки на груди.

– Инкубационный период, – раздельно проговорила она, – продолжается от нескольких часов до нескольких дней. У разных людей – по-разному, но все равно очень быстро. Все начинается с озноба. Как обычная простуда, ломит виски, болят суставы, но человек чувствует себя еще вполне прилично. Может ходить, разговаривать, водить машину, но при этом уже заражает людей, к которым подходит близко. Не всех, но очень многих. Потом начнется жар, и ходить он уже не сможет...

– Хватит, – сказала я.

Сережа оглянулся.

– ...и будет просто лежать, весь в поту. У кого-то начинается бред, у кого-то – судороги. Но некоторым не везет, и они все время в сознании. Несколько дней, – продолжала она, не обращая на меня внимания. – А в самом конце появляется такая кровавая пена, и это значит...

– Хватит! – крикнула я еще раз, повернулась, и побежала к Витаре, и заплакала уже только там, внутри, где она не могла видеть моего лица. Мамочка, мамочка, несколько дней, пока мы сидели в нашем сытом, уютном мирке, несколько дней.

Несколько. Дней.

– Ань, – Сережа приоткрыл дверцу и положил руку мне на плечо. – Малыш...

Я подняла голову. Он увидел мое залитое слезами лицо, и страдальчески сморщился, и ничего больше не сказал, а просто держал руку на моем плече и стоял рядом до тех пор, пока я не перестала плакать.

– Ты как, нормально, можешь ехать? – спросил он наконец, когда я вытерла слезы, и повернулась к нему. И сказала:

– Держи ее от меня подальше. Держи ее. Эту. Слышишь? – и немедленно почувствовала, как некрасиво я оскалилась, выплевывая эти слова, а он молча кивнул мне, сжал еще раз мое плечо и медленно побрел назад, к своей машине.

Когда мы тронулись с места, внезапно пошел снег – белый, густой, празднично-новогодний.

Очень быстро выяснилось, что Лёня воспользовался остановкой, чтобы поменяться с Мариной местами, и потому дальше мы двигались медленнее. Стоило Сережиному Паджеро набрать скорость больше ста километров в час, как Лендкрузер тут же начинал отставать, и расстояние между двумя впереди идущими машинами увеличивалось настолько, что я могла бы с легкостью обогнать его и воткнуть Витару между ними. Как назло, снег тоже усиливался – теперь это была уже настоящая метель. Какое-то время я раздражалась, мигала Марине дальним светом, пытаясь расшевелить ее, и несколько раз даже заигрывала с мыслью действительно обогнать Лендкрузер, но было совершенно ясно, что тяжелая машина в неуверенных Марининых руках немедленно сгинет в обступившей нас со всех сторон непроницаемой белой пелене. Очень скоро, правда, на дороге появилась жутковатая колея, по которой Витара тоже заскользила неуверенно и опасно — настолько, что ехать быстрее стало страшно и мне.

Прошел час или около того; мы ползли теперь совсем медленно, и я давно перестала смотреть по сторонам, пытаясь разглядеть деревни, которые мы проезжали. Из-за пурги об их присутствии вокруг можно было догадаться только по слабым, едва проникающим сквозь снежную завесу огонькам уличных фонарей. Их было на удивление мало, по крайней мере, если судить по количеству освещенных участков дороги; я плохо помнила карту, но мне казалось, что этот район должен быть населен гораздо гуще. Возможно, от усталости я просто не всегда замечала переход от темноты к свету и обратно, а может быть, где-то случился обрыв линии электропередачи, и фонари просто не горели.

Мишка заснул почти сразу же после того, как мы тронулись с места. В зеркале заднего вида отражалась его лохматая голова, которую он пристроил к покосившейся пирамиде коробок и сумок. Ты со мной, думала я, глядя на его безмятежное спящее лицо, тебя я сумела спасти, увезти от всего этого ужаса; может быть, в последний момент, но я успела, и я довезу тебя до места, где никто не сможет навредить тебе, где не будет никого вокруг, только мы, и все снова станет хорошо. Справа, неудобно обмякший на ремне безопасности, спал папа, свесив голову и почти касаясь лбом передней Витариной стойки. Почему-то именно теперь, когда все в машине спали, а окна снаружи заклеивал мокрый липкий снег, сквозь который едва можно было разглядеть габариты идущего впереди Лендкрузера, я почувствовала покой и впервые поверила, что мы в самом деле доедем до озера, сулящего нам спасение. Невесомый наш деревянный дом с прозрачными стеклянными стенами отсюда казался уже чем-то нереальным, зыбким, и в эту минуту его было почему-то совсем не жаль. Важно было, что мы живы, целы, что на заднем сиденье спит Мишка, а всего в нескольких метрах впереди едет Сережа, вглядываясь в заметенную снегом безлюдную дорогу.

Не успела я об этом подумать, как рация захрустела и Сережин голос шепнул у меня из-под локтя:

– Эй, ты.

– Эй, – ответила я сначала просто так, в никуда, а потом прижала микрофон поближе к губам, чтобы не потревожить спящих, и повторила: – Эй.

И коротко, радостно засмеялась оттого, что слышу его голос.

– Не спишь? – спросил он шепотом, и я почувствовала, что и он совершенно один в своей машине, потому что остальные спят – где-то далеко, на заднем сиденье, отделенные подголовниками, сумками и плотным покровом сна, словно их нет вовсе, как будто на всей этой засыпанной снегом, пустой дороге есть только два человека – я и Сережа.

– Не сплю, – ответила я.

Мы помолчали немного, но теперь тишина была другая, и снег снаружи был другой – уютный, мягкий, незлой, и я была в нем не одна; мой муж был со мной, даже если я не видела его лица и не могла протянуть руку, чтобы дотронуться до него.

— А давай споем? — попросил он.
— С ума сошел, — ответила я, улыбаясь. — Перебудим же всех.

— А мы тихонько, — отозвался он тут же. — Ну, давай.

И не дожидаясь, начал:

— Хо-одют ко-они, над реко-ою...

Он всегда пел именно эту песню, только эту и никакую другую, и хотя он безбожно всегда фальшивил и промахивался мимо нот, это было единственное исполнение, которое я любила, именно это — хрипловатое, неправильное, родное. И единственное, что я могла сделать, это осторожно подхватить мелодию:

— Ищут ко-они водопо-ою...

Мы допели песню до конца, и снова стало тихо. Мерно скрипели дворники, тускло светились сквозь снег габариты Лендкрузера, никто не проснулся; и тогда рация хрустнула снова, и в эфире раздался чей-то незнакомый голос, прозвучавший в этой снежной тишине так естественно, что я даже не вздрогнула:

— Хорошо-то как спели, — сказал он. — А вот эту знаете? Ду-мы мои тём-ны-я, ду-мы по-та-ённы-я, — и продолжил выводить куплет за куплетом хрипловатым, явно непривычным к пению голосом до тех пор, пока дорога не увела его за пределы зоны действия нашего радиосигнала.

Какое-то время сквозь помехи еще можно было разобрать отдельные слова, а потом опять наступила тишина.

Глава восьмая

Как было бы хорошо, если б всю дорогу, которая нам предстояла, можно было проехать вот так. Мне казалось, я выдержала бы и пятьсот, и тысячу километров в этой темноте, с черепашьей скоростью, обеими руками удерживая машину в скользкой колее, только бы больше не останавливаться, не искать топливо, не бояться всякого незнакомого, встреченного по дороге человека. Как бы я хотела проехать так весь путь до конца — не говоря ни с кем, кроме Сережи, без мрачных папиных шуточек, от которых мороз шел по коже, без Ириного панического ужаса перед болезнью, которой никто из нас еще не видел и которая поэтому не успела еще напугать нас по-настоящему. Сейчас, на этой пустой и темной, засыпанной снегом дороге легко было представить, что нам некуда торопиться, не от чего убегать, что нам просто нужно проехать из одной точки в другую, из пункта А в пункт Б, как в школьной математической задачке. Удивительно, с какой неохотой мы отказываемся от ощущения, что все не так уж и плохо; достаточно ненадолго убрать с дороги встречные автомобили, кордоны, вооруженных людей, и буквально за пару часов тревога и страх отступят, словно их никогда и не было. Словно вся эта поездка – не более чем небольшое приключение или, может быть, просто чей-то эксперимент, испытание на прочность, и вот-вот мы достигнем пока неизвестной нам, невидимой границы, после которой вдруг появятся камеры, вспыхнет яркий свет, из-за декораций выйдут люди и скажут нам – не нужно больше бояться, все это не взаправду; никто не пострадал, а вы молодцы, вы всё сделали правильно и можете теперь вернуться домой.

Во все это, наверное, действительно можно было бы поверить, если б только взгляд время от времени сам собой не сворачивал к датчику уровня топлива на приборной панели. Тонкая красная стрелочка с каждым разом опускалась все ниже. Еще триста, двести пятьдесят, двести километров – и нужно будет остановиться, открыть багажник, достать канистры и долить бензин, оглядываясь, прислушиваясь, не сводя глаз с дороги. Всю жизнь я очень плохо считала в уме. И в школе, и после мне всегда требовался лист бумаги или калькулятор; но времени у меня теперь было достаточно для того, чтобы догадаться: бензина, который тяжело плещется сейчас в канистрах, Витаре ни за что не хватит, и где-то впереди – возможно, среди недружелюбных, покрытых льдом северных озер, а может быть, и раньше, прямо на трассе, в километре от какой-нибудь богом забытой деревни, мотор вдруг захлебнется и умрет, а вместе с ним умрет и иллюзия безопасности, которую дарит человеку его машина – с запертыми дверьми, резиновыми ковриками, сиденьями с подогревом и любимыми дисками в бардачке.

Но момент этот пока не настал, до него было еще далеко. Стрелка ползла вниз медленно, дорога была пуста, и стало вдруг легко сказать себе – хватит. Ты не одна. Твоя задача всего лишь – не заснуть сейчас, держать руль обеими руками, следить за красными огнями Лендкрузера, а ближе к утру, возле Новгорода, ты пересядешь на пассажирское сиденье и закроешь глаза. И ответственность за весь оставшийся отрезок пути ляжет уже на другие плечи. Пока ты будешь спать, остальные обязательно придумают что-нибудь, чтобы пополнить запасы топлива и добраться до места, где тебе ничего уже не будет угрожать.

Еще через час или полтора снегопад утих, и темнота вокруг опять сделалась прозрачной, а светлые пятна расположенных вдоль трассы деревень снова стали видны издалека. Названия у них уже были совсем незнакомые, да и внешне они совсем не походили на гладкие подмосковные поселки: маленькие, в два окошка, вросшие в землю домики, провалившиеся вовнутрь заборы. То ли оттого, что была уже глубокая ночь, то ли по какой-то другой причине окна обращенных к шоссе домов были темные, словно закрытые глаза, а многие и вовсе спрятаны за ставнями; дорога в этом месте казалась такой узкой и невзрачной, что я готова была поверить в то, что мы сбились с пути, если бы не Сережино уверенное движение вперед. Может быть, потому, что вести машину стало легче, а может, из-за того, что подаренная снежной завесой безмятежность ушла вместе со снегопадом, мы стали двигаться быстрее; даже Марине удалось разогнать Лендкрузер почти до сотни.

Это случилось сразу за Вышним Волочком — сонным, безлюдным, беззащитным, с единственным мигающим светофором; мы проскочили его без остановки, а за ним один или два небольших и пустынных поселка со слепыми окнами и скупо расставленными вдоль трассы фонарями. Когда впереди показался следующий слабо освещенный участок шоссе, прямо перед табличкой с названием, которое я не успела разобрать, я увидела припаркованную под прямым углом к дороге бело-синюю машину ДПС с выключенными фарами, а возле нее, чуть впереди, человеческую фигуру в ядовито-желтом жилете. Увидев нас, человек в жилете поднял руку с жезлом и шагнул к дороге, и в ту же секунду Лендкрузер сбросил скорость, дал правый поворотник и начал медленно съезжать к обочине. Что она делает, идиотка, подумала я с отчаянием, ну какие здесь могут быть гаишники — сейчас, в это время, в этом месте? Я громко сказала «Марина!», словно она могла меня услышать, и тут же папа, спавший на пассажирском сиденье, рывком поднял голову, а через какую-то долю секунды он уже, навалившись на мое плечо, несколько раз резко нажал на гудок; неприятный, пронзительный Витарин вопль сразу же заставил меня очнуться, и я включила дальний свет. Яркая холодная вспышка выхватила из темноты неподвижную патрульную машину, и стало видно, что боковое стекло у нее выбито, а обращенный к нам белый борт вмят вовнутрь вместе с передней стойкой. Стоявший возле нее человек на свету тоже выглядел как-то неправильно – оказалось, что форменный жилет натянут поверх забрызганной грязью куртки, не имевшей с формой ДПС ничего общего, а слева от машины, в кустах, прячется еще человека четыре уже безо всяких жилетов.

Я сейчас обгоню ее и оставлю здесь, безнадежно подумала я, и мы больше ничего не сможем для нее сделать. Не может быть, чтобы Сережа тоже затормозил, я не успею даже взять рацию и предупредить его, он же видит, не может не видеть, что это никакая не ДПС. Я ударила ногой педаль газа, и, продолжая сигналить, Витара рванула на встречную полосу. Мне очень нужно было видеть, что делает Сережа, но в этот момент, так и не успев остановиться, Лендкрузер тоже резко вильнул влево, обратно на дорогу, и, ускоряясь, мы все пролетели мимо раскуроченной патрульной машины и людей, притаившихся за ней. В зеркало заднего вида я рассмотрела, что человек в жилете опустил жезл и стоит теперь посреди дороги, глядя нам вслед, а те, кто стоял позади, тоже выступили из тени. Прятаться им было уже не нужно.

– Стрельнуть бы в них, – сказал папа сквозь зубы и снял наконец руку с гудка. – Стервятники.

Повернувшись всем телом, насколько позволял ремень, он еще раз глянул назад, а я смотрела на болтающийся из стороны в сторону Лендкрузер и думала – я готова была ее бросить, объехать по встречной и удрать, не оглядываясь. У меня не было времени подумать, не было никакого плана, я просто увидела опасность и дала газу, и теперь мы обе –

и она, и я, знаем это и никогда не забудем: если произойдет что-то еще, что-то такое же страшное, я не стану рисковать, не остановлюсь и не попытаюсь помочь. И еще я думала – об этом невозможно было не думать, – а если бы не было никакого Лендкрузера, если бы на этой темной пустой дороге передо мной была только Сережина машина, что бы я сделала тогда?

Папа наконец перестал озираться и взял микрофон:

– Надо бы остановиться, Сереж, – сказал он. – Ты посмотри, как ее болтает. Лёньке пора возвращаться за руль.

– Я понял, – раздался Сережин голос, – только место подыщем подальше отсюда.

Всем нам было ясно, что имело бы смысл проехать еще хотя бы километров двадцать-тридцать прежде, чем останавливаться, но одного взгляда на нервные броски Лендкрузера по дороге было достаточно для того, чтобы понять – этого времени у нас нет и Марина сейчас либо зацепит кого-то из нас, либо просто вылетит в кювет. Почти сразу после того, как тусклый свет уличных фонарей пропал из вида, Сережа сбавил скорость, а еще через несколько минут произнес:

– Всё, здесь давайте. Не помню точно, сколько тут до следующей деревни, но их вокруг полно. Дальше до самого Валдая подходящего места можем и не найти. Выходим! Фары погасите только, – и съехал на обочину.

Мы остановились; папа завозился, выуживая из-за спинки сиденья лежавший там карабин. Перехватив мой взгляд, он сказал:

– Возьму-ка я его с собой. На случай, если тут остались еще какие-нибудь добрые люди. Вылезай, Анюта, поменяемся. Похоже, я выспался.

Выходить из машины не хотелось. Я с удовольствием осталась бы за рулем, пережидая, пока Марину не пересадят на пассажирское сиденье, лишь бы не видеть ее сейчас, не встречаться с ней, но выхода не было; я отстегнула ремень и шагнула на дорогу. Водительская дверь Лендкрузера тут же распахнулась. Даже при выключенных фарах Маринин белый комбинезон словно бы светился в темноте; она побежала ко мне, всхлипывая, а я втянула голову в плечи. У меня не было времени подумать, хотелось крикнуть мне. Я испугалась, у меня же Мишка здесь, в машине, я не могла остановиться. И тут она оказалась совсем близко и схватила меня за руки:

– Простите меня! – и я увидела, что она плачет. – Я такая дура! Я просто увидела форму, я устала, дорога эта жуткая – и тут я увидела форму, я же правда чуть не остановилась, господи боже! И тут ты включила дальний, и Лёня проснулся, если бы не ты, Аня, если бы не ты!..

Она обняла меня и все продолжала быстро, захлебываясь говорить, а я стояла, и не могла себя заставить к ней прикоснуться, и думала только – я готова была тебя бросить, ты даже не заметила, но я бы точно тебя там бросила.

Пришел Лёня и взял ее за руку, увел в машину. Вернувшись, он сказал:

У меня треть бака осталась. Скоро Валдай, до Чудово километров двести, я бы здесь дозаправился.

Пока не выскочим на мурманскую трассу, другой возможности может и не быть.

Пока доливали топливо – папа стоял с карабином в руках, Лёня с Сережей суетились с канистрами – я отошла в сторону и закурила. Напряженная сосредоточенность, не отпускавшая меня так долго, не позволявшая заснуть, заставлявшая крепко держаться за руль, слетела одним махом. С облегчением я почувствовала, что мне даже не нужно смотреть на дорогу, не покажется ли чужой, потому что с этого момента всё – и маршрут, которым мы будем двигаться дальше, и количество бензина в Витарином баке, и наша безопасность – больше не моя забота. Я сяду сейчас в машину, откину спинку и закрою глаза, и все это перестанет существовать, а когда я открою их в следующий раз, вокруг уже будет только тайга, озёра и редкие деревни с чужими северными именами, а весь этот бурлящий опасный муравейник останется так далеко, словно его и нет вовсе.

С дозаправкой было покончено, настало время двигаться дальше. Я подошла к Сереже и тронула его за рукав:

– Я – спать. – сказала я. – Папа поведет. Давай теперь Витару вперед, а Иру за руль. Тебе нужно отдохнуть.

– Только не сейчас, – ответил он тут же, с едва заметным раздражением, словно уже ждал этого спора и готовился к нему. – Ты пойми, Аня, сейчас самый трудный участок дороги – Валдай, Новгород. Вот объедем Питер, тогда и поменяемся. После Киришей будет поспокойнее. Не могу я ее сейчас за руль.

– И правда, – сказала я. – Пусть отдохнет еще, бедная девочка. Она, наверное, страшно устала валяться на заднем сиденье со вчерашнего дня.

И пожалела о сказанном сразу, не успев закончить фразу, потому что он был прав, и нам обоим ясно было, что я тоже знаю это и просто хочу задеть его – потому что он уехал тогда, ночью, и не попрощался. Потому, что, не будь ее, это он, а не папа, спал бы четыре часа на пассажирском сиденье рядом со мной, и мне не пришлось бы искать глазами его машину. Потому, что она, стоя в моей прихожей, распустила волосы и назвала меня «малыш». Потому, что она мне не нравится. Потому, что я никогда уже не смогу избавиться от нее. И несмотря на то, что мне стыдно за эти мысли даже в эту самую минуту, я точно уже не сумею относиться к ней иначе.

Мне не хотелось, чтобы Сережа увидел мое лицо, и я отвернулась к дороге. Нужна была короткая передышка, чтобы попытаться хотя бы изобразить улыбку, произнести что-нибудь шутливое, только ничего не получалось у меня – ни улыбка, ни шутка, и тогда он положил руку мне на плечо, наклонился и прошептал:

– Анька, я все понимаю. Но ты бы знала, как ужасно она водит машину! Была бы ты на моем месте, да ты и сама бы ей в темноте рулить не позволила, – и улыбнулся мне. Широко, как не улыбался уже целую вечность.

– Пойду-ка я спать, – ответила я с облегчением. – У меня-то получше водитель в запасе.

Мы не успели еще тронуться с места, папа настраивал под себя зеркала, я пристегивала ремень и возилась со спинкой сиденья, чтобы не прижать спящего Мишку, а рация уже заговорила Сережиным голосом:

— Внимание в канале, на питерской трассе перед Выползово на дороге бандиты. Осторожнее, ребята, повторяю...

Я застыла с пряжкой ремня в руке:

— Зачем он это? Кто нас тут услышит, кроме этих самых бандитов? Нет же никого?

И папа, хмурясь, озабоченно покачал головой, как вдруг рация снова ожила и послышался взволнованный мужской голос, едва различимый из-за помех:

— Серёга? Серёга, ты?! — и, не дожидаясь ответа, торопливо продолжил, словно боясь, что сигнал вдруг пропадет: — Серёга! Погоди, стой, ты в какую сторону идешь, на Питер, на Москву? Ты где?

Сережа молчал; наверное, он не узнал говорившего, голос которого был еле слышен. Мало ли на трассе людей с таким именем, думала я, может быть, кто-то подслушал нас раньше и теперь ждет, когда мы ответим, потому что наше присутствие в эфире может означать только одно — у нас есть бензин, еда и машины, и все это может быть кому-нибудь очень нужно.

— Далеко бьют наши рации? — спросила я у папы, и он немедленно ответил:

— Километров пятнадцать-двадцать уверенного приема, не больше. Это совсем рядом.

— Дайте мне микрофон, — сказала я и протянула руку. — Да не скажу я им ничего, дайте сейчас же, ну! — и когда он послушался, нажала кнопку и очень внятно произнесла:

— Молчи. Слышишь? Мы не знаем, кто это!

И тогда незнакомый голос заорал уже почти торжествующе, и слышно теперь его было гораздо лучше:

– Аня! Аня, я тебя слышу! Черти подозрительные, как же здорово, что это вы, вы же на Питер едете, да? На Питер? Мы навстречу, подождите, я сейчас искатели включу! Не гоните только!

Я все еще не могла узнать его, а он все продолжал и продолжал говорить, и потому никто из нас не мог вставить ни слова, и только когда он наконец унялся и умолк на мгновение, Сережа проговорил:

– Я думал, ты никогда уже палец с кнопки не уберешь, Андрюха, – и засмеялся.

В это же мгновение впереди, на границе видимости, появилось расплывающееся в предрассветной дымке желтое пятно, а еще через несколько минут уже стал отчетливо виден летящий к нам по встречной полосе одинокий автомобиль, на крыше которого ярко светились три прямоугольных оранжевых фонаря.

– Что еще за Андрюха? – спросил папа, напряженно вглядываясь вперед.

Этого не может быть, подумала я и ответила:

– Друг семьи.

И потом уже просто смотрела в окно, как тормозит на обочине серебристый, припорошенный снегом пикап с тяжелым прицепом. Как Сережа, не закрывая двери, выпрыгивает из машины и бежит. Как следом на дороге появляется Ира, на ходу торопливо натягивающая пальто, а из пикапа навстречу им выходят два человека – мужчина и женщина, и все четверо, позабыв обо всякой осторожности, обнимаются прямо на проезжей части. Этого просто не может быть.

– Какой друг семьи? – переспросил папа. – Да ты можешь толком объяснить?

— Как вам сказать, — ответила я со вздохом, отстегивая ремень и распахивая дверцу. — Точно не моей.

Как же так получилось, думала я, медленно направляясь к стоявшей посреди дороги группе, почему, кроме Мишки, в этой странной экспедиции нет ни одного человека, которого я на самом деле хотела бы взять с собой? Мамы больше нет, и Ленка, моя Ленка, наверное, тоже сгинула где-то там, в мертвом городе, на матрасе в каком-нибудь школьном лазарете, и все остальные, кто был мне дорог, кого я любила, с кем могла бы сейчас поговорить откровенно, да хотя бы просто переглянуться, — пропали, исчезли, а может быть, уже погибли. Я запретила себе думать о них — хотя бы на время, хотя бы до тех пор, пока мы не перестанем бежать, не доберемся до озера, но скажите мне кто-нибудь, каковы шансы встретить знакомых тебе людей на пустой, ночной дороге длиной в семьсот с лишним километров, и почему, черт возьми, это обязательно должны оказаться именно эти люди, а не другие — те, кто так был бы мне сейчас нужен?

Я подошла поближе и осторожно взяла Сережу за руку, и он тут же живо обернулся ко мне:

— Нет, ты представляешь, Анька? Ты представь только! И мы ведь могли просто молча проехать мимо!..

Просто, кроме вас, во всем городе не нашлось больше ни одного человека, купившего чертову рацию просто так, ради забавы, мрачно подумала я.

— Чтоб ты и проехал молча? — перебил Андрей, хлопая Сережу по плечу. — Да ты же вечно болтаешь в эфире!

И широко, радостно улыбнулся. Пожалуй, я никогда не видела на этом лице ни подобной радости, ни такого волнения. Я помнила его высокомерным мрачноватым типом, с которым Сережа дружил чуть ли не с институтских времен, и как часто бывает с друзьями детства, роли у них когда-то распределились раз и навсегда, так что оба они по-прежнему носили друг перед другом свои привычные маски. А я так и не сумела привыкнуть к роли, которая в этой дружбе досталась Сереже.

– Анечка! – очень громко произнесла стоявшая рядом с ним женщина, а потом повернулась к мужу: – Я же говорила, он возьмет их обеих!

– Привет, Наташа, – ответила я. – Как же я рада вас видеть.

Сарказм можно было и не прятать, она все равно никогда его не чувствовала или делала вид, что не чувствует. Улыбаясь, она внимательно, по очереди заглядывала в наши лица, и улыбка ее делалась все шире и шире, так что, казалось, вот-вот сойдется на затылке.

– Ну? – живо спросила она. – И как вам путешествуется шведской семьей? Не ссоритесь?

Господи, я уже начинала забывать, как сильно ее не люблю.

Паузы никакой не возникло. Подошел Лёня. Недоверчиво держа карабин наготове, вышел из машины папа. И когда с рукопожатиями и знакомством было покончено, Сережа наконец задал вопрос, который вертелся в голове у всех с момента, когда пикап показался на встречной полосе:

– Ребята, – спросил он, улыбаясь, – какого черта вы едете обратно?

Лица их немедленно погасли, словно кто-то щелкнул выключателем, и несколько секунд оба молчали. Наконец Наташа подняла глаза на мужа и слегка толкнула его локтем, и только тогда он заговорил, на этот раз совершенно серьезно:

– Мы едем обратно, Серёга, потому что трасса Москва – Питер теперь заканчивается перед Новгородом.

– То есть как это – заканчивается? – не веря своим ушам, переспросила я.

– А вот так, – просто ответил он. – Они перекрыли мост. У Белой горы, через Мсту, знаете? Так вот, там теперь стоят грузовики, прямо поперек. Заехать на мост можно, а вот съехать уже нельзя. Хорошо еще, мы заметили вовремя, – он замялся. – Хотя там такое было... Их человек двадцать-тридцать с оружием. Мы не поняли даже, военные или гражданские.

– Мы не первые там попались, – вставила Наташа тихо. Она тоже больше не улыбалась. – Если бы вы видели, что они там устроили.

Все мы молчали, эту новость надо было как-то переварить, и тогда Андрей добавил:

– В общем, куда бы вы ни ехали, придется разворачиваться. Федеральной трассы больше нет.

– Чушь! – Ирин голос звучал требовательно и, пожалуй, даже сердито, и я подумала, что уже начинаю привыкать к этим ее интонациям. – Это чушь какая-то. Можно же как-то объехать. Не разворачиваться же теперь. Нам просто некуда уже возвращаться. Ну давайте поедем другой дорогой, в конце концов! Не может же быть, чтоб от Москвы до Питера была только одна трасса?

– Да к черту Питер, – вмешался Лёня хмуро. – Кому он нужен? Неужели ты думаешь, там кто-нибудь еще остался живой?

– Вообще-то, мы как раз туда и едем, – вставила Наташа, и когда мы все изумленно повернулись, продолжила раздраженно: – И не надо так смотреть! Ладно, не совсем в Питер, у моих там дом под Всеволожском. Что? Там еще неделю назад все было в порядке! Пока телефоны работали, я с папой каждый день говорила! И потом, у них озеро, мы лодку взяли, – она говорила и говорила – быстро, почти захлебываясь, о том, что у папы с мамой большой удобный дом, что в Москве они уже погибли бы, что связи нет, но она точно знает – с родителями все хорошо, и как-то сразу стало очевидно, что все это она говорит не впервые. Что, наверное, было много споров, в результате которых эти двое приняли решение, в котором один из них сомневался, а второй был вынужден делать вид, что уверен, – просто чтобы заставить первого двинуться в путь. Я немедленно вспомнила нашу с Сережей поездку к кордону, когда больше всего меня пугала не затаившаяся впереди болезнь, а то, что он может сейчас передумать, мы повернем обратно и я никогда больше не увижу маму, и даже не узнаю, что с ней случилось. Это было невыносимо – слушать, как она выплевывает слово за словом, торопливо, бессвязно; глаза у нее блестели и я поняла, что на самом деле эта женщина, ухитрившаяся так сильно задеть меня ровно за две минуты, истекшие с момента нашей встречи, находится на грани истерики, и мне захотелось одновременно и поддержать ее, и заставить замолчать, только слов я не нашла и просто придвинулась ближе, легонько сжав ее плечо чуть выше локтя. Она резко выдернула руку и яростно сверкнула глазами; лицо ее исказилось:

– Не надо меня трогать! Нам просто нужно найти другую дорогу, мы собирались свернуть направо и попробовать через псковскую трассу. Ну что? Что вы так смотрите? Андрюша, скажи им, там же можно проехать!

Он поморщился досадливо – вероятно, ему непросто было слушать все это еще раз; вряд ли они говорили о чем-то другом все время, которое провели вдвоем в машине. Прикасаться к жене он не стал и просто словно слегка отодвинул ее, оттер в сторону и сказал:

– Простите, ребята, мы слегка на взводе. Этот чертов мост... Мы сто километров без остановки мчали, пока вас по рации не услышали.

И тут они наконец рассказали, перебивая, почти перекрикивая один другого. О том, как, сменяя друг друга за рулем, ехали полдня и всю ночь, задержавшись только под Тверью – купить бензина. О том, что на подъезде к злополучному мосту за рулем как раз была Наташа – это была ее очередь. Андрей спал и ничего не видел, а она не сразу поняла, что происходит. Сначала проехала короткий мост через небольшую речку, где было тихо и пусто, и вообще не обратила на него внимания – мост и мост, тем более, что сразу за ним дорога началась замечательная: километры безлюдного леса, они ведь тоже ужасно устали от напряжения, проезжая населенные пункты, и так же, как мы, радовались всякой передышке. А как только лес закончился, начались поля. Деревень не было (были, вмешался Андрей, просто чуть в стороне от трассы; неважно, закричала она тут же, ты вообще спал, дорога была пустая, и было темно, просто поле, и все; хорошо, просто поле, согласился он, там километр от силы до моста, он освещен, ты могла увидеть; не могла, до моста еще было далеко, дорога была темная, и потом, я подумала, может, она больная, она шла прямо по дороге, посередине, я чуть ее не сбила). И посреди этих полей свет фар вдруг выхватил из темноты человеческую фигуру. Наташа резко ударила по тормозам, из-за тяжелого прицепа пикап занесло, но она справилась и не вылетела с дороги. На скорости было непросто что-нибудь разглядеть, но ей показалось, она увидела женщину; на лице ее была кровь и шла она как-то странно, зигзагами, а еще через десяток метров в кювете обнаружилась машина — смешная, маленькая, женская, опрокинутая набок, словно черепашка, и вокруг на снегу расплывалось темное масляное пятно, и везде по дороге были разбросаны сумки и разноцветные тряпки, которые было сложно объехать, особенно после того, как пикап почти потерял управление, и тут Андрей наконец проснулся. Он предложил ей остановиться; ее трясло, но она отказалась. Было непонятно, что тут случилось, и страшно было останавливаться. Они еще спорили, а впереди уже показался мост — ярко освещенный, длинный, на массивных бетонных ногах. Всякий раз, проезжая подобные места, они прибавляли скорость, поэтому сейчас она тоже нажала на газ и влетела бы, пожалуй, прямо в засаду, если б навстречу неожиданно не вынырнул едущий задом автомобиль. Она заметила белые, заляпанные грязью задние фонари, и ей пришлось уворачиваться, так что она снова притормозила, и тогда они оба одновременно увидели перегородивший мост грузовик с вяло трепещущим на ветру тентом, пять или шесть легковых машин с распахнутыми дверьми и несколько человеческих тел, лежащих на асфальтовом покрытии моста. Почему-то тела сразу бросились им в глаза, хотя на асфальте лежало еще много всего – мост был широкий, как минимум в четыре полосы, и ближе к грузовику весь был усыпан вещами. Андрей уже кричал «задом, Наташа, задом», когда они увидели людей – целую толпу, бежавшую им навстречу; вероятно, люди эти гнались за теми, кто ехал задним ходом и к этой минуте успел уже скрыться далеко позади. Бегущие люди стреляли, но выстрелов почему-то не было слышно, зато видны были вспышки, и это было страшно, очень страшно; и Наташа поняла, что с тяжелым прицепом, намертво прикрученным к пикапу, ни за что не сможет дать задний ход, и потому резко крутанула руль вправо, забирая как можно ближе к светлой решетчатой ограде, а потом бросила пикап налево, от всей души надеясь на то, что ширины моста хватит для разворота.

На мгновение ей показалось, что места не хватает; что прицеп, пробив ограждение, утянет пикап за собой – вниз, в скованную льдом черную воду, но он только слегка чиркнул по прочным балкам, и пикап, виляя и ускоряясь, с визгом рванул в обратную сторону. Они ехали так быстро, что не заметили, как проскочили место, где в кювете лежала маленькая машинка; женщину с окровавленным лицом, попавшуюся им по дороге к мосту, они тоже больше не видели.

На этом их рассказ закончился. Оба они умолкли, и теперь, в наступившей тишине, все мы стояли посреди этой узкой разбитой дороги в месте, едва подходящем даже для короткой остановки (три уснувшие на обочине, груженные доверху машины со спящими в них детьми и четвертая, замершая на встречной полосе), и пытались свыкнуться с мыслью, что опоздали. Убегая от опасности, догонявшей нас со стороны города, бывшего нам домом, города, которого больше не было, мы и не думали о том, что движемся навстречу такому же хаосу. Нам казалось, что достаточно просто ускользнуть от волны, наступавшей нам на пятки, и вдруг стало ясно, что впереди еще много точно таких же волн, распространяющихся со скоростью, намного превышающей нашу, которые расходятся вокруг каждого крупного города, каждого большого скопления людей, как круги по воде. И чтобы спастись, нам придется придумать способ, как добраться до места, которое мы выбрали своим укрытием, уклоняясь и лавируя между ними. Не зная заранее, где они перекроют нам путь. Мы молчали, но я уверена, думали все именно об этом; я нашарила в темноте Сережину руку и сжала ее, и он тут же встрепенулся, поднял голову и сказал:

– Знаешь, Андрюх. Отгони-ка ты машину с дороги. И иллюминацию выключи заодно. Тут недалеко одна нехорошая деревенька, как бы им не пришло в голову поинтересоваться, что это мы тут делаем. А я схожу пока за картой. Пошли, пап. Только карабин далеко не убирай.

Возможно, и не было никакой паузы между Сережиными словами и моментом, когда Андрей не спеша повернулся и направился к своей машине; может быть, мне только показалось, что он какое-то время раздумывал, стоит ли ему подчиниться немедленно. Просто ты его не любишь, сказала я себе. Не любишь его, и еще больше не любишь видеть, каким в его присутствии делается Сережа, а теперь – неизбежно – их обоих придется взять с собой, надутого неприятного индюка и его чрезмерно улыбчивую ядовитую жену, которая с самого дня знакомства не сказала тебе ни единого искреннего слова.

Пока никто не успел увидеть моего лица, я пошла к Витаре за сигаретами. Мишка по-прежнему крепко спал, и я аккуратно прикрыла дверь, чтобы не разбудить его; когда я вернулась, пикап уже стоял у обочины с выключенным двигателем, развернутый в обратном направлении, на его капоте была разложена карта, и все стояли вокруг, склонив головы. Приближаясь, я услышала обрывок Сережиной фразы:

– ...вот оно, это озеро, Андрюха, видишь? Мы хотели в обход Питера через Кириши уйти на мурманскую трассу, и дальше наверх, – в левой руке он держал фонарик, а правой водил по карте. – Это самый простой и короткий путь. Понимаешь? Через Новгород нам не пройти. Вот тут, у Валдая свернем направо, рванем в объезд через Боровичи и Устюжну. А там выскочим на А-114 и вернемся на мурманскую трассу.

– Тут крюк километров в пятьсот, – вмешался папа, устало щурясь. – Где мы столько топлива возьмем, застрянем на полпути.

– В Киришах найдется что-нибудь, – убежденно сказал Сережа. – Там завод перерабатывающий, пап. Ты же знаешь, вариантов у нас нет. Нам даже по прямой топлива не хватило бы.

Они замолчали. В наступившей тишине, после паузы, Андрей произнес:

– Ничего вы не выиграете на мурманской трассе. Там же одни мосты – здесь, здесь и здесь, до самого Петрозаводска, и даже если они не все такие, как этот новгородский... Вам хватит одного. Надеюсь, это понятно.

Сережа тут же кивнул – слишком быстро, подумала я, – и придвинул к Андрею карту:

– Ладно. А ты что думаешь?

Андрей склонился над тускло освещенным листком бумаги, от которого зависело теперь наше спасение, нахмурился и замолчал – надолго, на несколько минут, а мы толпились вокруг и просто ждали его ответа, словно никому из нас уже не могло прийти в голову ничего стоящего; мне показалось даже, что никто не смотрел на карту – только ему в лицо. Господи боже, подумала я, господи боже мой. Министр. Но тут папа, стоявший чуть поодаль с карабином в руке, наконец прервал это благоговейное ожидание:

– Дай-ка, – сказал он и, легко отпихнув Андрея, развернул хрупкий листок к себе, и почти сразу ткнул желтоватым пальцем с обломанным ногтем куда-то сильно правее.

– Вот. Здесь пойдем. Вместо того чтобы после Устюжны возвращаться вверх на мурманскую дорогу, поедем дальше, через Вологодскую область. Мимо Череповца. В город въезжать не придется, трасса идет мимо, а дальше обогнем Белое озеро – и наверх, в Карелию.

– Там тоже есть мосты, – сказал Андрей.

– Ну, если ты искал дорогу, чтоб вовсе реки не пересекать, то давай еще пару часов подумаем, – ответил папа. – Здесь не Монголия, реки будут, куда без них. Но зато после Устюжны до самого верха уже ни одного большого города, а значит, народу там немного. Придется рискнуть. Ладно, пальцы убери, – словно спор был закончен, папа дернул на себя карту и деловито принялся складывать ее.

– Дело ваше, – проговорил Андрей, разгибаясь и отступая на шаг.

Папа живо повернулся к нему.

– Так у тебя была другая идея? На, покажи, – и протянул Андрею сложенный вдвое кусок бумаги.

Сережа наблюдал за ними, не вмешиваясь, лицо у него было расстроенное. Лёня тоже молчал, переводя взгляд с одного на другого. Мельком взглянув на Иру, я с удивлением заметила, как она закатила глаза и едва заметно улыбнулась; ты тоже его не любишь, подумала я, надо же.

– Ну, – сказал папа бодро, – по машинам?

– Ладно. Поехали, Наташка, – отозвался Андрей тут же. – Ну, что. Удачи вам, ребята, – и похлопал Сережу по плечу.

– Погоди, – растерянно спросил Сережа. – Вы что, серьезно собрались ехать во Всеволожск?

Засыпая на пассажирском сиденье (Витара шла теперь первой, потому что Сережа уступил наконец Ире место за рулем), я думала: что бы ни произошло, какие бы мысли ни беспокоили меня, я все равно засну. Засну, даже если нам попадется такой же страшный мост; даже если кто-нибудь в самом деле остановит нас и заставит выйти из машины, им придется нести меня на руках, потому что я буду спать, и плевать на все. Прилив сил, который я почувствовала после короткого отдыха перед Тверью, давно уже иссяк. Мне ни разу не приходилось еще вести машину всю ночь, я сделала все, что могла; а теперь я закрою глаза, и все исчезнет – дорога, опасности, поджидающие нас за каждым поворотом, и эти чужие, едва знакомые мне люди. Сколько волнений подряд может вынести человек, сколько раз у него ёкнет сердце и собьется дыхание прежде, чем все, происходящее вокруг него, не превратится в бессмысленную нереальную декорацию?

Это было даже хорошо, что я так устала. Мысли текли лениво и медленно, и все, что случилось с нами в эти несколько дней, вдруг почти перестало меня беспокоить. Я равнодушно думала – одиннадцать человек в двухкомнатном, без удобств охотничьем домике. Люди, которые ни за что не оказались бы вместе, будь у них такой выбор, которые даже в отпуск такой компанией не поехали бы. Пока Сережа уговаривал их, пока они отходили в сторону и яростно шептались, было ясно уже, что они согласятся, что поедут с нами, потому что все эти сто километров после моста, а может быть, и раньше, может, даже самого начала они знали: нет больше ни Всеволожска, ни безопасного родительского дома, и самих родителей тоже больше нет; знали и просто боялись себе признаться в этом, потому что никакого запасного плана у них не было. Интересно, как долго он собирался делать вид, что все мы сейчас поедем своей дорогой, думала я сквозь сон. Неужели, если бы Сережа не начал настаивать немедленно, он правда позвал бы жену, сел в свой пикап и отправился искать этот мифический путь к мертвому городу? Так странно, я никогда этого не умела – держать паузу, не просить ни о чем, спокойно ждать, пока остальные сами предложат помощь, и ведь всегда находятся эти остальные, которые уговаривают, спорят и доказывают, и благодарны за то, что помощь их оказалась принята, и ведь этому невозможно научиться, у меня ни за что не получилось бы, подумала я, ни за что. Ни за что. И только тогда наконец уснула.

Глава девятая

В этот раз я не проснулась мгновенно. Бывают такие пробуждения, особенно если день впереди не сулит ничего хорошего, когда уши уже невозможно защитить от звуков, а глаза – от света, но ты изо всех сил пытаешься нырнуть обратно: меня еще здесь нет, я сплю, я ничего не слышу, и веки мои закрыты. Я сопротивлялась бы дольше, если б звуки вдруг не ворвались прямо в мой сон, разорвав его на части; их было слишком много, этих звуков, словно кто-то громко крикнул мне в ухо, и, сдавшись, я открыла глаза и выпрямилась на сиденье.

Мы были в городе. Почему-то сразу было ясно, что это именно город, а не деревня, несмотря на двухэтажные деревянные дома, приземистые, в четыре-пять окон с аккуратными кружевами наличников и печными трубами; наверное, из-за церковных куполов, возвышавшихся сразу с нескольких сторон. В деревнях никогда не бывает так много церквей. Стоило мне подумать об этом, и тут же появился первый каменный дом – тоже двухэтажный, но очевидно городской, хотя окна первого этажа все до единого почему-то были заколочены досками. Солнце почти уже село, и все было голубое и розовое; глядя вокруг, я никак не могла сообразить, откуда это чувство тревоги, чем оно может быть вызвано здесь среди тихих домиков, под висящими в прозрачном воздухе куполами. Но с маленьким этим городом явно что-то было не так. Первыми в глаза мне бросились сугробы, слишком огромные для этих улиц с низкими домами, достающие порой почти до подоконников. Машина двигалась как-то странно, и, приподняв голову, я увидела, что дорога тоже завалена снегом; он был немного утрамбован, словно недавно здесь проехало несколько больших автомобилей, оставивших после себя неровную колею. По ней мы и катились медленно, раскачиваясь из стороны в сторону. Потом я увидела женщину. Голова ее была повязана платком — серым, шерстяным, туго стянутым под подбородком. Она шла вдоль дороги небыстро, с усилием прокладывая себе путь сквозь снежные наносы, и тянула за собой санки. Обычные детские санки с исцарапанными металлическими полозьями, без спинки, на несколько раз перевязанной грубой веревке. Неудобно свисая с обоих концов, на санках лежал длинный черный пластиковый мешок.

Я смотрела на нее во все глаза. Вся ее фигура — напряженная согнутая спина, медленный шаг, санки — что-то напоминала, что-то тревожное, неприятное, и я чувствовала, что вот-вот вспомню; мы уже обогнали ее и, обернувшись, я взглянула еще раз, только Витара вдруг вывернулась из колеи, освободилась от вязкого снега и побежала быстрее, выбралась к широкому пустому перекрестку.

– Здесь налево, – хрустнуло в рации, и я вздрогнула, словно не ожидая услышать человеческий голос, словно я была одна в машине. Повернув голову, я взглянула на папу. Сжимая руль обеими руками, он смотрел прямо перед собой. Казалось, он даже не заметил, что я проснулась; лицо у него было сосредоточенное и жесткое.

Улица, на которую мы свернули, вероятно, была центральной; она была шире и значительно лучше укатана, но по обеим ее сторонам нависали такие же массивные кучи снега, как будто тротуаров не было вообще, и люди, которых здесь оказалось вдруг гораздо больше, шли прямо по проезжей части – не спеша, безмолвно. Все они двигались в одну сторону, но как будто стараясь держаться друг от друга подальше, и почти все тащили санки, нагруженные странными черными мешками. Какая-то женщина, остановившись, пыталась водрузить свой упавший мешок обратно на санки; видно было, что ей тяжело, и она кружила, стараясь приподнять его то с одного конца, то с другого. Обогнув ее по широкой дуге, мимо почти пробежал человек с лицом, плотно укутанным шарфом.

Именно в этот момент позади раздался прерывистый, резкий автомобильный сигнал. С пассажирского сиденья мне трудно было разглядеть в зеркалах, что происходит, но папа, схватив микрофон, прокричал сердито:

– Ира, не психуй! Они не опасны! Куда ты гонишь? Въедешь куда-нибудь, и тогда мы точно здесь застрянем!

Ответа не последовало, а еще через мгновение, виляя и продолжая сигналить, нас обогнала Сережина машина, едва не увязнув в снежной каше на краю дороги.

– Истеричка чертова.

Он выругался и прибавил скорость, стараясь догнать удаляющийся Паджеро; мне казалось, мы наделали много шума посреди этой тихой улицы, но люди на дороге словно не замечали нас, и только женщина, сражавшаяся с тяжелым мешком, выпрямилась и посмотрела. Нижняя часть лица у нее была закрыта платком, но я все равно заметила, что она совсем молодая, почти девочка. К моменту, когда мы поравнялись с ней, она уже потеряла к нам интерес и, нагнувшись, продолжила заниматься своим мешком.

Сережина машина теперь была далеко впереди. Вздымая тучи снежной пыли из-под задних колес и опасно кренясь, она все увеличивала расстояние между нами, но папа уже перестал пытаться нагнать ее; слишком опасно раскачивалась Витара в неглубокой, еле намеченной колее, и мы снова поехали медленнее. Снаружи послышался какой-то звук, неопределенный, приглушенный обступившими улицу домами и сугробами. Еле слышный, но тоже какой-то невыносимо знакомый, напоминающий что-то, и потому я нажала на кнопку и опустила автомобильное стекло до середины.

– Слава богу, она тебя не видит, – сказал папа с недобрым смешком. – В Боровичах Лёня вообще пытался выйти из машины, она такой цирк устроила, мы ее еле успокоили.

– Да что здесь такое? – спросила я наконец; как только он нарушил молчание, мне тоже сразу стало легко заговорить, как будто до этого было нельзя.

– Это уже второй такой город. Мы не сразу поняли, карантина нет, но ты посмотри вокруг, – отозвался он, и я тут же, как будто мне нужна была только эта небольшая подсказка, прочитала все знаки, которые до этого просто смутно тревожили меня: нечищеные улицы, заколоченные окна, люди с санками и длинные тяжелые мешки, укутанные лица и тишина – неестественная, густая, нарушаемая единственным звуком: монотонным, с одинаковыми интервалами звоном, доносящимся откуда-то спереди, из-за невысоких коренастых домов.

Очень скоро мы поравнялись с источником этого звука. Справа от дороги, между домами на короткое время распахнулся просвет, в котором открылась небольшая площадь – широкое пустое место, окруженное невысокими каменными домами; мелькнул обязательный памятник Ленину со снежными погонами на плечах, но где-то дальше, на площади, стояла еще и церковь. Ее не было видно целиком, но из-за домов виднелись пять сине-зеленых припорошенных снегом круглых церковных голов и отдельно – остроконечная звонница. Именно туда, на эту площадь, и сворачивал редкий, неплотный поток людей с санками. Я успела только заметить невысокую груду мешков, сложенных как попало на снегу, и человеческую фигуру в черном возле наспех сколоченного деревянного помоста, к которому был подвешен продолговатый кусок железа. Широко, деловито размахиваясь, человек в черном методично ударял по нему чем-то тяжелым. Площадь мелькнула и исчезла, но звон был слышен еще какое-то время; мы миновали несколько съездов на боковые улицы, и теперь я увидела, что некоторые из них покрыты нетронутым, ровным слоем снега — не было ни единого человеческого следа от дороги, по которой мы ехали, и до самого горизонта, куда доставал глаз.

— Как же так, — сказала я, — получается, их просто бросили? Ни карантина, ни санитарных машин — ничего?

— Не смотри, Аня, — отозвался папа. — Сейчас все кончится, мы почти снаружи.

Витара еще раз повернула, и засыпанный снегом город, невысокий, розовый с голубым, со своими церквями, прозрачным воздухом и пустыми улицами, весь оказался справа, а после исчез совсем. Просто остался позади, и не хотелось оборачиваться, чтобы взглянуть на него еще раз.

Сразу после перечеркнутой таблички с надписью «Устюжна» у обочины ждал Паджеро: покрытые инеем задние стекла, небольшой дымок из выхлопной трубы. Когда мы поравнялись с ним, он затарахтел, выехал обратно на дорогу и пристроился в самом конце, за Лендкрузером и серебристым пикапом.

Тем, кто жил здесь, было уже не до того, чтобы чистить дорогу. Снега было немного, сантиметров пятнадцать-двадцать, но лежал он неровными смерзшимися комками, словно начал таять и тут же опять окаменел. Витара, снова оказавшаяся первой в колонне, ползла медленно, с трудом переваливаясь с одной снежной кочки на другую. Мы проехали метров сто, не больше, когда папа, чертыхнувшись, потянулся за рацией:

— Эй, на пикапе, давайте вы вперед, дорогу прокладывать! Вы потяжелее.

— Есть, Андреич, — отозвался Андрей немедленно и даже, пожалуй, весело.

Пикап, громыхая прицепом, легко обогнал нас и поехал впереди, оставляя после себя полоску утрамбованного плотного снега, и двигаться сразу же стало легче. Я удивленно взглянула на папу, а разговор продолжался:

– Что там у тебя на навигаторе, Андрюха, скоро поворот?

– Километров через пятнадцать, – ответил «Андрюха». – И потом еще сто километров спокойной дороги. Почти все деревни в стороне от трассы, Череповец тоже объезжаем по широкому кругу. А вот за ним уже будет посложнее. Я бы заранее где-нибудь остановился топлива долить, чтобы дальше уже без остановок, ты как?

– Мысль, – сказал папа одобрительно. – Давай не доезжая до Череповца. Мало ли что там, в окрестностях, город большой.

Что-то явно произошло между ними, пока я спала, пока спал Сережа; оставаясь на связи друг с другом, эти двое мужчин как-то сумели договориться, и между ними не осталось больше никакой напряженности. Перехватив мой взгляд, папа коротко улыбнулся:

– Нормальный мужик. Хорошо, что мы его встретили. И запасливый! Лодка у него с собой резиновая, сеть, снасти, я и то бы, пожалуй, лучше не собрался, – а потом, взглянув на меня, добавил: – Ты как? Отдохнула? Смотри, если надо выйти, давай тут где-нибудь тормознем.

Я взглянула за окно. Проплывающий мимо заснеженный, просвеченный закатным солнцем ельник постепенно начинал редеть и в эту минуту весь уже остался позади, а вместо него по обеим сторонам дороги лежала широкая и пышная, как пуховое одеяло, бело-голубая пустошь с редко торчащими голыми шариками кустов. Место для стоянки было неподходящее: впереди, чуть правее, уже блестели железные крыши деревенских домов, и от этих крыш вверх поднимался дым – нестрашный и мирный дым из печных труб. В этом месте дорога раздваивалась, и узкая ее часть, обсаженная деревьями, уходила вправо, в сторону деревни с дымящими трубами; поперек, занимая все пространство между деревьями и полностью загораживая проезд, посреди закопченного бесснежного пятна торчали две сгоревшие машины, совершенно неуместные посреди всего этого белого спокойствия.

Эти машины сожгли давно, как минимум несколько дней назад; все уже остыло, и никакого дыма не было. Уже нельзя было угадать, какого цвета они были раньше, два одинаковых серо-черных, покрытых то ли пеплом, то ли инеем изуродованных остова без стекол, отличавшихся друг от друга только тем, что у одного из них был открыт капот, обнажая обугленные внутренности, а у второго почему-то остались целы обе передние фары. Будь сгоревшая машина одна, все это, пожалуй, напоминало бы скорее несчастный случай, аварию, но то, как они аккуратно, спокойно стояли мордами друг к другу, не оставляло никаких сомнений – люди, живущие в этой деревне, привезли их сюда нарочно, а потом облили бензином и подожгли. Я представила, как они стоят вокруг с отблесками огня на лицах, отступая от разгорающегося огня и вздрагивая, когда от жара начинают лопаться стекла. Возможно, еще несколько дней назад обе эти машины жили у кого-нибудь под навесом, заботливо очищенные от снега, с обязательными иконками и свисающими с зеркал мягкими игрушками, но решение было принято – и они сгорели; ритуальная жертва, последняя возможность для их хозяев спастись от приближающейся опасности.

– Настоящая баррикада, – сказал папа, когда мы проехали мимо. – Не поможет, конечно, разве что задержит ненадолго. Кому надо будет – полем доберется.

– Знаете, – ответила я, – пожалуй, я потерплю еще. Что-то не хочется мне здесь выходить.

Андрей оказался прав. Следующие сто километров действительно оказались спокойными: молчаливые, укрытые снегом поля и сменяющие их полосы елового леса, умиротворенного и тихого. Деревень тут почти не было – разве что одну или две удалось разглядеть с дороги, но все оставались в стороне. Мы не встретили никого; ни одной машины, ни единого пешехода, снег лежал на дороге нетронутым ровным слоем, и, несмотря на все это, нам было ясно – безмятежность покинула эти места, словно вся эта земля, затаившись, напряженно ждала чего-то. Останавливаться не хотелось нигде, и мы все откладывали и откладывали момент до тех пор, когда сделать это стало совсем уже необходимо; приближался Череповец, начинало темнеть, нужно было долить топлива, хотя бы немного перекусить и размяться. Неподвижно сидеть стало просто невыносимо.

– Всё. Если верить навигатору, дальше дорога будет поживее, – сообщил Андрей. – Давайте здесь. Удачнее места мы уже не найдем.

Дорога была лесная, с обеих сторон окруженная деревьями, но именно в этом месте вглубь леса уходила едва заметная просека, в какие проезжающие мимо автомобилисты любят загонять свои машины, чтобы не бросать на трассе, когда углубляются в лес за грибами или по другим каким-нибудь делам. В Подмосковье обязательно торчал бы облупившийся плакат с надписью «Берегите лес», но здесь было пусто.

– Хорошо бы нам съехать с дороги, – сказал папа. Он уже вышел из машины и теперь с болезненной гримасой пытался распрямить затекшую спину. – Быстро мы не управимся, а через полчаса будет темно. Хотя бы на метр вглубь забраться, и то хлеб. Не нравится мне эта выставка-продажа на обочине.

– Да ладно, Андреич, – бодро ответил Лёня, хлопнув дверцей Лендкрузера. – Посмотри, снегу сколько. Сядем, кто нас будет вытаскивать? Не за трактором же бежать в соседнюю деревню, – он хохотнул и направился было в сторону леса, но папа тут же остановил его:

– Куда собрался? Кто-то должен остаться возле машин. Ты молодой, потерпишь. Постой-ка минутку, я скоро тебя сменю. И ружье достань, слышишь?

Едва ступив с дороги в чистый, подмерзший сверху снег, я провалилась почти по колено и порадовалась, что мы не стали заезжать сюда на машинах. Мне ужасно хотелось увидеть Сережу, но многочасовая, без остановок, поездка заставила всех нас, без исключения, рассыпаться по лесу; не страшно, мы будем еще доливать топливо, а после распакуем какую-нибудь еду, и у меня будет полчаса, не меньше, чтобы побыть с ним рядом, пока он ест, а потом мы сядем за руль – я и он, наша очередь, и когда все заснут, снова сможем поговорить.

– Мальчики! Подальше можно отойти куда-нибудь? – возмущенный Наташин голос раздался где-то совсем рядом, но даже в этом прозрачном, без листьев, лесу я ее уже не видела.

Где-то неподалеку хрустели ветки и слышно было, как Ира уговаривает Антошку: «Потерпи, сейчас я расстегну, повернись ко мне». Обернувшись, я увидела дорогу, четыре больших машины с выключенными фарами, Лёнину одинокую фигуру. Он открыл багажник Лендкрузера и рылся в нем. Очень хотелось отойти подальше, я сделала еще буквально десять шагов за деревья – и все звуки вдруг пропали, все исчезло: Наташино ворчание, Ирины ласковые уговоры, мужские голоса. Остались только я и лес – неподвижные деревья, смыкавшиеся кронами где-то над моей головой, снег и тишина. Неожиданно я почувствовала, что не хочу возвращаться прямо сейчас, что мне остро необходимо хотя бы недолго побыть одной. Было очень холодно. Я прислонилась щекой к шероховатому сосновому стволу и несколько минут просто стояла так, абсолютно без мыслей, наблюдая за тем, как на твердой коре от моего дыхания образуется иней.

Пора было возвращаться. На мгновение я испугалась, что не знаю, в какую сторону нужно идти, но, опустив глаза, тут же увидела собственные следы и пошла по ним назад, к машинам. Сначала я заметила красную Наташину куртку, ярким пятном блеснувшую из-за деревьев; она тоже вышла из леса и была уже рядом с Лёней, шагах в десяти от Лендкрузера. Багажник все еще был открыт, и рядом стояли две полных пластиковых канистры, которые Лёня успел выгрузить на укатанный снег. Преграждая Наташе с Лёней путь к машине, прямо возле распахнутого багажника стояли три незнакомых человека – все мужчины. Один в грязно-сером ватнике, двое других – в бесформенных овчинных тулупах; на ногах у всех были валенки. Оглядевшись, я не увидела вокруг ничего, на чем они могли бы приехать; вероятно, они пришли пешком по дороге, а может, вышли из леса по просеке, которая и заставила нас здесь остановиться. Ветка под моей ногой хрустнула, и все повернулись. Я успела еще подумать, что могу просто сделать шаг назад, и в наступающих сумерках меня снова не будет видно с дороги, но тут откуда-то справа, совсем рядом, вдруг раздался голос, произнесший приветливо:

– Здравствуйте вам!

Обернувшись, я разглядела говорившего: четвертый мужчина был в огромной, как у канадского лесоруба, рыжей лисьей шапке с лохматыми ушами, подвязанными к макушке, и в распахнутом тулупе с пожелтевшим воротником. Скорее всего, он стоял прямо возле прицепа, и потому я не сразу заметила его. Незнакомец приблизился еще немного и шутливым жестом стянул с головы свою лисью шапку; он улыбался.

– Здравствуйте вам, – повторил он еще раз. – А мы идем это мимо, и тут товарища вашего увидели.

И пошел прямо на меня, оттесняя от леса, а я бросила взгляд в сторону Лендкрузера. Там Лёня с ружьем, и главное – держаться к нему поближе, чтобы не остаться здесь, возле лисьей шапки, когда все начнется, где же все остальные, почему не выходят? Проходя мимо Витары, я заметила на заднем сиденье Мишку, который, скорчившись за грудой вещей, напряженно наблюдал за происходящим через стекло. Наши взгляды встретились на мгновение, и я едва заметно покачала головой – не выходи. Важно было, чтобы человек в лисьей шапке не увидел его, так что я повернулась и тоже попыталась улыбнуться:

– Живете здесь? – спросила я.

Оказалось, что на сильном морозе губы почти не шевелятся, и это было хорошо, потому что иначе он непременно увидел бы, как они дрожат.

– А? Да, мы это... оттуда, – ответил он и неопределенно махнул рукой куда-то за спину.

В его речи было что-то странное, но что именно, я понять не успела. Мы уже поравнялись с Лендкрузером; последние несколько шагов я почти пробежала, увязая в снегу. Наверное, он просто ждет, пока я встану рядом, а потом уже заставит их уйти. Я посмотрела Лёне в лицо, он слабо улыбнулся, и почему-то мне тут же стало ясно, что все плохо. Ружья у него в руках не было.

Оно лежало в багажнике поверх мешков и сумок, и не заметить его было легко, если не знать, что оно там, но я разглядела вытертый кожаный ремень и часть темного деревянного приклада. До багажника было метра два, не больше, но подойти к нему незаметно было невозможно; для этого пришлось бы сначала растолкать остальных визитеров, топтавшихся между нами и машиной. В отличие от лисьей шапки, никто из них не улыбался; они молча, угрюмо переминались с ноги на ногу. Где-то там, в лесу, Сережа, папа и Андрей, подумала я, они скоро выйдут, и мужчин станет поровну, надо что-то говорить, надо тянуть время. Лицо у Лёни было хмурое и растерянное. Я улыбнулась ему, как могла широко, ну давай, идиот, заговори с ними, пожми им руки, пока они не решились сделать что-то такое, после чего уже не получится делать вид, что эта встреча случайна, они не знают, сколько нас, и тоже выжидают, ну давай же. Словно услышав мои мысли, Лёня повернулся к лисьему (может, оттого, что тот единственный разговаривал, почему-то было ясно, что именно он тут главный) и спросил бодро:

– Так вы что же, мужики, пешком прямо? Далеко деревня ваша?

– Не, недалеко, – отозвался улыбчивый, водружая свою рыжую шапку обратно на голову. У него было красивое, четко очерченное лицо, кирпично-загорелая кожа, какая бывает у людей, которые много пьют и уйму времени проводят на свежем воздухе, и веселые синие глаза. – Чего тут ездить? Нормально, мы своим ногам пришли, – он так и сказал – «своим ногам», и только тут я поняла, что именно мне показалось странным, когда он заговорил со мной: человек этот сильно, почти преувеличенно óкал, словно персонаж из поморской сказки.

За спиной опять затрещали ветки и послышались шаги. Обернувшись, я увидела Сережу, торопливо выходящего из-за деревьев; лицо у него было встревоженное, но, подойдя ближе, он уже улыбался:

– О, – сказал он радостно, словно увидев старых друзей. – Здорóво, мужики. Вы чего здесь?

– Да вот, – сказал лисий (говорил по-прежнему только он один), – на машинки ваши смотрим. Хорошие машинки, годные. Вот эта, к примеру.

Он пошел к беззащитно распахнутому Лендкрузеру и встал возле, любуясь, засунув руки в карманы. Остальные трое расступились, освобождая ему дорогу.

– Больша-ая, добра сколько помещается. Жрет, наверно, много?

Воспользовавшись моментом, Лёня сделал несколько быстрых шагов по направлению к своей машине:

– Немало, – ответил он. Голос у него был напряженный. – Правда, она дизельная.

Он стоял уже совсем рядом с открытым багажником, ему оставалось только протянуть руку. Повернув голову, он сделал легкое, почти незаметное движение вперед, а улыбчивый проследил за его взглядом и тут же увидел ружье: и приклад, и свисающий ремень. Он вынул руки из карманов, одной рукой взял Лёню за плечо и легонько повернул к себе, а второй быстро, сильно ткнул его в бок. Лёня охнул, колени у него вдруг подогнулись, и, ухватившись рукой за стойку багажника, он тяжело осел на снег. Наташа закричала. Улыбчивый уже отошел на два шага, в правой руке у него блеснуло металлом; обернувшись, я увидела, что два его молчаливых спутника крепко держат Сережу, заведя ему руки за спину, третий замер возле Наташи, зажимая ей рот рукой, а позади них, шагах в двадцати, по просеке, которая еле просматривалась из-за сгущающихся сумерек, бежит еще кто-то – папа или Андрей, разглядеть уже было нельзя.

– Подождите, – сказала я громко, просто потому, что сейчас обязательно надо было что-то сказать, как-то задержать их, отвлечь, чтобы они не смотрели в сторону леса, только больше ничего не пришло мне в голову, ни единого слова, так что я просто повторила: – Подождите! – и обвела их глазами, стараясь взглянуть в лицо каждому из этих четверых плохо одетых мужчин, пытаясь найти хотя бы тень сомнения, какую-нибудь слабинку, которая поможет мне подобрать слова и как-то остановить то, что сейчас произойдет.

Улыбчивый шагнул к Сереже. Они не успеют добежать, думала я лихорадочно, а даже если успеют, он все равно ударит сейчас Сережу ножом, господи, помоги нам.

– Да подождите же, – повторила я безнадежно, и тут дверь Витары, стоявшей позади Лендкрузера, бесшумно распахнулась, за спинами нападавших мелькнула какая-то тень, и я сразу поняла, что это Мишка. Очень бледный, он замер шагах в десяти, так, чтобы его было видно, и громко сказал:

– Мам!

– Мишка, беги, – я хотела крикнуть, но голос подвел меня, он не услышал, он сейчас подойдет сюда.

Наверное, я шевельнулась, потому что улыбчивый вытянул руку и открытой ладонью задержал меня на месте.

– Ты, в шапке! Отпусти ее! – голос у Мишки был испуганный и почти детский.

Он подошел еще на шаг, и все мы одновременно увидели у него в руках длинный охотничий карабин, который хранился у папы за Витариным сиденьем. Он с усилием передернул затвор, а затем, пытаясь крепко прижимать приклад к левому плечу, навел тяжелый раскачивающийся ствол на улыбчивого и повторил:

– Отойди от нее быстро, ну!

Человек, приближавшийся со стороны леса, уже не бежал; краем глаза я видела, как он замедлился и пошел шагом, стараясь ступать неслышно. Ему оставалось еще шагов десять, но я по-прежнему не могла понять, кто это. Остальные стояли к лесу вполоборота и ничего не замечали, все их внимание было приковано к Мишке.

Улыбчивый убрал руку, сжимавшую мое плечо, и повернул голову:

– Ты же не будешь стрелять, мальчик, – сказал он тихо и почти ласково. – Темно уже, а вдруг в мамку попадешь? Отдай.

И я тут же села, не успев даже подумать, просто с размаху опустилась на снег, больно ударившись копчиком, и крикнула:

– Мишка, стреляй! – а улыбчивый все продолжал наступать, протягивая к Мишке руки, и тогда Мишка зажмурился, задрал ствол повыше и пальнул куда-то вверх.

На конце тяжелого ствола сверкнула короткая яркая вспышка, и с высоты нам на головы посыпался снег и какая-то древесная труха. Выстрел был оглушительно громкий, и у меня немедленно заложило уши. Больше всего мне хотелось закрыть глаза и не смотреть, опустить лицо в снег, но вместо этого я подняла голову. Улыбчивый больше не двигался, он поднял руки и стоял теперь, загораживая мне обзор.

– Отойди на шаг, Мишка, – раздался папин голос откуда-то справа. – Ствол не опускай. Все нормально! Затвор не дергай, карабин самозарядный!

– Ладно вам, мужики, – произнес улыбчивый. – Пошутили и хватит, – и начал отступать назад, не отворачиваясь от Мишки.

Чтобы он не наступил на меня, мне пришлось отползти в сторону. Он остановился, только упершись спиной в капот стоявшего сзади Паджеро, и тогда я наконец снова увидела Мишку: губа у него была закушена, глаза – круглые, а руки, в которых он держал карабин, заметно дрожали, но стоял он, не шелохнувшись, направляя ствол прямо в грудь замершего возле меня человека.

– Хватит? Пожалуй, что и хватит, – согласился папа, по-прежнему невидимый. – Только ты попроси своих шутников убрать руки и отойти подальше, и побыстрее. Пацан у нас молодой, нервный, дернет случайно пальцем – и такую дырку в тебе проделает...

С этими словами он вышел из сумерек и встал рядом с Мишкой. Казалось, он сейчас положит руку ему на плечо, и я испугалась, что он в самом деле сейчас сделает это, и Мишка выстрелит, просто от неожиданности. Вероятно, улыбчивый подумал о том же; я услышала, как он шумно втянул в себя воздух и произнес сдавленно:

– Всё, всё! Уходим мы.

Пятясь, он начал осторожно отступать, скользя полой тулупа по забрызганному бамперу Паджеро, а за ним потянулись остальные трое. Всё так же молча они отпустили Сережу, сделали несколько шагов назад, а потом повернулись и побежали, быстро сворачивая к лесу и проваливаясь в снег.

Мишка стоял на том же месте с карабином наперевес, и лицо у него было такое, что я даже не стала подниматься на ноги и поползла к нему прямо на четвереньках, пригибая голову, и выпрямилась, только убедившись в том, что страшный ствол, который он сжимает в руках, направлен совсем в другую сторону.

– Ты молодец, – говорил папа ему на ухо, по-прежнему не решаясь положить руку ему на плечо. – Все нормально, отпусти, давай я заберу, – но пальцы у Мишки были совсем белые и никак не хотели разжиматься, и тогда я сказала:

– Тш-ш-ш-ш, малыш, все хорошо, – а он дернул головой, взглянул на меня, на карабин и резко, одним движением, воткнул его прикладом в снег, прислонив к машине. Мне казалось, он обязательно должен сейчас заплакать, но он не заплакал, только дрожал – сильно, всем телом – все время, пока я обнимала его, а подошедший Сережа хлопал его по спине и ерошил ему волосы.

Оказалось, что все уже здесь. Андрей помогал подняться плачущей Наташе, из-за деревьев показались Ира с Антошкой и Марина в белом комбинезоне, с девочкой на руках.

– Где этот?.. – произнес папа сквозь сжатые зубы (карабин уже снова был у него в руках). – Сказал же ему, идиоту, возьми ружье! Лёня, твою мать, да где ты? – он зашел за Лендкрузер и сразу замолчал, а мы с Сережей замерли, переглянулись и, бросив Мишку, поспешили за ним.

Лёня все так же сидел, прислонившись спиной к багажнику; когда мы подбежали, он сделал попытку подняться:

– Как в кино, – сказал он. – Я нормально. Куртка толстая у меня, куртка... Ну, чего вы? – он пытался встать и не мог, ноги его не слушались, лицо у него было удивленное.

Подошли Андрей и Марина с девочкой. Едва взглянув на него, она закричала, а он все упрямо возился, упираясь в снег, изъеденный и совсем черный под его рукой, и рука тоже вся была перепачкана.

– Лёнь, у тебя кровь, – сказала я.

– Ерунда, мне совсем не больно, – ответил он и только тогда тоже наконец посмотрел вниз.

Глава десятая

Такие сцены часто показывают в кино: кровь, лежащий на земле человек и рядом с ним – упавшая на колени, кричащая женщина, и все мы миллион раз уже видели такое, но все равно оказались к этому не готовы, может быть, потому еще, что, кроме этих трех составляющих – кровь, человек на земле и женщина рядом, – все остальное выглядело совершенно по-другому. Вскрикнув всего однажды, она тут же замолчала, и сразу же стало очень тихо, потому что ни один из нас, стоящих вокруг, не решился произнести ни слова. На самом деле никто из нас даже не шевельнулся, словно существовал какой-то заранее известный всем нам сценарий, который нельзя было нарушить, испортить каким-нибудь несвоевременным словом или жестом. Она не стала бросаться на землю рядом с мужем, прижимать к груди его голову, а вместо этого аккуратно опустила девочку, которую держала на руках, и легонько оттолкнула ее, ни к кому конкретно, просто прочь от себя. А потом медленно сделала несколько шагов вперед и осторожно села на снег, очень прямо, белые колени на белом снегу в том месте, где он не успел еще пропитаться Лёниной кровью, и замерла, все такая же безупречная и отстраненная, какой я привыкла ее видеть, и сидела так несколько бесконечных мгновений, не прикасаясь к нему и ничего не говоря, и смотрела на него.

А мы, все мы, стояли вокруг и не знали, что именно нужно сейчас делать, так что, когда она наконец подняла холеную тонкую руку, ухватила прядь своих длинных шелковых волос и дернула – сильно, и вырвала эту прядь, и снова подняла руку, мы почувствовали огромное облегчение, и заговорили все разом, и начали действовать. Все происходило очень быстро, словно в течение паузы, пока мы наблюдали за этой сценой, каждый успел подумать о том, что именно следует сейчас предпринять.

Не прошло и секунды, как Ира уже сидела на снегу рядом с Мариной и крепко держала ее за руки, Андрей и Сережа расстегивали Лёнину куртку и задирали свитер, а Наташа бежала от пикапа, на ходу пытаясь открыть пластмассовый ящик с крестом на крышке. Уже почти стемнело, и папа принес из Витары автомобильный фонарь, в холодном голубом свете которого Лёнин живот оказался уже какого-то совсем неестественного цвета. С места, где я стояла, рану было почти не видно; выглядела она нестрашно, и крови было немного, точнее – не так много, как я ожидала, и текла она медленно, оставляя на бледном Лёнином животе темные блестящие полоски. Наташа справилась наконец с аптечкой и теперь, сев на корточки, рылась в ней; лицо у нее было отчаянное:

— Черт, черт, я не знаю, что тут нужно! Салфетки какие-то, повязки, бинты... Вот какая-то, написано – кровоостанавливающая, только она маленькая совсем. Да посветите мне кто-нибудь!

Аптечка выскочила у нее из рук и рассыпалась, и Наташа бросилась подбирать упаковки, бумагу и целлофан, маленькие и какие-то несерьезные, она сгребала их в кучу и складывала назад, в коробку, откуда они выпадали снова. Папа задрал фонарь повыше сказал громко:

— Аня, да помоги ты ей, надо перевязать его — и в машину. Поехали отсюда, пока они с подмогой не вернулись!

Одной салфетки оказалось мало, пришлось приложить сразу две. Наташа зубами разорвала упаковки и прижимала их к ране, пока я обматывала Лёнин живот бинтами; получалось у меня плохо, сидеть он почти уже не мог и все пытался завалиться набок. Андрей и Сережа держали его, но он был тяжелый, а места возле раскрытого Лендкрузерова багажника было совсем мало, и мы очень мешали друг другу. Когда наконец мне удалось кое-как закрепить концы последнего бинта, Лёню подняли, еле справившись втроем, и втащили на заднее сиденье Лендкрузера, а потом папа подошел к Марине, все еще сидевшей на снегу, и, нагнувшись, проговорил отчетливо:

— Я поведу, а ты полезай к нему назад и держи повязку. Крепко держи, поняла меня?

И тогда она подняла на него глаза и кивнула, а затем встала и пошла к машине, все так же молча, как робот, даже не оглянувшись на дочь, неподвижно стоявшую в нескольких шагах — маленький красный столбик в надвинутом на глаза капюшоне.

Ира взяла девочку за руку и потянула за собой к Паджеро, и та послушно пошла за ней, аккуратно переставляя короткие толстые ножки. Папа повернулся ко мне:

– Аня, справишься сама?

– Справлюсь, – ответила я. – Только с чем? Что мы будем теперь делать?

– Не знаю, – сердито ответил он и выругался. – Главное – уехать подальше отсюда.

– Ты же понимаешь, пап, далеко мы его не довезем, – сказал Сережа, кладя руку сзади мне на шею, и на секунду я даже прикрыла глаза, так нужно мне сейчас было это прикосновение. – Ему там даже ноги не вытянуть. Надо искать место для ночлега.

– Вот и ищите! – отозвался папа тут же. – В Лендкрузере рации нет. Мы поедем следом, а вы смотрите по сторонам, и смотрите как следует. Нарваться на кого-нибудь еще мы позволить себе не можем. Даже если... Ладно. Поехали!

По пути нам попалось два переезда; оба, к счастью, заброшенные и пустые, с поднятыми шлагбаумами и мертвыми светофорами. Всякий раз Андрей заранее успевал предупредить нас: «сейчас будет переезд», говорил он, или «деревня справа, хорошо бы побыстрее», и я думала о том, что в бардачке у меня тоже лежит навигатор, Сережин подарок, бесполезная здесь игрушка с картой Москвы и Московской области; никому из нас и в голову не могло прийти, что когда-нибудь от маленькой пластмассовой коробочки будет зависеть что-то по-настоящему важное, а теперь нам оставалось только послушно следовать за пикапом, полагаясь на его предупреждения. Он искал место, подходящее для того, чтобы остановиться, безопасное и пустое, где мы сможем спрятать машины так, чтобы их не было видно с дороги, долить топлива, накормить детей и перевести дух, и главное – разобраться наконец с тем, что случилось, чем бы это в итоге ни кончилось. Мишка теперь сидел рядом со мной, держа в руке микрофон, и напряженно глядел в окно. С момента, как он выпустил из рук карабин, мы не успели сказать друг другу ни слова, ничего, малыш, это не страшно, это подождет, нам сейчас главное – найти место, спокойное место, думала я, а потом я поговорю с тобой обо всем, что произошло на проклятой этой дороге, обязательно поговорю.

Череповец весь был справа; в темном зимнем воздухе трудно было определить расстояние, отделяющее нас от промышленных труб с красными огоньками и жилых кварталов, спрятанных где-то позади. Это был первый после Твери большой город на нашем пути, и я ждала чего угодно – плакатов с предупреждениями, кордонов, очереди из машин, может быть, даже людей, идущих пешком, с вещами. Только ничего этого не было. Город равнодушно вытянулся вдоль дороги, тускло мерцая в темноте, и что бы ни происходило там в эту минуту, в двух километрах от нас или в двадцати двух, я была благодарна за то, что мы никогда этого не узнаем. Затем дорога внезапно изогнулась широкой дугой и увела нас налево и вверх, и я даже не стала смотреть в зеркало заднего вида; бог с вами, люди, разбирайтесь сами со своими болезнями, страхами, сожженными машинами, со своим желанием выжить, я хочу одного – быть от вас как можно дальше.

– Сейчас будет развилка, – сообщил Андрей негромко. – И пока мы до нее не добрались, надо бы решить одну вещь. У нас тут с Наташкой возникла идея. Судя по карте, тут полно вокруг должно быть дачных поселков, ну таких, садовых. Там, по идее, зимой никого нет, и спокойнее места нам тут точно не найти, ребята. Только для этого придется отклониться от маршрута и проехать немного дальше в сторону Вологды. Вы как?

– Как, как, – отозвался Сережа тут же, – показывай дорогу. Что скажешь, Аня?

Я посмотрела на Мишку, он – на меня, а потом поднял микрофон к губам и ответил:

– Мы согласны, – и это было первое, что я услышала от него с тех пор, как мы сели в машину.

Вероятно, дачные поселки одинаковы везде: узкая дорога, редкие деревья, разномастные щитовые домики с полукруглыми горбатыми крышами, укрытые целлофаном грядки и железные ворота с замком на въезде. Первый, попавшийся нам на пути, был расположен слишком близко к трассе, отделенный от нее только узкой полоской леса, зато второй мы едва не проскочили, несмотря на то, что искали его, так хорошо он был спрятан. Дорогу к нему, разумеется, никто не чистил, так что мне пришлось пропустить вперед тяжелый Лендкрузер, а потом и Паджеро, чтобы они хоть немного пробили перед нами колею. Это все равно почти не помогло; я старалась ехать след в след, но все двести метров от дороги чувствовала, как подаётся и уходит вниз снег под Витариными колесами, и очень боялась, что застряну. Когда Витара наконец добралась до ворот, папа с Сережей уже возились с замком, а Андрей стоял возле них с фонарем. Я заметила несколько фонарных столбов, но вокруг было совершенно темно; судя по всему, электричество здесь уже не работало. Мне совсем не хотелось выходить сейчас, но я все-таки сделала это и приблизилась к Лендкрузеру.

Двигатель работал, сквозь тонированные стекла тускло светили голубоватые огоньки приборной панели; открыв водительскую дверь, я заглянула внутрь. В салоне было тихо, стоял тяжелый резкий запах. Переднее пассажирское сиденье было отодвинуто вперед до упора, а на полу между сиденьями, неудобно скорчившись, сидела Марина; обе ее руки были прижаты к Лёниному животу, голова опущена. Ни один из них не шевельнулся и никак не отреагировал на открывшуюся дверь, словно оба заснули или превратились в странную застывшую скульптуру.

– Как он? – прошептала я, словно они на самом деле спали, и я боялась разбудить их, но она не ответила и не подняла головы, а только едва заметно пожала плечами, не меняя позы.

– Кровь идет еще? – и она опять не ответила, просто снова подняла и опустила плечи.

Наверное, мне нужно было сказать что-то вроде «мы почти на месте» или «все будет хорошо», но я не смогла себя заставить. Если бы она подняла голову, посмотрела на меня, заплакала, мне стало бы легче, но ей, казалось, совершенно не нужны были мои утешения, и потому я как можно тише захлопнула дверь и вернулась к воротам. Замок был уже перепилен, и теперь папа с Сережей разводили в стороны тяжелые воротины, сваренные из толстых железных прутьев. Широкие решетки скрипнули и неохотно поддались, и в свете фар мы увидели длинную, уходящую в темноту неширокую улицу, с обеих сторон зажатую разносортными заборами.

– Снега полно, – сказал папа. – Не застрять бы.

– Зато точно нет никого. – Андрей посветил фонарем себе под ноги, снег был нетронутый и гладкий. – Надо только выбрать дом, – и пошел вперед, пешком, неглубоко проваливаясь, а папа, закинув на плечо карабин, отправился следом.

– Андрюха! Ищи дом с трубой. Минус двадцать на улице, электричества нет. В холодном доме до утра не доживем.

Дом нашелся почти сразу, в одной из боковых улиц недалеко от въезда. Второй этаж был совсем маленький, в одно окно, скорее всего, чердак или мансарда, но печных трубы на крыше было целых две, и мы так обрадовались, что не стали искать ничего другого. Участок был крошечный, с какими-то подвязанными кустами и голыми фруктовыми деревьями. Места на нем не хватило бы даже для одной машины, не говоря уже обо всех четырех, так что их пришлось оставить снаружи, за забором, прямо посреди улицы. Зато позади дома обнаружился колодец со снежной шапкой на треугольной крыше, а в самом дальнем углу участка – маленькая бревенчатая баня с пристроенной к ней аккуратной поленницей, доверху набитой дровами.

Холод снаружи был обжигающий. Пока Сережа обухом топора сбивал хлипкий замок с входной двери, ведущей на небольшую застекленную веранду, уши у меня замерзли так, что я почти перестала их чувствовать. Внутри было, пожалуй, так же холодно, просто без ветра. Войдя, я машинально нашарила на стене выключатель и щелкнула кнопкой. Разумеется, свет не зажегся. Выстуженный, маленький и темный, с заколоченными фанерой окнами, это все же был дом — настоящий, укрывающий от непогоды: стопка пыльных перевязанных веревкой книг в углу на веранде, три комнаты, застекленный буфет с безмолвными пирамидами чашек и тарелок, уснувшие часы на стене и, наконец, самое главное — печь, большая, кирпичная, твердо стоящая в самой середине дома. Еще не все успели зайти внутрь, а Сережа, опустившись возле нее на корточки и зажав фонарик в зубах, уже набивал топку дровами. Я присела рядом и какое-то время молча смотрела, как разгорается огонь, думая о том, как он спокоен, этот мужчина, которого я выбрала себе в мужья, как уверен он в том, что все обязательно будет хорошо, и ругала себя за то, что за время, проведенное рядом с ним, я так и не научилась разделять его спокойствие и уверенность, потому что даже сейчас не могла не думать о том, что этот крошечный затхлый домик — настоящий дворец по сравнению с тем, что ждет нас на озере.

— Ничего, Анька. Через два часа здесь можно будет в майках ходить, вот увидишь, — сказал он, повернув ко мне лицо, и в оранжевых отблесках огня я увидела, что он улыбается.

— У Лёньки нет двух часов, — произнес вдруг папа откуда-то из-за моей спины. — Мы и так уже потеряли много времени. Я послал Андрюху баню растопить, перенесем его туда. Аня, у нас с собой справочник был медицинский, ты бы поискала, а?

— Да что нам даст этот справочник, мы даже повязку не смогли наложить как следует, — сказала я, но послушно поднялась на ноги и пошла назад, к машинам.

Справочник нашелся быстро. Складывая вещи в машину, Сережа просто воткнул его между двумя большими сумками. Я включила потолочную лампочку и осталась в машине, чтобы пролистать его в тишине; в холодный темный дом возвращаться было незачем, а здесь было тепло и спокойно. Я была почти уверена, что ничего не найду; что тут может быть полезного, в этой тонкой книжке – лекарственные растения, симптомы детских инфекций? К моему удивлению, нужная статья нашлась почти сразу. Совсем короткая, неподробная, и почти каждый абзац в ней заканчивался фразой «без промедления эвакуировать в хирургическое учреждение», но она была, эта статья, и я прочла ее два раза подряд, медленно, пытаясь понять каждое предложение, а потом, загнув страницу, сунула справочник под мышку и пошла обратно, к дому.

Кроме Андрея, возившегося в бане, и Лёни с Мариной, которых решено было оставить в Лендкрузере до тех пор, пока тут не станет хотя бы немного теплее, все собрались в центральной комнате с печкой. Было все так же холодно; на столе, покрытом смешной скатертью с подсолнухами, неровно горела маленькая толстая свеча, и в свете дрожащего огонька почти не видно было лиц, только полупрозрачный белёсый пар от их дыхания.

– Есть две новости – плохая и очень плохая, – сказала я, потому что они смотрели на меня с такой надеждой, словно книжка, которую я держала в руках, освобождала от ответственности всех, кроме меня. – Если нож вошел неглубоко, нужно просто зашить рану и как-то остановить кровь. И тогда, если не начнется заражение, он выкарабкается. Но ему нужно лежать, дня три или четыре, и все это время нам придется провести здесь.

Все молчали, и, чтобы освободиться от этого одинокого знания, я поспешила закончить, радуясь мысленно тому, что здесь, в этой комнате, нет Марины, а девочка еще слишком мала, чтобы понять мои слова:

– Если нож вошел глубоко и повредил что-нибудь у него внутри, мы ничем не сможем ему помочь. С внутренним кровотечением мы не справимся, даже если сделаем все правильно и зашьем рану, он все равно умрет. Я только не знаю когда, – добавила я, потому что их пассивное молчание начинало меня тревожить. – Там не написано. Но мне кажется, это будет очень мучительная смерть.

– Что тебе нужно, чтобы зашить рану? – спросил наконец Сережа.

– Мне? Почему – мне? – уточнила я испуганно и бросила проклятую книжку на стол. – При чем здесь я?

Никто не возразил мне, но вопрос как будто повис в воздухе. Вернулся Андрей с сообщением, что баня начала прогреваться. С крыльца я наблюдала за тем, как мужчины осторожно вытаскивают Лёню из машины, а затем медленно, проваливаясь в глубокие сугробы, несут в баню. Дверь Лендкрузера так и осталась открытой, и в слабом свете салонной лампочки видно было, что Марина по-прежнему сидит внутри, сложив руки на коленях; неизвестно, сколько бы она просидела так, не шевелясь и не поднимая головы, если бы Наташа не привела ее в дом. Войдя, она тут же села в углу, возле стола, и снова замерла; ее прекрасный белоснежный комбинезон спереди весь был испачкан: рукава, грудь и даже колени были покрыты уродливыми бурыми пятнами, на которые она не обращала никакого внимания. Мишка принес из колодца ведро воды. В баню, в баню неси, сказала ему Наташа, пусть поставят на печку, чтобы согрелась. Она снова копалась в аптечке. Я боялась пошевелиться, лишний раз сказать что-нибудь, неужели они действительно рассчитывают на то, что я осмелюсь взять в руки иголку и воткнуть ее прямо в страшный, бледный, перепачканный кровью Лёнин живот? Что если он закричит, дернется, что если я не смогу помочь ему, если все это причинит ему только дополнительные страдания, а потом он умрет, все равно, несмотря на все мои усилия?

Что если он умрет прямо там, пока я буду зашивать его?

Вошел папа.

– Все готово, девочки. – сказал он с порога. – Надо идти. Ира, побудь с детишками, а ты, Наташа, помоги Анюте, – и заметив, что мы не двигаемся с места, повысил голос: – Ну что же вы? Давайте. Шитье – это женское дело.

– Нет-нет-нет, – проговорила Наташа быстро. – Даже не думайте. Я при виде крови сразу в обморок падаю. Вот, держите, я все вам нашла: иголка, нитка самая толстая, бинтов еще целая куча, все, что хотите, только я туда не пойду. Нет!

Она подошла и почти насильно впихнула мне в руки раскрытую пластиковую коробку, а я подумала – вот как, значит, мне придется идти туда одной. Там, наверное, пахнет теперь так же, как в салоне машины, свежей кровью и страхом, я не смогу. Господи, как это вышло? Почему я не могу сделать как она, как все они – просто сказать «нет», почему? Но коробка была у меня в руках, и я сделала шаг к двери, потом другой, думая – я не хочу идти туда, я не должна идти туда вообще, и тогда Ира вдруг сказала:

– Подожди. Я пойду с тобой.

В бане было еще не жарко, но куртки уже можно было снять. Пахло скорее приятно, разогретым деревом и смолой. Мы оставили верхнюю одежду в предбаннике и зашли в парилку, маленькую и тесную. Лёпю положили на верхнюю полку, прямо на светлые некрашеные доски. «Мужики, – сказала Ира недовольно, – хоть бы постелили что-нибудь». Они сняли с него ботинки, куртку и свитер, но брюки оставили; он лежал не шевелясь, с закрытыми глазами, очень бледный и весь какой-то желтый, так что, если бы не его отчетливое, неровное дыхание, я подумала бы, что он уже умер.

К низкому дощатому потолку они прикрепили несколько связанных между собой фонариков – единственное освещение, которое было здесь доступно. Неровный, чуть дрожащий круг света от них был настолько мал, что не мог захватить целиком даже лежащего на полке человека, и его босые ноги с короткими расплющенными пальцами оказались уже за пределами этого круга, в темноте.

Я поставила аптечную коробку на нижнюю полку, выпрямилась и посмотрела на Иру. Без толстого свитера, который она стянула через голову, она казалась совсем худенькой – длинная шея, торчащие девчачьи ключицы и тонкие, покрытые светлым пухом, незагорелые руки. Мне было неловко вот так разглядывать ее, но я ничего не могла с собой поделать. Тем более, она этого даже не заметила;

связав волосы узлом на затылке, она подняла голову и сказала:

— Руки надо вымыть. Вода уже согрелась, наверное.

Дверь в парилку приоткрылась, на пороге снова показался папа.

— Держи, — сказал он, протягивая мне две бутылки, большую и маленькую. — Вам пригодится. Тут новокаин, чтобы хоть немного обезболить, и спирт, для дезинфекции. А еще мы нашли вот это, — он приоткрыл дверь чуть пошире и осторожно внес зажженную керосиновую лампу, источавшую теплый оранжевый свет. — Поставьте себе куда-нибудь, чтоб посветлее было, только не переверните, она как коктейль Молотова.

Удивительно, но повязка была на месте. Бинты сбились, перепутались и изрядно промокли, но по-прежнему плотно прижимали салфетки к ране; я попробовала было развязать их, но безрезультатно.

— Отойди-ка, — сказала Ира; в руках нее были ножницы.

Она просунула лезвие под скомканную ленту бинта, и я со страхом увидела, как вздрогнул Лёнин живот в том месте, где холодная сталь коснулась кожи, я не хочу этого делать, я просто не смогу, я даже не видела еще — что там, под салфетками, а меня уже мутит. Я попыталась вдеть нитку в иголку, и даже это оказалось непросто, потому что руки у меня дрожали. Когда я уронила иголку во второй раз, Ира сказала спокойно:

— Знаешь что, давай-ка я.

— Разве ты умеешь? — спросила я, поднимая на нее глаза.

— Можно подумать, ты умеешь, — ответила она, скривившись. — Дай сюда иголку. Шью я точно не хуже тебя. Мое фирменное блюдо — фаршированная утка, — сказала она и, заметив, как меня передернуло, повысила голос. — И я не вижу, чем Лёня отличается от утки, разве что мозгов поменьше.

Говорила она громко и очень уверенно, но лицо и даже поза, в которой она стояла — широко расставив ноги, обхватив руками узкие плечи, — выдавали ее; она боялась, боялась так же сильно, как и я, интересно, зачем тебе это, подумала я, что ты хочешь мне этим доказать — что мы вместе или что ты сильнее меня?

Она взяла бутылку спирта, с тихим хлопком откупорила ее и, подумав, сделала глоток — небольшой, прямо из горлышка; плечи у нее судорожно дернулись, лицо скривилось. Потом она протянула бутылку мне и сказала:

— Глотни.

Я приняла бутылку из ее рук, осторожно понюхала, и содрогнулась, и замотала головой, смаргивая слезы.

— На вкус еще хуже, — заметила Ира; ее бледные щеки уже начали розоветь. — Но я бы все равно глотнула на твоем месте.

Я подняла бутылку к губам. Обжигающая отвратительная жидкость наполнила рот, горло сдавило спазмом. Я не смогу это проглотить, ни за что не смогу, подумала я и проглотила, и мне сразу стало легче.

Леня очнулся не сразу. Может быть, он ослабел от потери крови, а может, новокаин хотя бы немного действовал; он лежал спокойно все время, пока мы промывали рану спиртом, смывая с его желтоватого бледного живота потеки крови – засохшей и свежей, и даже не вздрогнул, когда Ира первый раз воткнула иголку. Я не выдержала и отвернулась, и она тут же сказала свирепо:

– Ну уж нет, смотри! Я не буду все делать одна. Главное, в обморок не падай тут, – и как раз в этот момент Лёня пришел в себя, живот его колыхнулся, и он попытался сесть, а я быстро схватила его за плечо, наклонилась над ним и сказала ему прямо в ухо:

– Тихо-тихо, все хорошо, потерпи, у тебя там дырка в животе, надо зашить.

Он жалобно посмотрел на меня и ничего не сказал, только моргнул несколько раз.

– Аня, кровь промокни и возьми ножницы, нитку резать, – сказала Ира сквозь сжатые зубы, и я тут же взяла в руки салфетку.

Голос у нее был такой, что непонятно было, кого из них нужно успокаивать первым, но руки совсем не дрожали – прокол, второй прокол, узелок. Отрезать нитку, промокнуть кровь. Еще прокол, второй прокол, узелок. Я бросила взгляд на его лицо: по щекам у него текли крупные, как у ребенка, слезы, но он молчал, только кусал губу, жмурился и делал короткий резкий вдох всякий раз, когда Ира втыкала иглу.

Я смотрела сверху на ее светлую макушку, уже начинающую темнеть у самых корней, и думала: две недели в умирающем городе, за закрытой дверью, не решаясь выйти из дома даже за едой, тебе было не до того, чтобы красить голову. Интересно, взяла ли ты с собой краску? Если нет, ох и странный же вид будет у тебя через пару месяцев – прокол, еще прокол, узелок. Господи, какие же гадкие вещи лезут в голову, хорошо, что никто не слышит моих мыслей, у него была толстая куртка, и живот, у него такой живот, а нож был совсем небольшой, с коротким широким лезвием, только почему так мало крови? Мы сейчас зашьем его, перебинтуем, а назавтра он весь вздуется, почернеет и начнет мучительно, долго умирать, сколько нужно времени, чтобы умереть от внутреннего кровотечения – день, два? И мы все это время будем сидеть тут и ждать, когда же он наконец умрет, мы ведь не сможем оставить его тут одного, в остывающем доме, и будем просто ждать и мысленно торопить его, потому что каждый потерянный день уменьшает наши шансы добраться до цели, и почувствуем облегчение, когда все закончится – обязательно, а потом закопаем его в землю прямо здесь, за домом, неглубоко, потому что она наверняка промерзла метра на полтора, прокол, еще прокол, узелок, отрезать нитку, промокнуть кровь.

– Всё, – выдохнула Ира наконец и выпрямилась, тыльной стороной ладони вытирая лоб. – Салфетки пластырем приклеим. Пусть мужики перевязывают, нам все равно его не поднять.

Потом мы вышли на крыльцо, накинув куртки на плечи, и сели прямо на шаткие деревянные ступеньки. Холод пока не чувствовался. Как только мы сели, она вытащила из-под куртки бутылку со спиртом, вытащила пробку и сделала еще один глоток, гораздо больше предыдущего, и в этот раз почти не поморщилась, а потом протянула бутылку мне. Я нашарила в кармане пачку сигарет и закурила.

– Дай мне тоже, – попросила она. – Я вообще-то не курю, боюсь. У меня мама от рака умерла два года назад.

– Моя мама тоже умерла, – неожиданно для себя сказала я и тут же подумала, что ни разу, ни разу за все это время не могла себя заставить произнести этого вслух, даже с Сережей, даже про себя.

Она держала сигарету неловко, как школьница, которую учат курить на школьном дворе. Пальцы у нее были перепачканы – кровь, йод, в темноте было не разобрать. Какое-то время мы молча курили и еще по разу отхлебнули из бутылки; ночь лежала вокруг тихая и совершенно беззвучная, сквозь заколоченные фанерой окна из дома не пробивалось ни лучика света. И фонари, и керосиновая лампа остались в бане, где на полке тихо лежал Лёня с животом, крест-накрест заклеенным пластырем, провалившийся в сон сразу же, как только мы закончили мучить его, и поэтому вначале мы просто услышали, как кто-то идет к нам от дома, и только когда человек был уже в двух шагах, мы узнали Марину.

Приблизившись, она не спросила – «как он» или «ну что там», она вообще не произнесла ни слова, а просто замерла, опустив голову и свесив руки вдоль тела. Мы немного подождали; казалось, она будет стоять так вечно. Наконец Ира сказала хмуро:

– Живот мы ему зашили. С одеждой сама как-нибудь разберешься.

Ответа не последовало, и в лице у Марины не произошло никаких перемен; она даже не подняла глаз.

– Знаешь, ему бы холод приложить. Ты хотя бы снега набери в пакет, – сказала я.

Хотелось взять ее за плечи и как следует встряхнуть. Я даже начала подниматься с места, но тут она наконец подняла голову.

– Вы же меня не бросите? – спросила она.

– В смысле?

– Не бросайте меня, – глаза ее заблестели. – У меня ребенок, вы не можете нас тут бросить, я все буду делать, все, что скажете, я умею. Я стирать вам буду, что хотите, вы только не бросайте меня...

Она прижала руки к груди, и я увидела, что они покрыты засохшей кровавой коркой, которая начала трескаться, когда она сжала кулаки. Так вот о чем ты думала, пока сидела, скорчившись, прижимая руки к животу своего мужа, все время, пока мы ехали, торопились, волновались, что не довезем его, пока мы зашивали ему живот, пока пили этот ужасный спирт, вот чего ты боялась, надо же, как странно.

– Ты дура, что ли? – сказала Ира, и мы обе – я и Марина – вздрогнули, одинаково испуганные тем, как резко зазвучал ее голос. – Иди в дом, найди пакет, набери снега и возвращайся к мужу. Он лежит там совсем один, и тебе пора уже начать что-нибудь для него делать. Ты поняла меня?

Марина постояла еще мгновение – глаза у нее были совсем дикие, – а потом, бесшумно повернувшись, растворилась в темноте.

– Дура, – повторила Ира вполголоса и бросила окурок в снег. – Дай еще сигарету.

Я протянула пачку.

– Знаешь, – сказала я. – Он не сказал мне, когда поехал за вами.

Она чуть повернула ко мне голову, но промолчала.

— Я просто хочу, чтобы ты знала, — продолжила я, уже понимая, как глупо, как неуместно прозвучит то, что я собираюсь сказать, что этого не нужно говорить, тем более сейчас, особенно сейчас. — Если бы он сказал мне. Если бы... Я бы не возражала.

Какое-то время она сидела молча, не шевелясь; в темноте не видно было ее лица. Потом она встала.

— Как ты думаешь, — спросила она спокойно, глядя на меня сверху вниз, — почему он к тебе ушел?

Я не ответила, и тогда она резко наклонила ко мне лицо — так близко, что я почувствовала ее дыхание, и взглянула мне прямо в глаза:

— Все просто, — сказала она. — Родился Антошка. У меня были тяжелые роды, и я на какое-то время потеряла интерес, понимаешь? Я перестала с ним спать. Только и всего. Ясно тебе? Я просто перестала с ним спать. Если бы не это, он до сих пор был бы со мной, и мы жили бы в этом вашем красивом домике, а ты бы сдохла в городе вместе со всеми своими родственниками.

Она швырнула незажженную сигарету себе под ноги, повернулась и пошла к дому, оставив меня на крыльце. Мне хотелось сказать: вообще-то, переезд загород — это была моя идея, мне хотелось сказать еще очень многое, но я не успела, я так ничего и не сказала, потому что осталась одна в темноте.

Глава одиннадцатая

Оставшись одна, я замерзла — немедленно, как будто холод просто ждал подходящего момента, чтобы наброситься на меня. Мороз был градусов двадцать, не меньше, и мы провели на крыльце около четверти часа, а почувствовала я это только сейчас — пальцы перестали гнуться, уши и щеки застыли, но я все равно не смогла себя заставить подняться и последовать за ней.

Этого просто не может быть, думала я, коченея. Как она это делает? Там, в доме — мой муж и мой сын, и это я сейчас должна быть рядом с ними у огня — после всего, что случилось с нами, мне так нужно быть с ними рядом, столько нужно сказать им. Но эта женщина раз за разом заставляет меня уступить ей место — сначала на моей собственной кухне, потом в Сережиной машине, а я даже не понимаю, как это ей удается. И вот теперь я зачем-то торчу здесь, в этой бане, с чужим мужиком, который мне даже не симпатичен, в то время как она сейчас там, в теплом маленьком доме, до которого десять шагов по темному двору, десять шагов, которые я никак не могу заставить себя сделать.

Я толкнула дверь в парилку и заглянула внутрь. Там было тихо и тепло; поток воздуха от распахнутой двери качнул привязанные к потолку фонарики и заставил задрожать оранжевый огонек лампы, стоящей на нижней полке. Лёня лежал в той же позе, в которой мы оставили его, и дышал тяжело и хрипло, как выброшенный на берег кит, с усилием выталкивая воздух из легких. Наверное, ему неудобно было лежать на спине, с запрокинутой головой, на твердых деревянных досках. Я взяла забытый на полке Ирин свитер, свернула его вчетверо и положила ему под голову. Затылок у него был влажный, на висках блестели капельки пота. Когда я наклонилась над ним, он вздрогнул и посмотрел на меня, и я заметила, что глаза у него совсем светлые, почти прозрачные, с трогательно загнутыми вверх ресницами.

— Спи, Лёнька, все позади, — сказала я.

Мне казалось, он сейчас обязательно спросит «я умру?» или начнет просить, чтобы мы его не бросали, как сделала его жена несколько минут назад, и приготовилась уже ответить что-нибудь вроде «не сходи с ума» или «иди ты к черту», но вместо этого он втянул носом воздух и спросил:

— Это что, спирт? Мне оставьте чуть-чуть, — и улыбнулся.

Пусть криво, слабо, но улыбнулся.

— Давай свет выключу, — сказала я тогда и потянулась к висящим над его головой фонарикам, и он тут же едва слышно принялся рассказывать один из своих гнусных, неприличных анекдотов про лифт, в котором неожиданно погас свет, и, как всегда, захохотал и затрясся первым, не дожидаясь моей реакции, только в этот раз сразу замолчал, захлебнувшись собственным смехом. Я стояла рядом и ждала, пока приступ боли пройдет; он лежал теперь тихо, осторожно дышал носом и ничего больше не говорил, и неожиданно для себя я вдруг погладила его по голове, по мокрой щеке и повторила:

– Ты спи, Лёнька. Сейчас Марину к тебе пришлю.

С Мариной я столкнулась на крыльце дома; оттолкнув меня, она пробежала мимо и скрылась в темноте. Веранда была все такая же темная и холодная, и я еле нащупала ручку двери, ведущей внутрь, в тепло. Дверь распахнулась, и мне пришлось сощуриться, хотя свет был неяркий. Уютно пахло едой, табаком и дымом, все сидели у заставленного тарелками стола.

Войдя, я услышала обрывок Ириной фразы:

– ...да что я такого сказала? Пусть идет к мужу.

Что-то было не так за этим столом. Позы у всех были напряженные; скорее всего, я пропустила еще какое-то выяснение отношений, она наверняка опять сказала что-то резкое, что-то лишнее, редкий талант у этой женщины – одной фразой выводить людей из равновесия. Я села на пустой Маринин стул, отодвинула ее тарелку с остатками еды и огляделась. Дом уже нагрелся. Малыши были без курток, они поели и оба теперь клевали носом, сонные и безучастные ко всему. Среди тарелок стояла большая эмалированная кастрюля – наверное, хозяйская, – на дне которой оставалось еще немного макарон с тушенкой, покрывшихся пленкой остывающего жира. Едва взглянув в кастрюлю, я поняла, что совершенно не хочу есть – возможно, из-за того, что еще помнила запах Лёниной крови, а может быть, из-за спирта, бушевавшего у меня в желудке.

– А-неч-ка, – раздельно произнес вдруг папа.

Голос у него был странный, и я повернулась. Он сидел в дальнем углу с полной тарелкой возле правого локтя, и то ли неловкая поза, то ли нетронутая еда заставили меня взглянуть на него внимательнее; он сидел, не шевелясь, низко опустив голову, и больше ничего уже не говорил, но я как-то сразу, в одно мгновение поняла, что он пьян. Мертвецки, почти до бесчувствия; настолько пьян, что еле держится сейчас на своем стуле.

– Он, что?.. Он?..

Не было нужды глядеть на Андрея и Наташу, потому что к ним это совершенно не имело отношения, или на Иру, которая невозмутимо ела, не поднимая глаз. У Мишки лицо было растерянное и несчастное, а взглянув на Сережу, я поняла, что он зол, очень зол – настолько, что не может встретиться со мной глазами, как будто сердится на меня за то, что я вижу это, как будто я тоже виновата.

– Не знаю, когда он успел, – отрывисто сказал он. – Я буржуйку топил, там, в комнате, – он махнул рукой куда-то вглубь дома, – и пока я возился с дровами... Он собирался отнести вам спирт. Он донес хотя бы немного?

– Донес, – ответила я. – Там была целая бутылка...

– Похоже, не одна, – со злостью сказал Сережа. – Черт бы его побрал совсем!

Мы помолчали; тишину нарушало только размеренное звяканье Ириной вилки по тарелке, а потом папа вдруг завозился, качнулся на стуле и попробовал было засунуть руку в карман, но она только беспомощно скользнула по плотной ткани его охотничьей куртки. После нескольких бесплодных попыток он снова замер, с рукой, безвольно повисшей вдоль тела; головы он так и не поднял.

— Наверное, надо его спать уложить? — неуверенно сказала я.

Ира вдруг громко, отчетливо хихикнула.

— Да-да, — ответила она и положила локти на стол. — И очень желательно как следует его запереть. Если я правильно помню, до следующего акта осталось совсем чуть-чуть.

— Что значит — до следующего?.. — спросила я, чувствуя себя очень глупо.

— О, так ты не знаешь, — сказала она весело. — Ты ей не рассказывал, Сережа? Он любит пошутить, когда выпьет, наш папа.

— Ну хватит, Ир, — сказал Сережа, поднимаясь. — Положим его в дальней комнате. Поможешь, Андрюха? Мишка, подержи дверь.

Казалось, папа и не заметил, что его подняли со стула и несут куда-то; если бы не открытые глаза, бессмысленно смотрящие в одну точку, он был бы похож на человека, который очень крепко спит. Они скрылись в соседней комнате и через минуту снова появились на пороге, с усилием пытаясь протолкнуть через узкий дверной проем тяжелую кровать с металлической спинкой, а после плотно прижали спинку кровати к косяку двери, так, что открыть ее теперь было невозможно.

— Прости, Мишка, — сказал Сережа, голос у него был виноватый. — Похоже, придется тебе сегодня спать тут, на проходе.

Мишка пожал плечами и сел на краешек матраса, но тут же вскочил снова, потому что и хлипкая деревянная дверь, и кровать, прижимавшая ее к косяку, внезапно содрогнулись от сильного толчка, и тут же из-за стены послышался голос, который едва можно было узнать:

– Откройте, черти! – крикнул он. – Серёга!.. Запи-рать меня?.. Запирать?

– Вот и он, – сказала Ира вполголоса, – старый добрый цирк с конями. – И Сережа болезненно скривился.

Я подошла к Мишке, обняла его, и несколько минут мы просто стояли возле двери и слушали, как с другой стороны папа бился в нее плечом, дергал ручку и кричал – хрипло, отчаянно и зло, и я думала, вот она, причина, по которой его не было на нашей свадьбе, вот почему я видела его всего несколько раз, вот почему Сережа никогда не приглашал его к нам на выходные, а вместо этого изредка встречался с ним отдельно, в городе. Девочка, сидевшая за столом, неожиданно громко заплакала, и Наташа подхватила ее на руки, качая и шепча, и тогда Сережа сильно ударил по тонкой двери ногой – она жалобно затрещала – и закричал:

– Да заткнись ты наконец, черт тебя дери!..

– Ну, ну, – сказала Ира, подходя. – Не надо. Знаешь же, что это бесполезно. Столько лет прошло, а тебе до сих пор стыдно, надо же.

С легкой улыбкой она протянула руку и несильно сжала его плечо, и он послушно кивнул и сел на кровать, мрачно глядя себе под ноги. Он никогда мне об этом не рассказывал, ни слова, и я ведь чувствовала, что между ними не все в порядке, но так и не решилась спросить, почему я не решилась? Хотела бы я знать, что еще осталось за кадром, сколько их – важных вещей и незначительных мелочей, которые случились с ним без меня, до меня, и которые, похоже, я никогда уже не смогу разделить с ним. В отличие от нее.

Чтобы не думать, я попробовала пошутить:

– Видимо, глупо будет сейчас предложить нам всем дернуть немного спирта после ужина, да? – и сразу же пожалела об этом.

Хмыкнул только Андрей. Наташа была занята девочкой, Сережа даже не обернулся, а Ира вздохнула и закатила глаза.

Минут через десять папа наконец затих. Настроения разговаривать ни у кого не осталось, мы понимали – лучшее, что можно сделать сейчас, после этого бесконечно длинного дня, – лечь спать. Одна комната из трех была теперь занята; даже учитывая, что Марина с Лёней в эту ночь ночевали в бане, куда мужчины отнесли им матрас и несколько одеял, для оставшихся двух комнат нас по-прежнему оказалось слишком много: пятеро взрослых и трое детей.

– Андрюха, давайте с Наташкой в маленькую комнату, – предложил Сережа. – Дров возьмите с собой, там еще одна печка.

Подожди, чуть не крикнула я, так нельзя. Мы не ляжем с ней в одной комнате, я не хочу, и даже ты не сможешь меня заставить; он поймал мой взгляд и вдруг подмигнул мне.

– Ир, тебе уступаем место возле печки. Кровать большая, поместишься с малышами?

Она кивнула.

– Сейчас спальник тебе принесу. Пошли, Мишка, пробежимся до машины.

Успокоившись, девочка снова превратилась в неподвижного, отрешенного болванчика нэцке – маленькие глазки, толстые щечки. Присев на корточки, Ира снимала с нее сапожки, не обращая на меня никакого внимания, но мне все равно совершенно не хотелось оставаться с ней. Накинув куртку, я вышла на холодную веранду и сквозь замерзшее стекло смотрела, как они идут по засыпанному снегом двору к воротам, проваливаясь в сугробы и освещая себе дорогу фонариком – единственные, кто у меня остался, бесценные и незаменимые два человека, чья жизнь мне важнее всего остального мира.

Едва я успела докурить сигарету и затушить ее прямо о деревянный подоконник (простите, безымянные хозяева), они вернулись; нагруженный двумя спальными мешками Мишка направился было к входной двери, но я остановила его и еще раз обняла, как всегда в таких случаях удивившись тому, что мой тощий смешной мальчик, оказывается, выше меня почти на голову; наверное, я никогда к этому по-настоящему не привыкну. Щека у него была холодная и совсем чуть-чуть, немного колючая, покрытая полупрозрачным юношеским пухом. Он привычно застыл, терпеливо пережидая объятие, обе руки у него были заняты. Ты сегодня спас нам жизнь, подумала я, и никто даже не поблагодарил тебя за это, никто не хлопал тебя по плечу, не говорил, что ты молодец, совсем взрослый, но ты же знаешь, как сильно я люблю тебя, даже если просто молча тебя обнимаю, ты же знаешь, правда, ты должен знать.

В конце концов он, как обычно, осторожно освободился и, смущенно буркнув что-то, толкнул дверь плечом и скрылся в доме, и мы остались на веранде вдвоем.

На фоне покрытого инеем окна виден был только темный Сережин силуэт. А мы, хотела спросить я, где же будем спать мы, а потом подумала – все равно. Плевать. Я готова спать даже здесь, на холоде, на жестком полу; я готова даже не спать вовсе, лишь бы с тобой.

Он шагнул ко мне и сказал вполголоса:

– Пойдем со мной.

Лестница на второй этаж была шаткая, узкая и громко скрипела у нас под ногами. Наверху оказался и не чердак, и не мансарда, а что-то среднее между тем и другим; с потолком, поднимавшимся в самой верхней точке чуть выше человеческого роста и резко падавшим вниз, настолько, что к стенам можно было подобраться, только опустившись на четвереньки; с еле различимой в свете фонарика обычной чердачной рухлядью; с маленьким окошком под самой крышей. Единственное во всем доме, оно не было заколочено. Подойдя поближе, я увидела небо – черное и прозрачное, с рассыпанными по нему звездами, похожими на булавочные проколы в темно-синей бархатной бумаге, а внизу, под самым окном – неширокий, приземистый топчан.

Сережа бросил сверху наш последний спальник, снял куртку и погасил фонарик.

– Иди сюда, маленькая, – тихо позвал он. – Я страшно соскучился по тебе.

Матрас был жесткий, со старыми скрипучими пружинами, часть которых, казалось, готовилась вот-вот прорвать истончившуюся от старости обшивку и вырваться наружу. От него пахло пылью и немного сыростью, но все это было неважно: я прижалась губами и носом к теплой Сережиной шее в том месте, где заканчивался ворот его шерстяного свитера, и изо всех сил вдохнула, и задержала дыхание, и закрыла глаза. Вот оно, мое место, именно здесь я должна быть, только здесь мне по-настоящему спокойно, и я готова лежать так неделю, месяц, год, и к черту все остальное. Он притянул меня к себе и поцеловал, длинно, нежно, я почувствовала его пальцы, которые одновременно были всюду – у меня на бедрах, на шее, на ключицах, звякнула пряжка его ремня, скрипнула молния на моих джинсах, подожди, зашептала я, подожди, перегородки совсем тонкие. Снизу слышно было, как Ира тихим голосом убаюкивает детей, они услышат, сказала я, они обязательно нас услышат; плевать, малыш, его горячее дыхание обжигало мне ухо, к черту все, я хочу тебя. Пружины жалобно скрипнули, он зажал мне ладонью рот, и все вокруг исчезло, как исчезало всегда, с первого дня, и так же, как всегда, окружающий мир мгновенно схлопнулся, превратился в крошечную точку на краю сознания и пропал совсем, и остались только я и он, и никого кроме нас.

Потом мы смотрели на звезды и курили одну сигарету на двоих, стряхивая пепел прямо на пол. Кому-то, наверное, надо посторожить, сказала я сонно. Не волнуйся, малыш, спи, Андрюха разбудит меня через три часа. Хочешь, я посижу с тобой? Глупости, спи, маленькая, все будет хорошо. И тогда я заснула – крепко, без сновидений, прижавшись щекой к его теплому плечу, просто провалилась в теплую, беззвучную, безопасную темноту, ни о чем больше не думая и ничего не боясь.

Глава двенадцатая

...если открыть на секунду глаза, видно, что снаружи по-прежнему ночь, черное маленькое окошко над нашими головами, квадратный кусок расшитого звездами неба; тихо и холодно, очень холодно, и нужно натянуть одеяло до подбородка, но руки не слушаются, небо вдруг сдвигается с места, звезды смещаются, оставляя хвостатые следы, черный квадрат окна́ надвигается, увеличивается в размерах, пыльный промерзший чердак наконец исчезает, и вокруг не остается никого; это совсем не страшно, лежать на спине и смотреть вверх, в зимнюю черноту, без мыслей, тревог и страхов, мы так хорошо умеем это в детстве – отойти на шаг в сторону и заставить весь мир исчезнуть, просто отвернувшись от него, выключить звуки, упасть в сугроб, раскинув руки, запрокинуть голову и замереть, ощущая только покой, тишину и холод, неопасный, усыпляющий, чувствовать, как неторопливо, словно огромный кит, движется под тобой планета, не замечающая тебя, не знающая о тебе; ты всего лишь крошечная точка, пунктирная линия, от тебя ничего не зависит, ты просто лежишь на спине, а кто-то везет тебя, тянет вперед, словно на санках, мама оборачивается и говорит – Аня, ты не замерзла, потерпи немного, мы почти дома, ты не

видишь ее лица, только небо, которое движется – вместе с тобой, но медленнее, чем ты, даже если закрыть глаза, даже если заснуть, движение продолжается, и темнота, и холод; холод, не оставляющий тебя.

Я выныриваю на мгновение; Сережи нет, пыльный сырой топчан, молчаливая чужая рухлядь, обступающая его со всех сторон, жесткие пружины, впивающиеся в спину, и нет сил повернуться; холодно, хочется пить. Молния спального мешка царапает щеку, и трудно держать глаза открытыми; всякий раз, с усилием поднимая веки, я вижу, что стены приблизились на шажок, а потолок чуть опустился, и хотя небо со всеми своими звездами снова зажато в маленькую оконную рамку, если приглядеться, можно увидеть, как оно дрожит, вспучивая стекло, готовое ворваться и снова накрыть меня с головой.

Наверное, так домá сопротивляются вторжению, насылая на заснувшего чужака безнадежные, нескончаемые ночные мороки, тоскливые сны, в которые вплетается каждый негодующий вздох ветра в дымовой трубе, каждый незнакомый запах или звук, исторгаемый потревоженным жилищем, принадлежащим кому-то другому; старые вещи, стены и скрипучие лестницы пытаются хранить верность своим хозяевам, даже если те давно уже сгинули и никогда больше не вернутся. Ты можешь делать вид, что не замечаешь этой враждебности, этого возмущения и не чувствуешь попыток вытолкнуть тебя, но стоит заснуть, и ты немедленно становишься беззащитен и слаб и не можешь сопротивляться.

Когда я в следующий раз открыла глаза, все исчезло: сжатое оконной рамой черное небо, скрипы и вздохи; вещи перестали двигаться, стены отступили. Из-под потолка, сквозь маленькое окошко заглядывал теперь тусклый бессолнечный зимний рассвет, освещая пыльный захламлённый чердак, так напугавший меня ночью и такой будничный теперь. Все было снова в порядке, остались только холод и жажда. Спустив ноги с топчана, я какое-то время безвольно сидела, собираясь с силами, чтобы встать; мне просто нужно уйти отсюда, вернуться вниз, в тепло, съесть что-нибудь горячее, и я сразу почувствую себя лучше.

Я с трудом зашнуровала ботинки — пальцы никак не хотели слушаться, и шнурки все время выскальзывали, — накинула куртку и пошла к лестнице.

Внизу, на веранде, в старом кресле дремал Андрей, плотно завернувшись в свою теплую «аляску» и спрятав нижнюю часть лица под поднятым воротником. Сережино ружье стояло тут же, прислоненное к стене. Стекла замерзли настолько, что сделались непрозрачными. Не было видно совсем ничего, словно ночью, пока мы спали, чья-то гигантская рука вырвала дом вместе с верандой из земли и утопила в молоке. Услышав мои шаги, Андрей встрепенулся, поднял голову и кивнул мне:

— Адский холод был ночью, — сказал он, зевая. — Градусов тридцать, наверное.

На подоконнике рядом с ним стояла дымящаяся чашка с чаем, пар от которой понемногу плавил покрывшую стекло ледяную корку.

— Иди внутрь, погрейся. Нам повезло, день сегодня пасмурный, дым из трубы с дороги не видно. Можно печку топить спокойно.

Обступившая веранду молочная белизна ослепила меня, но внутри дом был погружен в полумрак, и хотя доски, закрывавшие окна ночью, были теперь сорваны, света все равно было недостаточно, и я замерла на пороге, дожидаясь, пока глаза привыкнут к темноте. Уютно пахло свежесваренным кофе.

– Дверь закрывай поскорее, – раздался Ирин голос. – Детей простудишь.

– Проснулась? – Сережа поднялся мне навстречу. – Я не стал тебя будить, ты вертелась всю ночь. Садись за стол, Анька, завтрак уже готов.

При мысли о еде меня замутило.

– Я не хочу есть, – сказала я. – Ужасный матрас, у меня все тело болит. И еще я страшно замерзла там, наверху. Я посижу немножко у печки. Потом поем, ладно?

Не хотелось даже снимать куртку, словно холод, мучивший меня всю ночь, затаился где-то внутри, под кожей, в костях и позвоночнике, а расстегнувшись, я только выпустила бы его наружу, и он тут же заполнил бы здесь каждый угол, выдавил из крошечной комнаты все хранящееся в ней тепло прямо сквозь трещины в рассохшихся окнах, и я уже никогда не согрелась бы. Я прижалась плечом к кирпичному печному боку, не боясь ни испачкаться, ни обжечься; если бы можно было, я легла бы прямо на пол, возле приоткрытой топки, как собака, чтобы не упустить ни капли исходящего от нее тепла, чертова печка, почему-то совсем не греет.

– То есть как – не хочу? – спросил Сережа. – Да ты целый день вчера ничего не ела. Давай-ка за стол. Мишка, налей ей чаю. Аня, ты слышишь? Сними хотя бы куртку, здесь жарко.

Даже с места не сдвинусь, думала я, опускаясь на корточки возле печи; шершавый кирпич легонько царапнул мне щеку. Надо хотя бы немного согреться, оставьте меня здесь, не нужно мне вашего чая, просто не трогайте меня.

– Анька! – повторил Сережа, голос у него был сердитый. – Да что с тобой такое?

– Ничего, – сказала я, закрывая глаза. – Просто мне холодно, ужасно холодно. Я не буду есть, мне ничего не нужно, я просто хочу согреться.

– Ты сказала, у тебя болит все тело? – спросила Ира резко, и какое-то неприятное напряжение в ее голосе на мгновение выдернуло меня из равнодушного, сонного забытья, уже начинавшего накрывать меня непроницаемым глухим колпаком, словно я забыла о чем-то и вот-вот вспомню. Я с усилием открыла глаза. Комната расплывалась и дрожала, я увидела Сережу, поднявшегося со своего места, Мишку с кружкой горячего чая в руках, а за ними – искаженное страхом Ирино лицо, бледный восклицательный знак, который немедленно швырнул меня на ноги – в один миг, так, что закружилась голова, словно кто-то оглушительно рявкнул мне в ухо. С грохотом обрушился стоявший возле печки стул, который я задела локтем.

– Не подходи ко мне! – крикнула я Мишке, и он сразу остановился как вкопанный; так резко, что немного чая выплеснулось из доверху налитой кружки и увесистой каплей шлепнулось на пол. Он ничего еще не понял, так же, как и застывший озадаченный Сережа, не успевший сделать ни шагу.

– Не подходите ко мне, – повторила я, и прижала обе руки ко рту, и начала отступать назад, до тех пор, пока не уперлась спиной в стену, и все это время я видела только Иру. Одной рукой она прижимала к лицу полотенце, а второй – закрывала лицо сидящего рядом мальчика.

Глава тринадцатая

В крошечной каморке с буржуйкой было темно и пыльно. Свет с трудом проникал сквозь щели между досками, которыми были заколочены окна; не было ни лампы, ни свечи. В са́мом углу под окном стояла узкая кровать со скомканным спальным мешком, а на полу лежала распахнутая Наташина сумка со сложенной стопками одеждой, которую я опрокинула, отступая из центральной комнаты – спиной, с прижатыми ко рту руками, задержав дыхание, словно даже воздух, который я выдыхала, был ядовит и опасен для остальных.

Единственным достоинством этой маленькой захламленной комнаты была крепкая железная задвижка на двери, прикрученная к косяку четырьмя толстыми шурупами. Деревянная дверь рассохлась, перекосилась и даже плотно закрыть ее было почти невозможно, не говоря уже о том, чтобы сдвинуть эту чертову задвижку; я сломала ноготь и содрала кожу с пальцев, но в конце концов сделала и то, и другое и только после почувствовала, как остатки сил покидают меня, уходят, словно воздух из проколотой покрышки, и не смогла сделать больше ни единого шага, и опустилась на пол прямо на пороге. В ту же минуту ручка двери шевельнулась.

– Открой, Анька, – тихо сказал Сережа из-за двери. – Не сходи с ума.

Я не ответила. Не потому, что не хотела, но для того, чтобы произнести хотя бы слово, нужно было сейчас поднять голову, вытолкнуть воздух из легких; слава богу, здесь тепло, буржуйка уже погасла, но еще не остыла, надо сделать усилие и добраться до кровати, до нее шагов пять, не больше, это не может быть так уж сложно, я просто посижу здесь немного, а потом попробую. Мне ведь вовсе не обязательно вставать, я могу доползти до нее на четвереньках, а потом подтянуться на руках и лечь наконец; главное, не ложиться здесь, на полу возле двери, потому что если я сейчас лягу, я точно уже не смогу подняться. За дверью что-то происходило, но голоса доносились до меня словно через толстое ватное одеяло и какое-то время были просто набором бессмысленных звуков, и только потом, постепенно, с задержкой всплывало значение отдельных слов:

– Откройте дверь. Надо проветрить – быстро! Антон, иди сюда, надевай куртку, – это Ира.

– Это невозможно. Мы же все время были вместе, – это Сережа.

– Что у вас тут за крики? Что случилось? – это Андрей.

– Собирайте вещи. Здесь нельзя оставаться, – снова Ира.

– Наши вещи там, в комнате! – это Наташа.

Они говорили и говорили все разом, и слова их, текущие из-под двери, постепенно смешались, переплелись, превратились в ровный непрерывный гул. Маленькой я очень любила, зажмурившись и задержав дыхание, опустить голову под воду; кончики пальцев ног упираются в бортик ванной, мама идет по коридору из кухни – десять шагов, раз, два, три, четыре, из-под воды шаги почему-то слышны лучше, девять, десять – и вот она уже здесь, Анюта, опять ты ныряешь, поднимайся, пора мыть голову, сквозь воду мамин голос звучит глухо, невнятно, под водой спокойно и тепло, но заканчивается воздух, и надо выныривать. Надо выныривать.

Наверное, я заснула; ненадолго, на несколько минут, а может быть, на полчаса. Когда я открыла глаза в следующий раз, за дверью уже стояла полная тишина. Что-то изменилось, и я даже не сразу поняла, что именно: комната была теперь залита светом – ярким, белым, слепящим; кто-то убрал доски, которыми было заколочено окно, и я удивилась тому, какое оно, оказывается, большое. Теперь отчетливо видно было каждую трещину в деревянных половицах, кучки мусора по углам, ободранные оконные рамы и подоконник с летними заснувшими мухами, щепки и золу на полу перед буржуйкой, выцветший полосатый матрас на кровати. Все так же сидя возле двери, я неторопливо и тщательно рассматривала комнату, в которой оказалась. Теперь, когда дверь была надежно заперта, страха больше не было. Почти равнодушно я подумала о том, что скорее всего именно в этой крошечной чужой комнате с дурацким отрывным календарем на стене, время на котором остановилось девятнадцатого сентября, я умру.

Ни разу за эти несколько страшных недель, прошедших с момента, когда закрыли город, когда я узнала о том, что мамы больше нет, когда мы смотрели телевизионные репортажи об опустевших умирающих городах и потом, когда мы проезжали мимо них на самом деле и видели людей, везущих на санках своих мертвых по засыпанным снегом улицам, под размеренный, далеко разносящийся в неподвижном воздухе металлический звон; и даже во время встречи с мрачными людьми в ржавых овчинных тулупах на безлюдной лесной дороге – ни разу за все это время мне не пришло в голову что я, именно я, я лично могу умереть. Словно все это – эпидемия, наше поспешное бегство, выматывающая и полная неожиданностей дорога и даже то, что случилось с Лёней, было всего лишь игрой, реалистичной и страшной, но все-таки игрой, в которой всегда оставалась возможность вернуться на шаг назад и отменить одно или несколько последних неверных решений. Что я сделала не так? Когда я ошиблась? В тот раз, когда сняла маску, чтобы поговорить дружелюбным охранником на заправке? Или вчера, в лесу, когда неосторожно выскочила прямо в руки улыбчивому незнакомцу в лисьей шапке?

Голова по-прежнему кружилась, в ушах звенело, я с трудом поднялась на ноги, и подошла к окну, и, прижавшись лбом к холодному стеклу, подышала на него, чтобы выглянуть на улицу. Окно выходило во внутренний двор; видно было баню с приоткрытой дверью и дорожку следов в глубоком снегу, соединяющую банное крыльцо с домом. Во дворе не было ни души, и в доме тоже стояла мертвая тишина; на мгновение я даже готова была поверить в то, что, пока я дремала, остальные торопливо покидали вещи в машину и уехали, оставив меня здесь одну. Разумеется, этого быть не могло, но мне обязательно нужно было занять мысли чем угодно, лишь бы не провалиться снова в отупляющую равнодушную сонливость, которая опять начинала одолевать меня. Мне мучительно хотелось лечь на кровать, накрыться спальным мешком, закрыть глаза и уснуть, только вот дверь была заперта, я не слышала больше голосов за ней и почему-то знала совершенно точно, что если засну сейчас, то обязательно пропущу момент, когда Сережа сломает эту дверь, и не успею остановить его.

Не спи, говорила я себе, испугайся, ну же, ты умираешь. Ты проживешь еще три, может быть, четыре дня, а потом ты умрешь. Как она говорила? Бред, судороги, пена – ну давай же, испугайся; только слова эти почему-то ничего не значили, не вызывали никаких эмоций. Я поймала себя на том, что сижу на подоконнике с закрытыми глазами, и тогда я стала думать о том, что они все-таки уехали, и что если сейчас раскрыть окно настежь и высунуться наружу, я успею еще увидеть, как медленно, проваливаясь в снег, ползут их машины; их будет видно только до конца улицы, а потом они исчезнут за поворотом, и до самого конца я больше не увижу ни одного человеческого лица. Какое-то время, наверное, я смогу еще подбрасывать дрова в печку, а потом обязательно наступит момент, когда я просто не в силах буду больше встать и буду лежать здесь, на этой кровати, в остывающем доме, и может быть, замерзну раньше, чем вирус победит меня.

Все это казалось таким нереальным, таким ненастоящим, интересно, что лучше, думала я равнодушно, просто замерзнуть во сне или умереть в судорогах, с кровавой пеной, идущей из горла? Я еще раз подышала на стекло и тут же увидела Мишку, неподвижно стоявшего снаружи, под окном. Стоило мне открыть глаза, и он подпрыгнул вверх, вцепившись пальцами в широкий деревянный наличник, легонько стукнул ногами по стене дома и прижался лбом к стеклу с другой стороны, так, чтобы я видела его лицо через маленькое оттаявшее пятнышко, и только тогда я наконец действительно испугалась.

Наверное, мы могли бы поговорить с ним сейчас. Мы легко бы услышали друг друга через тонкое стекло, но почему-то ни я, ни он не произнесли ни слова. Он смотрел на меня напряженно и, пожалуй, даже сердито; несколько минут я разглядывала его худое серьезное лицо, а потом подняла руку и немножко погладила стекло – один раз, другой, и он тут же нахмурился и заморгал, и тогда я быстро сделала вид, что просто стираю изморозь, чтобы лучше видеть его, и сказала: «Мишка, ну ты что, опять без шапки, сколько можно тебе говорить, а ну-ка марш немедленно одеваться, уши отвалятся». И он сразу же спрыгнул вниз и пошел направо по протоптанной дорожке, обходя дом, и обернулся только один раз, а я замахала на него руками: иди за шапкой, быстро, хотя была не уверена в том, что он все еще видит меня, и заплакала только после, когда он уже скрылся за углом.

Ручка двери снова дернулась.
– Эй, – позвал Сережа вполголоса. – Ты что там, ревешь?
– Реву, – призналась я и подошла поближе.
– И дверь не откроешь?

– Не открою, – сказала я.

– Ну и не открывай, – сказал он тогда, – если тебе так спокойнее. Только я никуда не уйду отсюда, ты понимаешь, да?

– Не уходи, – сказала я, и опять заплакала, и повторила еще раз: – Не уходи, – и снова села на пол возле двери, чтобы не пропустить ни слова из того, что он собирается сказать.

Он сказал, что мы обе – и я, и Ира – сумасшедшие паникёрши. Он сказал, что это не может быть вирус, потому что мы все время были вместе и ни один из тех немногих людей, которых мы успели встретить, не был болен. Он сказал, ты очень устала за эти дни и замерзла ночью, и это самая обыкновенная простуда. У нас есть мёд и лекарства, сказал он, и я нашел тут банку малинового варенья, и еще я затоплю тебе баню, сказал он, и через пару дней ты будешь совершенно здорова. Я все равно не впущу тебя, сказала я. Ну и дура, сказал он сразу. Мы нашли еще один дом с печкой через два дома отсюда, и сейчас они как раз перевозят туда вещи, сказал он, а когда там станет тепло, перенесут Лёню. Они все будут там, и Мишка с ними, сказал он, здесь больше никого нет, только ты и я, и даже если вы обе правы, хотя этого не может быть, я уверен, но если вдруг. Если вдруг вы правы, и ты действительно заразилась, тогда я тоже уже болен, ну подумай сама, и нет никакого смысла запирать эту дурацкую дверь. Мы не знаем точно, сказала я, мы не можем знать точно. Тебе скоро станет холодно, сказал он, у тебя наверняка уже погасла эта маленькая печка, а ты не умеешь разводить огонь. Тебе нужна будет вода, а потом тебе понадобится в туалет, сказал он, тебе все равно придется мне открыть. Пообещай мне, сказала я, пообещай, что не будешь ломать дверь, что наденешь маску, и останешься там, снаружи, а если мне понадобится выйти отсюда, ты отойдешь подальше и не станешь подходить ко мне. Это глупо, сказал он.

Если ты не пообещаешь, сказала я, я больше не скажу тебе ни слова. Обещаю, сказал он, обещаю, дурацкая ты дура, я не сломаю дверь и не войду, и надену маску, только дай мне развести огонь и принести тебе воды. Потом, сказала я, мне больше не холодно и совсем не хочется пить. На самом деле, сказала я, больше всего на свете я хочу спать, ужасно, смертельно хочу спать, ты же побудешь тут, со мной, пока я буду спать, правда?

Спи, сказал он, я здесь.

И я спала весь день до самого вечера, пока за окном не стало совсем темно — неглубоким беспокойным сном. Сначала мне было жарко, потом — холодно, а после снова жарко, и в перерывах я просыпалась и скидывала спальник или, напротив, натягивала его до самых ушей, но все это время я знала, что он совсем рядом, за дверью, и иногда, проснувшись, спрашивала — ты здесь? — просто чтобы услышать, как он сразу ответит — я здесь, и спросит — ну что, ты замерзла наконец, чтобы ответить ему — пока нет, здесь тепло, я еще посплю, ладно?

Один или два раза кто-то стучался в дом снаружи, папа или Мишка, и он выходил на веранду. Я слышала, как хлопает входная дверь и усилием воли заставляла себя бодрствовать до тех пор, пока он не возвращался назад, в дом. Поздно вечером он подошел к двери и сказал, что больше не намерен со мной спорить, что он приготовил чаю с малиной и медом, и я должна открыть дверь, чтобы позволить ему затопить печку. Я надел маску, сказал он, открой дверь, хочешь – выйди из комнаты, постой на веранде, я позову тебя. Отойди подальше от двери, сказала я и попыталась встать с кровати; это получилось не сразу, голова кружилась и колени дрожали, в темноте я никак не могла нащупать эту чертову дверную задвижку и даже испугалась, что вообще не смогу найти ее до тех пор, пока снова не настанет утро, но в конце концов нашла и открыла; он стоял в дальнем углу большой комнаты, как и обещал. Лицо у него было закрыто зеленым марлевым прямоугольником, но по его глазам я поняла, что мой вид испугал его, и отвернулась, как можно быстрее прошла к выходу на веранду. Не прошло и нескольких минут, как он позвал меня назад. Когда я вернулась в свою каморку, в маленькой топке ярко горел огонь, на кровати лежал еще один спальный мешок, а рядом, на полу, дымилась большая кружка с чаем. Это же твой спальник, да, спросила я, запирая дверь; не бери в голову, ответил он тут же, я нашел тут одеяла, я в порядке, выпей чай и ложись. Я здесь, если понадоблюсь – позови меня. Как там Лёня, спросила я, засыпая. Не поверишь, сказал он, пытается вставать, просит есть, еле уговорили его лежать спокойно, судя по всему, все обойдется, он передавал тебе привет, ты слышишь, он сказал – поболеем с Анькой денек-другой и поедем дальше. Вам придется подождать несколько дней, пока я не умру, подумала я, но не сказала этого вслух, хорошо, что Лёню тоже пока нельзя перевозить, и вы сидите здесь, в этом вымершем дачном поселке, и теряете драгоценное время не только из-за меня, и опять заснула.

В следующий раз я проснулась на рассвете, хотя на самом деле это был даже еще не рассвет, просто небо из чернильно-черного сделалось темно-синим, и стали видны очертания предметов – кровать, печка, чашка на полу, дверь. Нестерпимо болело горло, и я сделала несколько глотков остывшего чая; потом подбросила в печку полено – дрова в ней почти догорели – и поставила чашку сверху, чтобы немножко ее согреть. Туалет был на улице; я осторожно отперла дверь, стараясь не шуметь, и выглянула наружу. Большая печь тоже почти погасла. Красновато поблескивали угли, и в тусклом свете я увидела Сережу, спящего на кровати, которую мы вчера уступили Ире с детьми; поза у него была неудобная, одеяло сбилось. Я закрыла рукавом лицо и на цыпочках прокралась к выходу.

Мороз вцепился в меня еще на веранде, не успела я даже выйти из дома. Как неудобно умирать в дачных поселках, подумала я неожиданно и не могла не улыбнуться этой мысли, никаких тебе теплых удобств, болен, не болен, будь любезен выползти во двор. Скорее всего, рано или поздно мне придется попросить его принести мне ведро, скоро я просто не смогу выйти на улицу, а потом, наверное, я даже не смогу встать, что же я буду делать тогда? С другой стороны, может быть, тогда мне уже не захочется в туалет, хорошо бы не захотелось; судороги – это, наверное, больно, она сказала – некоторым не везет, и они все время в сознании, а что, если мне как раз повезет, если у меня будет жар или бред и начнутся эти чертовы судороги, и тогда я уже точно не смогу остановить его, он обязательно сломает дверь, и никакая маска ему не поможет, черт возьми, даже если мне не повезет, где гарантии, что я не струшу, когда станет действительно плохо, что я сама не позову его?

Может быть, от страха, а может, от слабости какое-то время я не могла сделать ни шагу и застыла на веранде, держась за дверной косяк. Сердце билось где-то в горле, не позволяя вдохнуть, и все тело покрылось испариной, которая немедленно остывала — на висках, вдоль позвоночника; надо хотя бы выйти из дома, смешно было бы замерзнуть насмерть прямо здесь, на пороге. Я нашарила фонарик, лежавший на подоконнике, толкнула дверь и вышла на улицу. Снаружи было гораздо темнее, чем казалось изнутри дома; я сразу же шагнула мимо тропинки и провалилась в снег по колено, как же холодно, боже мой, надо открыть глаза, не спи, еще глупее было бы замерзнуть в туалете, открой глаза, надо вернуться в дом, не спи, не вздумай сейчас спать. Горло болело так, словно кто-то насыпал туда битого стекла, голова кружилась. Как же здесь темно, и проклятый этот фонарик освещает только крошечный кусочек снега под ногами, главное, не шагнуть снова мимо тропинки, если я опять провалюсь по колено, у меня не хватит сил выбраться, важно не упасть и идти вперед, один шаг, другой, надо держаться тропинки, она доведет меня до самой входной двери, не спи, нельзя спать, открой глаза.

Вместо входа на веранду тропинка привела меня к калитке. Я поняла это только когда с размаху налетела на нее грудью и выронила фонарик; он продолжал тускло светить из-под снега, и выглядело это так, словно кто-то читает под одеялом. Наклонившись, я погрузила руку в снег; пальцы сразу же застыли почти до бесчувствия, и мне пришлось перехватить фонарик другой рукой, чтобы снова не уронить его. Это совсем маленький участок, сказала я себе, здесь невозможно заблудиться, каких-нибудь десять шагов в обратном направлении, и ты обязательно дойдешь до дома, успокойся, просто повернись и иди назад. На калитке даже не было щеколды, просто одеревевшая на морозе проволочная петля, примотанная к столбу. Внезапно я обнаружила, что, зажав фонарик под мышкой, обеими руками старательно разматываю проволоку, и даже почти не удивилась этому; пальцев я уже не чувствовала совсем, но петля неожиданно поддалась, и калитка все-таки открылась. Тоненький луч фонаря осветил колею, оставленную нашими машинами накануне, и я медленно пошла по ней; если я останусь в колее, он не сможет найти меня по следам. Он проснется только через несколько часов, и ему не сразу придет в голову проверить — где я, он подумает, что я сплю, у меня есть время; так просто, почему я не подумала об этом раньше, никаких судорог, никакой пены, говорят, замерзать совсем не больно, ты просто засыпаешь и ничего не чувствуешь. Надо просто отойти подальше, лучше всего свернуть за угол, какие большие здесь сугробы, сесть и закрыть глаза, и немного подождать, только почему до сих пор так холодно, невыносимо, ужасно, как можно заснуть, когда тебе так холодно?

Я открыла глаза. Фонарик, все еще зажатый у меня под мышкой, слабо светил теперь куда-то наискосок и вверх, не освещая вообще ничего кроме нескольких десятков сантиметров пустоты. Наверное, его нужно выключить, подумала я, или хотя бы закопать в снег поглубже, а потом я спрячу руки в рукава и попробую наконец заснуть. Вдруг мне показалось, что рядом кто-то есть. Это был даже не звук, скорее намек на звук, начало звука; я подняла голову, но ничего не увидела, и мне пришлось вытащить фонарик из подмышки, сжать его обеими руками, которые почти уже не слушались, и направить луч света прямо перед собой. Он стоял в нескольких шагах от меня, на дорожке – большой желтый пёс, худой, с длинными лапами и клочковатой шерстью, и, не мигая, смотрел на меня; слабый свет фонарика отразился в его глазах и, сверкнув зеленым, вернулся обратно. Пёс слегка дернулся, когда луч коснулся его, но не сдвинулся с места.

– Ты же не станешь есть меня сейчас? – спросила я его; голос мой звучал хрипло и неузнаваемо. Пёс не шевельнулся. – Ты должен подождать, пока я не замерзну, – сказала я тогда. – Слышишь? А пока даже не подходи ко мне.

Он стоял неподвижно и просто смотрел на меня без любопытства, без злобы, как если бы я была неодушевленным предметом, куском дерева или комком снега.

– Не подходи ко мне, – сказала я еще раз.

Это было очень глупо, разговаривать сейчас вообще, и тем более, разговаривать с ним, но никого больше не было здесь, только я и он, и мне было холодно и очень, очень страшно.

– Знаешь, – сказала я. – Ты лучше вообще меня не ешь. Даже если я замерзну. Ладно? – он нетерпеливо переступил с лапы на лапу; у него были большие массивные лапы с длинными темными когтями, как у волка, только покрытые светлой вьющейся шерстью. – Они будут меня искать, – сказала я, стараясь смотреть ему в глаза. – И если ты... мы же не знаем, кто из них меня найдет, понимаешь?

Он сделал один осторожный шаг вперед и замер.

– Иди отсюда, – попросила я его, – не мешай мне.

Если он будет здесь стоять, я не засну, подумала я, и мне все время будет так же холодно, а я почти уже не могу этого выносить, надо прогнать его, закричать или бросить что-нибудь тяжелое.

– Уходи, – я попыталась крикнуть, но получился скорее шепот, слабый неубедительный; я подняла руку с фонариком и махнула на него, он прищурился не отошел. – Уходи, ну пожалуйста. Если бы ты знал, как мне холодно, я сейчас не выдержу и вернусь туда, а мне нельзя, мне нельзя возвращаться, уходи!

Я чувствовала, как слезы – злые, беспомощные, удивительно горячие, бегут по моим щекам, и тогда он подошел совсем близко и нагнулся ко мне; не лизнул, не укусил, а просто придвинул свою крупную лохматую голову и жарко дохнул в лицо.

– Черт, – сказала я. – Черт, черт, черт! – и бессильно стукнула кулаком в снег. – Я не смогу этого сделать. Я даже этого сделать не смогу, – и зажмурилась, чтобы слезы перестали течь, и встала, и пошла по колее назад, к дому, светя себе под ноги фонариком.

Пёс пошел за мной.

Глава четырнадцатая

То, что я не умру, мы поняли не сразу. Следующие несколько дней и ночей слились и перемешались в моей памяти, превратившись в нескончаемый муторный сон, в котором жар сменялся ознобом, а жажда – дурнотой. Были моменты, когда потолок и стены снова надвигались на меня, как в ту ночь на чердаке, и казалось, что стоит мне только закрыть глаза, как комната, в которой я лежу, немедленно сожмется, съежится до микроскопических размеров и раздавит меня, но были и другие, когда вещи вновь оказывались на своих местах, страх сменялся сонным безразличием, и я просто лежала с открытыми глазами, рассматривая застежку спального мешка возле своей щеки или древесный мусор на полу возле печки.

Одно я знала точно: Сережа оказался в одной со мной комнате намного раньше, чем мы поняли, что я не умру. Я просто однажды открыла глаза и увидела, что он сидит рядом на кровати, одной рукой поддерживая мою голову, а другой прижимая к моим губам кружку с водой. Маски на нем не было, но ни я, ни он больше не заговаривали об осторожности, отчасти потому еще, что теперь в этом не было уже никакого смысла. Все время, пока я была уверена, что умираю, и потом, когда уже стало ясно, что этого не случится, я думала об одном и том же: оба мы – и я, и Сережа – в какой-то момент приняли решение, только решения эти были совершенно разными. Он снял маску и вошел в комнату, а я вернулась в дом и позволила ему это сделать. Именно поэтому через три дня, когда жар, мучивший меня больше всего, неожиданно начал спадать и я впервые смогла сесть на кровати и сама взять в руки чашку, я не задала ему ни одного вопроса, я просто не смогла, потому что если бы я спросила его о чем-нибудь, если бы я просто заговорила с ним о чем угодно в эти первые несколько часов, когда мы поняли, что я не умру, я бы обязательно произнесла это вслух. Именно поэтому все время, пока он сидел рядом со мной на кровати, то и дело поправляя мне подушку, и смотрел на меня, пока говорил «нет температуры, Анька, ты выздоравливаешь, Анька, ты не умрешь, Анька, я говорил тебе, что ты не умрешь», пока он улыбался, и вскакивал, и ходил по комнате, и снова садился рядом, трогал руками мой лоб, все это время я просто сидела, прислонившись к спинке кровати, прихлебывала чай, и молчала, и старалась не встречаться с ним взглядом.

А потом кто-то поскребся в дверь снаружи, и Сережа сказал: «Анька, к тебе гости, ты не помнишь, наверное, ты сама его впустила той ночью, и теперь он все время приходит и лежит у твоей кровати, иногда пропадает куда-то на несколько часов, но обязательно возвращается, я даже калитку теперь не закрываю», и тогда я повернула голову и увидела его. Шкура у него была действительно совершенно желтая, как у льва, и глаза были тоже желтые – светлые, как янтарь; мне казалось, у собаки не может быть таких глаз. Он просто вошел в комнату и сел на пороге, очень прямо, аккуратно подобрав под себя лапы, и стал смотреть на меня этими желтыми глазами, и я тоже смотрела на него, долго, до тех пор, пока не поняла, что могу теперь разговаривать.

Мы так и не узнали, что это было – вирус, смертельный для стольких людей и почему-то пощадивший меня, или просто последствия стресса, нескольких бессонных ночей и переохлаждения, и поэтому в следующие два дня по-прежнему никто не приходил, даже Мишка, я сама ему не позволила бы, я снова могла принимать такие решения теперь, когда знала, что не умру.

В эти дни мы часами сидели с Сережей у огня – он перенес мою кровать в центральную комнату, туда, где стояла большая печь, – и молчали словно два столетних старика, проживших бок о бок столько времени, что им уже совершенно нечего сказать друг другу. Пожалуй, столько тишины между нами не возникало ни разу за все время, пока мы были вместе. Это было настолько непохоже на нас прежних, что иногда я или он заводили разговор о чем-нибудь малозначащем, о какой-нибудь ерунде, просто для того, чтобы не молчать больше. Это были странные беседы, со множеством неловких пауз и неуклюжих попыток резко сменить тему, потому что о чем бы мы ни заговорили сейчас, когда у нас появилось много времени друг для друга и никуда не нужно было торопиться, рано или поздно мы натыкались на одну и ту же стену — глухую и непроницаемую, заставлявшую нас сбиваться на полуслове и отводить глаза. Оказалось, мы совершенно не готовы вспоминать ни о жизни, которую оставили позади и к которой уже не могли вернуться, ни о людях, которых знали в этой нашей прежней жизни; наверное, поэтому нам обоим хотелось, чтобы это вынужденное затворничество, в котором мы оказались, эта пауза, возникшая в середине пути, которую никто из нас не предвидел, поскорее закончились.

Иногда снаружи раздавался стук в дверь, и, накинув куртку, Сережа выглядывал на улицу. Приходил папа, иногда — Мишка, но на веранду не поднимались и разговаривали с Сережей через стекло. Они рассказывали новости, за которые мы оба были очень им благодарны, и не оттого даже, что эти новости были так уж важны для нас, а просто потому, что эти их неожиданные визиты давали нам хоть какую-то пищу для разговоров. Вернувшись в дом, Сережа говорил, улыбаясь: «Ну и родственнички у нас с тобой, Анька, кто бы мог подумать, школьник и профессор математики, ты не поверишь, они банду сколотили, повскрывали тут в округе все дома, влезли в чей-то погреб и утащили оттуда годовой запас варенья, консервы какие-то, керосин, даже бензопилу где-то нашли». Я была уверена, что ему самому до смерти хотелось поучаствовать в этих набегах, заняться каким-нибудь делом вместо того, чтобы сидеть несколько дней возле моей постели, в темном и душном чужом доме, но прежде, чем я успевала об этом заикнуться, он принимался чистить ружья, топить печку или готовить еду. Что бы он ни делал, я старалась не выпускать его из виду; «ты спи, Анька, тебе нужно много спать», говорил он, поднимая на меня глаза, но в эти несколько дней я спала неглубоко, урывками, словно боялась проснуться и обнаружить, что осталась одна, что его нет со мной.

В день, когда я смогла наконец подняться на ноги и сделать несколько шагов, не хватаясь за стену, Сережа затопил баню. Блаженно закрыв глаза, я лежала на нижней полке в темной, пахнущей разогретым деревом парилке и слушала, как шипит вода, испаряясь на раскаленных камнях, и с каждым осторожным вдохом, наполнявшим легкие обжигающим паром, с каждой каплей влаги, выступающей на коже, я чувствовала, как уходит, растворяется страх, крепко державший меня за горло все это время. А потом я поднялась, и Сережа окатил меня из ведра нагретой колодезной водой, которая смыла и два бессонных тревожных дня, проведенных в дороге, и последовавшие за ними четыре или пять дней, наполненных липким ужасом, смыла и унесла куда-то вниз, в щели между неплотно пригнанными досками пола.

Когда мы вышли из бани, разогретые, с влажными волосами, пёс сидел на улице возле самого крыльца, неподвижный и все такой же равнодушный, как сфинкс. В этот раз он даже не взглянул в нашу сторону.

— Как ты думаешь, может быть, это его дом, поэтому он и пришел? Может, он жил здесь раньше? — спросила я у Сережи, пока мы бежали от бани к дому.

— Кто?.. — рассеянно переспросил он, заталкивая меня на веранду. — Давай, Анька, быстро, голова же мокрая.

— Да пёс же, — сказала я, пытаясь обернуться и посмотреть, не идет ли он следом, но Сережа торопливо захлопнул дверь, отделяющую нас от холода:

— Вряд ли, — ответил он, когда мы были уже внутри, в тепле. — Во дворе нет будки. Какая разница? Иди, высуши волосы. Пора заканчивать твой карантин, поведу тебя в гости.

— Просто странно, — пробормотала я, послушно накрывая лицо полотенцем. — Откуда он тут взялся? Никого же нет, понимаешь? Где он спит, что он ест?

— Не знаю, как раньше, — сказал Сережа, смеясь, — но последние пару дней я точно знаю, что он ест и где спит. Давай-ка, отдохни немного, а я поищу тебе чистый свитер.

Дом, в который пришлось перебраться всем, кто испугался моей болезни, оказался еще меньше нашего: всего две крошечных комнатки и маленькая узкая кухня, где помещались только колченогий шаткий стол и несколько табуреток. Посреди дома, так же, как и у нас, установлена была массивная кирпичная печь, отдающая тепло во все стороны, только эта была оштукатурена, и ее грязно-белую бугристую поверхность покрывали трещины и копоть. Почти все пространство занимали кровати — разномастные, с железными спинками и продавленными матрасами. Их было слишком много, часть из них явно переехала сюда с соседних дач.

После уличной морозной свежести здесь, казалось, было совершенно нечем дышать. Пересушенный пыльный воздух сразу же запершил в горле, и я подумала — боже мой, девять человек в двух комнатах, это же настоящая ночлежка. Так, наверное, выглядел какой-нибудь детский приют времен Диккенса или тюремная камера, в этом же нельзя жить, это — вот это все — тесноту, запах, пыль, чужие вещи — невозможно выдерживать долго. Лёни с Мариной в комнате не было; Андрей лежал спиной к нам, подложив под голову свернутый спальный мешок. Рядом с ним я успела заметить напряженную, недовольную Наташину спину, а повернувшись чуть левее, к стене, наткнулась взглядом на Иру. Сидя вполоборота в изголовье кровати, она наблюдала за детьми, возившимися на полу возле печки. Я застыла на пороге, борясь с кашлем. Все были заняты разговором и даже не заметили, как мы вошли, и я не решалась сделать больше ни шагу. Может быть, оттого, что шагать было, в сущности, некуда, а может, испугавшись вдруг, что меня сейчас выгонят отсюда; все эти люди, большинство из которых были мне едва знакомы, в конце концов, могли и не верить в то, что мы с Сережей знали уже наверняка – я не умру. Это был необъяснимый, иррациональный приступ паники. Мне вдруг захотелось повернуться и выбежать обратно, на улицу, к торчавшему посреди двора кривоватому снеговику, одинокому свидетелю того, какую невыносимую смертельную скуку должны были чувствовать в эти четыре дня все, кто не был так занят собственной смертью, как я или Лёня, или содержимым соседских погребов, как папа и Мишка. Стоя на пороге, я впервые попыталась представить себе, каково нам будет там, на озере, дожидаться конца зимы в таком же крошечном домике, как этот, без водопровода, электричества и туалета, без книг и любимых телепрограмм, и главное – без малейшей возможности побыть вдвоем.

– ...а я говорю, надо поискать еще! – судя по всему, мы вошли в разгар какого-то спора, потому что интонации у Наташи были одновременно и настойчивые, и раздраженные. – Тут домов пятьдесят, а то и больше. Наверняка найдется какой-нибудь более подходящий!

– Наташка, они все тут одинаковые, – сказал Андрей. – Просто одни с печками, а другие – без. Это не коттеджный поселок, черт возьми, тут обычное садовое товарищество под Череповцом, ну елки-палки, ты серьезно рассчитываешь найти тут приличный дом, с ватерклозетом и спутниковой тарелкой?

– Ты не знаешь точно, – ответила она запальчиво и повернулась к нам вполоборота; щеки у нее горели. – Ты за четыре дня два раза из дома вышел! Я уверена, можно найти что-то получше, чем вот это!

– Вы почему все внутри? – спросил Сережа у меня над ухом, и я вздрогнула, потому что на несколько минут совершенно забыла о нем. – Мы же вроде договорились, кто-то один всегда снаружи, смотрит на дорогу.

– Да ладно тебе, Серёга – махнул рукой Андрей, – здесь жизни нет. За четыре дня хоть бы собака пробежала.

Краем глаза я заметила движение в дальнем углу комнаты; откинув спальник, которым он был накрыт с головой, с кровати вскочил заспанный нечесаный Мишка и начал шнуровать ботинки:

– Я покараулю, – сказал он и радостно улыбнулся нам с Сережей. – Мам, садись на мою кровать.

Дверь за ним закрылась, а я огляделась по сторонам; сидеть и правда было больше негде. Боком пробираясь между остальных кроватей, я направилась в угол.

– Как ты плохо выглядишь, Аня, – сказала Наташа уже другим голосом. – Борис Андреич говорит, тебе лучше. Ты правда поправилась? Очень ты бледная...

— Все с ней в порядке, — оборвал ее Сережа. — Обычная простуда, я же говорил. Можно больше не волноваться.

Можно подумать, кто-то из вас волновался, думала я, устраиваясь на смятой неуютной кровати своего сына, и с удивлением поймала себя на том, что почти произнесла это вслух. Что со мной такое? Я никогда не умела говорить такие вещи, обычно я просто думаю их про себя. Черта с два вы волновались. Как вы торопились сбежать из дома, беспокоясь разве что о том, что забыли свою драгоценную сумку с тряпками; если я сейчас подниму глаза, готова поспорить на что угодно, вы до сих пор смотрите на меня так, словно у меня чума, словно находиться со мной в одной комнате опасно для вас. Четыре дня, и ни один из вас не пришел узнать, как мы, только папа и Мишка, только свои. Сейчас бы очень подошел один из этих неожиданных приступов кашля, которые так мучают меня в эти дни, сгибая пополам, не давая вдохнуть; забавно было бы взглянуть на ваши лица, если бы я закашлялась именно сейчас, закрыв лицо руками, долго, страшно, может быть, кто-то даже выскочил бы из комнаты. Матрас подо мной жалобно заскрипел и прогнулся почти до самого пола. Вы только посмотрите на эту кровать, самая узкая, самая развинченная, хотела бы я знать, было ли кому-нибудь из вас дело до того, ел ли он сегодня, не холодно ли ему спать здесь, в углу, под окном? Я сегодня же заберу его обратно в большой дом, а вы оставайтесь тут, в своей ночлежке, хорошо, что я не умерла, я сама о нем позабочусь. Удивительно, как быстро неловкость, с которой я входила, сменилась еле сдерживаемой, застилающей глаза яростью; кто бы мог подумать, что первой сильной эмоцией с момента, когда я поняла, что не умру, будет именно эта. Мне вдруг пришло в голову, что ни разу еще не обняла Сережу, что не успела даже потрогать сына руками, и вот я сижу здесь, на этой продавленной старой кровати, и боюсь поднять голову, чтобы не дать им увидеть мое лицо.

Я была так занята своими мыслями, что, наверное, пропустила целый кусок разговора. Справившись наконец со своим лицом, я смогла поднять голову и увидела Сережино, одновременно удивленное и растерянное, но слов его разобрать не успела. Наташа ответила ему:

— Так будет лучше, Сережка.

Она всегда называла его «Сережка», так небрежно, так бесцеремонно, словно это было самое обычное имя; когда мы с ним познакомились, я год училась произносить его и до сих пор иногда не могла этого сделать, я придумала ему тысячу ласковых прозвищ, но мне по-прежнему нелегко было называть его по имени, а она говорила «Сережка», как будто они сидели за одной партой. Подложив под себя ногу и слегка задрав подбородок, она смотрела на него снизу вверх, и тон у нее был обидно терпеливый, словно она говорила с ребенком:

— Мы здесь уже пятый день, и никого пока не видели. Здесь никого нет, понимаешь? Здесь безопасно.

— Безопасно? — переспросил Сережа. — В десяти километрах от города? Не смеши меня. Андрюха, да скажи ты ей...

— Не знаю, Серёг, — отозвался Андрей, не оборачиваясь, и пожал плечами, — по-моему, это вполне подходящее место, чтобы переждать.

— Переждать? — опять повторил Сережа; по голосу его было слышно, что он начинает сердиться. — Что переждать? Сколько переждать? Да мы даже не знаем, что там творится сейчас, в Череповце! Может быть, завтра или через неделю здесь появятся десятки людей! Сотни!

— Мы видели, что творится в городах, — сказала Наташа. — Эти люди еще неделю назад не смогли бы добраться сюда, а через какой-нибудь месяц там, наверное, вообще никого не останется.

— Да откуда ты знаешь! — он почти закричал, но тут же взял себя в руки и продолжил уже другим голосом: — Ну, хорошо, допустим. Допустим, что девять десятых жителей города умрет, только, ребята, подумайте еще раз, там триста тысяч человек. Хватит сотни, чтобы серьезно осложнить нам жизнь, а их будут тысячи, понимаете? Это чудо, что сюда до сих пор никто не явился. При желании от Череповца сюда можно даже пешком добраться. Надо ехать на озеро.

Дверь в соседнюю комнату приоткрылась, и на пороге показалась Марина. Ее эффектный куршевельский комбинезон снова стал безупречно белым, но волосы были в беспорядке; ты отстирала кровь с одежды, но четыре дня не мыла голову, подумала я, хотела бы я знать, как именно ты провела эти четыре дня, сидела ли у постели своего мужа, смотря ему в лицо, пока он спит, прислушиваясь к его дыханию, молилась ли про себя, не умирай, не оставляй меня, или ты потратила все время на то, чтобы убедиться, не бросят ли тебя здесь замерзать, если он все-таки умрет?

Марина плотно затворила за собой дверь, прижалась к ней спиной и сказала:

— Лёня не может пока ехать.

– Анька тоже не может, – сказал Сережа твердо. – Я не говорю, что надо ехать сегодня. Мы подождем еще два дня, может, три. Но потом мы поедем, слышите, даже если мне двое суток придется рулить самому, мы поедем все равно, потому что я абсолютно уверен, что здесь нельзя оставаться.

– Да мы даже не знаем, доберемся ли туда, – сказала вдруг Марина громко, словно то, что муж ее спит в соседней комнате, было сейчас неважно. – Мы в который раз уже меняем маршрут. А если не хватит бензина? Лёня говорит, у нас уже его недостаточно, чтобы туда добраться. А вдруг по дороге с нами случится что-нибудь еще? – она говорила так, словно в том, что случилось с ее мужем, была наша вина, как будто это мы уговорили их ехать, как будто, останься они в своем пижонском каменном доме, который не смогли защитить в первый же день, ничего этого не произошло бы.

– Это может случиться где угодно, – ответил Сережа примирительно, и я с удивлением поняла, что ее обвинительный тон подействовал, и он на самом деле чувствует сейчас себя виноватым. – И здесь скорее, чем на озере. Там никого нет...

– Вот именно, – перебила она его. – Никого и ничего! Ну что там такого на твоем озере? Сколько ты говорил там комнат – две?

Он кивнул, и тогда она шагнула вперед – резко, неожиданно, почти прыгнула, и обвела рукой тесную комнату, заставленную кроватями:

– Вот это видишь? Ты видишь этот кошмар? Нет, смотри, ты видишь, на что это похоже? И нас здесь всего девять. А там, на озере твоем, нас будет одиннадцать, понимаешь, одиннадцать, в двух комнатах!

Как ты собираешься нас там разместить, интересно? Мы хотя бы нашли здесь кровати, а там? Мы что, будем спать на полу? Греться друг о друга?

– Зато мы будем живы, – сказал Сережа негромко, и после этих его слов наступила тишина. Стало слышно, как гудит огонь в печке и воет ветер за окном. Пора заканчивать этот базар, подумала я внезапно. Мой сын там, на улице, совсем один; в этом домике даже нет веранды, он, наверное, совсем замерз на ветру, пора забирать его отсюда, и пусть они делают, что хотят.

Я поднялась с продавленной кровати, которая снова жалобно заскрипела, расправляя ржавые пружины, и сказала:

– Ох, да какого черта. Знаете, что – хватит уже, – и все посмотрели на меня, даже дети, игравшие на полу. – Я никак не пойму, о чем мы тут спорим. Завтра, крайний срок – послезавтра мы отсюда уезжаем. И если кто-то из вас вдруг захочет остаться здесь – да оставайтесь, в конце-то концов.

Я начала пробираться к выходу, к Сереже, но он не собирался еще уходить, и все так же медлил возле двери, держа в руках куртку, переводя взгляд с одного лица на другое; видно было, что разговор этот для него еще не закончен.

– Ты же поедешь, Ир? – спросил он наконец, и я быстро подняла на него глаза, мне было важно, куда именно он смотрит – на нее или на мальчика, сидевшего на полу возле печки; я даже обернулась вместе с ним, чтобы угадать направление его взгляда, и не угадала.

Мальчик сидел спиной, не отрываясь от игры, а она взглянула Сереже прямо в лицо и медленно, не говоря ни слова, кивнула, просто кивнула, и клянусь, я почувствовала сожаление всего на секунду, не больше, а потом обрадовалась, потому что знала точно, что без нее Сережа не уедет отсюда, ни за что не уедет, несмотря ни на что.

— Пап? — спросил тогда Сережа.

— Я уже третий день с этими идиотами спорю, — тут же отозвался папа, которого я почему-то даже не заметила до этой минуты, так он тихо, неподвижно сидел, пока я следила за остальными. — Как только будете готовы, поедем. Даже если Анька не сможет пока рулить, три водителя на две машины — разберемся как-нибудь. Не успел тебе сказать, Сережа, мы с Михаилом сегодня роскошную нашли рыболовную сеть. Вещи переберем, надо бы место в багажниках освободить, мы нашли тут кой-чего в этом поселке.

— Кстати, о вещах, — сказала Наташа и резко замолчала, потому что Андрей, приподнявшись на локте, обернулся к ней; она выдержала его взгляд и продолжила секунд через десять, с вызовом в голосе: — Ну что? Что? Мы же говорили об этом вчера. Давайте сразу всё и решим, раз такое дело.

— Решим что? — спросила я, хотя понимала уже, о чем пойдет речь; странная штука, эти люди ничем не могут меня удивить, все ясно, все предсказуемо, даже смешно.

Она опустила голову и стала смотреть себе под ноги, в темноту под кроватями, и поспешно продолжила, словно боясь, что, если остановится, ей уже не хватит духу закончить фразу:

— Нам нужно решить вопрос с припасами. Нашей с Андреем еды на пятерых не хватит, — она не поднимала глаз, словно там, под кроватями, и находился этот ее невидимый собеседник, которого ей нужно было убедить. – А у Лёни с Мариной, между прочим, почти ничего нет. Надо все посчитать, и...

Тут она замолчала, и тогда ее муж наконец медленно сел на кровати и как будто нехотя произнес:

– Серёг, нам как минимум понадобится ружье. И патронов хотя бы пару коробок. Я так понял, у вас же три?

Я уже открыла рот. Мне просто понадобилось время, чтобы вдохнуть, и я тут же закашлялась, так невовремя, так некстати, и пока я боролась с кашлем, Сережа, не глядя на меня, как делал всегда, когда принимал решение, с которым я ни за что не согласилась бы, успел сказать «ну, может, одно я мог бы оставить...», а я все еще кашляла, из глаз текли едкие слезы, прекрати, прекрати немедленно, говорила я себе, сейчас нельзя, и тут заговорила Ира, не сказавшая ни слова с минуты, когда мы с Сережей вошли в дом. Она говорила очень тихо, но именно поэтому, наверное, никто не перебил ее.

– Не вижу смысла оставлять им ружье, – сказала она, скрестила руки на груди и спокойно, холодно посмотрела на Сережу. – Раз им кажется, что здесь безопасно, они справятся и без него. А там, куда мы едем, нам понадобятся все три. Даже если мы никого там не встретим, нам придется охотиться, чтобы перезимовать. Наших запасов еды, – она сделала акцент на слове «наших», – тоже не хватит, чтобы пережить зиму вшестером. Мишка ведь умеет стрелять, Аня? – и она взглянула на меня, тоже в первый раз за сегодняшний день.

– Конечно, – сказала я хрипло, надеясь, что голос мой не будет дрожать. – И между прочим, я тоже.

Я тоже неплохо стреляю. Так что, на самом деле, у нас ружей даже меньше, чем нужно.

– Так же, как и еды, – сказала Ира и улыбнулась.

Снова стало тихо. Из-за двери было слышно теперь, как негромко, размеренно дышит Лёня во сне. Ясно было, что ничего еще не закончилось, и я готовилась к продолжению; почему-то я была не уверена, что Сережа в этом споре окажется на моей стороне, но теперь я знала точно, как именно этот спор закончится, и перестала волноваться. Стоять мне было уже трудно, но внутри я была совершенно спокойна; на самом деле, у нас их четыре вместе с папиным карабином, подумала я про себя, но вслух говорить не стала. В конце концов, и Сереже, и папе и без меня было прекрасно известно, сколько у нас ружей.

Папа, по-прежнему еле заметный в полумраке, неожиданно коротко хохотнул:

– Однако, баб ты себе выбираешь, Сережка, – и открытой ладонью хлопнул себя по колену.

Кто-то из них наверняка возразил бы, и я даже начала гадать – кто именно. Марина, застывшая посреди комнаты? Наташа, сердито скривившая рот, или привставший на своей кровати Андрей? Но снаружи раздался вдруг громкий стук, как будто стучали с размаху, кулаком, и взволнованный Мишкин голос произнес:

– Выходите быстрее! У нас гости!

Не знаю, почему я выскочила на улицу вместе с мужчинами. Остальные женщины остались внутри: Ира с детьми, Марина и Наташа, а я сделала это машинально – ударила дверь плечом и выбежала, на ходу натягивая куртку, даже раньше Сережи, который почему-то замешкался у самой двери и которого мне пришлось оттолкнуть, чтобы открыть ее, и уж точно раньше папы и Андрея, сидевших далеко в глубине комнаты. Может быть, я выскочила первой потому, что стояла сразу возле выхода и просто ни о чем не успела подумать. А может, я торопилась потому, что там, снаружи, был мой сын, один и без оружия. Как бы там ни было, добрых полминуты мы с Мишкой оставались на улице только вдвоем. Из-за двери, которую я не закрыла за собой, слышны были громкие взволнованные голоса, что-то с грохотом упало на пол. Я знала, что вот-вот все они появятся здесь, только Мишка к этому моменту успел уже отойти от крыльца и продолжал идти вперед, к воротам, напряженно вглядываясь куда-то в темноту улицы, туда, где в густых сумерках темнели засыпанные снегом Лендкрузер и серебристый пикап, и я никак не могла позволить ему идти дальше одному. Почему-то я была уверена, что окликать его сейчас не имело смысла, так что сделать можно было только одно — догнать его и положить руку ему на плечо, и тогда только он вздрогнул и остановился, и молча кивнул куда-то в сторону улицы. Я посмотрела в том же направлении и увидела, на что он мне показывает — сразу за пикапом, возле накрытого тентом прицепа, стоял человек.

Несмотря на шум, доносившийся из дома и слышный даже здесь, возле ворот, казалось, он не замечает нас. По крайней мере, он вел себя так, словно был совершенно один на узкой, перегороженной большими машинами дороге. Он осторожно обошел вокруг прицепа, внимательно рассматривая его, а затем протянул руку и, наклонившись, попытался отогнуть тент, заглядывая внутрь. В этот самый момент позади заскрипели наконец по снегу торопливые шаги, и над моим левым плечом вспыхнул яркий, слепящий сноп света, заставивший стоявшего на дороге человека выпрямиться, повернуться к нам, и, прищурившись, загородить глаза рукой.

– Эй! – резкий, отрывистый Сережин окрик взрезал безлюдную дачную тишину, как будто распорол ее надвое. – А ну отойди от машины!

И сразу стало очень шумно: подоспевшие папа и Андрей тоже что-то закричали, но незнакомец, появившийся из ниоткуда, словно он материализовался прямо здесь, посреди темной улицы, в защитного цвета «аляске» с огромным меховым капюшоном, аккуратной вязаной шапочке и теплых лыжных перчатках, вместо того чтобы испугаться и замереть, неожиданно улыбнулся – немного неуверенно, но вполне доброжелательно, и помахал рукой, и пошел к нам со словами:

– Всё в порядке, ребята, всё в порядке...

– Стой, где стоишь! – так же резко крикнул Сережа.

Оглянувшись, я поняла, что его задержало; в правой руке, на уровне бедра он держал карабин, а в левой – длинный черный автомобильный фонарь. Незнакомец в «аляске» пожал плечами и слегка покачал головой, словно удивляясь про себя, но остановился и поднял вверх обе руки, как мне показалось, полушутливо, во всяком случае, совсем без страха, и заговорил спокойным ровным голосом, и остальные сразу замолчали, чтобы расслышать его:

– Стою, стою. Все нормально, ребята, мы просто дом ищем. Теплый дом – переночевать. Начали с этой улицы, не хотелось далеко вглубь забираться. Там все снегом завалено, а у нас колеса не так чтобы очень большие, не то что ваши. Увидели колею и свернули. Да вон машина наша, – и он махнул рукой куда-то за спину, в конец улицы, где из-за поворота действительно торчала темно-синяя морда широкого микроавтобуса. Сережа, мгновенно среагировавший на движение, вскинул карабин чуть выше:

– Ты руками не особенно размахивай, – сказал он, правда уже не так резко, как в начале.

– Не буду размахивать, – примирительно отозвался тот и снова поднял руки. – Строгий ты какой. Ладно тебе, не кричи. Игорь меня зовут, – тут он сделал было движение, словно собирался протянуть Сереже руку, но потом передумал и оставил обе руки вверху. – Жена у меня там, в машине. Жена и две дочки. И родители жены. Мы из Череповца едем, нам просто переночевать надо. Мы с дороги заметили дом с трубой, окна у вас темные, я снаружи не разглядел, что занято. А потом машины ваши увидел. Поищем другой дом, вон их тут сколько, – и он опять улыбнулся.

Несколько секунд было тихо, а потом папа шагнул вперед, чтобы попасть в луч Сережиного фонаря, и произнес:

– Ну вот что, Игорь. На этой улице всего два теплых дома, и оба заняты уже. Ты давай-ка, проезжай чуть вперед, там снег не очень глубокий. Там прямо на следующей линии сразу несколько с печками, выбирайте любой, – он показал направление, и незнакомец, проследив за его рукой, благодарно кивнул; заметив, что он не двигается с места, папа продолжил:

– Ты руки-то опусти, ладно. Иди уже, твои там тебя заждались, наверное. Завтра будем знакомиться.

Человек в «аляске», назвавшийся Игорем, снова кивнул и сделал движение, чтобы уйти (мы молча смотрели ему вслед), но затем остановился и оглянулся еще раз:

– А много вас?

– Нас-то много, – тут же отозвался папа настороженно. – Давай, иди, не задерживайся.

– Ладно, ладно, – миролюбиво сказал тот. – Поселок большой, места всем хватит.

Он успел сделать шагов десять, когда папа еще раз окликнул его:

– Эй, как тебя, Игорь! Что там, в Череповце?

В этот раз человек в «аляске» не стал оборачиваться, а просто остановился, смотря себе прямо под ноги, словно разрезанный пополам лучом света; видно было только его спину и мохнатый широкий капюшон. Несколько секунд он просто стоял так, не двигаясь, а потом негромко бросил через плечо:

– Плохо в Череповце, – и шагнул в темноту.

В натопленном доме к нашему возвращению царила тихая паника: дети были одеты, Ира с Наташей сновали вокруг, поспешно распихивая вещи по брошенным на кроватях сумкам. В дверном проеме, ведущем в дальнюю комнату, стоял Лёня, тяжело опираясь о стену, бледный, в испарине, но тоже одетый, а рядом с ним на полу на корточках сидела Марина и шнуровала ему ботинки. Когда мы вошли, все они замерли и посмотрели на нас.

– Отбой, – сказал папа с порога, – ложная тревога. Беженцы из Череповца, парень молодой с женой, детишки у них с собой.

Марина бросила сражаться со шнурками Лёниных ботинок и вдруг, обняв мужа за ногу, не вставая с корточек, беззвучно заплакала. Он беспомощно обвел нас взглядом и положил руку ей на голову; видно было, что стоит он из последних сил, и Сережа, склонившись, попытался поднять Марину на ноги, но та еще крепче сцепила руки и яростно замотала головой.

– Ну ладно, ладно, Маринка, Дашку напугаешь, – слабо сказал Лёня.

– А ну, хватит! – резко сказала Ира. – Прекрати истерику, ему надо лечь, ты слышишь?

Марина вздрогнула и опустила руки. Не поднимая головы, притянула к себе девочку, молча стоявшую тут же с пальцем во рту – маленькое невозмутимое личико, немигающие глазки, – и стала расстегивать на ней комбинезон.

– Не знаю, – сказала я. – Мне он не понравился почему-то, этот Игорь.

– Как будто тебе вообще кто-нибудь нравится, – фыркнула Наташа, и я удивленно взглянула на нее; появление незнакомца в «аляске» заставило меня забыть о том, на какой неприятной ноте прервался наш разговор.

В одном ты точно можешь быть уверена, подумала я, ты мне не нравишься никакая – ни прежняя, с широкой улыбкой, маскирующей тщательно продуманные колкости, ни теперешняя, не считающая нужным улыбаться. Ты права, я не люблю вас – ни тебя, ни твоего барственного надутого мужа, который за четыре дня два раза вышел из дома, пока папа с Мишкой обежали всю округу, но уверен при этом, что мы должны поделиться с ним запасами еды. К черту вас обоих, столько лет ездить к вам в гости, обжигаясь о твои жалящие улыбки, сидеть за ужином и страстно, мучительно мечтать том, чтобы схватить со стола что-нибудь стеклянное, дорогое и метнуть в стену — так, чтобы осколки брызнули во все стороны, и стереть эту ядовитую улыбку с твоего лица. Господи, как же мне надоело притворяться. Да, это правда, вы мне не нравитесь. Вы мне не нравитесь.

В ушах у меня шумело; я и представить себе не могла, что в состоянии сейчас, еле стоя на ногах, так разозлиться. Как же это было хорошо — злиться, волноваться, чувствовать что угодно, кроме тупой безразличной обреченности; я почувствовала, как уголки губ невольно ползут вверх. Если я сейчас рассмеюсь вслух, они подумают, что я сошла с ума.

— А что тебе не понравилось, Анюта? — спросил папа. — По-моему, нормальный парень. Ну, ищут люди дом, у нас же и правда все окна снаружи темные.

— Может быть, вы и правы, — сказала я ему. — Только мне показалось, его интересовал не дом, а наши машины. Может, пойдем проверим?

Словно по команде, мы засобирались. Каким-то образом сразу стало ясно, что в большой дом мы уходим не все, это даже не пришлось обсуждать. Сережа сказал Ире: «Давай бери Антошку и пойдем», папа закинул на плечи свой рюкзак, Мишка подхватил Ирину сумку, и мы потянулись к выходу. Лёня уже вернулся в свою комнату, и Марина хлопотала вокруг, помогая ему раздеться; Наташа снова уселась на кровать, поджав под себя ноги, а Андрей все медлил возле двери с курткой в руках. Он посторонился, пропуская нас, и заговорил только в последнюю секунду:

— Серёг, — произнес он с явным усилием. — Может, я все-таки забегу за ружьем?

Но Сережа был уже снаружи и не услышал его.

Я задержалась возле двери, подняла к нему лицо и произнесла с удовольствием, с самой сладкой Наташиной улыбкой, на которую была сейчас способна:

– Зачем вам ружье? Здесь же безопасно. За четыре дня даже собака не пробежала.

Он не ответил и, прищурившись, посмотрел мне прямо в глаза; и что-то такое появилось у него во взгляде, отчего мне тут же расхотелось улыбаться, разговаривать и спорить. Я почувствовала, как ужасно устала, как хочу добраться до кровати и лечь.

– У Лёньки где-то был травматический пистолет. Ты спроси у него, пока он не заснул, – сказала я и поспешно выскочила во двор.

До нашего дома было от силы шагов пятьдесят. В свете Сережиного фонарика уже видны были Паджеро и Витара, стоящие у забора, но, стоило нам выйти за ворота, голова у меня закружилась; я сразу шагнула мимо колеи и увязла по колено снегу. Пытаясь выбраться из сугроба, я глубоко вдохнула обжигающий морозный воздух и тут же закашлялась, и Сережа остановился, оглянулся и вернулся за мной. Крепко обхватив меня за плечи, он повел меня к дому, почти потащил, быстро, обгоняя остальных, бормоча мне на ухо:

– Дураки мы с тобой, Анька, столько времени на улице, свалишься опять ночью с температурой. Пошли скорей в тепло, пошли-пошли!

Ира и мальчик замешкались посреди глубокой колеи. Когда мы поравнялись с ними, она подняла голову и сказала:

– Сережа, возьми Антошку на руки. Снег глубокий, ему не пройти.

Несколько секунд Сережа наблюдал за тем, как Антон неуклюже шагает, проваливаясь в снег; почувствовав, что на него смотрят, мальчик обернулся и молча поднял вверх руки в вязаных голубых варежках. Закинув карабин за плечо, Сережа опустился на корточки и подхватил сына на руки, «давай, Антон, обхвати меня за шею», сказал он, и второй рукой снова крепко прижал меня к себе. Мы сделали еще несколько шагов. Бесполезный теперь фонарик отбрасывал прыгающий светлый кружок куда-то вбок, в придорожную канаву с обугленными морозом, почерневшими прутьями сорняков. Бедный мой, бедный, думала я, пытаясь попасть с ним в шаг, отныне не будет тебе покоя; всякий раз, стоит тебе взять меня за руку, стоит тебе только поглядеть на меня, она тут же предложит тебе подержать младенца, а я буду виснуть у тебя на второй руке. Мы по-прежнему почти бежали — торопливо, запыхавшись; я не буду играть в эти игры, подумала я, ни за что не буду, только не с тобой, и осторожно вывернулась из-под его руки, и сказала «нормально, я дойду», и пошла медленнее.

Возле дома нас ждал пёс. Он сидел на снегу возле деревянных ступенек, словно ему совершенно не было холодно. Когда мы открыли калитку, он повернул голову и бесстрастно взглянул на нас.

— Собака, — тихо сказал мальчик и протянул руку.

— Не подходи к ней, Антон, — быстро сказала Ира. — Это чужая грязная собака, вдруг она кусается.

— Он не грязный и не чужой, — сказала я. — И он не кусается, — и тут же подумала, откуда я знаю, кусается он или нет, любит ли он детей, любит ли он кого-нибудь вообще; на самом деле, я совсем ничего не знаю о нем, кроме того, что он нашел меня в сугробе четыре дня назад и с тех пор иногда приходит на меня посмотреть.

Я подошла и села с ним рядом на корточки. Пёс не шевелился.

– Антон! – повторила Ира, когда за моей спиной захрустели осторожные шаги.

– А как его зовут? – спросил мальчик, и тогда я протянула ладонь и положила ее на большую голову, прямо между длинными лохматыми ушами. Желтые глаза вспыхнули на мгновение и погасли; он зажмурился.

– Его зовут Пёс, – ответила я. – И пока мы будем спать ночью, он будет нас охранять.

Мы вошли в дом, и пока остальные шумели, раскладывая вещи и двигая кровати, пока готовили ужин, я повалилась на топчан в дальней комнате и заснула под звуки их голосов, крепко и без сновидений, и проснулась только утром, поздно и голодная как волк.

Глава пятнадцатая

Когда я вышла в большую комнату (поймав себя на мысли, что про себя уже зову ее «гостиная»), завтрак, судя по всему, только что закончился, а Ира мыла посуду в большом эмалированном тазу. Стоял невероятный, густой запах кофе. Мишки в комнате не было; видимо, он уже занял свой пост на веранде. Папа с Сережей собирались на очередную экскурсию по поселку. Решено было, что Мишка останется с нами, и это совсем его не обрадовало. «Наш юный мародер горюет теперь снаружи», — весело сказал папа.

— Там на столе бутерброды, — сказал Сережа, — ешь, Анька, это наш последний хлеб. Правда, он уже здорово зачерствел.

Я схватила бутерброд с копченой колбасой, нарезанной тонкими полупрозрачными кружочками, и с наслаждением откусила.

— Надеюсь, колбаса не последняя, — сказала я, улыбаясь.

– Да как тебе сказать. Колбасы тоже почти не осталось. И кофе – это так, остатки, которые были у нас дома. Скоро перейдем на картошку и макароны по-флотски.

Это было слишком хорошее утро, чтобы переживать из-за таких пустяков, как колбаса; я налила себе большую кружку кофе и стала надевать куртку.

– Ты куда собралась? – спросил Сережа.

– Если это моя последняя чашка кофе в жизни, – ответила я и, заметив, как он нахмурился, поправилась: – Ну, хорошо, хорошо, даже если это последняя чашка кофе этой зимой, я не собираюсь пить ее вот так, бездарно, с бутербродом, – надев куртку, я сунула руку в карман и выловила оттуда полупустую пачку сигарет.

– Аня! – сказал он тут же. – Ну какого черта! Ты вчера еще еле дышала!

– Последняя чашка кофе! – умоляюще ответила я. – Ну, пожалуйста. Я выкурю одну – и всё, обещаю.

На веранде у заиндевевшего окна он подошел ко мне сзади, поцеловал за ухом и сказал:

– Я найду тебе кофе, обязательно. Колбасы не обещаю, а кофе точно найду.

Мы немного постояли, обнявшись. На самом деле кофе был жидковат, а сигарета при первой же затяжке неприятно царапнула горло, но и это тоже сегодня было совершенно неважно.

– Хочешь, поедем прямо сегодня? – предложила я. – Я уже в полном порядке, могу рулить.

– Рано еще, – ответил он. – Давай подождем день-два. А мы пока с отцом погуляем в окрестностях. Они столько всего здесь нашли, просто грех не попробовать еще. Такой случай нам может представиться нескоро.

На крыльце затопали. Дверь распахнулась, и на пороге показался Мишка; не заходя, он сказал Сереже:

— Там этот, вчерашний пришел. И не один.

Когда мы подошли к воротам — я, Сережа и папа с Мишкой, на дороге действительно стояли два человека — наш вчерашний гость в «аляске» с меховым капюшоном и второй мужчина, гораздо старше, на самом деле почти старик. Они совершенно не выглядели родственниками, эти двое; скорее, похоже было, что они встретились случайно, только что, прямо за этим углом. У старшего было бледное худое лицо, очки в тонкой золотой оправе и аккуратная седая бородка, и одет он был в совершенно неуместное здесь черное шерстяное пальто с каракулевым отложным воротником, а на ногах у него были блестящие элегантные ботинки. После того как все необходимые при знакомстве слова были сказаны, наступила неловкая тишина; наши гости переминались с ноги на ногу, но ничего не говорили. Казалось, им самим неизвестно, для чего они здесь. Наконец папа нарушил молчание:

— Как вы устроились?

— Как вы и сказали, прямо на следующей линии, — живо отозвался Игорь. — В том доме с зеленой крышей, видите? Он небольшой, но там две печки и колодец на участке. Правда, электричества нет. Вы как выходите из положения?

Я подумала, что сейчас он выглядит уже далеко не таким жизнерадостным, каким показался вчера, — без улыбки, с озабоченной складкой между бровей; хотела бы я знать, что тебе нужно на самом деле, ты же не за этим сюда пришел – узнать, как мы освещаем дом по ночам?

– Попробуйте поискать керосиновую лампу, – сказал Сережа. – Мы нашли такую в первый же день. В конце концов, в каком-нибудь из домов вам наверняка попадутся свечи.

– А когда будете проверять соседние дома, – вставил папа, обращаясь к старшему из мужчин, – поищите себе какую-нибудь одежду. Это ваше пальто совершенно никуда не годится.

Человек в пальто оглядел себя и виновато развел руками:

– Признаться, мы собирались впопыхах. До последней минуты я вообще не был уверен, что нам удастся уехать. Впрочем, боюсь, даже если бы у нас было больше времени, у меня все равно не нашлось бы более подходящей одежды. Я человек совершенно городской.

– Ну, хорошие зимние ботинки вы вряд ли тут найдете, – сказал папа, – но вам наверняка попадутся валенки и какой-нибудь тулуп.

Человек в пальто помолчал, а затем, ни на кого не глядя, покачал головой.

– Ну что ж, – сказал он, обращаясь скорее сам к себе, чем к кому-то из нас, – впервые в жизни, похоже, придется вломиться в чужой дом.

– Не стесняйтесь, – папа махнул рукой. – Поверьте, если хозяева не появились до сих пор, скорее всего, их уже нет в живых. В такие времена привычные нормы морали перестают работать.

– Благодарю вас, молодой человек, – ответил человек в пальто, невесело улыбнувшись, – хотя поверьте мне, именно в такие времена моральные нормы особенно необходимы.

Папа удивленно хмыкнул, и тогда человек в пальто впервые поднял на него глаза и тихо рассмеялся:

– Простите. Мне и в голову не могло прийти, что среди вас может быть кто-то моего возраста. Однако, я вижу, вы приспособлены ко всему, что происходит вокруг, значительно лучше меня.

Когда они ушли, мы какое-то время стояли у ворот, смотря им вслед; первый шагал широко и быстро, словно ему не терпелось поскорее скрыться из вида, или, может быть, просто желая как можно раньше приступить к поискам вещей, необходимых его семье, а второй шел медленно и осторожно, глядя себе под ноги, и тут же сильно отстал. Дойдя до угла, первый остановился и подождал, пока старший спутник догонит его, и, прежде чем исчезнуть за поворотом, оглянулся и приветственно поднял руку.

– Странная парочка, – сказал Сережа задумчиво. – Интересно, зачем они все-таки приходили?

– Они приходили посмотреть, что мы за люди, – сказал папа. – Чтобы понять, не опасно ли жить с нами по соседству.

Помолчав немного, он продолжил:

– А еще, мне кажется, они приходили убедиться в том, что мы не будем возражать, если они тоже пороются в окрестных домах. Впрочем, если подумать, это одно и то же.

Когда Сережа с папой ушли, а Мишка, укрытый тулупом до самых глаз, угнездился на веранде, мы остались в доме одни – я, Ира и мальчик, и время тут же потянулось мучительно медленно. Этот дом был слишком мал для того, чтобы позволить нам не замечать друг друга; по крайней мере, так думала я, но она, казалось, была преисполнена решимости делать вид, что меня здесь нет. Ей было легче сделать это, с ней был мальчик, ее маленький союзник и собеседник, а у меня не было никого; даже Пёс, и тот ушел куда-то по своим делам сразу после завтрака. Вот на что это будет похоже, думала я, бесцельно слоняясь по крошечным заставленным мебелью комнатам, слушая, как они возятся и болтают, как они заняты друг другом. Тебе придется молчать весь день, каждый день, ожидая, когда вернется муж, и все время, пока вы будете с ней одни в этом охотничьем домике посреди пустоты, ты будешь чувствовать себя тенью. Нескладным новичком, школьником, которого не приняли в компанию, и никогда не научишься с этим мириться; ты же знаешь себя, ты можешь сколько угодно делать вид, что тебе это безразлично, но не умеешь справляться с тем, что тебя не любят, никогда не умела.

В конце концов я нашла книжку без обложки и двадцати двух первых страниц, «Хождение по мукам», первый том. Удивительно, как в каждом дачном доме, независимо от того, кто его хозяева, обязательно оказываются первый том «Хождения по мукам», или «Молодая гвардия», или какая-нибудь другая старая книга в потертом тканевом переплете с выдавленной надписью «издательство Детгиз, 1957 г.», даже если это новый дом, построенный несколько лет назад; словно эти книги заводятся сами по себе, стоит первый раз заколотить окна на зиму и уехать, просто вдруг возникают в самом пыльном незаметном углу, чтобы выпасть нам в руки в тот самый миг, когда мы маемся от дачной скуки и ищем, что бы почитать. Я обрадовалась первому тому.

Вдруг где-нибудь найдется и второй, а впрочем, может, и не найдется. Мы не взяли с собой ни одной книги, не было места; забавно будет, если цивилизация погибнет — вся, целиком, и останемся только мы шестеро в потрепанном двухкомнатном домике посреди тайги, и единственной книгой, которая будет у нас с собой, той самой, по которой мы будем учить читать наших детей, окажется первый том «Хождения по мукам», без обложки и двадцати двух первых страниц.

Даже читая, устроившись на кровати в дальней комнате с отрывным календарем, на котором остановилось время, в той самой комнате, где я два дня думала, что умираю; даже сквозь стену, сквозь закрытую дверь я чувствовала ее присутствие, вызывающее и враждебное, так что ухо мое, щека и, пожалуй, вся половина тела, которой касались их доносившиеся через стену голоса, начинали неметь и мерзнуть. День все никак не заканчивался. Надо потерпеть, говорила я себе, скоро стемнеет и они вернутся, в ноябре темнеет рано, еще три часа, два, еще час; мы будем сидеть за столом, они станут рассказывать, что им удалось найти, и Сережа незаметно положит руку мне на колено; все эти мужчины, все трое — моя семья, моя в первую очередь, что бы она ни думала. Когда начало́ смеркаться, я отложила книжку, заварила нам с Мишкой по кружке чая с медом, надела куртку и отправилась на веранду. Я не могла больше ждать.

Мы прихлебывали сладкий горячий чай и смотрели на ворота сквозь обметанные инеем стекла; по мере того, как улица погружалась в темноту, нам казалось, что и наше ожидание становится все гуще, все материальнее с каждой минутой, и мы так были заняты этим ожиданием, что даже не могли разговаривать. Вдруг Мишка встрепенулся и вскочил, со стуком поставив кружку на подоконник. Зрение у него всегда было прекрасное; чтобы лучше видеть, я приложила обе ладони к ледяному стеклу и посмотрела между ними, как в подзорную трубу: действительно, возле ворот появился человек, но почему-то не спешил открывать их и просто стоял снаружи. На таком расстоянии я не могла определить, кто это — папа или Сережа, и только одно было совершенно ясно — он пришел один.

Мы подождали минуту. Человек за воротами не двигался с места; он по-прежнему стоял, спокойно и терпеливо, и это уже начинало меня беспокоить.

— Да что же он не заходит, — сказала я. — Мишка, тебе не видно, это Сережа или папа?

Сощурившись, Мишка несколько секунд смотрел в окно. Наконец он повернул ко мне встревоженное лицо и сказал:

— Знаешь, мам, похоже, это кто-то другой. И я ни разу его здесь не видел.

Конечно, мы с Мишкой могли просто затаиться. Света на веранде не было, и с улицы человеку, стоявшему у ворот, было ни за что не догадаться о том, что его заметили. С минуты на минуту должны были вернуться папа с Сережей, которые оба — это я знала точно — взяли с собой оружие, и было совершенно очевидно, что им будет гораздо легче разобраться с этим очередным непрошеным гостем; им, а не мне, и тем более не Мишке. Лучшее, что ты можешь сделать, думала я, стоя в темноте на холодной веранде, это просто подождать, замереть. Они сейчас вернутся, прямо сейчас. Уже совсем стемнело, они появятся возле ворот, и все выяснится, не надо ничего предпринимать, нужно просто подождать немного. Одинокая фигура у ворот не шевелилась. К черту, подумала я внезапно, потому что никогда не умела как следует ждать. «Приготовь ружье», – шепнула я Мишке, приоткрыла дверь – она оглушительно скрипнула, – высунула голову на улицу и крикнула:

– Кто вы? Что вам нужно?

– Добрый вечер! – раздался голос, показавшийся мне знакомым. – Здесь очень темно, и я, к сожалению, не вижу вашего лица, но мне кажется, мы виделись с вами утром!

– Дай-ка мне фонарик, – сказала я, – и сиди здесь, держи ружье наготове.

– Я пойду с тобой, – твердо сказал Мишка.

Так мы и вышли к воротам: я с фонариком впереди, а за мной, в двух шагах – мой сын, весь день без движения просидевший на холоде с ружьем в руках. Как только мы остановились, слева мелькнула желтая тень; легко ступая по глубокому снегу, откуда-то из-за дома появился Пёс. Еще секунду назад его не было, и вот он уже сидел рядом, так близко, что я могла бы протянуть руку и положить ему на голову. Конечно, я совершенно не могла управлять им. Мне было неизвестно, как он поведет себя, если стоящий у ворот человек попытается причинить нам какой-нибудь вред, но почему-то именно то, что он был здесь, с нами, успокоило меня гораздо сильнее, чем Мишкино ружье.

– У вас очень красивая собака, – сказал человек, и только теперь я наконец узнала его, не по голосу даже, у меня всегда была отвратительная память и на голоса, и на лица, но эту манеру строить фразы, разговаривать так, словно мы встретились на оживленной городской улице, невозможно было ни с чем перепутать; просто вместо шерстяного пальто и несуразных блестящих ботинок на нем теперь были огромный бесформенный тулуп и надвинутый на самые глаза мятый треух с задорно торчащими в разные стороны ушами. Лицо под треухом было по-прежнему скорбное и какое-то очень усталое.

– Я вижу, вы переоделись, – сказала я, чувствуя, как пульс, стучавший в ушах, постепенно стихает.

– Простите? – он удивленно поднял брови. – А, да... Да, безусловно. Это был прекрасный совет. Впрочем, в этом маскараде я, вероятно, напугал вас, если судить по угрожающей позе, в которой замер ваш юный телохранитель. Поверьте мне, юноша, я совершенно не опасен. Как видите, я даже не решился постучать в вашу дверь. Мне казалось, кто-нибудь из вас непременно рано или поздно выйдет на улицу, и тогда я мог бы окликнуть...

– Зачем вы пришли? – спросил Мишка резко, оборвав его на полуслове; мне даже захотелось дернуть его за рукав, потому что человек, стоявший перед нами, выглядел таким слабым, таким обессилевшим. На него совершенно не нужно было кричать.

– Дело в том, – начал он и замолчал, словно подбирая слова. – Признаться, я составил целую речь, пока шел к вам, и, стоя здесь, у ворот, даже немного репетировал ее, но, боюсь, от волнения не сумею вспомнить ни единого слова. Мой зять... Видите ли, он в некотором роде неисправимый оптимист, мой зять. До недавнего времени я рассматривал это его качество скорее как достоинство, но теперь, в сегодняшних обстоятельствах, боюсь, он слишком... недооценивает всю серьезность ситуации. Я вижу, вы из той же породы людей, и возможно, в вашем случае это принесет свои плоды. Вы энергичны и, что очень важно — здоровы; кроме того, вас много. Мы прошли сегодня почти всю линию, которую вы любезно уступили нам, и не нашли почти ничего, что могло бы представлять какой-то практический интерес. Кроме дров, безусловно, которых здесь предостаточно, — он невесело усмехнулся. — Это дает основания рассчитывать, что, по крайней мере, мы умрем не от холода. Но вот голод... Голод нам очень угрожает. Понимаете, там, откуда мы приехали, поставки продовольствия прекратились уже несколько недель назад, и все, что у нас есть, это... в общем, боюсь, мы не дотянем и до конца недели. Мой зять по-прежнему уверен, что мы найдем какие-нибудь припасы, и потому отказался идти к вам за помощью, но я уже говорил вам — он оптимист, а я... я реалист и прекрасно понимаю...

Он говорил и говорил, торопливо, сбивчиво, и не смотрел на меня, а я с ужасом думала о том, что сейчас слова у него иссякнут, и он замолчит, и поднимет глаза, и мне придется, глядя прямо в эти глаза, слезящиеся от холода за тонкими стеклами очков, совершенно не идущих к этому залихватскому треуху, сказать ему «нет», и потому я не стала дожидаться, пока он закончит говорить и взглянет на меня, и выпалила неожиданно для себя самой, так громко, что он даже вздрогнул:

— Мне очень жаль.

Он умолк, но глаз не поднял, и все так же смотрел себе под ноги.

— Мне правда очень жаль, но мы ничем не сможем вам помочь. У нас впереди длинная зима, у нас дети, вы должны понять. Мы просто не можем себе позволить...

Я так боялась, что он станет уговаривать меня. Что он скажет — а как же мы, ведь у нас тоже дети, помогите хотя бы им, но он сдался сразу же, после первых же моих слов, и как-то весь поник, сделался совсем маленьким даже в огромном своем тулупе.

— Что ж, — сказал он медленно. — Конечно. Я понимаю. И совершенно не виню вас. Простите, что отнял у вас время. Доброй ночи, — и повернулся, и пошел прочь, скрипя валенками по снегу, а я светила ему фонариком вслед, для того ли, чтобы ему было видно дорогу, или потому, что мне самой нужно было видеть его еще хотя бы недолго; тулуп на спине разошелся, и из неровной длинной дырки вдоль шва торчали толстые нитки. Когда он почти уже скрылся из вида, я закричала ему вслед:

— Вы, главное, не сдавайтесь! Мы скоро уезжаем отсюда, сегодня или завтра. Это очень большой поселок, и в округе таких еще много. Тут во многих домах кладовки, и можно найти сахар, консервы... Варенье!..

— Да-да, варенье, — глухо сказал он, не оборачиваясь, и несколько раз кивнул; задорные уши его дурацкой шапки запрыгали вверх-вниз.

Потом он ушел. Мы стояли с Мишкой в глубоком снегу у ворот и смотрели в кружок света, отбрасываемый фонариком, в котором была теперь только пустая улица и широкая колея, оставленная нашими машинами.

– Здесь и правда можно много всего найти, мы же нашли, – сказал Мишка неуверенно.

– Ох, Мишка, – сказала я. – Простудишься, пошли домой.

Глава шестнадцатая

В эту ночь я спала очень плохо; меня мучил кашель, и я ворочалась с боку на бок, пытаясь найти положение, при котором в горле перестало бы наконец першить. Под мерное Сережино дыхание я вела нескончаемые, долгие споры с нашим вечерним гостем, и мне пришла в голову как минимум сотня прекрасных неопровержимых аргументов. Самое страшное было то, что мы оба – и я, и человек, просивший меня о помощи, знали, что я права, что я имею право отказать ему, и потому мне хватило одной фразы, чтобы заставить его замолчать; поэтому он не настаивал и сразу ушел. Но то, что мы оба знали это, не отменяло того, как гадко, как невыносимо скверно я себя чувствовала, и никакая логика не могла этого исправить.

Утром после завтрака, прежде чем Сережа с папой отправились в очередную экспедицию, к нам снова пришли гости. Вначале мы услышали Андрея, деловито топавшего на веранде, стряхивая снег с ботинок, и недовольный Наташин голосок, а потом дверь распахнулась и все они вошли; привели даже Лёню, который выглядел уже не таким бледным, хотя сразу, не раздеваясь, тяжело опустился на Ирину кровать.

— Мы пришли попариться в бане, — с вызовом сказала Наташа. — Это ужасно, мы неделю не мылись все. Вы же не будете возражать?

— Ну брось ты, — сказал Сережа, — парьтесь, конечно. Одно ведро там есть, и второе берите — тут, возле печки, согрейте воды. Я хотел за тобой зайти сегодня, — продолжил он, обращаясь к Андрею, — вместе побродить тут. Хочешь, пошли с нами, а вечером попаришься?

— Спасибо, — отмахнулся Андрей, — успею еще. Вы когда уезжаете? Завтра?

Сережа кивнул, лицо у него было расстроенное.

— Ну, вот тогда и поброжу, — сказал Андрей сухо.

— Давайте, я вам хотя бы дров наколю, — сказал Сережа и, подхватив ведро, торопливо вышел во двор. После его ухода в комнате наступила тишина, сложная и неуютная; удивительно было, что столько людей, находящихся в такой маленькой комнатке, могут так напряженно молчать.

Наконец Наташа зашуршала пакетом, который держала в руках, и сказала:

— Вот же я идиотка. Я же сумку забыла. Там расческа, мыло, зубные щетки... Андрюшка, сходишь? У меня на кровати, такая серая, на молнии.

— Я взяла и шампунь, и мыло, — несмело сказала Марина, — не ходите, возьми мое.

— Спасибо, — сказала Наташа и улыбнулась — слишком широко, как всегда. — Мне нужен *мой* шампунь.

И я подумала, чудесная у вас подобралась компания, прекрасные отношения, а потом я подумала —

совсем как у нас. Совсем как у нас с ней. Я ведь даже ни разу не спросила ее, может быть, ей нечем вымыть голову. Может, ей даже нечем почистить зубы. Она молчит и делает вид, что меня не существует, но это я должна поговорить с ней, просто потому, что у меня и правда есть все – и мыло, и зубная паста, и много запасной одежды, а она успела взять с собой всего одну сумку, вот она, под ее кроватью, набитая детскими вещами, и она скорее вечно будет ходить в одном и том же свитере, чем попросит у меня что-нибудь сама, ни за что не попросит.

Я дождалась, пока Андрей вышел. Ясно было, что для этого разговора нужен минимум свидетелей, но остальные по-прежнему оставались в комнате и никуда не торопились; я не стану сейчас заговаривать про одежду, думала я, с этим можно подождать до момента, когда мы останемся вдвоем. Нам будет проще обеим – и ей, если она решит согласиться, и мне, если она откажется. Она сидела спиной, как всегда, наблюдая за сыном, и я сказала:

– Ира, – и она обернулась, и тогда я сказала еще раз: – Ира, вы ведь тоже хотите помыться, наверное? Давай я вам с Антошкой мыла дам? Или, может, тебе паста нужна?

– Спасибо, – медленно ответила она. – У меня есть.

И я почувствовала, как краснею – горячо, до самых корней волос; ну давай, скажи «нам ничего от тебя не нужно», пока они все сидят здесь и смотрят. Давай.

– Но если у тебя найдется чистая футболка какая-нибудь и свитер, было бы здорово.

– Конечно! – сказала я и вскочила. – Конечно, сейчас! – и выбежала в другую комнату, и бросилась рыться в сумке, одновременно злясь на себя за эту дурацкую угодливую поспешность и чувствуя смутную, непонятную радость.

Я раскидала содержимое сумки по полу и выбрала наконец голубой норвежский свитер и несколько футболок; ну что ты суетишься, говорила я себе, успокойся, это все твое дурацкое желание нравиться, быть хорошей, правильной, великодушной, ты всегда перегибаешь палку и потом чувствуешь себя полной дурой. Она никогда не станет тебе другом, ты и сама этого не хочешь, правда же, просто отдай ей эти дурацкие тряпки и не раздувай из этого историю, она не бросится к тебе на шею, а просто скажет спасибо, и ты немедленно снова для нее исчезнешь, словно ты пустое место, словно тебя нет. Потом я вышла из комнаты и без слов протянула ей стопку одежды; она положила ее к себе на колени и молча кивнула мне. Она даже не посмотрит, что ты ей принесла, сказала я себе; и вот теперь ты злишься, но все равно ничего не скажешь, ты же никогда ничего не говоришь, а просто кипишь внутри, молчишь и после, ночью, лежишь без сна и придумываешь острые едкие фразы, которые уже никому не нужны.

Входная дверь распахнулась, и вошел Сережа; улыбаясь, он сообщил:

– Через час-полтора баня будет готова. Воды, правда, немного, у нас всего два ведра. Вы захватили бы парочку из вашего дома, а то на всех ее может и...

Тут дверь открылась снова, толкнув его в спину, и в комнату ввалился Андрей. Куртка на нем была распахнута, а в руке, оттягивая ее книзу, зажат был огромный серебристый пистолет, какой-то слишком яркий и блестящий, как детская игрушка. Глаза у него были дикие.

– Андрюха, ты чего? – папа вскочил со своего места.

– Что случилось? – резко спросила Наташа.

– Он копался в нашем прицепе, – сказал Андрей, обращаясь почему-то только к Сереже. – Понимаешь, Серёга, он копался в прицепе! Я подошел к дому и вдруг увидел... Он отогнул тент, разрезал, наверное, или развязал, машины-то у нас все заперты, а прицеп, его же не запрешь...

– Кто копался? – спросил Сережа, а я сразу же представила себе огромный тулуп на тощих плечах, нелепый треух и подумала про себя, господи, ты же не убил его, правда, ты же не мог его убить, он совсем старый, его можно было просто оттолкнуть, да нет, на него достаточно было крикнуть, и он тут же ушел бы, ты не мог его убить, его нельзя было убивать.

– Кто копался? – спросил Сережа еще раз и тряхнул Андрея за плечо.

– Да Игорь этот ваш череповецкий! – со злостью сказал Андрей. – Приличные люди, жена, две дочки! Забрался под тент, скотина, и вытащил коробку тушенки!

– И что ты сделал? – упавшим голосом спросил Сережа, и я была уверена, он подумал о том же, о чем и я, просто жертва была теперь другой; он представил себе, как этот широколицый приветливый парень с меховым капюшоном, вчера утром махавший нам рукой с другого конца улицы, лежит сейчас на снегу с простреленным глазом; я подумала, не было же выстрела, мы бы услышали выстрел.

Андрей дернул плечом, вывернулся из-под Сережиной руки и, подойдя к столу, с размаху положил на него пистолет. Почти бросил, как будто он был горячий, как будто держать его было больно. Потом он сел на стул и сложил руки перед собой.

— Ничего я не сделал, — сказал он с вызовом. — Я отдал ему эту чертову коробку.

— То есть как отдал? — спросила Наташа и встала.

— Отдал, — мрачно повторил он, не глядя на нее. Какое-то время все мы молчали, а потом Наташа осторожно придвинула себе стул, снова села напротив мужа и сказала, тихо и медленно:

— В этой коробке — тридцать банок тушенки. Тридцать дней жизни, которые ты подарил совершенно незнакомому человеку. У тебя же был пистолет, почему же ты не стрелял?

— Да потому, что он так и сказал — ну, стреляй! Понимаешь? — закричал Андрей и поднял наконец голову. — Я был в пяти шагах от него, он стоит, держит эту коробку, она порвалась, когда он ее вытаскивал, и несколько банок выпало в снег, а он поворачивается ко мне и говорит — давай, стреляй, если хочешь. У нас там дети голодные, а в этом проклятом поселке мы нашли только полмешка проросшей картошки. Стреляй, сказал он, все равно мы тут подохнем. Я не смог. Я отдал ему эту сраную коробку. Наверное, я не готов убить человека из-за тридцати банок тушенки. Наверное, я вообще не готов убить человека.

— Не надо никого убивать, — сказал Сережа и снова положил ему руку на плечо. — Мы просто сейчас к ним заглянем. Они нам сами всё отдадут. Ты же помнишь, где они остановились? Такой дом с зеленой крышей.

— Не пойду я никуда, — сказал Андрей. — Бог с ними. Пусть едят эту тушенку.

– Знаешь, сколько еще по дороге мы встретим людей, которым нечего есть? – сказал папа. – Он украл ее, эту коробку. Так нельзя. Пойдем. Надо расставить точки над «i». Мишка, за старшего остаешься!

Когда они ушли, не сказав больше ни слова, папа и Сережа – с оружием, Андрей – с голыми руками, отшатнувшийся от ружья, протянутого ему Сережей, словно это была ядовитая змея, а Мишка пулей вылетел на веранду, чтобы хоть краем глаза увидеть, что будет происходить на соседней улице, мы остались в комнате одни – четыре женщины, раненый мужчина и двое детей, беспомощные и испуганные. Мы боялись даже смотреть друг на друга, боялись разговаривать, потому что ясно было, что где-то совсем недалеко случится сейчас что-то очень плохое. И теперь, в этом новом перевернутом мире с его страшными законами, которые нам приходится учить на бегу, отбрасывая правила, которым мы привыкли верить, которым следовали всю жизнь, все, что может сейчас произойти в маленьком дачном домике с зеленой крышей, – совершенно не наше дело, и ни одна из нас не может никак на это повлиять.

Не знаю, как долго мы ждали, слушая собственное дыхание. В какой-то момент детям надоело сидеть смирно, и они завозились на полу, толкаясь и хихикая, и почему-то это было еще хуже, чем если бы стояла абсолютная тишина. Наконец, Мишка стукнул в дверь. «Идут», – сказал он глухо, и еще через минуту-другую дверь открылась, и все они вошли, толкаясь плечами, не стряхнув снега с ботинок, вошли и замерли у дверей, и мы смотрели на них, и боялись спросить, и я пыталась поймать Сережин взгляд, но он отводил его, а потом вдруг Андрей сказал:

– У них там дети. Дети больные. Мы вышибли дверь, решили – так будет правильно, выбить, а не стучать, потому что мы пришли разобраться, а там всего одна комната, и они лежат, две девчонки, маленькие совсем, и кровь на подушках. И запах, ужасный такой запах, они даже не испугались, мы стояли там на пороге, как идиоты, а они лежат и смотрят на нас, как будто им уже все равно, и коробка эта сраная стоит на полу, они ее даже не открыли, понимаешь, они, наверное, все равно уже не могут есть. Мы даже не стали заходить. Ты прав, Серёга. Здесь нельзя оставаться. Поехали отсюда к чертовой матери.

Следующие два часа мы собирали вещи – лихорадочно, торопливо, словно люди, находившиеся через улицу были в самом деле для нас опасны. Папа с Сережей перегнали Лендкрузер и пикап обратно к нашим воротам и потом час или больше носили вещи, освобождая место в машинах для сокровищ, обнаруженных в поселке, а потом Сережа, согнувшийся под очередной порцией багажа, встал на пороге и сказал:

– Слушайте. Мы ведем себя как идиоты. Мы не можем выехать прямо сейчас. Нам нужно хотя бы поспать. Будем караулить по очереди, как всегда, и ничего не случится. И давайте поедим. И баня уже, наверное, нагрелась.

Ни еда, ни баня в этот вечер не доставили никому удовольствия. Мы поели в тягостном молчании и сразу после ужина разошлись по кроватям. Засыпая, я услышала, как Пёс проскользнул в комнату, осторожно цокая когтями по деревянному полу, потоптался немного возле буржуйки, глубоко вздохнул и лег.

Среди ночи я проснулась оттого, что он царапал лапой входную дверь, и поднялась, чтобы выпустить его. В большой комнате было темно; на кровати, укрывшись до подбородка, спала Ира, крепко обхватив мальчика руками. Подняв шерсть на загривке, он глухо, вполголоса заворчал, и мне пришлось накинуть куртку и распахнуть перед ним дверь на веранду.

Вместо того чтобы дремать в старом кресле с ружьем, Андрей замер у окна, напряженно глядя через подтаявшее стекло; ко мне он даже не обернулся. Я подошла поближе и внизу, под окном увидела знакомую хрупкую фигурку в нелепом треухе и бесформенном тулупе. Он стоял, неудобно задрав голову, и говорил тихим настойчивым голосом:

— ...я всего лишь хотел сказать вам, что вы поступили великодушно. Это гадкое, чудовищное время, и уже случилось столько страшных несправедливых вещей... и поверьте мне, их случится еще немало. Не стоит корить себя за благородный поступок. Наши девочки больны. Вы, наверное, заметили это. Мой зять, Игорь, до последнего момента не верил, что они действительно заболели, он уверял нас, что это простуда, он был так уверен... я говорил уже, что он оптимист, хотя нет, впрочем, я говорил это не вам... А вчера, мне кажется, заразилась моя жена, и если я хоть что-нибудь понимаю в этой отвратительной болезни, будет чудом, если все мы доживем хотя бы до Нового года. Ваша коробка с тушенкой, молодой человек, поможет нам хотя бы умереть более или менее достойно, насколько здесь вообще можно говорить о достоинстве, конечно. Прошу вас, не подумайте о нас плохо. Нас нельзя обвинить в беспечности; все время, пока мы общались с вами, мы старались держаться от вас как можно дальше, даже Игорь, и это, пожалуй, свидетельствует о том, что он не такой уж оптимист, как мне казалось. Забавно, сколько нового можно узнать о своих близких, когда оказываешься в подобной ситуации…

Андрей кивал и кивал ему, не говоря ни слова, а я прижалась спиной к входной двери и все слушала этот тихий извиняющийся голос, понимая, что не имею права даже показываться ему, потому что этот старый обреченный человек в тулупе с чужого плеча пришел сюда говорить не со мной. Я стояла до тех пор, пока холодный собачий нос вдруг не толкнул меня под руку, и тогда я как можно тише открыла дверь и вернулась в темный спящий дом, оставив Андрея наедине с его собеседником.

Наутро мы уехали.

Глава семнадцатая

Дорога была скверная. На наше счастье, сильных снегопадов еще не было; по крайней мере, с тех пор, как транспортный ручеек, соединяющий Череповец с маленьким Белозерском, отмеченным крошечной точкой на берегу огромного северного озера, первого на нашем пути, обмелел и заглох совсем, потому что нечего и некому было теперь везти по этой дороге, идущей из одного мертвого города в другой. Судя по всему, это случилось совсем недавно, самое позднее — несколько недель назад, потому что слой снега, укрывший дорогу, был еще неглубок и по-прежнему видна была колея, оставленная последними прошедшими здесь машинами, — такая же, как та, по которой мы двигались от оставшейся позади Устюжны к Череповцу.

Глядя на сосредоточенный Сережин профиль, пока Паджеро, слегка раскачиваясь, но вполне уверенно двигался вперед, с хрустом перемалывая остекленевшие от мороза следы чужих колес на снегу, я думала о том, кто проехал здесь последним. Хотела бы я знать, кем он был, этот человек, и куда он ехал, был ли у него план спасения вроде нашего или он просто бежал, погрузив в машину свою семью или то, что от нее осталось, двигаясь без определенной цели, желая просто поскорее убраться как можно дальше от смерти, следовавшей за ним по пятам? Был он болен или еще здоров, знал ли он о том, что все, от чего он бежит, поджидает его впереди за каждым поворотом, в каждой маленькой деревне, которую ему придется пересечь?

Получится ли у него то, что он задумал — а единственно возможная сейчас цель, как бы она ни была сформулирована, могла заключаться только в одном: не умереть? Получится ли у нас?

На просторном заднем сиденье Паджеро сидел Пёс, напряженно подобрав под себя большие лапы, и старательно смотрел в окно. Наверное, это была первая поездка в его жизни. Когда все вещи были уже загружены, я в последний раз оглянулась на изрезанную нашими колесами, испещренную следами улицу, зажатую между высокими сугробами, в одном из которых несколько дней назад я собиралась умереть, и наткнулась на неподвижный внимательный желтый взгляд. Он сидел в нескольких шагах, и морда его не выражала ровным счетом ничего — ни страха, ни беспокойства, ни заискивающей мольбы; он просто смотрел на меня, спокойно и как будто оценивающе. И когда я распахнула заднюю дверь и сказала «ну что же ты, давай, прыгай скорее», еще какое-то время раздумывал, как будто взвешивая, достойны ли мы составить ему компанию, а потом нехотя поднялся и медленно пошел к машине. В один легкий плавный прыжок он оказался внутри, рядом с Мишкой, и сразу отстранился от Мишкиной руки – не трогайте меня, вы не нужны мне, я с вами только до тех пор, пока сам этого хочу, не дольше. Если бы кто-нибудь спросил меня, зачем я взяла его с собой, наверное, я не смогла бы ответить. Так мало места было у нас в машинах, так мало еды с собой, и я готова была услышать этот вопрос – зачем он тебе нужен, и ответила бы просто – он поедет с нами, он поедет, я что-то должна ему, что-то очень важное. Мне спокойно, когда он рядом.

Так же легко, без лишних разговоров решился вопрос с рассадкой по машинам; папа просто вынес из дома Ирину сумку и забросил ее на заднее Витарино сиденье, а затем, подхватив мальчика под мышки, усадил его рядом. «Аня, Сережа, первыми поедете, мы за вами, Андрюха – ты замыкаешь». Я ждала возражений и споров, я была почти уверена: мальчик снова, как в тот день, когда началось наше бегство, потребует для себя и матери места́ в Сережиной машине, и это будет означать, что мне опять предстоит несколько мучительных дней без возможности видеть его лицо, без возможности протянуть руку и прикоснуться к нему. Но в отличие от дня, когда я увидела их впервые, эту чужую высокую женщину и мальчика, который ни разу мне не улыбнулся, на этот раз я была готова к бою; я не чувствовала больше, что в чем-то виновата перед ними, словно все мои долги были отданы в этом дачном поселке, пока они сидели в соседнем доме и ждали, когда я умру. Но ни Ира, ни мальчик сейчас не сказали ничего. Усевшись в Витару, он сразу же принялся дышать на замерзшее боковое стекло и тереть его ладошкой, чтобы расчистить себе небольшой участок для обзора, а она, убедившись, что сын удобно устроен, села спереди и сложила руки на коленях, безучастная к нашим сборам.

— Всё, прощайтесь с федеральными трассами, — произнес Андрей по рации. — Сейчас будет указатель «Кириллов», там направо.

Выбора у нас не было. Если бы мы отважились идти по левому берегу гигантского Онежского озера, нам не пришлось бы надолго покидать широкие и надежные федеральные дороги, но такой маршрут повел бы нас через последний в этом малонаселенном краю крупный город, лежащий прямо на пути, — трехсоттысячный Петрозаводск, вытянувшийся вдоль трассы в верхней части озера. Неделя, которую мы провели в дачном поселке под Череповцом, положила конец этим планам. Если вначале мы могли еще надеяться успеть прорваться наверх, на север, к спрятавшимся в тайге безлюдным озерам до того, как безжалостная всеядная чума преградит нам дорогу, сегодня этой надежды уже не было. Теперь, если мы хотели добраться до цели, нам оставалось лишь уповать на то, что мы сумеем объехать Онежское озеро с правой стороны, петляя между крошечными поселениями с чужими, непривычными названиями, которые были построены триста лет назад для обслуживания северных торговых путей, да так и замерли с тех пор, малонаселенные, деревянные, отрезанные от большого мира ледяными озерами, извилистыми реками, непроходимыми лесами и плохими дорогами, ненужные и забытые.

Было ясно, что мы можем увязнуть и сгинуть в любой точке этого сложного маршрута, пройти который не всякий решился бы даже летом. Застрять в снегу, который никто теперь не чистил, и замерзнуть. Любая незначительная поломка сейчас, на тридцатиградусном морозе, без связи и надежды на помощь, парализовала бы нас и скорее всего погубила; в конце концов, мы рисковали столкнуться с людьми, живущими в этих местах, которые – если даже болезнь их еще не коснулась – вряд ли обрадуются нашему появлению. Но страх перед вирусом, с которым все мы теперь столкнулись лицом к лицу, все равно оказался сильнее, и потому мы свернули направо, под маленький синий дорожный указатель. Как ни странно, колея, сопровождавшая нас уже так долго, повернула вместе с нами, оставив позади нетронутую, застеленную снегом поверхность безлюдной магистрали, ведущей дальше на север, к Белозерску, с каждым километром удаляясь от больших городов, словно и она, колея, старалась держаться от них как можно дальше.

– Что там у нас на карте? Далеко до следующей деревни? – захрустел в динамике папин голос.

– И километра не будет, – отозвался Андрей. – Тут по дороге до Кириллова пара поселков обозначено, но нам в любом случае бояться нечего.

– С чего это ты взял?

– Он приходил ночью. Ну, тот старик. Он говорит, окрестные деревни не опасны, там никого нет.

– Много он знает, этот твой старик, – сказал папа ворчливо, – Что значит – не опасны. Ну и ехал бы туда, раз не опасны...

– Там были зачистки, в этих деревнях, – ответил Андрей, и наступила тишина.

Несколько мгновений в эфире не раздавалось ни звука, кроме потрескивания помех, словно кто-то забыл отжать кнопку, включавшую микрофон, а потом папа переспросил:

– Зачистки?..

– Недели две назад, – сказал Андрей, – когда они еще думали, что это может помочь. Начали почему-то с окрестных деревень. Здесь было больше всего заболевших, и думали, что болезнь придет именно отсюда, потому что Вологда погибла, а Череповец еще держался. Он сказал, так решили военные. У них не было сил вводить карантин и ставить кордоны, и они просто зачистили всё в радиусе тридцати километров к северу.

– То есть как – зачистили? – спросила я у Сережи, который продолжал сосредоточенно вести машину, не вступая в разговор, и он ответил, не отводя глаз от дороги:

– Посмотри вперед.

Пар, поднявшийся над пожаром, не успел покинуть это страшное место; схваченный морозом, он так и застыл на полпути к небу рваным кружевом, причудливыми белыми узорами на черном, безуспешно пытаясь скрыть уродливые обожженные скелеты домов. Среди них не осталось ни одного целого. Одинаковые, черные, с провалившимися стропилами и слепыми окнами без стекол, полопавшихся от жара, они стояли по обеим сторонам дороги как безмолвные свидетели катастрофы, о которой больше некому было рассказывать. Это место было таким безнадежно пустым, таким окончательно мертвым, что мы невольно сбросили скорость и поехали медленнее. Нам было действительно нечего бояться: ни один человек, больной ли, здоровый ли, не сумел бы здесь выжить. Мы могли бы даже остановиться и выйти из машины, подойти поближе и заглянуть в какой-нибудь дом, если бы действительно этого хотели.

– Огнеметами жгли, – негромко сказал папа. – Вон, следы на земле остались.

Я присмотрелась и увидела на снегу закопченные полосы, ползущие от дороги к домам, расплавляя снег и до черноты сжигая бесцветную зимнюю траву под ним, и все искала глазами, и боялась найти какой-нибудь ров или яму; почему-то я легко представила себе, как люди, которые жили в этих домах, лежат на дне этого рва вповалку, друг на друге. На морозе тела, наверное, застыли и окоченели, и вряд ли те, кто сжег их дома, стал бы задерживаться для того, чтобы засыпать ров снегом, но тел нигде не было видно, нигде снаружи, и потому единственным местом, где они могли оставаться, были их собственные дома, а вернее – то, что от них теперь осталось.

– Они ведь не могли?.. – начала я и не смогла закончить. – Они же не?.. Неужели они?..

Не глядя, он протянул руку и сжал мое колено.

– Это были просто тела, – сказал он. – Они умерли до того, как их сожгли.

С заднего сиденья раздался странный булькающий звук – это Мишка резко втянул в себя воздух.

– Аня не смотри, – быстро сказал Сережа, и я тут же посмотрела, и прежде, чем зажмуриться, подумала – не просто. Это были не просто тела. Не все.

– Поехали отсюда, – сказала я, не открывая глаз. – Сережа, поехали, пожалуйста.

Как только деревня осталась позади, замыкающий пикап неожиданно притормозил, пассажирская дверь распахнулась, и на улицу выскочила Наташа, как была, без куртки, и ее вырвало прямо под колеса. Не обменявшись ни словом, мы ждали, пока она, разогнувшись и отвернув лицо, дышала морозным воздухом.

— Предупреди меня, когда будет следующая деревня, — попросила я Сережу. — Я не хочу больше смотреть.

«Зачищенных» деревень впереди оказалось еще две, и пока мы не миновали их, я смотрела только на спидометр, считая, когда же закончатся эти зловещие тридцать километров от города, который в безуспешной попытке спастись сначала истребил все живое вокруг себя, а после погиб и сам. Когда же эти километры закончились наконец, вместе с ними кончилась и колея, позволявшая нам двигаться относительно быстро.

— Медленно едем, — сказал папа, и это были первые слова с момента, как мы выехали из первой сожженной деревни. — Топливо спалим. Надо бы Лендкрузер вперед выпустить. Сережа, притормози-ка.

Мы остановились, и папа, выйдя из машины, направился к Лендкрузеру. Пользуясь передышкой, все мы, кроме Лёни, тоже вышли на мороз. Вокруг было пусто, снежно и безопасно.

— Я же без рации, — возражала Марина встревоженным, тонким голосом. — Давайте лучше пикап вперед выпустим, он тоже тяжелый.

— Ты пойми, — говорил ей папа терпеливо. — Твой Лендкрузер три тонны весит, Мазда полегче. И потом, у них же прицеп, по такой дороге с прицепом они первые не пройдут.

— Ну, тогда давайте их прицеп на нас перевесим, — неуверенно предложила она. — Или рацию снимите с кого-нибудь.

— Прицеп не отдам, — сказал Андрей решительно. — Ищи вас потом с нашим прицепом.

— Что? Что ты сказал? — вскинулась Марина немедленно, и папа, встав между ними, примирительно поднял руки:

— Так, всё! Ладно, делаем так. Забирай рацию с Витары. Пока светло — едешь ты, а как стемнеет, посажу Ирку за руль и сяду к тебе, в темноте ты одна не справишься. Наша главная задача сейчас — ехать побыстрее, на такой низкой скорости мы без топлива останемся даже раньше, чем предполагали.

— Наша главная задача, — тихо сказал Андрей, глядя себе под ноги, — это найти еще топлива. У меня всего треть бака осталась, я с такой загрузкой даже до Кириллова не дотяну. Может, отольете мне немного из запасов?

— Нет никаких запасов уже, — мрачно сказал папа. — Тебе Серёга не сказал разве? Топлива больше нет. Мы перерыли весь поселок, а нашли полканистры бензина, всё. Вряд ли это хороший бензин, но выбирать не приходится, а вот дизель — весь, какой есть, уже в баках. Можем слить тебе каждый литров по десять, но это значит, что теперь мы все вместе сможем проехать еще от силы километров двести, и если до тех пор топливо не найдем — там и останемся.

Мы уже скользили по пробитой тяжелым Лендкрузером колее, онемевшая Витара и пикап, облегчивший наши баки на двадцать литров топлива, катились за нами, а я все не могла оторвать взгляда от упавшей топливной стрелки и думала — двести километров. Всего двести. И я ведь знала. Мы все время говорили об этом — до озера топлива не хватит, но почему никто не сказал мне, что его осталось так мало? Принимая решение уехать из дачного поселка, разве мы все – и женщины, и дети – не имели такого же права знать, что в запасе у нас – день, всего один короткий день, на исходе которого наши двигатели один за другим зачихáют и умолкнут, и мы останемся умирать от холода посреди этой оледенелой безлюдной земли? Разве мы согласились бы? Надо было оставаться там, рядом с мертвым городом, исторгающим потоки голодных опасных беженцев – пусть. Разве это хуже того, что нам предстоит теперь? Я не позволила бы им, если бы знала правду. Не позволила бы уехать, увезти Мишку, ни одна из нас бы им этого не позволила.

– Останови. – сказала я, и Сережа удивленно взглянул на меня. – Останови машину!

– Малыш, – начал он и снова потянулся к моему колену.

– Не трогай меня, – сказала я сквозь зубы и дернула на себя микрофон.

Я даже не могла смотреть на него. Как ты мог, как ты мог решить за меня, за своего сына, за моего. Как ты посмел принять такое решение один, как вы посмели.

От волнения я нажала не на ту кнопку и начала говорить в пустоту, но потом в рации наконец щелкнуло, и все услышали меня, кроме глухой теперь Витары:

– Стоп, – сказала я хрипло. – Остановитесь сейчас же вы, все. Нам нужно вернуться. Мы все умрем на этой дороге.

Лендкрузер тут же встал как вкопанный, и Сережа, раздраженно чертыхнувшись, нажал на тормоз, а я распахнула дверь, и выпрыгнула на дорогу, и побежала.

Дура, дура, о чем я только думала – буду спать на пассажирском сиденье и открою глаза уже на озере, когда все самое трудное останется позади, – так никогда не бывает, это ни разу еще не срабатывало и теперь не сработало. Я подбежала к Витаре и рванула пассажирскую дверь. Папа недовольно обернулся из-за руля, и это тоже не имело значения – я была здесь не ради него. Ты не знаешь, ты не слышала, хотела сказать я. Они обманули нас. Нам надо поворачивать назад, в поселок, пока хватает топлива на обратный путь, еще не поздно, мы можем заставить их вернуться, помоги мне. Но женщина, сидящая в машине, подняла на меня холодные светлые глаза, и я споткнулась и осеклась, и не сказала ничего; и в этот же самый момент Сережа схватил меня сзади за плечо.

Потом мы стояли посреди дороги на обжигающем холодном ветру, я и Сережа, и кричали друг на друга. Боже мой (это была не мысль, а скорее обрывок мысли, тень), он ведь никогда не видел меня такой. Когда мы встретились, я почему-то сразу стала разговаривать очень тихо, как будто кто-то выкрутил мне громкость вниз почти до предела. Невидимой резинкой стер, скруглил все острые углы, а у меня ведь столько было углов, о которых он и понятия не имел, и я надеялась, что сумела запрятать их очень далеко, он ни за что не догадался бы; он и не догадывался, это видно по его глазам.

– Что за истерика, Аня, ну какого черта! Там нельзя было оставаться!

– Нельзя? Нельзя?! А ехать с пустыми баками черт знает куда – можно? Сколько нам осталось – сто километров? Двести? А дальше ты что предлагаешь – идти пешком?

— А ты что предлагаешь?! Сдохнуть там от заразы?

— Как насчет того, чтобы говорить правду? Вы решили без нас! А мы, а дети? Дети, господи боже! Мы могли запереться в поселке и ждать! Или, не знаю, слить все топливо в одну машину и делать вылазки, обшарить все окрестные деревни и найти какой-нибудь трактор, да что угодно! В конце концов, дождаться весны и потом вернуться в Череповец! Там склады, там нефтехранилища, там до черта брошенной техники наконец, а здесь ты что будешь искать, в этой пустыне? Ты посмотри, ты только посмотри вокруг!

Холодный воздух обжег мне горло, я закашлялась, и колени у меня подогнулись, а ноги стали ватными. Чтобы не упасть, я схватилась за разогретый Витарин капот, и голоса вдруг зазвучали как будто издалека. «Анька, ты что?», «держите ее, она сейчас упадет». Не трогайте меня, хотела крикнуть я, подождите, дайте мне закончить, но вышел только шепот, даже губы меня не слушались. «Давай-ка ее в машину, быстро», — сказал папа, и Сережа подхватил меня на руки, и забормотал «держу, я держу тебя, малыш, все будет хорошо»; не будет, подумала я безразлично, закрывая глаза, мы все здесь умрем. Дверца была открыта, сиденье мое даже не успело остыть. Откуда-то сзади, из-за спины, доносилось мерное глухое рычание. Сейчас они меня упакуют и повезут дальше, а у меня нет сил сопротивляться, так глупо.

Захлопали дверцы, и все просто расселись по машинам, как ни в чем не бывало, словно гости, которые стали невольными свидетелями неожиданной, безобразной ссоры между хозяевами и теперь торопятся поскорее попрощаться и выйти за дверь, охваченные одновременно неловкостью и неизбежным сочувственным злорадством. Я закрыла глаза и подумала бессильно, что не могу больше спорить, сейчас – не могу, мне нужно несколько минут, полчаса, любая остановка, и тогда я снова попытаюсь убедить их; они просто не поняли, я плохо объяснила, я попробую еще раз, просто нужно собраться с мыслями. В машине было тихо, Мишка расстроенно сопел на заднем сиденье, и вдруг идущий первым Лендкрузер снова замедлился и встал. Захрустела рация, несколько холостых щелчков, шипение, и наконец в динамике раздался Маринин голос:

– Вы видите? Там, впереди, на обочине! Это, кажется, грузовик?

Определить расстояние на этой снежной равнине, где белизна дороги слилась с белизной обступивших ее полей, оказалось невозможно. До грузовика (или до того, что мы считали грузовиком) могло быть и несколько сотен метров, и километр, а то и два. Пока мы тащились вперед, медленно, невыносимо долго приближаясь к замершему впереди неясному силуэту, едва заметной точке, застывшей у обочины, спорить дальше не было смысла, и все молчали. Даже когда стало совершенно ясно, что это именно грузовик, – молчали, словно боясь сглазить, спугнуть неожиданную удачу, потому что грузовик этот мог быть сожжен, разграблен, выкачан досуха, не случайно же его бросили именно здесь, в тридцати километрах от ближайшего человеческого жилья. Наконец мы поравнялись с ним и встали, и несколько мгновений просто ждали, не выключая двигателей, охваченные почти суеверным страхом, четыре груженных доверху машины с полупустыми баками, и никто не решался выйти и приблизиться к нему.

Это оказался большой дальнобойный грузовик с длинным металлическим прицепом, украшенным вдоль борта огромной, побледневшей от времени латиницей; грузовик этот был словно бы переломлен надвое, как разобранная детская игрушка: кабина отщелкнута вниз, мордой к асфальту, а здоровенный тяжелый прицеп задран под острым углом, словно в попытке высыпать содержимое на дорогу. Брошенный в такой беззащитной позе, он был похож на цирковую лошадь, склонившуюся в поклоне. Я разглядывала его и пыталась понять — что могло здесь произойти, куда делся человек, который вел этот грузовик, почему он его бросил? Может быть, он пытался отцепить прицеп, чтобы вырвать у смерти еще несколько километров и добраться к людям налегке? Может быть, в машине что-то сломалось, и он пытался починить ее, один, с застывающими на морозе руками? Но вокруг не видно было ни следов от костра, ни других человеческих следов; если машина сломалась, неужели он, этот человек, ушел отсюда пешком? И что с ним случилось дальше, добрался ли он до деревни, оставшейся позади, была ли она еще жива, эта деревня, когда он добрался до нее?

Наконец Сережа, первым очнувшись от странного оцепенения, хлопнул дверью, легко выпрыгнул на снег и, достав из багажника топливный шланг, побежал к грузовику. Из Витары уже выбирался папа с неизменным карабином в руках и, оглядываясь по сторонам, пошел следом. У меня не было сил выйти из машины, и я просто опустила окошко и смотрела, как они подходят поближе, как папа осторожно заглядывает в кабину (как будто в ней, опрокинутой, мог еще кто-то прятаться), как Сережа бьет ногой по огромной бочке топливного бака, расположенной между первым и вторым рядом гигантских колес, и раздается звук – неопределенный, глухой, дающий надежду. Как Сережа пытается открутить крышку бака, которая не поддается, как сбрасывает перчатки и откручивает ее голыми руками, морщась от прикосновения ледяного металла к коже, и заталкивает внутрь шланг, и начинает качать, и внимательно, напряженно смотрит на длинную прозрачную трубку, и когда в ней появляется розоватый столбик топлива, оборачивается к нам и кричит, широко улыбаясь, хотя мы все видим то же, что и он:

– Есть!

Канистры – все, какие были у нас с собой, купленные в Нудоли, взятые из дома, спрятанные под тентом в прицепе пикапа, – тут же выстроились на снегу в маленькую пластмассовую очередь; их было не так уж много, этих канистр, но заполненными – и это выяснилось буквально через четверть часа – суждено было оказаться далеко не всем. Не успела подойти к концу шестая по счету, как струйка, весело бегущая из шланга, вдруг иссякла, и Сережа, разогнувшись, сказал:

– Всё. Больше нет, – и лицо у него разочарованно вытянулось.

– Ничего, – сказал папа – как мне показалось, преувеличенно бодрым голосом – и хлопнул Сережу по плечу. – Теперь нам хватит километров на четыреста, а это полдороги, Сережка. Найдем еще. Пойдем-ка лучше, посмотрим, чем тут еще можно разжиться.

Контейнер, закрепленный на прицепе грузовика, открыть не удалось, и потому мы так и не узнали, какой именно груз показался людям, снарядившим этот грузовик дорогу – на Вологду или в Череповец, – настолько важным, чтобы в это жуткое время рискнуть жизнью человека, сидевшего за рулем. Что бы там ни пряталось внутри, в этом опасно зависшем над землей контейнере, даже если нам удалось бы сбить замки и стальные запоры, оно наверняка погребло бы под собой любого, кто осмелился бы в этот момент стоять внизу, на земле, и потому мы ограничились тем, что удалось найти в кабине: аптечкой, набором инструментов и термосом, в котором даже плескались остатки кофе. Помимо топлива основным нашим уловом оказалась отличная рация; рискуя свернуть себе шею, папа собственноручно вскарабкался наверх и открутил антенну, закрепленную на крыше кабины, и, прижимая драгоценную находку к груди, немедленно побежал устанавливать ее на Витаре. Больше делать здесь было нечего.

Позже, наблюдая за тем, как Сережа аккуратно ведет машину, стараясь не смотреть на меня, как отчаянно пытается сделать вид, что ничего не случилось, что не было этой ссоры и мы не кричали друг на друга на глазах у всех, срывая голос, я думала – надо же, сильнее всего я боялась именно этого. Что ты увидишь, какая я на самом деле обычная, смертная женщина, которая умеет кричать, сердиться и настаивать на своем. Три года я уступала тебе во всем, лишь бы ты не заметил, что, по сути, между мной и женщиной, на которой ты был женат до меня, нет никакой разницы; это было так важно, чтобы эта мысль ни разу не пришла тебе в голову. Мне казалось, я готова пожертвовать очень многим, лишь бы ты никогда об этом не догадался, но как только речь зашла о жизни и смерти, стоило мне испугаться по-настоящему, и все это полетело к черту тут же, мгновенно, а я просто сделала то, что делала всегда, если жизнь зажимала меня в угол, – показала зубы. И даже если в этот раз не победила, даже если грузовик с жалкой сотней литров топлива дал нам отсрочку, и всем теперь кажется, что риск, на который мы идем, оправдан, ты уже об этом не забудешь. Ты будешь помнить, что я, которая не спорила с тобой никогда, которая во всем была с тобой согласна, уже не твой абсолютный союзник.

Он коротко глянул на меня и сказал:
– Вот видишь, малыш, нашли же, ну? Нашли же мы топливо. И еще найдем. Нельзя сдаваться.

Я могла бы сказать ему, что это редкая, невероятная удача – встретить грузовик в этих местах, вдалеке от привычных дальнобойных маршрутов. Я могла бы, наверное, даже продолжить спор о том, что нам нужно вернуться, потому что нет никакой разницы между тем, чтобы замерзнуть через сто километров или через четыреста, когда от цели тебя отделяет почти восемьсот. Но я сказала только:

– Никогда не делай так больше, ты слышишь? Не решай за меня.

Он молчал, он ничего не ответил мне и просто вел машину, смотря прямо перед собой, хотя мог бы сказать, что начал решать за меня с самого первого дня, и с тех пор продолжал делать это каждый день все три года, пока мы были вместе, и именно это, пожалуй, делало меня рядом с ним такой счастливой, потому что мне слишком долго приходилось все решать самой, и я очень, очень от этого устала. Во всяком случае, именно это пришло мне в голову сразу же после слов «никогда так не делай больше», но он по-прежнему молча рулил, не отрывая глаз от дороги, словно не слышал меня, и тогда я сказала:

– И знаешь, хватит. Хватит уже звать меня «малыш». Мне тридцать шесть лет, у меня сын шестнадцатилетний, никакой я тебе, к черту, не малыш.

Глава восемнадцатая

До Кириллова мы добрались уже почти в сумерках. Въезжая в город, мы не знали, что именно он для нас приготовил – баррикады и кордоны, возведенные жителями в безнадежной попытке защититься от заболевших соседей, мародеров или авторов чудовищной зачистки, случившейся в каких-то шестидесяти километрах отсюда, или беспомощное и безразличное умирание, которым встретила нас Устюжна. Мы готовились к чему угодно и не могли предвидеть только одного: что маленький этот город с деревянными домами и каменными церквями, школами, светофорами и автобусными остановками окажется пуст, брошен, словно все его жители, все до единого, напуганные судьбой, постигшей соседние деревни, собрались и ушли куда-то дальше, на север.

То, что в городе никого нет, почему-то было ясно с первого взгляда. Дорога перед нами была нетронута, снег запекся твердой хрустящей коркой, в быстро густеющих сумерках топорщились двускатные крыши, и, насколько хватало глаз, не светилось ни одного окна. То, что не горели уличные фонари, можно было объяснить отсутствием электричества, но если бы за этими окнами прятался хоть кто-нибудь, мы непременно заметили бы мерцание свечи или керосиновой лампы, какое-нибудь движение; но ничего этого не было, совсем ничего, только безмолвные, покинутые жителями невысокие дома и темные, давно нехоженые улицы.

— Посмотрите налево, дети, — раздался в динамике папин голос, и я вздрогнула, настолько неуместным он показался в этой звенящей тишине. — Вон там, видите? Длинная каменная стена? Это монастырь. Огромный, старинный, тут еще Иван Грозный останавливался. Отсюда мы толком ничего не разглядим, но ничего похожего вы в жизни своей не видели. Там, за этими стенами, целый город — башни, церкви, каменные палаты, настоящая крепость.

— Откуда ты все знаешь, Андреич? — отозвался Андрей.

— Я бывал здесь студентом.

— Так, может, остановимся и пойдем, посмотрим?

— Нет времени, — строго сказал папа. — Да сейчас туда и не попасть, наверное. Все-таки крепость. Они наверняка закрыли ворота.

С дороги видны были только массивная белокаменная стена, нависшая над замерзшим озером и повторяющая плавные изломы его береговой линии, и островерхие толстые башни с узкими окошками-бойницами по углам этой стены, похожие на гигантские шахматные ладьи. Вдалеке, за стеной, на фоне темного неба скорее угадывались, чем были видны на самом деле, луковицы куполов. Это и правда была настоящая средневековая крепость, величественная и огромная, и я вдруг остро пожалела о том, что нельзя сейчас остановиться и пешком, проваливаясь в снег, пройти каких-нибудь четыреста метров, чтобы потрогать старую каменную кладку, подойти к спрятанным в какой-нибудь из башен воротам и хотя бы заглянуть внутрь, робко, снаружи, не нарушая покоя этого уснувшего гиганта, просто на случай, если мы, горстка испуганных людей, пытающихся спасти свою жизнь, – последние, кто видит его. Рано или поздно мы исчезнем; если задуматься, мы уже почти исчезли, а эта неподвижная громада так и останется стоять на берегу озера, спокойная и невозмутимая, и простоит еще не одно столетие, даже если вокруг не останется никого, чтобы любоваться ею.

Мы ехали медленно, очень медленно и молчали; и только когда стена почти уже скрылась из вида, уступив место маленьким деревянным домикам, казавшимся такими ничтожными и недолговечными на фоне этого каменного величия, я оглянулась последний раз, чтобы увидеть ее, и сказала:

– А может, они никуда и не уходили? Может, они все сейчас там, внутри. Это же крепость, она гораздо надежней этих домишек, посмотри, какая огромная. Туда поместился бы весь этот город целиком, и там же наверняка есть все, что им нужно, – вода, земля, палаты какие-нибудь каменные. А эта стена, она бы их защитила, разве нет?

– Не знаю, Анька, – ответил Сережа и тоже посмотрел назад. – Правда, не знаю. Но было бы здорово.

Через два квартала на одной из боковых улиц мы заметили легковушку, засевшую в снегу по самые колесные арки. Сережа сказал в микрофон:

– Давайте-ка глянем, – сказал Сережа. – Вдруг там остался еще бензин, – и остановился.

В этот раз на улицу никто не вышел, даже папа со своим карабином остался внутри, в теплой машине, настолько заброшенным и безлюдным казалось это место. Зажав фонарик в левой руке, Сережа правой стряхнул примерзший снег, запечатавший лючок бензобака, и какое-то время возился с ним, запихивая шланг, но вскоре выпрямился и пошел назад, качая головой.

– Пусто, – сказал он коротко, садясь обратно в машину, и мы поехали дальше.

По дороге нам попалось еще несколько машин, таких же забытых и засыпанных снегом, но все они оказались бесполезны; наверное, потому их и оставили здесь, на улицах, вместо того чтобы загрузить вещами и уехать. Мне пришло в голову, что, если весь транспорт, который нам удалось отыскать в городе, состоит из этих нескольких машин, одна из которых к тому же оказалась жестоко раскурочена, с выбитыми стеклами, снятыми колесами и таким же пустым баком, наши шансы на то, чтобы найти где-то еще дальше к северу запасы топлива, совсем невелики. Судя по всему, те, кто здесь жил, уходя, забрали все топливо с собой, не оставив нам ни капли.

– У них тут где-то должен быть автовокзал, – сказал Сережа убежденно, – и лодочная станция наверняка есть, нам солярки еще хотя бы литров двести...

– Да где его искать, этот автовокзал, – тут же отозвался папа. – Темень какая, хоть глаз выколи, и города мы не знаем. Что там у тебя в навигаторе, Андрюха?

— Ничего у меня в навигаторе, — мрачно сказал Андрей. — Карта неполная, у меня тут просто точка на трассе, никаких улиц, ничего. Не найдем мы.

— Хорошо, — сказал Сережа настойчиво. — Давайте заночуем, а утром, засветло, поищем и автовокзал, и станцию. Ну должно же было остаться хоть что-нибудь!

— Времени сколько потеряем, — с сомнением сказал папа. — Еще четырех нет. Мы сегодня за день, между прочим, всего километров девяносто проехали, а с ночевкой и поисками потеряем еще целые сутки. Мы и так еле ползем. Достаточно одного приличного снегопада, и завязнем безнадежно.

Сказав это, он умолк, ожидая возражений, но даже Сережа не торопился спорить с ним; наверное, мысль о том, что придется заночевать в этом пустом городе-призраке, и ему казалась неприятной. После длинной вынужденной задержки под Череповцом останавливаться на ночлег где-нибудь еще было страшно, словно стоило нам задержаться, и мы немедленно навлекли бы на себя какие-то новые, неизвестные еще опасности, и единственным способом избежать их было постоянное, непрерывное движение вперед.

— Погодите! — сказал вдруг Андрей. — У меня тут на выезде отмечена заправка. Если где-то еще и осталось топливо, это там.

Теперь мы пересекали город в узкой его части, зажатой с двух сторон между двумя озерами, и буквально через несколько минут он кончился. Уже совсем стемнело, и мы наверняка бы проехали мимо залепленного снегом красного навеса, если бы не искали его. Остановившись, мы вышли на мороз; когда Мишка распахнул заднюю дверь, Пёс выскользнул и желтой молнией унесся куда-то в сторону деревьев, за пределы света наших фар, и растворился в темноте.

– Ну зачем, зачем ты его выпустил, – сказала я беспомощно, – он же не вернется!

– Да куда он денется, – Сережа махнул рукой. – Не дурак он здесь теряться. Пойдем лучше, посмотрим, что тут осталось.

– Так электричества же нет, – неуверенно сказал Мишка. – Пистолеты, наверное, не работают?

– Тут где-то должен быть резервуар, – сказал папа, приближаясь. – Ищите люки на земле, они обычно подальше, у самой дороги. Их могло снегом завалить, так что смотрите внимательнее.

Вначале казалось, что под всем этим снегом, в темноте мы ничего не найдем, но не прошло и минуты, как Мишка торжествующе крикнул:

– Нашел!

Резервуаров было три, с одинаковыми серыми крышками. Две оказались откинуты, и, заглянув, я увидела два круглых металлических колодца – маленький, густо ощетинившийся трубками, и второй, пошире, едва прихлопнутый круглым стальным люком.

– Отойди-ка, – быстро подходя, сказал папа Мишке и, с трудом опустившись на колени, поднял люк и принялся светить в него фонариком. – Не вижу ничего. Темно, как у слона в заднице. Придется спускаться.

– То есть как – спускаться? – переспросила я. – Внутрь?

– Тут есть лестница, – папин голос гулко отражался от металлических стенок. – Это обычная цистерна, Аня, просто вкопанная в землю, туда можно спуститься.

– Давайте я! – начал Мишка умоляюще. – Я быстро, я пролезу!

– Нет, – сказала я с ужасом, – даже не вздумай, я тебе не разрешаю, ты слышишь меня?

Не обращая на меня внимания, папа выпрямился (в спине у него тут же что-то оглушительно хрустнуло) и, сморщившись от боли, протянул Мишке фонарик:

– Давай, Михаил.

Беспомощно я наблюдала, как Мишка, скинув куртку и зажав фонарик в зубах, запихивается в люк, и думала – никто не слушает меня, даже он, мой маленький сын, больше меня не слушает. Папа наставлял его:

– Спускайся медленно. Внимательно смотри вниз. Если там осталось топливо, ты должен его увидеть, а не наступить в него, понял? – и когда Мишкина голова скрылась в недрах ужасной цистерны, прокричал туда, прямо в люк:

– И не вздумай даже легонько задеть фонариком стенку! Одна искра, и все взлетит на воздух! – а потом, обернувшись ко мне, окаменевшей от страха, сказал успокаивающе:

– Да не волнуйся ты, Аня. Мальчишка тонкий, гибкий, все будет хорошо. Он же не курит у тебя, нет? – и засмеялся.

Если кто-нибудь еще раз, еще хоть раз кто-нибудь скажет мне, что все будет хорошо, подумала я, и шагнула к нему, и сжала кулаки, и смех захлебнулся у него в горле, сменившись кашлем; замолчи, да замолчи наконец, я хочу слышать, что там происходит, в этой цистерне, хочу слышать каждый его шаг по ненадежной отвесной лестнице.

— Ну что там? — подошел Сережа, в каждой руке у него было по пустой канистре.

— Вряд ли там что-то осталось, — сказал папа, перестав кашлять; лицо у него теперь было совершенно серьезное. — Тут все было открыто. Похоже, кто-то побывал здесь до нас.

— Так зачем же вы его туда послали, черт бы вас побрал? — сказала я и бросилась к люку, чтобы крикнуть Мишке — возвращайся, вылезай немедленно, но тут из люка послышался его искаженный эхом голос:

— Нет ничего! Просто дно мокрое! — и через пару секунд на поверхности появилась его взлохмаченная голова.

Под второй крышкой тоже было пусто, это выяснилось через несколько минут; оставалась третья, закрытая на замок, сбивать который обычным образом было слишком опасно. Немного повозившись, мужчины все-таки нашли способ открыть и ее — туго обернув тряпкой длинный пожарный багор, найденный тут же, на заправке, замок после длительной возни удалось сломать, но и эти усилия оказались напрасны: вероятно, последнюю цистерну не стали вскрывать только потому, что она опустела еще до того, как умерли обесточенные насосы, качавшие топливо наверх. Разочарованные, мы столпились вокруг раскуроченных люков. Мишка, от которого резко и неприятно разило теперь бензином, расстроенно протянул:

— Выходит, все зря? — и никто ему не ответил; даже Сережа, который до сих пор был так уверен в том, что топлива вокруг все еще достаточно, не нашел ни одного слова. Постояв еще немного, мы побрели к остальным. Дико хотелось курить.

Остальные толпились на светлом пятачке между припаркованными возле обочины машинами; на улицу не вышел только Лёня, который после дня пути даже на широких Лендкрузеровых сиденьях чувствовал себя плохо. Подняв глаза, Ира спросила:

– Ну, как? – и Сережа молча покачал головой.

Замирая от восторга, мальчик кормил пса картофельными чипсами из пакетика, который неловко прижимал к груди. Неуверенно, готовый в любой момент отдернуть, он тянул вперед маленькую без варежки руку, и Пёс всякий раз задумчиво, не спеша обнюхивал ее и только после распахивал огромную пасть и брал угощение осторожно, передними зубами.

– Вот, это вам, – сказала Ира, протягивая Сереже несколько хрустящих упаковок. – Мы нашли в магазине. Там еще шоколадок было несколько, но я детям отдала. Поесть нормально мы уже не успеем, но на ночь хватит. Антон! Хватит кормить собаку!

Мальчик поднял голову и посмотрел на меня.

– Он ест, – прошептал он и улыбнулся.

Перед тем как вернуться за руль, Андрей сказал:

– Нет смысла тут ночевать, Серёга. Если они так заправку выкачали, не найдем мы ничего ни на автовокзале, ни на лодочной этой станции.

Сережа молча кивнул и полез в машину.

Вторая заправка попалась нам километров через пятнадцать, возле развилки; в том месте, где дорога раздваивалась, расходясь в противоположные стороны – один ее рукав уходил направо, к мертвой Вологде, а второй – налево и вверх, на север.

На указателе белели надписи: Вытегра – 232, Медвежьегорск – 540. Я ни разу в жизни даже не слышала этих названий и спросила у Сережи – а нам куда? Еще дальше? И он кивнул так неуверенно, что мне впервые с момента, как мы покинули дом, захотелось самой наконец взглянуть на карту, чтобы убедиться, существует ли на самом деле место, куда мы направляемся. Люки топливных резервуаров и здесь, на развилке, были вскрыты, на этот раз все, без исключения; мы не стали даже спускаться вниз, потому что и так было ясно – они безнадежно пусты.

Именно в этом месте папа пересел в Лендкрузер, предоставив Ире рулить Витарой. К моему удивлению, Мишка неожиданно вызвался ехать с ней и с мальчиком, пробурчал что-то вроде «ну как они там одни, я ружье возьму и к ним сяду, мам» и выскользнул из машины. Я не стала с ним спорить, у меня не было больше сил. Для очистки совести я предложила Сереже немного отдохнуть: хотя бы пару часов, я справлюсь, а ты поспи; но он не согласился: ерунда, Анька, я не устал, давай-ка ты лучше сменишь меня, когда это действительно понадобится. Несмотря на длинный невыносимый день, начавшийся, казалось, неделю назад, сразу заснуть я не смогла. Было всего что-то около шести вечера, но, глядя в окно, об этом ни за что нельзя было бы догадаться; все за пределами крошечного куска дороги, освещенного нашими фарами и ползущего вместе с нами по пустынной дороге, стало чернильно-черным: и беззвездное небо, и обступившие трассу деревья, и даже снег.

Теперь, когда Мишки с его бензиновой аурой не было с нами в машине, я наконец закурила (Пёс, свернувшийся на заднем сиденье, поднял голову и недовольно фыркнул) и, стряхивая пепел в приоткрытое окошко, наблюдала за россыпью оранжевых искр, быстро сносимых ветром под колеса идущего сзади пикапа. По крайней мере, топлива хватит нам на то, чтобы доехать до этой загадочной Вытегры, рассуждала я сонно, а вот до Медвежьегорска мы уже не дотянем. Спорить сейчас бесполезно, главное – не пропустить, не проспать эту Вытегру, чтобы успеть остановить их, если они вздумают двинуться дальше с полупустыми баками. Целых двести километров, с такой скоростью мы доберемся туда не раньше утра, я не просплю, я успею остановить их, подумала я и провалилась в сон.

Глава девятнадцатая

Из глубокого сна меня выдернуло тревожное ощущение – мы стоим. Я поняла это, еще не проснувшись; такое случается с пассажирами в спальном вагоне поезда, застрявшем вдруг посреди ночи на какой-нибудь сортировочной станции, когда тело, привыкшее к движению, покачиванию и железному лязгу, реагирует на внезапную тишину и неподвижность. Я резко выпрямилась на сиденье и широко открыла глаза. Что-то было не так. Водительское место пустовало, и даже Пса на заднем сиденье не было.

Двигатель оказался выключен, но габариты горели; в их неярком свете я видела знакомую заднюю дверь Витары со смешной картинкой на серебристом колпаке запаски. Даже охваченная тревогой, я все равно успела почувствовать неожиданный укол в сердце.

Могла ли я когда-нибудь предположить, что за рулем моей машины будет сидеть чужая женщина, и не просто чужая, а именно *эта,* а мой сын сядет к ней с ружьем в руках, охраняя ее? Ее, а не меня? К счастью, долго думать об этом сейчас было некогда: впереди, на дороге, что-то происходило. Протянув руку, я погасила фары, а после аккуратно приоткрыла дверь и выскользнула на улицу.

Обойдя Витару, я осторожно выглянула из-за нее, и мне тут же пришлось прищуриться; в глаза мне ударил яркий оранжевый свет прямоугольных фонарей-искателей, установленных на крыше пикапа. Ослепленная, я машинально шагнула назад, думая, какого черта, почему пикап развернут в обратную сторону, да что там происходит, в конце концов? Двигатель пикапа оглушительно взревел, и сразу же рядом закричали; слов я не разобрала, но, мне показалось, узнала папин голос. Не в силах больше гадать, я глубоко вдохнула и вышла на дорогу, прямо навстречу слепящему свету искателей.

– ...я же предлага-ала! Я предлагала вам отдохнуть! – выводил сквозь оглушительный рев двигателя женский голос, высоко и тонко, почти нараспев. – Целый день за рулем, я же говори-ила! Надо было поспать, я могла бы и сама порулить, как мы его вытащим теперь!

Из-за света, бьющего в глаза, я никак не могла разглядеть говорившую и понять, кому принадлежат эти незнакомые причитающие интонации, но мужчину, немедленно заоравшего в ответ отчаянно и зло, как будто ему пришлось уже не один раз повторять одни и те же оправдания, я узнала сразу:

– Да не спал я, говорят тебе! – кричал папа. – Здесь яма просто, яма это, ну сама посмотри! Все колеса на дороге, никуда мы не съехали! Отойди ты ради бога, не мешай! Давай, Андрюха, еще разок!.. – и двигатель заревел с удвоенной силой.

Пикап дернулся; я поняла это по тому, как дрогнули и подпрыгнули три ярких прямоугольника у него на крыше.

– Осторожней, ну оторвете же сейчас, господи, да что же это делается-а-а, – завопила Марина теперь совсем уже по-деревенски, и наконец я разглядела ее: заламывая руки, она металась прямо перед пикапом, почти под его колесами, в своем белом комбинезоне похожая на перепуганного зайца, попавшего в луч света подствольного фонаря, и папа в распахнутой куртке, с покрытой инеем бородой и дикими глазами, вынырнул откуда-то из темноты, и бросился к ней, и закричал свирепо, бешено:

– Ну куда ж ты лезешь под колеса, чертова баба! Отойди, Маринка, ей-богу, сейчас пришибу тебя уже! Лёня, да уйми ты ее, твою мать!..

Подойдя поближе, я увидела наконец, в чем дело, хотя и так уже догадалась: тяжеленный Лендкрузер, словно застрявший в болоте бегемот, сидел глубоко в снегу; настолько, что казалось, будто у него вовсе нет колес. Судя по его задранному вверх багажнику, передние колеса увязли глубже задних. Похоже было, что он действительно провалился в какую-то яму, из которой самостоятельно ему уже не выехать. Задом к нему, яростно дергаясь и ревя, надрывался освобожденный от прицепа пикап, за рулем которого, обернувшись и высунувшись почти по пояс из распахнутого окна, торчал Андрей; между двумя автомобилями трепетала туго натянутая, ярко-желтая лента троса. Я увидела на обочине Мишку с короткой автомобильной лопаткой в руках, он был без шапки, и уши у него уже пылали от мороза; вторая такая же лопатка была у папы. Видимо, копать сейчас, пока пикап, натужно рыча, пытался выдернуть Лендкрузер из снежного плена, было незачем. Сережи нигде не было видно; судя по всему, он сидел за рулем Лендкрузера.

Мимо меня, возвращаясь к притихшим машинам, прошли Лёня с Мариной; он тяжело опирался на ее плечо, потому что шла она слишком быстро. Когда они поравнялись со мной, я услышала, как он говорит ей:

— ...без тебя разберутся. Что ты пристала — заснул, заснул, какая разница? Главное — вытащить. Ты мне скажи лучше, куда Дашку дела? — не слушая его, она кричала одновременно с ним, зло, со слезами:

— ...а ты что молчишь, как мы поедем теперь, не надо было первыми ехать, я говорила, не надо было, у нас там вещей сколько, одежда, продукты, куда мы теперь, ты подумал? подумал?.. потеряли машину!.. — и они прошли мимо.

Тут пикап заревел как-то особенно отчаянно, и, взметая из-под колес густую снежную пыль, Лендкрузер вдруг вздрогнул и пополз наверх, задом, а пикап, тронувшись с места, медленно двинулся вперед, прямо на меня.

Я отпрыгнула в сторону, а папа, заглушая вой обоих двигателей, закричал:

— Пошел-пошел-пошел, давай, Андрюха, еще, ну давай!..

Послышался какой-то резкий неожиданный звук, и следом за ним что-то оглушительно стукнуло; приглядевшись, я поняла, что трос, соединявший машины, лопнул. Лендкрузер тут же скатился обратно и застыл на прежнем месте, утопив свою широкую морду в снегу, а двигатель пикапа умолк, слепящие фонари погасли, водительская дверца распахнулась, и Андрей торопливо выпрыгнул на дорогу, обежал машину и в наступившей тишине произнес с досадой:

— Бампер раскололи. Хорошо, не в стекло еще.

— Да потому что трос дерьмовый! Эти ваши японские тросы пижонские! Хоть бы один металлический взяли с собой, путешественники, вашу мать, с вами только до булочной ездить! — наверное, папа сорвал голос, потому что теперь уже только сипел.

Он выглядел таким расстроенным, что хотелось подойти к нему, положить руку на плечо и сказать — да не слушайте вы эту дуру, видно же, что здесь яма, вы ни при чем, но тут он с размаху метнул свою лопатку в снег; она погрузилась почти по середину своего короткого древка, и я раздумала влезать с утешениями.

— Не помог бы твой трос, — сказал Сережа, с трудом выбираясь из Лендкрузера на дорогу; лицо у него было злое и усталое. — Слишком плотно сидит, только проушины бы вырвали. Надо еще подкопать, он нагреб опять под себя. Мишка! Давай сюда лопату.

И они с папой принялись копать, судя по всему, не в первый и даже не во второй раз, а я сказала Мишке:

— Надень шапку, — но он даже не повернул ко мне головы, напряженно наблюдая за тем, как папа с Сережей возятся между Лендкрузеровых колес.

Разогнувшись, папа сказал Андрею:

— Ну, чего стоишь? Давай, доставай свою ленточку японскую, одну порвали, теперь твою рвать будем.

— Если не откопаете, и эта порвется, — хмыкнул Андрей, все еще с сожалением рассматривая расколотый бампер. — Давай, я лучше за лопатой схожу, помогу вам?

Какое-то время они копали втроем, сосредоточенно, остервенело, отбрасывая снег из-под грузно осевшего Лендкрузера в сторону обочины, а мы с Мишкой танцевали вокруг, не решаясь мешать им вопросами; я чувствовала, как, несмотря на теплые ботинки, от земли к моим коленям поднимается неумолимый холод, и боялась взглянуть на Мишку, который провел здесь, снаружи, гораздо больше времени, чем я. Наконец Сережа, разогнувшись, вытер лицо и хмуро сказал:

– Бесполезно. Там уже лед внизу, так мы точно его не вытащим.

– Может, с той стороны попробовать? – спросил Андрей, показавшись с другой стороны машины; изо рта у него густо шел пар, брови и ресницы заиндевели, глаза слезились. – Если с разбега, может, я через эту яму перемахну, не успею провалиться?..

– Нельзя, – просипел папа. – Откуда ты знаешь, насколько она большая, яма эта. Еще одну машину посадим – считай, всё, попали.

– Если яму объехать нельзя, – медленно произнес Андрей, и мне вдруг все стало ясно, хотя он не успел еще продолжить, я точно знала, что он сейчас скажет, – мы попали в любом случае. Потому что дальше мы ехать не сможем, а возвращаться уже не на чем.

Этого не может быть, подумала я. Этого просто не может быть. Я не посмотрела на часы, сколько сейчас времени – десять вечера? Полночь? Я не могла спать дольше часа, может быть – двух, я просто задремала, мы не могли забраться так далеко.

– А сколько еще до Вытегры? – спросила я безнадежно, уже понимая, что услышу в ответ, и заранее сжалась, ожидая этого ответа, а они, словно по команде, обернулись и взглянули на меня, как на сумасшедшую, и Андрей переспросил удивленно:

– Какая еще Вытегра? Мы давно ее проехали уже.

И только тогда я подняла руку и лихорадочно дернула рукав, чтобы добраться до наручных часов, манжет куртки зацепился и застрял, и я с силой рванула его, рискуя порвать ремешок, и посмотрела на циферблат. Часы показывали половину четвертого утра.

За спиной у меня захрустели шаги.

– Ну что? – спросила Наташа, подходя. – Как дела у вас? Ира и дети в Витаре, там холод такой собачий. Сережа, у тебя ключи? Надо бы машину завести, погреть немножко, а то дети замерзнут.

Я посмотрела на Сережу. Он не ответил. Ну что же ты молчишь, подумала я, давай, скажи ей. Давайте вместе прикинем сейчас, надолго ли хватит бензина, если мы просто будем стоять здесь, возле этой ямы, непреодолимым барьером преградившей нам путь, отрезавшей нас от цели, посреди стылой равнодушной пустоши, в которой до самого горизонта нет ни одного огня. Может, его будет достаточно, чтобы протянуть всю оставшуюся ночь и даже весь следующий день, а потом мы станем жечь наши вещи, одну за другой, сваливая их в жалкий еле греющий костер, а после снимем покрышки сначала с одной машины, потом с остальных, и они будут гореть, окутывая нас черным, едким и вонючим дымом; а в самом конце начнем сдирать обивку с сидений, потому что она тоже горит и дает тепло, только обивку Лендкрузера не тронем, чертовы пижоны, у них кожаный салон. С ужасом я услышала собственный смех. Я была абсолютно, пугающе спокойна, страха не было, только какое-то иррациональное дурацкое торжество – а я говорила. Я же вам говорила, ну, что вы теперь скажете?

– Мам, – сказал Мишка тихо, – ты чего?
Я повернулась к нему. Он смотрел на меня, часто и удивленно моргая, и ресницы у него были совсем белые, а губы от холода едва шевелились, и тогда моя глупая неуместная улыбка мигом слетела, и я сняла варежки и сжала обеими руками его щеки, его уши – хрупкие, как будто стеклянные от мороза, но руки у меня тоже были холодные, и я сжала сильнее, а он ойкнул от боли и мотнул головой, вырываясь.

– Ты замерз? Ты чувствуешь уши? Где твоя шапка? – я стала стягивать свою шапку с головы, я его не согрею, мне ни за что его не согреть, господи, что же мы наделали, лучше бы мы остались там, дома, а он отталкивал мои руки и старался освободиться.

– Так, – сказал вдруг Сережа, в один прыжок перемахнув через кучу снега, отделявшую обочину от поглотившей Лендкрузер ямы, и быстрым движением выдернул из кармана Мишкиной куртки шапку, и натянул эту шапку Мишке на голову до самых бровей. – Так, – повторил он, – вы идите в машину и грейтесь.

И тут же забыв о нас, продолжил:

– Надо копать вперед, пап, три мужика здоровых, победим мы эту гребаную яму. В конце концов, срубим дерево, топоры у нас есть, положим доски под колеса, все равно вперед надо ехать, не возвращаться же.

– Давайте-ка перекурим это дело, – отозвался папа сипло, но вполне бодро.

– Потом покурите, по дороге, – в тон ему сказал Андрей. – Я замерз, как собака. Пошли, посмотрим на эту яму, – и, увязая в снегу почти по колено, обогнул неподвижный Лендкрузер и двинулся вперед, втыкая лопату в снег через каждые пару шагов, крикнув Сереже через плечо:

– Ты не заводи пока, просто свет включи, ни черта же не видно!

Папа двинулся следом за Андреем, обходя машину с другой стороны, а Сережа полез обратно, в кабину.

Мы стояли на обочине – я, Мишка и Наташа – и смотрели на них, позабыв на какое-то мгновение о холоде, надеясь в любую секунду услышать, что яма закончилась, что она оказалась невелика и потребуется совсем немного времени, чтобы вызволить застрявшую машину и проложить дорогу для остальных, беспомощно столпившихся на ее краю; я обхватила Мишку обеими руками, и прижалась щекой к ледяному рукаву его куртки, и почувствовала, как он еле заметно дрожит от холода.

– Ну что ты там возишься, Серёга? – повторил Андрей нетерпеливо; он уже отошел шагов на семь-восемь и почти скрылся в темноте. – Давай, включай свет!

Но Сережа почему-то не реагировал. С обочины было видно, как он просто сидит в кабине, не двигаясь, а потом вдруг распахивает дверцу и встает на подножке, внимательно всматриваясь вперед, и тогда мы тоже посмотрели туда, где и беззвездное небо, и деревья, и снег – все было неразличимо, одинаково, густо и черно, словно там, вперсди, не было вообще ничего; край вселенной, абсолютная пустота. И прямо посреди пустоты – светлую дрожащую точку, которая – и через мгновение в этом уже не оставалось сомнений – постепенно становилась ярче и увеличивалась в размерах, что могло означать только одно: она приближалась.

– Что это такое? – спросил Мишка, высвобождаясь.

– Кто-то едет? Сюда, к нам, с той стороны, да? – спросила Наташа.

Растолкав нас, мимо пробежал папа, стягивая на ходу вязаные перчатки. Он рванул было к Витаре, но потом, чертыхнувшись, повернул назад, к Лендкрузеру, и, распахнув заднюю дверь, принялся шарить за водительским сиденьем; когда он снова появился снаружи, в руках у него был карабин.

– Андрюха! – хрипло крикнул он в темноту. – Иди сюда, быстро! – но Андрей и сам уже торопливо возвращался; он встал рядом с нами и воткнул лопату в снег, возле своих ног. Черенок был слишком коротким, чтобы на него опереться.

Приблизившись, светлое пятно распалось на несколько отдельных точек, и стало ясно – то, что двигалось нам навстречу, оказалось на деле гораздо ближе, чем показалось нам вначале; не прошло и нескольких минут, как уже виден был оранжевый мигающий огонек на крыше и четыре широко расставленных, ярко-желтых огня под ним. В наступившей тишине отчетливо послышался рокот, совсем не похожий на звук автомобильного двигателя – низкий, глухой и размеренный, с отчетливыми паузами между каждым его оборотом, словно он, этот звук, принадлежал чему-то гораздо более крупному, чем обычный легковой автомобиль.

– Это что – танк? – спросила Наташа со страхом.

– Это грейдер, – ответил Андрей после паузы.

– Что?

– Грейдер. Машина такая, которая чистит дорогу.

– Господи, – сказала она. – Кому могло понадобиться в такое время чистить дорогу. И главное – зачем?

– А вот мы сейчас и узнаем, – сказал Андрей.

Что-то твердое больно опустилось мне на ногу. Я взглянула вниз. Плотно прижавшись спиной к моим коленям, Пёс, казалось, сел своим худым костлявым задом прямо на мой ботинок.

– Девочки, идите-ка назад, к машинам, – сказал папа вполголоса. – Мы тут сами разберемся.

Ни я, ни Наташа не сдвинулись с места, завороженно наблюдая за тем, как размытое светлое пятно постепенно приобретает очертания. Грейдер оказался похож на трактор; собственно, это и был трактор: большой, желтый, с тремя парами огромных черных колес. Громыхая, он приблизился и замер метрах в десяти от утонувшей в снегу морды Лендкрузера, ослепив нас широко расставленными фонарями, со своим огромным угрожающе задранным ковшом напоминающий скорее гигантское доисторическое животное, чем машину, управляемую человеком, а мы просто стояли и смотрели на него, не пытаясь ни укрыться, ни сбежать; что бы дальше ни произошло, это вряд ли оказалось бы страшнее медленной и мучительной смерти от холода, грозившей нам по эту сторону ямы.

У того, кто находился в кабине грейдера, было перед нами, столпившимися на дороге, неоспоримое преимущество: ему было видно нас в мельчайших подробностях, в то время как мы слышали только его голос, прозвучавший сразу после того, как тяжелая машина встала и ее оглушительно рокочущий двигатель умолк:

— Эй, вы! — произнес голос. — Случилось что?

И прежде чем мы успели сообразить, что ответить на этот странный вопрос, потому что беспомощно накренившийся Лендкрузер, ярко теперь освещенный, говорил сам за себя, Наташа неожиданно шагнула вперед и заговорила торопливо и громко:

— Здравствуйте! — сказала она. — Мы застряли, понимаете? Тут на дороге какая-то яма глубокая, не можем проехать! Если бы вы нас дернули немного, а? Мы ужасно замерзли, у нас там дети в машине, вы нам не поможете? Нам просто проехать!..

В течение доброй минуты ее невидимый собеседник ничего не отвечал, как будто ему требовалось время, чтобы внимательно рассмотреть нас и убедиться в том, что мы не представляем для него опасности. Наконец он задал еще один вопрос:

— Много вас?

Именно в этот момент я заметила, что папа исчез. Его не было в круге света ярких фонарей грейдера, где мы остались теперь впятером; главное, чтобы она не ляпнула что-нибудь лишнее, подумала я, он же видит, что здесь четыре больших машины, и ни за что не поверит в то, что нас только пятеро, но она сказала только:

— С нами дети. И еще у нас там, в машине, раненый. Вы не думайте, мы здоровы! Нас бы просто дернуть, видите, мы застряли, — она говорила одновременно настойчиво и просительно, и еще она улыбалась — так, словно и не ожидала от незнакомого человека на грейдере ничего плохого.

— Помочь-то можно, — произнес голос сильно окая, и я немедленно вспомнила, что именно так, незлобиво и почти дружелюбно, говорил человек в лисьей шапке, встретившийся нам неделю назад на лесной дороге перед Череповцом.

– Отчего ж не помочь-то хорошим людям, – продолжал он. – Если они хорошие, люди-то. Время сейчас неспокойное, помогать надо хорошим людям. Так что пускай этот ваш мужик с ружьем уберет его, ружье свое, и выйдет обратно на дорогу, чтоб я его видел. И тогда я, может, тоже стрелять не стану, – он выговаривал слова медленно и как будто с трудом, как человек, которому нечасто приходится произносить такие длинные предложения. – Слышишь, мужик? – теперь в его голосе не осталось уже и следа дружелюбия. – Ты давай, выходи обратно, а то я не стану дожидаться, тоже стрельну сейчас! Добром выходи, и тогда поговорим, раз уж мы все тут хорошие люди.

– Пап, – негромко позвал Сережа, но откуда-то справа уже послышался скрип шагов, и папа с явной неохотой вышел из темноты и встал рядом с нами, воткнув карабин прикладом в снег и далеко отставив руку, сжимающую ствол. Лицо у него было раздосадованное, губы поджаты.

Вероятно, обладателю голоса показалось, что теперь, когда мы все у него перед глазами, в то время как сам он по-прежнему остается для нас невидимым, ему ничего не угрожает, потому что он произнес гораздо более спокойным голосом:

– Ну вот. Только ты его на снег положи, ни к чему тебе в руках его держать, ружье-то, – и умолк, ожидая ответа; и папа сипло прокричал куда-то между желтых фонарей, туда, где угадывались очертания кабины:

— Ты, хороший человек, и сам с ружьем, я так понял! Ты меня видишь, а я тебя — нет, так что я погожу пока на снег его класть, давай сначала так поговорим!

Это папино предложение, казалось, заставило незнакомца крепко задуматься, потому что снова наступила тишина, и мы ждали его ответа, чувствуя себя в круге света беспомощными, как мотыльки, попавшие в нематериальный, но от этого не менее прочный плен садовой лампы.

— Ладно, — наконец сказал он. — Стойте, где стоите, я сейчас подойду, — и где-то в самом верху, под четырьмя яркими фонарями, распахнулась дверь, кто-то тяжело выпрыгнул на снег и неторопливо зашагал в нашу сторону.

Даже теперь, на свету, как следует рассмотреть незнакомца нам не удалось; воротник его овечьего тулупа был поднят, а шапка надвинута по самые глаза. Судя по голосу, он был далеко немолод, и удивительно, каким высоким и крепким он оказался — тяженный тулуп сидел на нем внатяг. Широко расставив ноги, он остановился возле внушительного металлического ковша и положил на него руку; во второй руке он действительно держал ружье, снятое с плеча.

— Дергать смысла нету, — сказал он. — Это не яма, а перемёт. Дорога тут неровная, под уклон, а место открытое, вот снегу и нанесло. Дальше еще километра четыре-пять такой же дороги, без меня не проедете.

— Чего вы хотите за то, чтобы помочь нам? — тут же спросила Наташа, и он невесело хмыкнул:

— А что у вас есть такого, что мне надо?

— У нас есть патроны, лекарства и немного еды, — быстро сказала я, потому что мужчины по-прежнему настороженно молчали, а сейчас обязательно нужно было говорить.

Я чувствовала почему-то, что человек этот совершенно для нас не опасен, и единственное, что сейчас важно — доказать ему, что и мы, мы тоже не причиним ему никакого вреда, что мы действительно «хорошие люди», и если понадобится — разбудить и привести сюда детей, и показать ему... но Сережа положил руку мне на плечо и спросил незнакомца:

— А вы, собственно, что здесь делаете? — и высокий человек с ружьем повернул к нему голову и прежде, чем ответить, какое-то время молча его рассматривал.

— Я-то? — переспросил он после паузы. — Живу я здесь. Тут у нас асфальта нету, грейдер нужен и зимой, и весной тоже, как снег сойдет, иначе не проехать. Я чищу.

— Что, и сейчас тоже? — прищурившись, уточнил Сережа. — И сейчас чистите?

— Сейчас чистить ни к чему, — серьезно сообщил незнакомец. — Здесь и раньше-то мало кто ездил, а теперь и вовсе. И по нынешним временам, может, оно и к лучшему. Деревня наша наверху, дорогу хорошо видать. Не сплю я ночами, сон стариковский, короткий. Увидал вас на дороге, дай, думаю, посмотрю, что за люди. Так вам помощь-то нужна, или еще постоим, поразговариваем?

— Конечно, нужна, — поспешно сказала Наташа и закивала, — очень нужна. Спасибо большое.

— Ну, тогда вот что, — ответил незнакомец. — Я снег перед машиной отгребу, как смогу, под колесами сами подкопаете, а потом за мной поедете и выберетесь, —

он повернулся было к грейдеру, чтобы возвратиться в кабину, но в последнюю минуту остановился и бросил папе, глядя на него через плечо:

– А ты давай, дядя, ружье свое убирай уже и бери лопату, она сейчас полезней будет.

Чтобы убрать рыхлый снег, в котором Лендкрузер сидел уже по самый передний бампер, грейдеру понадобилось всего два движения; с удивительной для такой громоздкой машины ловкостью он крутанулся, встал боком, и за передними колесами у него обнаружился еще один ковш, гораздо тоньше и длиннее первого, который выдвинулся, словно лезвие перочинного ножа, и срезал пышную снежную подушку, преграждавшую нам путь, легко и без усилий, как срезает бритва мыльную пену с подбородка; а потом, подцепив образовавшуюся кучу снега передним, широким ковшом, просто спихнул его с дороги, в поле. Грохот этого трактора, похожего со своими растопыренными ножами скорее на огромный катамаран, разбудил всех. Сначала испуганная Марина привела Лёню; Ира пришла чуть позже, когда грейдер, закончив работу, отъехал в сторону. За руку она держала мальчика, и, может быть, именно поэтому, когда незнакомец снова показался на дороге, ружья у него в руках уже не было.

– Всё! – крикнул он. – Теперь копайте! – и пока Сережа, папа и Андрей вынимали лопатами оставшийся снег, забившийся Лендкрузеру под днище, он подошел к нам и склонился над мальчиком.

– Звать-то тебя как? – спросил он, и тон его, к которому я уже успела немного привыкнуть, ничуть не изменился оттого, что он обратился к ребенку; он не стал говорить громче, как часто делают взрослые, и даже не улыбнулся, а просто задал мальчику вопрос тем же голосом, каким до этого разговаривал с нами.

Мальчик быстро отступил назад и спрятал лицо в складках Ириного стеганого пальто, и еле слышно прошептал:

– Антон.

– И куда ты едешь, Антон? – спросил тогда незнакомец, и мальчик ответил еще тише:

– ...на озеро.

Человек выпрямился и еще раз оглядел нас – суетившихся возле Лендкрузера мужчин и Лёню, тяжело опиравшегося на Маринино плечо, и окоченевшего Мишку – и сказал:

– Ну вот что, Антон. Озеро твое, видать, далеко отсюда, а время позднее. Надо бы тебе в тепле переночевать, – и продолжил, обращаясь уже к Ире: – Как закончите, поезжайте за мной. Тут недалеко, километра четыре. По такой дороге ночью ездить ни к чему. Отдохнете, детей погреете, а завтра поедете, – и, не дожидаясь ответа, словно вопрос был уже решен, повернулся и зашагал обратно, к своей огромной машине.

Через полчаса работа была завершена; освобожденный Лендкрузер, вцепившись в лед шипованными колесами, выкарабкался наконец из своей мёрзлой ловушки и подкатился к стоящему впереди грейдеру, а за ним, осторожно и медленно, неопасный теперь участок преодолели и все остальные. Сразу после этого грейдер не спеша двинулся вперед, раздвигая перед нами снег, уже не такой глубокий, но по-прежнему способный осложнить, а то и преградить нам путь. То и дело незнакомец распахивал дверцу и выбрасывал в сторону руку в толстой вязаной перчатке, и тогда нам приходилось останавливаться и ждать, пока грейдер утюжил рыхлую белую поверхность дороги.

Когда мы добрались до деревни, была уже половина шестого утра. Все мы устали, замерзли и обессилели настолько, что приглашение отдохнуть и немного поспать в доме этого большого незнакомого человека, который поначалу так испугал нас, ни у кого не вызвало возражений. Остальная деревня вся была в стороне, в нескольких сотнях метров; совсем маленькая, восемь-десять тесно стоящих бревенчатых домов, недоверчиво обращенных к нам темными фасадами с толстыми, как на рождественской открытке, шапками снега на крышах, и только громадный почерневший от времени сруб нашего хозяина стоял отдельно, почти у самой дороги. Чтобы припарковать машины, нам пришлось объехать кругом этот высокий дом со странной асимметричной крышей, один скат которой был чуть ли не вдвое длиннее другого и доставал почти до самой земли, как заваленный снегом горнолыжный спуск. За домом неожиданно обнаружилась расчищенная площадка.

Возле навеса, служащего, судя по всему, укрытием для грейдера, на толстых металлических опорах стояла большая, плотно укутанная снегом цистерна.

– Солярка? – с деланым равнодушием спросил Сережа, кивая головой в сторону цистерны, и хозяин кивнул:

– Точно, – и затопал на крыльце, стряхивая снег.

В то, что человек этот живет здесь один, трудно было поверить; с улицы дом казался слишком большим. Но когда мы вошли вслед за хозяином внутрь, вместо жилых помещений за входной дверью оказалась просторная неосвещенная двухъярусная галерея, уходящая далеко в темноту; где-то в самой глубине кто-то большой и невидимый – может быть, корова или свинья – гулко завозился и затопал, услышав наши шаги. Мéста в этих странных сенях оказалось так много, что все мы – двенадцать человек, включая хозяина, – поместились легко, не мешая друг другу. Только когда входная дверь была наконец закрыта, он распахнул вторую, ведущую во внутренние помещения.

Внутри наш хозяин скинул тулуп и шапку и жестом предложил нам сделать то же самое, и тогда я наконец смогла рассмотреть его как следует. Он оказался совершенно лыс, с густыми, кустистыми белыми бровями и такой же белой бородой, но возраст его определить было невозможно; я одинаково готова была поверить в то, что ему не больше шестидесяти, и в то, что ему все семьдесят пять. Смущало то, что был он невероятно могуч, крупнее любого из наших мужчин, и держался очень прямо. Я нисколько не удивилась бы, если бы из недр этого огромного странного дома вынырнула сейчас миловидная молодая женщина и назвалась его женой, но встретила нас только старая лохматая собака, лежащая на тряпке возле печки; когда мы вошли, она повернула голову со слезящимися мутными глазами, но не встала, а просто слабо стукнула хвостом по полу. Наклонившись, он похлопал ее по спине, а потом сказал, словно в оправдание:

– Старая она, кости у ней стынут. Остальных-то я во дворе держу, а эту в дом взял, жалко. Вы давайте, кобеля своего тоже сюда заводите, здесь ему безопасней. Они у меня закрытые, но утром я их выпущу, порвут.

Я подумала, что, пока мы подъезжали, пока ставили машины и выгружали вещи, необходимые для ночлега, не видела во дворе никаких собак; на самом деле, кроме цистерны и навеса для грейдера, на этом странном дворе не было вообще ничего – ни поленницы, ни колодца, ни даже плохонького сарая. Все разъяснилось сразу же, когда Марина смущенно попросила показать нам туалет. Осторожно следуя за хозяином по неосвещенной галерее, мы с удивлением поняли, что и туалет, и дрова, и хлев, и даже колодец – словом, все, что обычно бывает расположено снаружи, во дворе, в этом необычном доме спрятано под крышей; по сути, бóльшая часть этого громадного дома и была двором, просто убранным за толстые серые бревенчатые стены. Строго наказав нам «спичек не жечь, у меня там сено наверху, я дверь оставлю отворенной, назад дорогу найдете», он удалился, предоставив нас самим себе, и пока Марина в отчаянии сражалась в полутьме со своим комбинезоном, а мы ждали своей очереди, я повернулась к Ире и еле слышным шепотом произнесла то, о чем не могла перестать думать, о чем никто из нас не мог перестать думать с самого приезда:

– Ты видела эту цистерну? Если она хотя бы наполовину полная...

И она молча кивнула мне, и прижала палец к губам.

Несмотря на внушительные размеры, жилых помещений в доме оказалось мало, всего две небольшие клетушки, устроенные вокруг печи, и мы ни за что не разместились бы, если бы не наши добротные спальные мешки. Не задавая вопросов, старик одним махом разрешил все возможные проблемы и споры, скомандовав: «Мужики наверх, на чердак, бабы с дитями — на печку»; и пока мужчины, скрипя вертикальной лестницей, больше похожей на обычную стремянку, карабкались наверх, в задней комнате мы действительно обнаружили на печи просторное спальное место, наверняка принадлежавшее самому хозяину. Для четырех женщин с двумя детьми места на печи все-таки оказалось маловато, и пока мы с трудом укладывались, ведущая на чердак лестница снова заскрипела; кто-то спускался вниз, и Пёс, улегшийся было рядом на полу, резво вскочил на ноги и зарычал, так что мне пришлось спустить вниз руку и положить ему на холку.

— Куда он делся? — послышался из соседней комнаты папин голос; говорил он еле слышно, почти шепотом.

— За дровами, наверное, пошел, — ответил Сережа. — Только что был здесь.

— Ты, главное, не заводи разговор раньше времени, — начал папа, но тут стукнула входная дверь, и уже знакомый раскатистый, словно не умеющий шептать голос спросил:

— А вы чего не ложитесь?

— Да не по-человечески как-то, — проговорил папа, и что-то стеклянно звякнуло по столу. — Из снега ты нас вытащил, домой к себе привел. Давай, что ли, познакомимся, хозяин.

— Можно и познакомиться, — согласился тот. — Только водка-то зачем? Утро уже, я по утрам не пью.

— Это не водка, а спирт, — обиженно сказал папа. — Давай хотя бы по маленькой, за знакомство, и мы пойдем наверх. Надолго мы у тебя не задержимся, так что нам и правда надо поспать.

— Ну давай, если по маленькой, — ответил хозяин.

Несмотря на чудовищную усталость, заснуть сразу я не смогла, и потому просто лежала с открытыми глазами, слушая разговор, происходивший за неплотно прикрытой дверью; может быть, потому, что место, которое мне досталось, было самым неудобным, с самого края, где уже заканчивался брошенный на печь матрас, но скорее потому, что пыталась угадать, что именно они задумали — просто напоить этого большого человека и украсть топливо, которое было так нам сейчас необходимо, или попытаться как-то задобрить его, чтобы он отдал его сам? С момента, когда мы увидели цистерну, нам ни разу еще не удалось поговорить об этом, потому что хозяин все время находился рядом. Наверное, только оставшись одни, на чердаке, они наконец приняли какое-то решение, и мне очень важно было понять, какое именно.

Если у нашего хозяина и была какая-то конкретная причина выехать посреди ночи на грейдере, увидев свет наших машин на вымершей ночной дороге, а затем впустить одиннадцать незнакомцев к себе в дом на ночлег, такая причина могла быть только одна — любопытство. По его словам, информационная связь с остальным миром, и раньше очень тонкая в этих краях, прервалась теперь совершенно; вслед за мобильными телефонами в середине ноября умерли и телевизоры, а затем, очень быстро — и радио, и новости о том, что происходит вокруг, поступали теперь единственным способом, древним, как мир, — с теми, кто проезжал мимо; да вот только в последние полторы недели мимо никто уже не проезжал, и новостей не стало совсем. Михалыч (так он назвал себя сам, настаивая, что полные имя его и отчество звучат слишком длинно) выслушал историю нашего путешествия очень внимательно; в то, что Москва погибла, он так и не поверил, сказав: «Да попрятались они, лекарства ждут, вот появится лекарство, они и вылезут». Вообще, оказалось, что и он, и все, с кем он разговаривал в эти дни, были твердо уверены в том, что какой-то порядок непременно должен был сохраниться и где-то там, в центре, обязательно существует безопасный островок нормальной жизни. Он держался за эту уверенность так яростно, словно мысль о том, что всех их просто бросили умирать от неизвестной болезни без врачей, без поставок продовольствия, без помощи, пугала этих людей сильнее, чем предположение, что их уже попросту некому было бросать; и потому он отмахнулся и от наших московских номеров, и от всего остального, что говорили ему папа с Сережей, видимо, про себя посчитав нас какими-то неправильными москвичами, которые по неизвестной причине просто оказались недостойны возможности пережидать чуму в безопасном месте.

В судьбу городов, которые мы проезжали последними, он поверил более охотно. Гибель Вологды и Череповца его не удивила, словно он был готов к такому исходу и ожидал его, а вот покинутые жителями Кириллов и Вытегра его как будто даже обрадовали: «Ушли, значит, — сказал он удовлетворенно, — сообразили, что нечего в городах делать», — словно продолжая какой-то спор, начатый давным-давно.

Сережин рассказ о зачищенных деревнях заставил его замолчать надолго, но тоже, кажется, не удивил; после длинной паузы, нарушенной только звуком разливаемой по стаканам жидкости, он сказал только: «Ну что ж, пусть попробуют к нам сюда явиться, уж мы их встретим», и потом сам рассказал о том, как две недели назад прямо по льду, пешком, в деревню пришли два человека, то ли священники, то ли монахи, «у нас монастырь тут на мысу, между озерами, там, считай, дороги вообще нету, тайга да болото, летом разве что на лодке, но далеко, по реке да через озеро все пятнадцать километров, а зимой только так, когда лед крепко встанет», и предложили жителям деревни убежище в своем неприступном монастыре, отрезанном от зараженных умирающих городов километрами заболоченного леса и воды и потому безопасном. На сборы у всякого, кто захотел бы принять это предложение, была всего лишь неделя, к концу которой, и на этот счет пришедшие высказались очень определенно, монастырь закроется совсем и больше никого уже не примет, чтобы не подвергать опасности жизнь его обитателей. «Только ни к чему он нам, монастырь этот, — сказал потом наш хозяин, — места у нас глухие, чужих и раньше-то почти не было, а сейчас и вовсе. Мы тут сколько лет живем, хозяйство свое, скотина, ничего нам не нужно, разве что без электричества тяжеловато, но и тут приспособились, жили же как-то раньше. Охотимся, рыбачим помаленьку, переждем, нормально. Две семьи только из наших туда уехали, с детишками потому что, да из Октябрьского еще семьи три-четыре, а остальные остались, ничего. Вы когда про озеро говорили, я сначала подумал — вы туда, в монастырь, только они, видать, закрылись, как и собирались, больше уж никто оттуда не приходил».

К моему удивлению, Сережа вдруг рассказал ему, куда именно мы едем. Может быть, оттого, что человек этот оказался на нашем пути первым, кому не было от нас нужно совсем ничего, и кто, напротив, сам оказался для нас полезен. А может, он рассчитывал на то, что хозяин наш, в свою очередь, расскажет что-нибудь о предстоящих нам четырехстах километрах, самых ненаселенных, но и самых труднопроходимых. И он оказался прав, потому что, услышав про наш маршрут, старик сказал: «С неделю назад приезжали к нам из Нигижмы, живая Нигижма, так что вы осторожней там, не ждут они уже чужих никого, а если прижмут вас, скажите, что от Михалыча, прямо так и скажите, да хотя бы, что вы родня моя, чтоб уж точно пропустили». О том же, что может ожидать нас дальше, за еще живой Нигижмой, мысли у него были самые нерадостные. «У нас тихо, потому что не добраться, – сказал он хмуро, – если я дорогу не чищу, то ее и нет, дороги-то, а там, дальше, чем больше народу, тем хуже. Уж и в Пудоже болеют, а вы ж еще через Медвежьегорск пойдете, так там уж точно, а еще я слышал – постреливать начали, повылазили разные лихие люди, и болеют, и стреляют, в общем, плохая там дорога, очень плохая, да вам уже возвращаться-то поздно, так что вы побыстрей поезжайте, не останавливайтесь нигде». Если папа с Сережей и планировали напоить старика, затея эта ни к чему не привела; спирт всего лишь заставил его разговориться, в то время как оба они, не евшие и не спавшие целые сутки, уже еле ворочали языками. О цистерне с соляркой, стоящей снаружи во дворе, не было еще сказано ни слова, а хозяин уже, посмеиваясь, прогнал их наверх спать, сказав на прощание:

– Я собак выпущу, так что по нужде осторожней выбирайтесь, а лучше – вовсе без меня не выходите. Я уж спать не буду, хватит, если что – позовете меня.

И пока папа с Сережей, чертыхаясь, с трудом забирались по шаткой лестнице наверх, на чердак, я наконец выдохнула, первый раз с начала этого тихого разговора, потому что все время, пока эти трое мужчин за неплотно прикрытой дверью пили спирт и говорили – мирно и по-дружески, я ждала; я готовилась к тому, что случится что-нибудь такое, из-за чего нам придется поспешно покинуть этот приютивший нас дом.

За окном все еще стояла кромешная тьма, и только из-под двери выбивался неяркий свет от керосиновой лампы; и когда нетвердые шаги на чердаке наконец смолкли, а хозяин вышел куда-то, скрипнув дверью, и наступила полная тишина, я долго еще лежала без сна на жестком краешке матраса, удивляясь тому, как сильно, как остро я разочарована тем, что ничего не произошло. Он ничего тебе не сделал, думала я, ничего, разве что спас от смерти, да что такое с тобой случилось, черт возьми, если ты не можешь теперь заснуть, потому что в голову тебе лезут эти непрошеные гадкие мысли. Мальчик, тесно зажатый между мной и Ирой, вдруг шевельнулся и глубоко вздохнул во сне; я повернулась, чтобы лечь чуть поудобнее, и увидела, что она тоже не спит, а так же, как и я, молча лежит в темноте с открытыми глазами.

Глава двадцатая

Мы проснулись уже затемно, когда ранние северные сумерки снова окутали эту маленькую затаившуюся деревню. Первыми, как это всегда бывает, завозились дети, с пробуждением которых пришлось подняться и нам. Открыв глаза в темноте, я вначале подумала, что так и не успела заснуть, и только взглянув на часы, поняла, что мы проспали весь день, что снова наступил вечер, а это означало, что потеряны еще одни сутки, целые сутки в то время, как с каждым часом лежащая перед нами дорога становится все опаснее и труднее. Сонные и разбитые после нескольких часов в тесноте на жестком неудобном матрасе, мы заглянули в соседнюю комнату; кроме старой собаки, все так же лежащей возле печки, там никого не было.

Мужчины, судя по всему, еще спали, и о ночном разговоре, случившемся здесь, в этой комнате, свидетельствовала только изрядно початая бутылка, оставшаяся на столе. Стаканы были уже куда-то убраны. Выходить из комнаты поодиночке нам не хотелось. Широко распахнув дверь, чтобы хоть немного осветить мрачную внешнюю галерею, мы неуверенной стайкой добрались до отхожего места и обратно, а потом устроились на длинной лавке перед простым деревянным столом, который не был даже накрыт скатертью, не зная, что делать дальше. На печи стоял чайник с отбитой эмалью, только вот шарить по чужим полкам в поисках чая показалось нам невежливым, а выйти на улицу к машинам мы побоялись, вовремя вспомнив о собаках, которых собирался выпускать наш хозяин.

– Я бы душу продала сейчас за горячий душ, – сказала Наташа. – После этого матраса я вся пыльная, как будто мы на полу спали. Он там вообще не убирает, наверное.

А ведь мы по-прежнему избалованные городские девочки, подумала я горько; интересно, сколько времени нам потребуется для того, чтобы научиться спать вповалку, перестать мечтать о горячем душе или о чистом туалете. Или даже о туалете вообще.

– Может, разбудить их? – неуверенно предложила Марина. – Сколько времени? Ехать же пора. И поесть надо сначала. Да куда он делся, этот мужик?

Мы с Ирой поднялись одновременно; я – чтобы подняться на чердак и разбудить мужчин, а она – чтобы выйти в сени и попытаться где-то в недрах необъятного дома разыскать нашего хозяина; но я едва успела подойти к лестнице, ведущей наверх, а она – взяться за ручку входной двери, как на улице вдруг раздался оглушительный, многоголосый собачий лай. Пёс, мгновенно ощетинившись, вздыбил шерсть на холке и глухо заворчал. Мы услышали, как внешняя уличная дверь распахнулась, кто-то затопал в сенях. Ира поспешно отняла руку от двери и отступила на несколько шагов назад, и в комнату тут же ввалились два незнакомых человека, оба с бородами на красных от холода лицах, и принесли с собой свежий морозный запах, перемешанный с крепким спиртным духом. Секунду-другую они молча стояли на пороге, неприветливо рассматривая нас; Пёс ворчал уже громче, нехорошо оскалив крупные желтоватые зубы, и, возможно, по этой причине ни один из вошедших не сделал ни шагу вперед.

– Да тут бабы одни, – сказал первый, тот, что был меньше ростом, с маленькими колючими глазками; второй, повыше и постарше, покачал головой:

– Не, погоди, ну как. Четыре машины, ты ж видел. А вот мы сейчас Михалыча спросим. Михалыч-то где? – спросил он и поднял глаза, мутные и совсем без выражения; я попыталась вспомнить, смотрел ли на меня кто-нибудь так раньше – равнодушно и пусто, и не смогла, и просто пожала плечами, молча, не потому, что не хотела отвечать, а потому, что не сумела заставить себя открыть рот.

На чердаке уже слышен был какой-то шум. Они проснулись, подумала я, проснулись и сейчас спустятся, главное, чтобы они догадались взять ружья, они ведь не оставили их в машинах, нет, конечно, нет, только не после того, что случилось с Лёней; и тут в дверном проеме вдруг возникла могучая фигура хозяина, на фоне которой оба незваных гостя сразу же съежились и показались незначительными и жалкими. Одним быстрым неуловимым движением плеча хозяин мгновенно оттер их обратно в сени и плотно прикрыл за собой дверь, из-за которой раздался его зычный голос:

– Вы чего здесь?!

В этот момент чердачный люк распахнулся и вниз торопливо спустился папа; лицо у него было помятое, но на плече, как я и надеялась, висел карабин. Следом показался Сережа, тоже вооруженный. Они быстро взглянули на нас и, убедившись, что мы в порядке, осторожно подошли к двери, прислушиваясь, а по лестнице уже слетели Андрей, Мишка и последним – Лёня, которому спуск по вертикальным ступеням дался труднее всех. Из-за двери доносились голоса. Разобрать можно было только отдельные слова, но мне показалось, что собеседников у нашего хозяина прибавилось; кто-то вдруг отчетливо произнес:

– Так ты опять дорогу, выходит, почистил? Уговор же был!.. – и дальше голоса загудели все разом, совсем уже неразличимо.

Слышно было гулкий бас хозяина, каждое слово которого выдавалось из общего гвалта, словно камень из воды. «Бабы с дитями», сказал он сначала, и потом еще «здоровые все, говорю же – здоровые!», но голоса, которых теперь уже явно было больше двух, продолжали звучать с нарастающей громкостью, пока наконец старик не взревел матерно и почти нечленораздельно, и тогда шум за дверью неожиданно умер, сменившись глухим недовольным ворчанием; а потом внешняя дверь хлопнула, собаки снова резко взлаяли и умолкли, как будто показавшиеся во дворе люди были им знакомы, и стало тихо.

– Ну вот что, – сказал хозяин, вернувшись; лицо у него было мрачное. – Я думал вам предложить еще одну ночь обождать, больно дорога нехороша, но по всему выходит, что надо бы вам нынче же уехать.

Мы смотрели на него молча, и, оглядев нас, он продолжил, досадливо сморщившись:

— Сразу они не полезут, но долго я их не удержу. Вы не подумайте чего, они люди неплохие. Ну, как — неплохие. Люди как люди. Да слишком уж у вас всего с собой много. Они не голодают пока, да и не будут они голодать, нас озеро кормит, и запасов у нас полно, но вот вещи ваши, машины, ружья вон, — он говорил теперь так, словно сердился на нас за то, что одним своим появлением здесь, в этом спокойном и мирном месте, мы нарушили какой-то хрупкий баланс, с трудом достигнутое равновесие, которого никак теперь не поправить, даже если мы уедем сейчас же, сию минуту. — Словом, собирайтесь и езжайте с богом.

Несмотря на то что мы не ели уже больше суток, что-то в его голосе заставило нас без возражений, торопливо засобираться. Удалившись ненадолго, чтобы загнать и запереть собак, все еще принимавшихся нервно лаять где-то снаружи, в темноте, он вернулся и помог нам перенести вещи на улицу, в остывшие за день машины. Все четыре двигателя уже работали, но, не сговариваясь, мы не включили фары; горели только тусклые габаритные огни пикапа, в неярком свете которых мы поспешно, стараясь не шуметь и не хлопать дверцами, забрасывали внутрь спальные мешки и сумки. Лежащая в сотне шагов от нас деревня уже не казалась сонной и безлюдной; на улице по-прежнему не было видно ни одного человека, но окна теперь смотрели настороженно и пристально, и от этих невидимых взглядов, которых, возможно, и не было на самом деле, мы чувствовали себя особенно неуютно. Дети уже сидели в машинах, Лёня устроился на заднем сиденье Лендкрузера, и даже Пёс, отбежавший наконец облегчиться куда-то за сугробы и мигом вернувшийся обратно, уже занял свое место, только мы всё никак не уезжали, потому что у нас оставалось еще одно дело. Важное, жизненно важное дело, к которому мы по какой-то причине никак не могли подступиться. Чтобы выиграть еще немного времени, мужчины закурили, стоя между вполголоса тарахтящими машинами, и хозяин настойчиво говорил что-то о Нигижме, «третий дом по правую руку, там живет такой Иван Алексеич, вы к нему сразу, ты понял? понял?», а Сережа прятал глаза и все поворачивался к отцу, и когда они наконец посмотрели друг на друга, я задержала дыхание, потому что поняла — вот, сейчас. Сейчас это произойдет.

Ира вдруг быстро выступила вперед, загородила собой массивную фигуру хозяина и, прервав его на полуслове, положила свою маленькую руку на огромный задубевший рукав его тулупа, и сказала с нажимом, отчетливо:

— Скажите, у вас же корова там, внутри, да? Корова? — и когда он непонимающе кивнул, продолжила: — Нам бы молока немного с собой, детям на дорожку. Молока бы нам, пожалуйста, а?

Если старик и удивился этой просьбе, прозвучавшей не к месту и не вовремя, на лице у него ничего не отразилось. Коротко глянув на нее сверху вниз, он кивнул и, повернувшись, зашел обратно в дом. Она постояла еще немного, прислушиваясь к его удаляющимся шагам, а потом в два прыжка вдруг оказалась за рулем Витары и резко, даже не закрывая водительской дверцы, с ревом сдала назад, приперев Витариным бампером широкую полукруглую входную дверь.

Застывший на морозе пластик гулко стукнул по деревянным доскам.

— Ну?! — крикнула она из-за руля коротко и зло. — Что вы стоите? Канистры где? Или вы грейдер собрались угонять?

От этого ее окрика Сережа вздрогнул, швырнул недокуренную сигарету под ноги и торопливо побежал к Паджеро; следом метнулся Андрей. Папа, на ходу сдергивая карабин с плеча, бросился к цистерне и принялся старательно откапывать ее массивный бок.

— Молоко? — переспросила я, все еще не веря своим ушам. — Молоко детям?

И она ответила тихо и устало, словно все силы, которые были у нее, вложила в этот свой прыжок за руль и резкий, в полтора метра маневр, который, похоже, стоил Витаре бампера:

— По крайней мере, это лучше того, что они задумали.

— Да он же вернется сейчас, — сказала я безнадежно. — Как только сообразит, зачем ты его отослала. Он же слышал грохот, его вся деревня, наверное, слышала...

— Анька, — проговорила она горько, и я подумала — она первый раз назвала меня по имени, как будто мы просто добрые знакомые, как будто ничего не было. — Он не вернется, — сказала она. — Он уже все понял. Он, наверное, еще вчера понял, как только мы увидели цистерну. А они всё пили этот дурацкий спирт и трепались, а сейчас у них уже не осталось времени, чтобы сделать все правильно.

Разве можно вообще сделать такое — правильно, думала я, распахивая туго набитый Витарин багажник.

Мы же еще недавно были – хорошие люди, он так и сказал: хорошие люди.

В багажнике осталось две десятилитровых канистры, которые папа привез с собой из Рязани; я схватила их и побежала к цистерне.

– Стой, – негромко сказал папа, и выпрямился, и выставил вперед карабин; он смотрел поверх моего плеча, не на меня.

Старик стоял у стены дома – без шапки, в распахнутом тулупе, как будто накинутом второпях, но в руках у него ничего не было, ни ружья, ни топора, ничего. Почему-то первой моей мыслью было – у него же сейчас замерзнет голова. Он, наверное, потерял шапку, пока бежал кругом, ну конечно, в таком огромном доме обязательно должен быть второй выход, как глупо. А потом я подумала – он вернулся. Вернулся, а ведь она сказала, он ни за что не выйдет.

– Нам нужно всего литров триста, – сказал папа все так же вполголоса. – Мы лишнего брать не будем, нам просто доехать до места. Ты же сам говорил – плохая дорога. Мы за весь путь не нашли почти никакого топлива, а дальше, сам знаешь, останавливаться вообще будет нельзя. Ты, главное, стой спокойно, мы сольем немного и уедем, и ты нас больше не увидишь никогда. Ты хороший мужик, Михалыч, и при других обстоятельствах – сам понимаешь...

Старик молчал.

– Ну зачем тебе столько солярки – одному, – сказал папа уже громче. – Это же на целую зиму хватило бы дороги чистить! А кому они сдались сейчас, твои дороги! Ты пойми, мы без этой солярки не доберемся, доедем разве что до Пудожа – и всё, она нам нужна, понимаешь, нужна как воздух! – тут он умолк, и в наступившей тишине слышно было только, как щелкает заправочный пистолет и с тяжелыми неравномерными всплесками хлюпает внутри канистры переливаемое топливо.

Старик подождал немного, как будто проверяя, не скажет ли папа еще что-нибудь, а потом покачал головой и произнес:

— Чудные вы люди, — он сказал это без гнева и даже, пожалуй, удивленно. — Не по-людски у вас все как-то, ей-богу. У меня там тыщи две с половиной литров еще осталось. Что ж вы нс попросили?

И потом уже просто стоял, равнодушно и молча, словно потеряв к нам всякий интерес, в течение всего времени, пока Сережа с Андреем возились с канистрами; и потом, когда была заполнена последняя, а папа, уже опустивший карабин, повторил еще раз «вот видишь, ровно триста, я же обещал, мы лишнего не возьмем»; и пока они поспешно распихивали потяжелевшие канистры по машинам; и когда Сережа, вернувшись, но не поднимая глаз, проговорил «может, тебе патроны нужны? для ружья? или лекарства? у нас есть, ты не сердечник, нет? возьми, пригодится! не тебе, может, еще кому-нибудь? нет?», и когда мы расселись уже по машинам и в последний раз взглянули на него, стоящего с непокрытой головой у стены своего громадного пустого дома. Даже тогда он не произнес больше ни единого слова. Ни одного.

Когда мы выехали на дорогу, ведущую дальше, к Нигижме, пошел мелкий, негустой снег.

Глава двадцать первая

Мы ехали быстро, насколько было возможно по засыпанной снегом дороге, и я поймала себя на том, что все время оборачиваюсь назад, чтобы убедиться, пуста ли дорога позади. Почему-то я была уверена, что человек, приютивший нас в эту ночь и позволивший забрать свое топливо, не бросится за нами в погоню сразу после нашего поспешного отъезда, но вот те, другие, приходившие сегодня к нему в дом, запросто могли это сделать – особенно теперь, когда мы дали им повод, когда первыми нарушили правила. Вероятно, эта мысль пришла в голову не только мне, и потому до самой Нигижмы мы мчались, не останавливаясь и даже не переговариваясь по рации, несмотря на то, что нам срочно нужно было покормить детей, поесть самим и залить наконец топлива в опустевшие баки. Подгонял нас еще и начинающийся снегопад, пока безобидный, но способный в любую минуту набрать силу и преградить нам путь, на этот раз – окончательно.

Если бы не предупреждение старика о том, что Нигижма еще жива, мы ни за что бы об этом не догадались; проезжая сквозь эту темную, настороженно молчащую деревню, легко было предположить, что она уже погибла или что жители покинули ее. Мне показалось, правда, что за одним из обращенных к дороге окон мелькнул и пропал какой-то тусклый огонек, но и он запросто мог быть всего лишь отражением наших фар.

– Ты думаешь, здесь кто-нибудь остался? – спросила я у Сережи, и он ответил:

– Не знаю, Ань. Неделя теперь – большой срок. Здесь могло случиться все что угодно, а старик об этом даже не узнал бы.

И я подумала, действительно, сколько это – неделя? Две недели назад мы еще были дома. Город к тому моменту уже закрыли, но мама еще была жива, и папа не постучал еще ночью в балконную дверь нашей гостиной, чтобы сообщить нам о том, какие мы беспечные дураки. Две недели назад у нас в запасе оставалось еще несколько дней до момента, когда наш привычный мир неожиданно рухнул – весь, целиком, не оставив никакой надежды на то, что ужас иссякнет, закончится сам собой, что можно просто затаиться и переждать его. Трудно было поверить в то, что каких-то две недели назад в это время мы втроем – я, Сережа и Мишка – наверное, сидели за ужином в нашей уютной светлой кухне под абажуром из цветного стекла, и самой большой моей заботой было – что приготовить завтра на обед. Хотя нет, конечно, нет, две недели назад мы уже попытались проникнуть в город – и я, и Сережа, и уже начали беспокоиться о тех, кто остался внутри, за кордонами, но надежда, надежда у нас еще была. Мы никого еще не потеряли тогда, чужие люди не застрелили еще Лёнину собаку, и не сгорел дотла ближайший к дороге пряничный домик в соседнем коттеджном поселке, и мы ни разу даже не задумались о бегстве, чувствуя себя в полной безопасности в стенах своего прекрасного нового дома. Невозможно представить, что все это было у нас каких-нибудь две недели назад.

Именно поэтому оказалось так легко поверить в то, что одной недели, в течение которой с Нигижмой не было связи, с лихвой хватило бы для того, чтобы болезнь добралась сюда и погубила всех ее немногочисленных жителей, или те самые появившиеся в округе «лихие люди», как назвал их старик, нашли наконец сюда дорогу; и деревня эта кажется такой безлюдной и мертвой потому, что она на самом деле безлюдна и мертва, и нет уже никакого Ивана Алексеича в третьем доме справа, к которому мы по-прежнему, между прочим, могли обратиться за помощью, если бы у нас хватило теперь на это совести. Правда, все могло быть иначе. Возможно, четыре больших, тяжело загруженных автомобиля, издалека заметных на пустынной дороге, заставили обитателей деревни запереться в домах, спрятаться, и сейчас они наблюдают за нами из темноты своих окон, провожая нас глазами; кто-то с недоверием и страхом, а кто-то, очень может быть, через прицел охотничьего ружья.

— Не нравится мне здесь, — сказала я, поежившись. — Поехали быстрее.

— Пап, давай поскорее проскочим, — тут же сказал Сережа в микрофон, словно ждал этих моих слов, и папа ответил ворчливо:

– Не могу я быстрее! Дорога видишь какая, не хватало еще посреди деревни завязнуть. Не паникуйте, если они сразу на нас не набросились, то дадут нам проехать.

Я смогла выдохнуть только километра через три-четыре после того, как неприветливая Нигижма скрылась за поворотом и пропала, словно ее и не было, и заснеженные поля по обеим сторонам дороги снова сменились густым лесом. В этот момент Андрей сказал:

– Всё, ребята. Не знаю, как у вас, а я все топливо сжег. Бак пустой, больше мы не протянем. Давайте остановимся.

– Отъедем еще хотя бы километров на пять, – предложил папа. – Нехорошо вот так, у них под носом..

– Я последних пятнадцать километров тяну на честном слове, – Андрей говорил тихо, почти шепотом, но слышно было, с каким трудом он заставляет себя сдерживаться. – Между прочим, я топливо спалил, пока Лендкрузер ваш вытаскивал, так что если я говорю – больше мы не протянем, значит, не протянем! – едва закончив фразу, он свернул к обочине, и нам ничего не оставалось, как последовать его примеру.

Стоило мне распахнуть пассажирскую дверь, как Пёс тут же вскочил и попытался даже просочиться между спинкой моего сиденья и боковой стойкой; как только я выпустила его, он немедленно бросился в лес, петляя между деревьями, и исчез, а я с тревогой смотрела ему вслед, думая о том, что неожиданно из всей нашей странной компании я выбрала не человека, а этого большого, незнакомого и, пожалуй, даже не слишком дружелюбного зверя, чтобы добавить в короткий список тех, за кого готова беспокоиться. Этот список – или, скорее, круг – всю жизнь был у меня невелик, а в последние несколько лет сжался еще сильнее и вмещал уже только самых близких: маму, Сережу и Мишку; даже Ленка – и та была в последнее время скорее снаружи, чем внутри, и дело было даже не в том, насколько им удалось поладить с Сережей. Просто с тех пор, как он появился, весь остальной мир как-то обесцветился и отступил, сделался неважен, как будто кто-то отделил от меня всех, кого я знала раньше – друзей, знакомых, коллег, – прозрачным колпаком, притупляющим звуки и запахи, и все они превратились в тени на стене, узнаваемые, но не имеющие больше значения. И вот теперь этот желтый хмурый пёс, приходящий, когда ему вздумается, заставляет меня искать его глазами и переживать о том, что он не успеет вернуться. О том, что я не сумею уговорить остальных подождать его.

Я вышла на обочину и, выудив смятую пачку из кармана, на ощупь нашла последнюю сигарету. Мужчины выгружали на снег тяжелые, уютно всплескивающие канистры, перекрикиваясь: «Андреич, посвети, я лючок не вижу», «Мишка, хорош, эта последняя, больше не влезет», а я все шла по застывшему краю дороги с незажженной сигаретой в руке и не могла заставить себя остановиться. Мне вдруг остро, непреодолимо захотелось отойти как можно дальше, чтобы и свет фар, и человеческие голоса на какое-то время исчезли. Ненадолго, хотя бы на минуту, на пять минут остаться одной в морозной свежей темноте. Мне просто нужна была пауза после ночи, проведенной с чужими женщинами в тесной и душной комнате, и я сделала пять шагов, десять, а потом Сережа окликнул меня:

— Анька! Ты куда?

Я даже не смогла ему ответить, просто махнула рукой и шагнула еще раз, и еще. Мне надо уйти, чтобы не видеть никого из вас, я так устала от того, что рядом все время кто-то есть. В конце концов, это ведь ненастоящее одиночество, а всего лишь его иллюзия, безопасный суррогат. Сразу меня не хватятся, я просто побуду здесь, в тишине, а когда они покончат с делами и позовут меня, услышу и вернусь.

Снег вдоль дороги был нетронутый и чистый, и, не заботясь о том, как выгляжу со стороны, я легла на спину и запрокинула голову, и только сейчас заметила, что снегопад прекратился так же неожиданно, как начался. Лежать было холодно и мягко, как на пуховой перине в нетопленой спальне. В черном безлунном небе отчетливо проступили вдруг крупные яркие звезды, а я лежала на спине и курила — с наслаждением, не спеша. Здесь темно, и никто не увидит меня, не станет спрашивать — какого черта ты лежишь на снегу; это невозможно объяснить, я и не смогла бы объяснить им, почему мне это так необходимо. Краем уха я все еще слышала шум голосов, хлопанье дверей, но звуки были теперь очень далекими, почти ненастоящими; казалось, можно сделать над собой легкое усилие и перестать их слышать совсем, и мне это почти удалось, пока вдруг не стало ясно, что в однородный успокаивающий гул вплетается еще один лишний, посторонний звук. Приподнявшись на локте, я вгляделась в петляющую от Нигижмы дорогу, и вскочила, и побежала назад со всех ног, как могла быстро.

Заправка была почти уже закончена, хотя пустые канистры еще вповалку лежали на снегу. На шум моих шагов Сережа оглянулся, и я крикнула, задыхаясь:

– Машина! Там, сзади!.. – и по отчаянному взгляду, который он бросил к непролазной стене деревьев, я поняла, что опоздала.

Сначала нужно было найти Мишку. Потом на заднем сиденье Лендкрузера я различила массивную Лёнину фигуру и рядом с ним, светлым пятном – белый Маринин комбинезон; папа, Андрей, Наташа – все были тут же, рядом, и только Витара стояла пустая, с распахнутой дверцей. Ни Иры, ни мальчика не было.

– Ира! – крикнула я, и как только эхо моего голоса стихло, мотор приближающегося автомобиля стал уже отчетливо слышен. Свет фар прорезал частокол голых обледеневших стволов, вспыхнул на заснеженных ветках.

– Аня, беги в лес, – выдохнул Сережа, шаря за сиденьями Паджеро, чтобы вытащить ружье. – Девочки, все бегите в лес!.. – и поскольку мы не двигались с места, остолбеневшие, испуганные, он обернулся, больно тряхнул меня за плечо и рявкнул:

– Аня, ты слышишь меня?! В лес! – и толкнул, так что я почти потеряла равновесие. – Ирку там найди с Антоном, и не выходите, пока я вас не позову вас. Поняла? – я неуверенно попятилась, и он повторил: – Поняла? – и дождался, чтобы я кивнула, и только после повернулся назад, к дороге.

Убежать мы не успели; автомобиль, который я услышала слишком поздно, был уже совсем рядом. Метрах в тридцати он резко сбавил скорость и, все больше замедляясь, словно нехотя подкатился, и мы наконец смогли разглядеть его: приземистый, грязно-зеленого цвета УАЗ «буханку» с широко расставленными круглыми фонарями.

Почти поравнявшись с нами, «буханка» резко вильнула на встречную полосу и замерла, тихо урча и выпуская пар из выхлопной трубы; дверцы ее оставались закрытыми. На дорогу никто не вышел.

– За машину спрячьтесь, – бросил Сережа вполголоса, не оборачиваясь, но мы и так уже инстинктивно отступили под защиту наших перегруженных автомобилей. Пригнувшись, он осторожно обошел пикап, плотно уперся локтями в широкий капот и вскинул ружье.

Позади что-то хрустнуло. Обернувшись, я увидела Иру с мальчиком, не спеша выбирающихся из леса; неужели не слышала, подумала я, она, всегда такая осторожная. Слышно было, как она говорит мальчику:

– ...что значит – не голодный? Надо поесть, обязательно.

– ...а собаке дадим? – тонким голосом спросил мальчик, но она не ответила, потому что увидела наконец наши напряженно застывшие фигуры, Сережу с ружьем и чужую машину на противоположной стороне дороги, и тогда одной рукой она быстро зажала мальчику рот (он возмущенно пискнул и дернулся), а второй одним движением притянула его к себе и упала вместе с ним в снег там же, где стояла, и больше уже не шевелилась.

В этот момент пассажирская дверь «буханки» распахнулась, и какой-то человек, невысокий и коренастый, в растянутом вязаном свитере, принялся неуклюже вылезать из нее. Затем он поступил очень странно: вместо того чтобы попытаться разглядеть нас или даже просто к нам обратиться, человек этот, уже весь находясь снаружи, зачем-то повернулся спиной, просунул голову в распахнутую дверь и прокричал куда-то в салон, не раздраженно, а даже, скорее, весело:

– Да не открывается у тебя окно, говорят тебе! Нихрена у тебя в машине не работает!

Кто-то невидимый изнутри «буханки» – по всей вероятности, тот, кто сидел за рулем, – что-то отвечал ему настойчиво и встревоженно, но слов я не расслышала, а человек, стоящий на дороге, только отмахнулся комичным, преувеличенным жестом, означавшим что-то вроде «а, толку с тобой разговаривать», и бодро зашагал в нашу сторону, крича:

– Не бойтесь! Я доктор! Доктор я! – и поднял перед собой руку с прямоугольным пластиковым чемоданом, какие бывают у врачей скорой помощи; в чемодане что-то отчетливо громыхнуло.

– А ну, стой! – крикнул папа и чуть качнулся к свету, чтобы приближающийся человек увидел карабин. Человек остановился, но чемодан не опустил, а, напротив, поднял его еще выше и повторил все так же громко:

– Доктор, говорят же вам! У вас все в порядке? Помощь не нужна? – и тогда я еще раз взглянула на «буханку» и в самом деле увидела на передней ее двери прямоугольник с красными буквами «МЕДСЛУЖБА» и ниже – отчетливый красный крест в белом кружке.

– Нам не нужен доктор! – крикнул папа человеку с чемоданом, – проезжайте себе мимо!

– Вы уверены? – спросил человек, напряженно вглядываясь вперед, словно пытаясь разглядеть лицо своего вооруженного собеседника. – А что ж вы тогда тут торчите? Ничего не случилось?

– Да в порядке мы, ядрить твою... – со злостью рявкнул папа. – Никто нам не нужен!

Человек с чемоданом постоял еще немного, а потом опустил руку и проговорил, как мне показалось, разочарованно:

– Ну, не нужен, так не нужен, – и повернулся было, чтобы направиться назад, к «буханке», как вдруг тонкий голос откуда-то справа прокричал ему в спину:

– Подождите! – и он тут же замер и вскинул голову. – Не уезжайте!

– Маринка, – зашипел папа, повернувшись. – А ну вернись на место, – но она уже выскочила на дорогу и бежала к человеку с чемоданом, высокая, с упрямой тонкой спиной, а добежав, неожиданно поскользнулась и едва не упала, так что ему пришлось подхватить ее, и заговорила быстро и жалобно:

– Не уезжайте! Они ничего вам не сделают! Там мой муж, его ударили ножом. Идемте, я покажу! – и потащила его к Лендкрузеру.

Мы смотрели, как она включает свет в салоне, как поспешно вытаскивает из машины девочку, за ней – детское автомобильное кресло, бросает его прямо на обочину и с усилием пытается сдвинуть вперед широкие передние сиденья и сражается с ними до тех пор, пока человек с чемоданом не говорит:

– Погодите, давайте я.

Девочка – неодетая, в расстегнутом комбинезоне, захныкала, но Марина, казалось, даже этого не услышала. Человеку с чемоданом удалось победить передние сиденья, и он по пояс скрылся внутри большой черной машины. Снаружи остались только его ноги на высокой подножке, а Марина обежала Лендкрузер и, распахнув противоположную дверь, тоже просунула голову в салон. Девочка захныкала громче, и тогда сидевшая на корточках Наташа воскликнула в сердцах:

– Да что же это такое, черт бы ее побрал совсем! Даже шапку ей не надела, – вскочила и подбежала к плачущей девочке: – Господи боже, не плачь, не плачь, солнышко, все в порядке. К папе доктор пришел, сейчас мы тебя застегнем…

Скорчившись за машинами, все мы почувствовали себя теперь довольно глупо. И вот уже Андрей, выпрямившись во весь свой высокий рост, вышел из укрытия и пошел к жене, а за ним, неуверенно оглянувшись на меня, из-за Витары показался Мишка; в руках у него было одно из Сережиных ружей. Последним, досадливо сплюнув себе под ноги, сдался папа.

Человек с чемоданом тем временем высунулся наружу и, не спускаясь с подножки, прокричал в сторону «буханки»:

– Коля! Принеси мне черную сумку мою, где-то сзади должна быть! Коля, слышишь? А, ладно, сам схожу, – и, легко спрыгнув с подножки, торопливо зашагал через дорогу, а недоверчивый его напарник уже выходил ему навстречу, не заглушив, впрочем, двигатель и не захлопывая дверцу; обойдя машину, он все тем же недовольным голосом говорил человеку с чемоданом:

– Не знаю я, где твоя сумка, вечно суешь ее куда попало, сам и ищи! – и пока тот рылся в салоне «буханки», снова запихнувшись в нее почти по пояс и явив нашим взглядам стоптанные подошвы своих ботинок, слишком больших для такого невысокого человека, насупленный Коля с длинным худым лицом, покрытым седоватой щетиной, стоял рядом, мрачно и безо всякой приветливости рассматривая нас; в руке у него была вызывающе зажата увесистая монтировка.

Спустя несколько мучительно долгих минут сумка была наконец обнаружена и переправлена в Лендкрузер. Недолго помаявшись возле своей «буханки», мрачный Коля заглушил-таки двигатель и, пошарив еще немного в салоне, вытащил оттуда что-то бесформенное, и, сунув монтировку под мышку – он пока явно не готов был расстаться с ней, – независимо проследовал мимо, всего раз стрельнув в нас колючим презрительным взглядом, и проговорил ворчливо прямо в обширную спину своего спутника:

– Ты оденься хоть, Пал Сергеич, замерзнешь ведь, – и попытался просунуть в салон свой бесформенный сверток, оказавшийся толстой зимней курткой. «Пал Сергеич» только досадливо отмахнулся, не оборачиваясь, и тогда Коля прижал куртку к груди, да так и замер неподалеку, покачивая головой, словно родитель, уставший от проделок своего непоседливого ребенка, говоря себе под нос:

– Не бойтесь, главное. Из ружья в него целятся, так он кричит – не бойтесь. А у нас из оружия одна только монтировка. Сколько раз ему говорил, не суйся ты, Сергеич, черт тебя задери совсем – нет, надо ему непременно влезть! – тут он поднял голову и яростно сверкнул на нас глазами: – А вы тоже хороши. Им помочь предлагают, а они давай из ружья целиться! — возмущенно фыркнув, он помолчал немного, а потом произнес уже другим голосом: — Закурить у вас нету? Мы уж дней пять как не курили.

Через десять минут, выкурив подряд две сигареты из пачки, которую папа протянул нехотя, с видом настолько же неприветливым, как и у нашего нового знакомца, и деловито засунув третью себе за ухо, сумрачный Коля поведал нам, что «если кто замерз, пускай в машине посидит, Пал Сергеич как дорвался до пациента, его никак не остановить, залечит по самое тово...». Потом он со знанием дела прогулялся вдоль наших припаркованных у обочины машин, попинал колеса, а возле Лендкрузера произнес «это ж сколько она жрет у вас, вокруг заправки только и кататься» и бросил нежный, ласкающий взгляд на стоящую с противоположной стороны «буханку». Мне казалось, что ему не терпится, чтобы мы его расспросили, но стоило задать ему первый вопрос, как он тут же снова поскучнел, насупился и пробурчал что-то вроде «вот Пал Сергеич закончит, его и спрашивайте, я что — я баранку крутить».

Наконец и доктор, и Марина показались снаружи, оставив Лёню лежать на сиденье.

— Вот, — сказал он, — возьмите, — и протянул ей маленький белый тюбик. — Расходуйте экономно. Больше у меня, к сожалению, уже не осталось. Рану обрабатывать минимум два раза в сутки. Дней на пять-шесть вам точно хватит. И — вы запомнили? — не торопитесь снимать швы, сами увидите, когда это можно будет сделать, — а она стояла, сжимая драгоценный тюбик в руках, высокая, почти на голову выше этого коренастого человека, похожая на тонкокостную арабскую лошадь рядом со скучным рабочим осликом, и просто кивала ему, кивала после каждого слова, ухитряясь непостижимым образом смотреть на него снизу вверх, и на лице ее были написаны одновременно священный ужас и обожание.

Доктор сделал наконец попытку вырваться за пределы Марининой благодарности, угрожающе сгущавшейся с каждой секундой. Казалось, еще мгновение, и она бросится перед ним на колени или, чего доброго, начнет целовать ему руки.

– Не волнуйтесь, – нервно говорил он, отступая. – Все с ним будет в порядке. Небольшое воспаление есть, но под воздействием местных антибиотиков скоро все заживет. При нормальных обстоятельствах я бы назначил еще и внутрь, но запасы мои очень ограничены и могут потребоваться для куда более серьезных случаев. Мои поздравления тому из вас, кто его зашивал. Шов хороший, аккуратный, чувствуется крепкая мужская рука.

Тут он, любезно улыбаясь, почему-то посмотрел на папу, который хмуро кивнул на Иру, стоявшую тут же, с мальчиком, опасливо выглядывающим из-за ее ноги:

– Она шила, вообще-то.

– О! – сказал доктор и посмотрел на нее. – О, – повторил он и добрых полминуты ничего больше не говорил.

– Послушайте, – спросил Сережа. – Павел Сергеевич, да? – тут доктор пришел в себя и часто, приветливо закивал. – Что вы вообще здесь делаете? Вдвоем, в таком месте, в такое время? Куда вы едете? Откуда?

– А потому что вожжа кому-то под хвост попала, – нависая над плотным плечом доктора, сообщила внезапно возникшая из темноты вытянутая Колина физиономия, и доктор засмеялся:

– Николай, безусловно, несколько склонен к красочным эвфемизмам, но тут, боюсь, он совершенно прав. Именно что вожжа, – и, перебивая друг друга, они принялись рассказывать.

Точнее, говорил в основном доктор, а мрачный Коля в случаях, когда ему казалось, что рассказ неполон, вставлял несколько слов от себя: о том, как почти три недели назад, уже после того, как пришло известие, что Москва и Питер закрылись на карантин, главврач больницы, в которой оба они работали, долго говорил о чем-то по телефону с Петрозаводском, и из-за закрытой двери кабинета доносился время от времени его раздраженный голос: «нет, это *вы* мне скажите, что делать!» и «у меня уже пять случаев только в городе, и еще из района должны вот-вот привезти с похожими симптомами!», а затем с оглушительным грохотом швырнул трубку на рычаг, вышел к собравшемуся под дверью персоналу и хмуро произнес: «В общем, так. Надо ехать в Петрозаводск».

Почему-то все они были уверены тогда, что вакцина есть; может быть, в ограниченном количестве, экспериментальная, не прошедшая испытаний – но есть, просто по какой-то причине в их крошечный районный центр ее не шлют, потому что она нужнее в столицах, чем на окраине, до которой, как водится, столицам этим нет никакого дела. Решено было снарядить экспедицию в управление здравоохранения, «ну и тут мы с Николаем, надо сказать, оказались идеальными кандидатами, потому что оба мы не семейные», сказал доктор и, снова взглянув на Иру, слегка порозовел.

На прощание главврач сказал: «Паша, ты просто сядь у них там в приемной, и не двигайся с места, и не слушай никаких обещаний, понял? Без вакцины не возвращайся», а потом они ехали всю ночь, почти четыреста километров по скверной мёрзлой дороге, и к утру следующего дня были уже в Петрозаводске.

В управлении до них действительно никому не было дела, так что, просидев до обеда в приемной, наш доктор вынужден был нарушить все мыслимые и немыслимые правила и просто ворвался в кабинет замначальника управления, прервав его посреди планерки, продолжавшейся всю первую половину дня, и прямо с порога разразился пламенной речью, текст которой он вертел в голове, ворочаясь без сна на переднем сиденье тряской «буханки». Но не успел он дойти и до середины своих аргументов, сидевший во главе стола измученный человек с грустным, как у спаниеля, лицом, закричал ему с неожиданной яростью: «Пять случаев, говорите? А у меня пять тысяч случаев за две недели! И каждый день еще по пятьсот! И с Питером связи нет со вчерашнего дня! Нету у меня вакцины, нету, и ни у кого нету, они там ждут, пока мы все вымрем к такой-то матери!» Тут он сделал паузу, чтобы перевести дух, а затем сказал уже чуть спокойнее: «Ваша главная удача, мой дорогой, заключается в том, что вы далеко и вас мало. Поверьте мне, вы там у себя в гораздо более выигрышном положении, чем мы здесь, так что забирайте, на чем вы там приехали, и катитесь отсюда обратно к себе в район. И молитесь, черти, молитесь на свои пять случаев». Доктор наш, безусловно, на этом не сдался и до конца дня толкался в тесных коридорах управления, хватая за рукав пробегавших мимо людей, перехватывая разговоры, пытаясь куда-то еще звонить, что-то доказывать, и только к вечеру наконец понял, что этот смертельно уставший человек, кричавший на него в своем кабинете, был совершенно прав: эпидемия вышла из-под контроля, если он вообще был, этот контроль, и то, что теперь происходит, – уже стихийная, неуправляемая катастрофа. Единственное, чего ему удалось добиться, – небольшой прямоугольной бумажки с печатью, с указанием выдать ему, Красильникову Павлу Сергеевичу, на петрозаводском аптечном складе две тысячи доз противовирусного препарата. «Только он не поможет», безнадежно сказали ему, «он от гриппа, но не от *этого* гриппа». Когда же он, сжимая драгоценную бумажку в руке, выбежал на улицу, выяснилось, что Колю с его санитарной «буханкой» угнали на принудительную эвакуацию заболевших, и тогда он пешком, спрашивая дорогу, побежал к аптечному складу, с ужасом наблюдая опустевшие улицы с редкими санитарными машинами, с прохожими без лиц, в одинаковых белых и зеленых масках, пункты выдачи продовольствия с молчаливыми тревожными очередями – словом, все, что было всем нам и без его рассказа знакомо даже слишком хорошо.

К моменту, когда Коля наконец нашелся, измочаленный и перепуганный насмерть, в съехавшем набок респираторе, вожделенные две тысячи доз, упакованные в три небольших прямоугольных сумки, были уже получены; и, несмотря на усталость и шок, оба они, оказалось, готовы были немедленно выезжать обратно, чтобы поскорее сбежать из трехсоттысячного города, уже бившегося в безнадежной агонии у них на глазах. К счастью, перед вынужденным рейдом опустевший «буханкин» бак доверху залили бензином, и потому они прыгнули в машину и рванули к выезду из города. Только вот вырваться им не удалось. Не доехав до трассы нескольких километров, они уперлись в глухую стоячую пробку, состоящую из машин, переполненных такими же, как они, обезумевшими от страха людьми и груженных чемоданами и тюками, наспех закрепленными на крышах и торчащими из незакрытых багажников. И пока Павел Сергеевич оставался в «буханке», то и дело оборачиваясь на бережно сложенные сзади сумки с лекарствами, Коля быстро сбегал вперед и вскоре вернулся с известием, что из города уехать нельзя — выезд перегорожен грузовиками, возле которых стоят вооруженные люди и никого не выпускают. С грехом пополам развернувшись через боковые улицы, они, петляя, сделали еще несколько попыток покинуть город, но на всех выездах ситуация была совершенно такая же: с опозданием на неделю в Петрозаводске ввели карантин, и отчаянная эта мера призвана была, скорее, не спасти обреченный город, помочь которому было уже нельзя, а защитить от безжалостной болезни тех, кто остался снаружи.

О том, что они делали в осажденном городе в течение трех недель карантина, сказано было немного; «говорю же, надо ему непременно влезть», с какой-то пасмурной гордостью сообщил Коля, завладевший еще одной сигаретой из папиных запасов. Мы поняли только, что одну из трех сумок, добытых на опустевшем аптечном складе, пришлось-таки распечатать; и, возможно, именно это, а может, просто необъяснимая удача помогла им обоим не заразиться, несмотря на два десятка дней, проведенных в тесном контакте с умирающими людьми. «Понимаете, это бесценный клинический опыт, — волнуясь, сказал доктор, поочередно заглядывая нам в глаза, словно ему было смертельно важно убедить именно нас, — этот вирус, безусловно, очень опасен, но убивает не он! Я уверен, уверен, что заболевшего человека можно спасти, если бы как-то удалось предотвратить геморрагическую пневмонию, которая развивается только на четвертый-шестой день. Инкубационный период короткий, необычно короткий, иногда это несколько часов, максимум — сутки, и это, конечно, очень плохо для пациента, но в целом, в целом это хорошо, понимаете? Если бы в самом начале грамотно наладили диагностику, заболевших можно было бы вполне эффективно изолировать, только они же, как всегда, до последнего делали вид, что все не так страшно, чтобы не было паники, а потом уже было поздно!..» — закончил он с отчаянием в голосе и замолчал.

После паузы они рассказали нам, что, когда три недели спустя бесполезные уже кордоны пали, потому что часть охранявших их военных заразилась, а вторая — разбежалась по окрестностям, оба они погрузились в свою «буханку» и предприняли еще одну попытку вернуться домой. Из города они выехали беспрепятственно, но по дороге к Медвежьегорску, не доезжая Шуи, им навстречу попалась искореженная помятая машина с растрепанной, белой от ужаса женщиной за рулем. Разглядев красный крест на борту «буханки», женщина эта остановила машину и бросилась практически им под колеса, и, когда они остановились («надо же ему влезть!» с мрачным удовлетворением снова сказал Коля), выяснилось, что на заднем сиденье искореженной машины лежит муж этой женщины с пулей в животе, и пока доктор предпринимал бесполезные, отчаянные попытки его спасти, женщина перестала рыдать и обессиленно опустилась на землю, прижавшись спиной к грязному колесу. Из ее рассказа, прерываемого то и дело резкими судорожными вдохами, Коля понял, что лежащую слева от трассы Шую разграбили и сожгли, а почти сразу за ней они с мужем наткнулись на засаду. И когда они попытались вырваться, тараня перегородившие дорогу машины, кто-то несколько раз выстрелил им вслед, и первый выстрел лишил их машину заднего стекла, а второй – и это подтвердил бледный, перепачканный кровью Павел Сергеевич – стоил жизни ее мужу.

Они взяли женщину с собой. Убедившись в том, что муж мертв, она покорно позволила усадить себя в «буханку», не взяв из своей изуродованной машины ни единой вещи, и за все время, пока они возвращались к Петрозаводску, не произнесла больше ни слова; все эти сорок минут с заднего сиденья раздавался только мерный, пугающий их обоих стук ее головы о боковое стекло автомобиля всякий раз, когда он подпрыгивал на ухабе. В центре города она вдруг попросила их остановиться и затем, безразлично отмахнувшись от уговоров ехать с ними дальше, медленно ушла от них прочь по одной из узких боковых улиц. Снова оставшись вдвоем, они приняли решение возвращаться другой дорогой, обогнув Онежское озеро с левой стороны, через Вытегру и Нигижму. Ни один здравомыслящий человек не отважился бы в такие времена выбрать этот маршрут, но широкая мурманская трасса была теперь для них недоступна, и если они все же хотели добраться до дома, с опозданием на три недели и с лекарством, которое было не в состоянии (это они уже знали точно) никому помочь, другого выхода у них не было.

Несколько раз по дороге они едва не пропали. Один раз, когда застряли в перемете, похожем на тот, который и нам едва не стоил жизни, но оказался чуть меньше нашего, и потому они вдвоем, работая без перерыва несколько часов, смогли раскидать его и расчистить путь для «буханки»; второй – когда каким-то непостижимым образом, с трудом продвигаясь по рыхлому снегу, пробили колесо, и немедленно выяснилось, что запаски в «буханке» нет, она сгинула еще в Петрозаводске, во время одного из эвакуационных рейдов, и тогда Коля, чудовищно матерясь и замерзая до костей, бесконечных два часа пытался исправить ситуацию подручными средствами, и в результате разбортировал-таки колесо и ухитрился как-то заделать застывшую на морозе покрышку. Ее приходилось подкачивать каждые тридцать-сорок километров, но ехать дальше было можно. Они провели в дороге восемнадцать часов без перерыва, и все это время Коля был за рулем, «у меня и прав нет, так и не собрался, знаете», застенчиво сообщил доктор. Опасаясь засад, они не рискнули попроситься на ночлег ни в одной из лежавших на их пути деревень, но, увидев наши машины, припаркованные у обочины, все же остановились.

– Понимаете, я увидел мальчика, – доктор указал на Антона, жмущегося к Ириному бедру. – Николай не хотел останавливаться, особенно теперь, когда мы почти добрались, но я подумал – с вами дети. Вдруг что-то случилось, – тут он замолчал и опять улыбнулся, словно извиняясь за то, что рассказ получился таким длинным.

Некоторое время все мы молчали, переваривая эту сбивчивую историю.

– А где она, эта ваша больница? – наконец спросил Сережа.

– Так в Пудоже. Я разве не сказал? – удивился доктор. – Здесь недалеко, километров пятнадцать.

– Послушайте, – сказала вдруг Марина и положила узкую ладонь на рукав мятой куртки, которую где-то в середине разговора Коля безапелляционно нахлобучил-таки доктору на плечи и несколько раз возмущенно водружал ее, сползающую, на место, когда тот особенно оживленно размахивал руками. – Нам сказали, в Пудоже неспокойно. Не надо вам одним туда ехать. Подождите нас и вместе поедем, давайте?

– Неспокойно? – переспросил доктор, грустно улыбаясь. – А разве где-то сейчас спокойно?

– И все равно! – с жаром, которого я ни разу у нее не замечала, сказала Марина. – Так безопаснее, ну как вы не поймете! Мало ли что там, в этом вашем Пудоже, могло случиться за три недели. Подождите нас, мы готовы ехать, мы же готовы, да? Готовы?

– Нет, – вдруг сказала Ира. – Мы не готовы.

– Ну да, мы не поели, – произнесла Марина с отчаянием, – но можно ведь по дороге, Ира, ну нельзя им дальше одним...

– Дело не в этом, – сказала Ира. – Мы не можем ехать дальше, потому что в Витаре кончился бензин.

Разумеется, я этого ожидала. Разве могла я забыть. Все время, пока мы двигались вперед, уменьшая расстояние, отделявшее нас от озера, нельзя было думать ни о чем другом: хватит ли нам топлива, чтобы добраться. Я помнила об этом, пока сидела за рулем, наблюдая за движением тоненькой красной стрелки; в нем не было плавности, стрелка могла не двигаться час, полтора, а затем резко падала вниз, и каждый раз точно так же падало мое сердце, потому что машина – не только Витара, любая из четырех наших машин означала на этой длинной опасной дороге жизнь, была ее синонимом. Я помнила об этом, когда мы нашли брошенный грузовик, и потом, на пустых заправках возле Кириллова, и когда мы грабили цистерну. Несколько раз за десять дней нам везло, и у трех дизельных автомобилей было теперь достаточно топлива, чтобы доехать до цели, но бензина, если не считать жалких нескольких литров, обнаруженных папой в дачном поселке, бензина мы не нашли нигде. Просто я оказалась не готова к тому, что это случится так скоро, и потому все-таки переспросила, чувствуя себя очень глупо:

– Как – кончился? Уже?

– Ну, его хватит еще километров на десять–пятнадцать, – сказала она. – Но лампочка горит, и мы подумали, лучше здесь, а не посреди города, в котором неизвестно, что творится...

– Я просто не успел тебе сказать, – быстро перебил ее Сережа. – Витару придется оставить здесь, Аня. Мы сейчас перегрузим вещи, и сесть придется поплотнее. Ничего, не страшно, осталось километров триста пятьдесят, дотянем как-нибудь, – и продолжил, уже обращаясь к доктору: – Слушайте, может, вы и правда нас подождете? Нам только вещи перекинуть, вряд ли это займет больше получаса.

– Вы простите, – тут же виновато ответил доктор, прижимая к груди свою широкую короткопалую ладонь. – Больше мы задерживаться никак не можем. Они ждут нас, три недели уже ждут, мы просто не имеем права, понимаете?.. Мы не везем им никакой вакцины, разумеется, но они должны знать... в общем, спасибо, но мы поедем сейчас.

– Ну что ж, – Сережа пожал плечами, – тогда счастливо. Удачи, – он протянул доктору руку, которую тот немедленно с воодушевлением пожал, а затем повернулся и пошел к пикапу: – Андрюха, расчехляй прицеп! Основное к тебе придется сложить, наверное...

– Много не влезет, – озабоченно отозвался Андрей. – Мы почти под завязку его уже забили. Разве что канистры пустые выбросить?

– Только не канистры, – тут же подключился папа, и все они, включая Мишку, сгрудились вокруг прицепа и погрузились в спор, словно перелистнув страницу, на которой случилась эта встреча на ночной дороге; словно ни застенчивого доктора, ни мрачного недоверчивого Коли, опустошившего папину пачку сигарет, больше не существовало.

– Не надо вам ехать одним, – повторила Марина доктору. – Ну послушайте меня! Полчаса ведь ничего не решают, – но он только замотал головой и начал поспешно, даже с какой- то опаской отступать, как будто боялся, что она сейчас повиснет у него на рукаве. – Да подождите же! Уже поздно, он, наверное, спит давно, этот ваш главврач...

— Ну нет уж, — с жаром возразил стоявший тут же Коля, — этот точно не спит! — и они с доктором обменялись понимающими взглядами. — Вломит нам еще по первое число за то, что задержались. Поехали, Пал Сергеич, ты давай прощайся, а я пойду прогрею машину чуток.

Почему они ведут себя так, словно даже не думают о том, что там, куда они едут, могло уже ничего не остаться, думала я, наблюдая за тем, как долговязый Коля деловито усаживается на корточки возле «буханкиного» колеса, проверяя, выдержит ли оно последних пятнадцать километров, отделяющих эту маленькую экспедицию от долгожданного Пудожа. За последние сутки мы не видели ни одного живого города, ни одного, только две крошечных деревни, спрятавшиеся в снегах в наивной уверенности, что двадцать километров нечищеной дороги защитят их и от болезни, и от тех, кто пока ей не поддался и пытается выжить любой ценой. Вы же видели то же самое, что и мы, подумала я, почему же при этом единственное, о чем мы можем теперь думать, — это наше собственное спасение, а вы, два смешных безоружных человечка в дышащей на ладан машине, делаете вид, что эта мысль даже не приходила вам в голову?

— Скажите, — произнесла я, прервав жалобный Маринин монолог, и она смолкла и жалобно посмотрела на меня. — Вы действительно не боитесь? Вы правда не понимаете, что скорее всего там, куда вы едете, уже нет никакого города, никакого главврача? Три недели прошло... вы же сами видели, как быстро...

Там наверняка уже ничего нет. Разве что кучка умирающих людей, которым вы все равно не сможете помочь.

Доктор медленно повернулся ко мне и внимательно, без улыбки взглянул мне в лицо:

– Я надеюсь, что вы неправы, – ответил он после паузы. – Но даже если... не знаю, как вам объяснить. Понимаете, в этом случае мы тем более должны быть там.

– Сергеич! – умоляюще воскликнул Коля, уже сидевший за рулем «буханки». – До утра простоим, поехали давай! – и доктор, еще раз кивнув нам, повернулся и торопливо побежал к машине.

Повозившись немного с пассажирской дверью, он наконец открыл ее (судя по всему, не без помощи изнутри), но вместо того, чтобы забраться на сиденье, принялся вначале запихивать внутрь свой громыхающий чемодан, куртку, а после неожиданно хлопнул себя по лбу и быстро зашагал обратно к нам, провожаемый негодующими Колиными воплями.

– Совсем забыл, – проговорил он, запыхавшись, снова оказавшись рядом. – Наша больница у вас по дороге. Пионерская, дом 69, двухэтажное желтое здание, мимо проехать невозможно. Вы вот что, когда закончите здесь – заезжайте, особенных условий я вам не обещаю, но на ночлег устрою, – он поймал мой взгляд и сказал уже другим голосом: – Ну, то есть если там, впереди, все в порядке.

– Я правильно поняла? – спросила Наташа, пока мы смотрели вслед удаляющейся «буханке», подпрыгивающей на неровностях дороги. – Он хочет, чтоб мы ночевали в больнице, полной заразы? Он сумасшедший, этот доктор.

– Не надо было его отпускать! – с горячностью прервала ее Марина. – Ну что же вы!.. – она негодующе обернулась к мужчинам, занятым перегрузкой вещей из Витары. – Он же пропадет, они оба там пропадут!

– Что ты вдруг добренькая такая, – закричала Наташа. – Потому что он врач, в этом все дело? А врач тебе сейчас нужен, да? Да ты из машины бы не вышла, будь он...

– Нужен, – тихо, с вызовом сказала Марина. – Очень нужен. И тебе нужен. Нам всем.

Они замолчали.

– Ладно, – сказала Наташа наконец. – Просто нам действительно некуда его. Ну некуда. Пошли лучше ребятам поможем.

Через полчаса Витара была разгружена. Вещи, которыми она, казалось, была забита почти доверху, распределились теперь между остальными машинами; основная часть перекочевала в прицеп, прочее – под целлофановую пленку на крышу Паджеро. Для того чтобы все поместилось, пришлось пожертвовать большей частью пустых канистр, к огромному неудовольствию папы, который все пытался как-то рассовать их, пристроить кому-нибудь в ноги, но потом сдался. Места действительно больше не было. Мысль о том, чтобы оставить что-то полезное теперь, когда наши запасы сделались практически невосполнимы, оказалась для него невыносима; он сердито сновал между машинами, заглядывая во все углы, и настаивал: «Может, покрышки хотя бы, а? покрышки?», «Некуда, –

твердо отвечал Сережа, – пап, ехать надо». «Да погоди ты, я хотя бы аккумулятор сниму, – отвечал папа раздраженно, – Аня, где у тебя капот открывается?»

Я надеялась, что мне удастся этого избежать. Что я просто подожду, пока с бедной моей машины снимут все, что можно снять, а потом мы рассядемся в оставшиеся три автомобиля и двинемся в путь; что мне не придется больше садиться в нее, даже для того, чтобы просто открыть капот. Конечно, это было очень глупо – после всего, что нам пришлось оставить, после всего, что мы уже потеряли, переживать из-за машины. Только это была моя машина. По-настоящему – моя. Я поздно села за руль; к этому моменту все вокруг уже сменили не один автомобиль. В юности они бойко катались на подержанных «пятерках» и «восьмерках», доставшихся от родителей или купленных по случаю, потом пересели на степенные, солидные иномарки, а я все так же ездила на метро, прячась от чужих взглядов за обложками книжек или отгораживалась наушниками от разговорчивых бомбил на задних сиденьях разбитых «копеек». Когда же я наконец решилась, как только дверца мягко захлопнулась за мной, оставив снаружи все посторонние звуки и запахи, я положила руки на прохладное рулевое колесо, вдохнула аромат нового пластика и сразу же, немедленно, остро пожалела о том, что тянула так долго и не сделала этого раньше, потому что это была моя территория, только моя, и никто не имел права мешать мне, пока я была там, внутри. Сережа часто говорил – давай ее сменим, она скоро начнет сыпаться, давай купим тебе что-нибудь новенькое, но мне почему-то было очень важно сохранить ее, машину, которую я когда-то купила себе сама, именно эту.

Папа уже деловито копался под капотом, а я все сидела на водительском месте, стараясь не слышать доносящихся снаружи оживленных голосов. Зачем-то потянула дверь на себя и закрылась внутри; голоса зазвучали тише, зато теперь стали явственно слышны металлические шорохи откуда-то из моторного отсека. Наконец капот захлопнулся, торжествующий папа побежал прятать выкорчеванный аккумулятор, и в ту же минуту Сережа постучал мне в окно:

– Поехали, Анька. Вылезай.

Я вздрогнула. Теперь, под его взглядом, неловко было гладить руль и говорить какую-нибудь сентиментальную ерунду, так что я просто подняла подлокотник и стала вынимать коробки с дисками, медленно, одну за другой, не обращая внимания на его нетерпеливый упорный стук, и вышла только после того, как забрала их все, даже ту, пустую, от Нины, которую мы слушали целую вечность назад – в день, когда уехали из дома.

– Мои диски, – сказала я Сереже и протянула к нему полные руки, – мы забыли забрать диски.

– Аня, это просто машина. Всего-навсего. Ну хватит уже, – сказал он устало и раздраженно, и прежде, чем я успела ответить – не просто машина, не просто, потому что ни одна потеря в эти страшные дни не давалась нам просто, – отвернулся и отошел.

Держа в левой руке консервную банку, а в правой – нож, он поднял руки над головой и несколько раз громко стукнул ножом по банке.

— Уважаемые пассажиры, — сказал он весело и громко, и все оглянулись. — Просьба занять свои места и пристегнуть ремни. Через несколько минут вам будет предложен легкий ужин!

И они засмеялись — все, даже Марина, даже мальчик, который наверняка не понял шутки, но обрадовался тому, что взрослым наконец весело.

Потом мы рассаживались по машинам. Ира с мальчиком устроились теперь в пикапе, Мишка вернулся к нам на заднее сиденье. Сережа обошел машины одну за другой, заглядывая в окошки:

— Мясо или рыба? А вам, сударыня? Мясо или рыба? Прошу вас...

— Банка же закрытая! — женский голос, кажется, Наташин.

— За консервным ножом обращайтесь к вашему бортпроводнику! — отвечал Сережа.

Это было весело, по-настоящему весело и очень нам сейчас необходимо, мы не шутили уже целую вечность. Просто я почему-то не могла принять в этом участия. Не сейчас, подумала я, как-нибудь в другой раз. Сережа был уже рядом, с тремя оставшимися консервами в руках.

— Мишка, — сказал он, разглядывая этикетки. — Мясо или... мясо? Рыба кончилась, следующую коробку открывать не полезу уже.

— Не знаю... Ну, мясо, — ответил Мишка, улыбаясь, и потянулся за банкой.

— Держи, сейчас сяду и открою тебе. А вы, мадам? — спросил Сережа, протягивая мне две последних банки. — Мясо или мясо?

Я могла бы подыграть ему. Конечно, могла бы. Очень просто — поднять голову, улыбнуться, сказать «даже не знаю... может быть, мясо? Хотя нет, давайте лучше мясо», только я не смогла поднять голову, и улыбнуться тоже не смогла.

– Мне все равно, – бесцветно сказала я, не глядя на него. Руки у меня по-прежнему были заняты дисками, которые я не успела еще никуда пристроить, и тогда он молча положил консерву на широкую приборную панель прямо передо мной и захлопнул пассажирскую дверь.

Есть холодную волокнистую тушенку гнущимися пластиковыми вилками было неудобно, но мы были голодны, ужасно голодны, и покончили с едой почти мгновенно.

– Эх, подогреть бы ее, – с сожалением сказал Мишка с набитым ртом, безуспешно ковыряя застывший на дне банки жир. – Сколько всего осталось!

– Пользуйся моментом, Мишка, – отозвался Сережа. – Каждому по банке – непозволительная роскошь. Но это, похоже, наша последняя еда до озера, а разводить костер и варить макароны у нас точно нет времени. В следующий раз каждому достанется максимум пара кусочков.

– Может, дать ему немного? Мам? – спросил Мишка и кивнул на пса, старательно делавшего вид, что мы со своей тушенкой нисколько его не интересуем.

– Отличная мысль, – сказала я.

Мы выпустили пса на улицу и скормили ему остатки белесого сала из наших банок, вычерпав их прямо на снег Сережиным ножом; пока он ел – жадно, не жуя, целыми кусками, дверь пикапа приоткрылась, и на обочине показались Ира с мальчиком. Осторожно ступая, мальчик крошечными шажками двинулся к нам. В руках у него была плоская банка из-под консервированного лосося.

– Неси осторожнее! – сказала Ира. – Разольешь – испачкаешь комбинезон.

Мальчик остановился, посмотрел вниз и тут же действительно пролил несколько капель, и быстро пошел дальше. В двух шагах от пса он аккуратно поставил банку на снег, да так и остался сидеть возле нее на корточках.

– Ни за что не соглашался ехать, пока собаку не покормит, – смеясь, сказала Ира Сереже, подходя к нам. – Вот, я еще принесла.

Стоя вокруг, мы молча смотрели, как Пёс пьет из банки рыбный бульон. Сережа наклонился и погладил сына по голове.

Глава двадцать вторая

Оставшиеся до Пудожа пятнадцать километров мы преодолели быстро. «Буханка», проехавшая здесь только что, оставила неглубокую, но отчетливую колею, облегчившую нам движение. Впереди по-прежнему шел тяжелый Лендкрузер, но пикап с перегруженным, опасно раскачивающимся прицепом решено было прикрыть с двух сторон, и колонну теперь замыкали мы на Паджеро. Не смотри, сказала я себе, когда, пропустив вперед две остальных машины, мы съехали с обочины и пристроились в хвосте. Не смотри, не оглядывайся, ты и так прекрасно знаешь, как она выглядит сейчас, выпотрошенная и брошенная; и все равно посмотрела, и смотрела до тех пор, пока хватало света наших габаритных огней. Сначала Витара превратилась в едва различимое темное пятно, а потом, очень быстро, скрылась из вида совсем. Через двадцать минут мы уже въезжали в Пудож.

Они все были очень похожи друг на друга, эти маленькие северные городки, все население которых легко поместилось бы в нескольких московских многоэтажках: десяток улиц, редкие каменные здания, высокие деревья и тонущие в них крыши частных домов. Кривые заборчики, смешные вывески. Ничего, ровным счетом ничего плохого не должно случиться с человеком, попавшим в такое место, думала я, глядя в окно. Все, кто живет здесь, знают друг друга в лицо, и можно без страха выпускать детей играть снаружи, у ворот. А летом улицы зарастают высокими, в человеческий рост сорняками, и можно встретить одинокую корову или переходящих дорогу толстых гусей. В таких местах, как это, военные грузовики с санитарными крестами, карантинные кордоны и защитные маски на лицах оказались бы слишком неуместными, почти нереальными.

Мы уже проехали несколько похожих городов, и все они были пусты, но нетронуты; не сожжены, не разграблены, как будто заснули на время, до тех пор, пока жившие в них люди не вернутся назад. Этот же, последний, был еще обитаем, и мы поняли это за первым же поворотом улицы, по которой въехали в город.

– Смотрите! Там, впереди, свет! – воскликнул Мишка, взволнованно приподнимаясь на сиденье, и Сережа спросил в микрофон:

– Пап, что там? Тебе видно?

– Не знаю, – отозвался папа, – не разберу пока. Главное, не вздумайте останавливаться. Что бы там ни было, едем мимо, все поняли?

– Так это больница вроде бы, про которую они говорили, – сказал Андрей неуверенно, – народ там какой-то снаружи...

Обращенное к улице длинным фасадом двухэтажное здание с темными окнами и входом, спрятанным под треугольным металлическим козырьком, действительно было похоже на больницу; не было ни ограды, ни забора, отделявшего его от дороги, просто небольшой расчищенный от снега пятачок, на котором стояло несколько автомобилей с зажженными фарами. Именно они оказались источником слабого рассеянного света, заметного еще издали. Людей было немного — человек двадцать-тридцать; они стояли небольшой плотной группой, очень близко друг к другу. В одном из автомобилей я узнала «буханку». Выходит, они действительно ждали его, подумала я, он не зря торопился. Три недели, три долгих недели больница принимала заболевших, раскладывая их вначале по палатам, затем — в коридорах, а потом, очень быстро, заболевшие начали умирать, уступая место новым, но они все равно ждали; и даже если лекарство, за которым они послали его, оказалось бесполезным, он все равно вернулся — потому что обещал. У них уже нет электричества, как и везде в округе, и связи нет тоже; для того чтобы собрать сейчас, ночью, такую толпу перед больницей, кому-то, наверное, пришлось дежурить у окна день за днем, ночь за ночью, чтобы не пропустить момент, когда «буханка» появится на дороге. И когда она наконец появилась, тот, кто первым ее заметил, должен был как-то предупредить остальных, подать им сигнал, и все они побежали сюда, чтобы получить свою порцию надежды.

Мы уже почти поравнялись с освещенным фарами пятачком, и я все искала глазами невысокую плотную фигуру доктора, и не находила; собравшиеся вокруг больницы люди стояли слишком тесно. Я даже привстала на сиденье. Небольшая толпа внезапно вздрогнула и сжалась еще плотнее, словно люди в ней по какой-то причине решили обняться, а затем, как будто устыдившись своего порыва, расступились, рассыпались в стороны, оставив на снегу под ногами какой-то продолговатый предмет. Сережа нажал кнопку стеклоподъемника; подернутое инеем стекло опустилось, и мы увидели, что на снегу, на животе, повернув к дороге свое худое небритое лицо, лежит Коля, ворчливый водитель «буханки». Глаза у него были открыты, на лице застыло все то же недовольное выражение, с каким полчаса назад он отчитывал нас на лесной дороге, а за ухом все еще белела одна из папиных сигарет. Звуков почему-то не было. Несмотря на опущенное стекло, с улицы не доносилось никакого шума, ни единого выкрика; полная, абсолютная, сосредоточенная тишина.

Мы продолжали медленно катиться вперед, не в силах оторвать взгляда от освещенного пятачка перед больницей, как вдруг над толпой раздался отчаянный голос: «Это не вакцина, говорю же вам, не вакцина, она не поможет, вы не знаете, как принимать, ну подождите, дайте мне объяснить...», и сразу после этого крика морозный воздух как будто взорвался, и все закричали разом и, расталкивая друг друга, бросились к «буханке», к ее распахнутым дверцам. Зеленая машина закачалась, угрожая перевернуться и упасть на бок, и наружу выпрыгнули двое; могло показаться, что они действуют слаженно, но, отбежав совсем недалеко, они принялись ожесточенно рвать друг у друга из рук небольшую прямоугольную сумку, пока та не лопнула, выплюнув вверх и в стороны несколько сотен невесомых картонных упаковок, рассыпавшихся по снегу широким веером. Словно не замечая этого, дерущиеся из-за сумки мужчины продолжали яростно тянуть ее, почти уже опустевшую, за ручки, а к ним уже бежали другие, прямо на ходу падая на колени и торопливо рассовывая раздавленные коробки по карманам. В этот момент из «буханки» показалась еще одна сумка; человек, доставший ее, держал ее над головой на вытянутых руках. Он отчаянно дернулся, чтобы вырваться из напиравшей толпы, но, вероятно, кто-то с силой толкнул его или ударил, потому что сумка внезапно дрогнула – к ней немедленно протянулся еще десяток рук – и опрокинулась вниз, скрывшись в мешанине рук и ног. «Подождите! Да подождите же!» – надрывался все тот же отчаянный голос, уже едва слышный, и тут мы увидели его, выползающего на четвереньках из самой гущи людей; на лице у него белел марлевый прямоугольник, но я все равно узнала его круглую коротко стриженую голову и бесформенную куртку. Он полз в сторону дороги, не решаясь встать на ноги, чтобы дерущиеся возле «буханки» люди не заметили его, с трудом, медленно, потому что ползти ему мешал громоздкий пластиковый чемодан; возле самой дороги он наконец отважился подняться, и в ту же секунду один из дерущихся увидел его и крикнул: «А ну стой! Стой!»

Идущий впереди Лендкрузер оглушительно взревел и рванулся вперед.

– Ходу, живо! – закричала рация папиным голосом. – Сейчас они нас заметят!

Пикап, ускоряясь, запрыгал за Лендкрузером по неровной, уходящей в темноту дороге. Сережа тоже поддал газу, но вдруг оглянулся, еще раз выглянул в окно и вдруг резко ударил по тормозам, переключил передачу и начал сдавать назад, к больнице. Проехав совсем немного, Паджеро встал как вкопанный, завизжали колодки, Сережа обернулся и рявкнул:

– Мишка! Дай ружье, у тебя под ногами. Быстро!

Ни Лендкрузера, ни пикапа уже не было видно, слышались только истошные папины крики: «Сережа! Ты ему не поможешь, Сережа! Ты что делаешь, твою мать!», и пока Мишка лихорадочно шарил под сиденьями, Сережа уже оказался снаружи, на дороге. Распахнув пассажирскую дверь, он протянул руку:

– Ну! Давай!

Выхватив ружье, он одной рукой переломил его надвое, а другой достал из кармана два ярко-красных патрона, загнал их в ствол, с лязгом защелкнул его на место, а затем встал посреди дороги, широко расставив ноги, и крикнул:

– Эй! Доктор! Сюда!

Услышав этот крик, доктор повернул к нам свое закрытое маской лицо, но вместо того, чтобы пуститься бежать, остановился и принялся напряженно вглядываться в темноту, как будто не замечая, что человек, кричавший ему «Стой!», уже отделился от дерущейся толпы и бежит к нему. Он был еще одинок, этот человек, остальных пока слишком занимали добытые из «буханки» сумки, и, судя по всему, он вовсе не собирался привлекать их внимание; крикнув лишь однажды, дальше он двигался уже молча, подняв над головой тяжелую недлинную палку, блеснувшую металлом в свете фар стоявших возле больницы автомобилей.

– Беги, доктор! – крикнул Сережа, вскидывая ружье, и тогда доктор вздрогнул наконец, оглянулся и побежал, спотыкаясь и громыхая своим пластмассовым чемоданом, а человек с монтировкой – возможно, тот же самый, кто несколько минут назад ударил Колю, неподвижно лежавшего теперь на снегу, изо всех сил метнул эту монтировку прямо в его широкую, ничем не защищенную спину. Доктор упал.

– Вставай! – кричал Сережа, сзади пронзительно лаял Пёс, а я смотрела, как доктор неловко пытается подняться, одной рукой по-прежнему прижимая к себе свой дурацкий пластмассовый ящик, и человек, метнувший монтировку, в два прыжка добирается до нее, откатившейся в сторону, и снова поднимает; он уверен, что там вакцина, в этом чемодане, поняла я и тоже закричала:

– Чемодан! Бросай чемодан!

Доктор с усилием толкнул ящик от себя, и тот, громыхая распахнувшейся крышкой, покатился по утоптанному снегу; только человек с монтировкой не стал к нему нагибаться, словно это было уже не главное. Отпихнув чемодан ногой, он поднял монтировку над головой и замахнулся, и я подумала – господи, сейчас он ударит его, он сейчас его ударит; и тут Сережа выстрелил. На мгновение я оглохла. Звуки вдруг пропали – и собачий лай, и крики; осталась только картинка, как в немом кино. Я увидела, что человек с монтировкой лежит, опрокинувшись на спину, а доктор ползет к нам на четвереньках, а затем поднимается на ноги и бежит; что с другой, темной стороны дороги, виляя, появляется едущий задом Лендкрузер, а толпа, до сих пор не замечавшая нас, застывает на мгновение, а затем, дрогнув, разворачивается и течет в нашу сторону, выбрасывая вперёди отдельные человеческие фигуры, словно одинокий оглушительный выстрел не напугал ее, а, напротив, привлек; и Сережа оборачивается к Мишке и снова кричит что-то неслышное, а Мишка распахивает заднюю дверь и одним рывком съезжает в сторону, прижимая обезумевшего, лающего пса к противоположной стойке, и доктор в съехавшей набок маске ныряет в машину буквально головой вперед, а следом за ним Сережа забрасывает ружье и прыгает за руль.

Слух вернулся ко мне уже после, когда мы с ревом рванули с места, взметнув клубы снежной пыли из-под колес прямо в лицо бегущим по темной дороге людям и едва не столкнувшись с Лендкрузером. Замешкавшись на секунду, он пристроился позади, и мы помчались вперед на максимально возможной скорости, и только тогда я услышала сразу все: и лай, и невнятные вопли наших преследователей, и голос Андрея из динамика, беспомощно повторяющий: «Ребята! Что там у вас, ребята? Что там?»

Пикап мы догнали уже на выезде из города. Он стоял с включенным двигателем прямо посреди дороги; стоило нам показаться из-за поворота, он немедленно тронулся, но нам все равно пришлось изрядно замедлиться – тяжелый, под завязку забитый прицеп, не позволивший пикапу ни развернуться, ни сдать задом, мешал ему ехать быстро. Убедившись, что мы едем за ним, Андрей наконец умолк и освободил эфир. И тогда немедленно заговорил папа.

– Какого черта, – начал он. – Какого, мать твою, черта! Ты вообще представляешь себе, чем это могло для нас закончиться?! Бойскаут хренов!..

Сережа не отвечал.

– ...если бы у них оказалось с собой хоть что-нибудь огнестрельное! Хоть что-нибудь! Один выстрел! Один! – заорал папа. – Кому нужно это сраное геройство! У тебя жена в машине! Ребенок! Солярки сто литров в багажнике!

Сережа молчал. На самом деле, он даже не повернул головы, как будто вообще не слышал ни слова, как будто сидел один в салоне; держась за руль обеими руками, он смотрел прямо перед собой, и лицо его, едва освещенное тусклыми габаритными огнями прицепа, было отстраненное и сосредоточенное, как у человека, который забыл что-то очень важное и теперь изо всех сил пытается вспомнить. Потом он протянул руку и, не глядя, скрутил звук на рации почти до самого минимума, превратив разгневанную папину речь в еле различимое кваканье, которое через несколько минут захлебнулось и стихло, и в машине снова наступила тишина, в которой стало слышно, как скрипят амортизаторы перегруженного прицепа, хлопает по крыше застывший на морозе кусок целлофановой пленки и как прерывисто дышит Пёс на заднем сиденье.

— Нет, ничего не чувствую, — сказал он наконец и покачал головой. — Я все думал, когда же это случится. С самого начала, я все время думал — рано или поздно мне придется это сделать. Понимаешь, Анька? Рано или поздно мне придется убить кого-нибудь. Я же убил его, да?

Я не ответила. Никто не ответил.

— Я боялся, что не смогу, — сказал он тогда. — Хотя нет, я знал, что смогу, если будет нужно, но я все время думал, что потом, после этого... ну, что мне будет плохо. Должно же быть плохо, это же нормально, да? — и хотя он по-прежнему не смотрел на меня, в этот раз я все-таки кивнула, просто осторожно опустила подбородок и снова подняла. — Только я почему-то ничего не чувствую, — проговорил он с каким-то мучительным удивлением. — Вообще ничего. Как будто я выстрелил в ти́ре. Я выстрелил – он упал. Всё. Потом они побежали, мы поехали, и я все думал – вот, вот сейчас оно меня догонит, и я не знаю, может, придется остановить машину, может, меня стошнит, или что там обычно люди делают? И ничего. Ничего. У меня даже сердце не стучит чаще. Что со мной такое, Анька? Что я за человек такой? – и тут он наконец посмотрел на меня, а я посмотрела на него. И еще посмотрела. И потом сказала твердо, так твердо, насколько могла:

– Ты хороший человек. Слышишь? Ты хороший. Просто мы теперь правда как в тире. Вся эта дорога, вся эта планета сейчас как один огромный чертов тир.

Глава двадцать третья

Доктор заговорил не сразу. Уже осталась далеко позади желтая больница и страшная толпа снаружи, уже скрылся из вида весь этот маленький город, больной, напуганный и опасный, и дорога снова сделалась безлюдна и спокойна, а он все сидел молча, неловко скорчившись на заднем сиденье. Места сзади было совсем мало.

С трудом успокоив пса, Мишка старательно отодвинулся как можно дальше от доктора, чтобы позволить ему устроиться поудобнее, но тот, казалось, не заметил ни Мишкиных стараний, ни пустого теперь пространства между ними и продолжал сидеть все в той же напряженной позе, не пошевелившись ни разу с момента, когда, задыхаясь, ворвался в машину. Наконец он вздохнул и поднял голову:

– Я должен поблагодарить вас, – сказал он негромко. – Кажется, вы спасли мне жизнь.

Не говоря ни слова, Сережа кивнул.

– Нет, послушайте, – сказал тогда доктор, – я действительно очень вам благодарен. Если бы не вы...

Его фраза повисла в воздухе так же, как предыдущая, и какое-то время он продолжал смотреть Сереже в затылок, настойчиво и тревожно; видно было, что ему отчаянно нужно услышать что-нибудь в ответ, что угодно, а я смотрела на него и мучительно пыталась подобрать какие-нибудь ободряющие слова. Я хотела сказать «не волнуйтесь, уже все позади» или «главное, что вы живы», но потом вспомнила Колю, неподвижно лежащего на снегу, его открытые глаза и нелепую сигарету за ухом и не сказала ничего.

– Не понимаю, – заговорил он снова и потер лоб рукой. – Никак не могу понять, как же это вышло... Мы были их последней надеждой, понимаете?.. Им пришлось ждать три недели, и они... в общем, они думали, что мы уже не вернемся. Что никто не придет. А когда мы все-таки приехали, они... Представьте себе, – перебил он сам себя, и поскольку Сережа по-прежнему не реагировал, обернулся к Мишке и схватил его за плечо, – представьте, что вы ждете помощи. Долго, несколько недель. И все вокруг умирают. А вы ждете. И может быть, вы тоже уже больны или болен кто-то из ваших близких, ваш ребенок, например. Или мама. Понимаете?

Мишка испуганно кивнул, и доктор сразу же перестал трясти его, убрал руки и снова как-то весь съежился, мрачно уставившись в пол.

– Это я виноват, – сказал он, помолчав. – Я пытался им объяснить, но мне не хотелось сразу лишать их надежды, и я сказал – лекарство. Я надеялся, они выслушают меня, я объяснил бы им, что это не вакцина, что оно, скорее всего, не поможет совсем, во всяком случае заболевшим оно точно уже не поможет... Я должен был сказать иначе, – проговорил он с отчаянием в голосе и ударил себя сжатым кулаком по колену, а затем снова поднял глаза; теперь он смотрел на меня.

– Я должен был остаться, – сказал он. – Они все теперь умрут. Они в любом случае умерли бы, конечно, но я знаю, как облегчить... а теперь это некому будет сделать. Я виноват.

– Они убили бы вас, – вдруг сказал Сережа, и голос его звучал глухо, неприязненно. – Они убили Колю и убили бы вас, а потом еще немного поубивали бы друг друга, и только потом уже прочитали бы инструкцию и поняли, что это ваше лекарство им не поможет.

– Да, Коля... – тихо сказал доктор и снова поднял руку к мокрому лицу; зажмурившись, он еще раз с силой потер лоб и какое-то время сидел молча, не отнимая ладони, а потом вдруг выпрямился и подался вперед, и заговорил быстро, с напором:

– Вы только, пожалуйста, не думайте о них плохо. Многих из них я знаю... знал лично, они обычные люди и ни за что бы так не поступили, если бы... просто почти все они были уже больны, понимаете?..

Надо как-то остановить его, подумала я, как можно скорее остановить его, чтобы он ничего больше не говорил, потому что никому из нас, а особенно Сереже, эти оправдания не нужны. Нам не нужно ничего этого знать – кем они были, эти люди, как их звали, потому что, если он сейчас все это нам расскажет, мы не сможем больше думать, что Сережа выстрелил в бессмысленное опасное животное, а не в человека. Не в человека.

Вероятно, доктору эта мысль тоже пришла в голову – с опозданием, но пришла, потому что он вдруг сбился на полуслове и замолчал, уставившись в окно, на белые замороженные деревья, медленно, словно верстовые столбы, проплывавшие мимо.

— А что главврач? — спросила я тогда, чтобы сказать хотя бы что-нибудь. — Ну, тот, который послал вас за вакциной? Он там был?

— Он умер, — просто ответил доктор, не поворачивая головы. — В самом начале, в конце первой недели. Заразился и умер.

Через несколько минут стоп-сигналы пикапа вспыхнули и он остановился, пропуская вперед Лендкрузер, до сих пор замыкавший колонну. Поравнявшись с нами, большой черный автомобиль встал, пассажирское окошко опустилось, и мы увидели бледный Маринин профиль, и сразу за ним мрачную папину физиономию. Перегнувшись через неподвижную Марину, он сделал Сереже знак опустить стекло.

— Рацию включи, — коротко сказал он. — Андрюха говорит, через десять километров еще одна деревня.

— Пап... — начал было Сережа, но тот перебил его:

— Просто включи рацию. Не время сейчас, после поговорим.

Сережа кивнул и потянулся к рации, но тут из Лендкрузера раздался вдруг какой-то звук, посторонний и странный, как если бы прямо в салоне вдруг завыла собака. Подняв глаза, мы увидели, что Марина, ломая ногти, лихорадочно дергает дверцу.

— Марин! Ты чего, Марин, — позвал папа, но она уже спрыгнула с подножки и бросилась прочь от машины, к деревьям, смешно разбрасывая тонкие ноги, и возле самой кромки леса упала коленями в снег, согнулась и вцепилась пальцами в волосы.

Я успела подбежать раньше, чем остальные; за спиной еще только начали хлопать дверцы, а я почему-то была уже совсем рядом, и в этот момент протяжный низкий вой вдруг раздался снова, и я со страхом поняла, что это воет она — не разжимая губ, воет и мотает головой, и при этом дрожит крупно, всем телом. Я растерянно стояла над ней, не зная, что делать дальше, не решаясь ни окликнуть ее, ни прикоснуться, словно боясь, что она поднимет голову и укусит меня. Внезапно она опустила руки и подняла ко мне лицо.

— Я больше не могу, — произнесла она сквозь сжатые зубы, как человек, окоченевший настолько, что челюсти отказываются повиноваться ему. — Не могу больше.

Рядом захрустели шаги.

— Давай-ка вставай, — хмуро приказал папа. — Нет у нас времени на всю эту белиберду, надо ехать.

— Нет! — она яростно замотала головой. — Я не поеду. Не поеду!

— Что значит — не поеду? — папа опустился на корточки и взял ее за плечо. — Здесь, что ли, останешься? Ну хватит, давай, поднимайся. Пошли. Нам еще триста километров пилить, и чем больше мы успеем проехать в темноте...

И тут она сбросила его руку.

— Мы не доедем, — произнесла она внятно и поднялась, обняла себя за плечи и отступила на шаг, словно готовая сорваться с места и убежать вглубь застывшего черного леса, если кто-то попробует еще раз к ней прикоснуться. — Не доедем, вы что, еще не поняли? Она никогда не закончится, эта жуткая дорога! Какая разница? Давайте здесь! Пускай все закончится здесь, мне все равно! Все равно!

И она топнула ногой — глупо, упрямо, бессмысленно, как ребенок в магазине игрушек, и я почти готова была к тому, что она сейчас повалится на спину в своем щегольском белом комбинезоне и начнет колотить ногами по рыхлому снегу, пока мы, взрослые, будем стоять вокруг, переполненные неловкостью и беспомощной злостью. Но была еще и вторая, крошечная часть меня, которая исступленно, отчаянно завидовала ей, потому что после фразы «еще одна деревня через десять километров» мое сердце тоже ухнуло вниз, и точно так же, как ей, сильнее всего мне хотелось выскочить из машины и кричать «не хочу, не поеду», уже понимая, что ехать придется, что другого выхода нет; просто отдать, выплюнуть этот страх прямо в беззвездное черное небо, распылить его, выкрикнув, разделить между всеми остальными, чтобы он больше не грыз меня. Потому что до тех пор, пока мы не говорим о нем, пока делаем вид, что нам не страшно, он грызет каждого из нас в отдельности, и это действительно уже почти невозможно вынести.

– Истеричка, – негромко и презрительно сказала Ира, и я подумала – вот причина, по которой я не могу себе позволить этого сделать, а Марина, дернувшись, неприятно оскалилась и выкрикнула яростно и зло:

– А ты смелая, да? Ты не боишься! Не боишься? Мы не доедем, не доедем, ну как вы не поймете!..

– Нужен нашатырь, – сказал доктор, – может быть, у кого-нибудь в аптечке...

– Не надо нашатырь, – задыхаясь, перебил его Лёня. – Отойдите-ка.

Я была почти уверена, что сейчас он ее ударит. Размахнется и коротко стукнет по щеке, так что голова ее откинется назад, зубы лязгнут, и тогда она успокоится и перестанет наконец кричать; но вместо этого он нагнулся и зачерпнул полную горсть снега, как будто собрался слепить снежок, а потом свободной рукой одним движением подтащил жену к себе, почти дернул, и с размаху прижал полную снега ладонь к ее лицу. Стало тихо. Несколько мгновений они стояли, не шевелясь; затем он отнял руку. Она выплюнула снег. И ресницы, и брови у нее были белые.

Мы пошли назад, к машинам, оставив их вдвоем на дороге. Устраиваясь на переднем сиденье, я оглянулась и увидела, как она стоит, опустив руки и подняв подбородок, а он осторожно, кончиками пальцев счищает снег с ее лица.

А потом мы снова ехали, небыстро, с трудом преодолевая снежные заносы; уже после того, как мелькнула и пропала испуганная, затихшая, а может, и просто уже погибшая деревня, доктор решился наконец нарушить царящее в машине молчание и спросил неуверенно:

– Скажите, а куда именно вы едете?

– Наверх, на Медвежьегорск, – неохотно ответил Сережа, не оборачиваясь. – А оттуда налево, к границе. На озеро.

– На озеро? – переспросил доктор. – Простите мне мое любопытство, но... вам нужно какое-то конкретное озеро? Уверен, вы успели заметить, озер здесь у нас великое множество, – он слабо улыбнулся.

– Поверьте, мы точно знаем, на какое озеро едем, – отозвался Сережа раздраженно. – А что, у вас есть план получше?

А я подумала, ты сердишься не на доктора. Просто мы уже слишком близко, мы почти уже на месте, и ты тоже боишься, как и Марина, как я, как все мы, что когда мы туда доберемся, *если* мы доберемся, вдруг выяснится, что этот план не так уж и хорош, потому что там ведь может не быть уже никакого дома или он просто окажется занят; и поэтому ты боишься, что нам придется все начинать сначала, а у нас уже нет ни сил, ни возможности это сделать.

– Ну что вы, – поспешно сказал доктор в Серезин затылок и прижал ладони к груди. – Я вовсе не имел в виду... я уверен, вы знаете, что делаете, – и закивал, как будто Сережа мог его видеть, а потом осекся и произнес с испугом: – Постойте, неужели вы подумали... ну разумеется, вы подумали! Я свалился на вас как снег на голову, и вы, наверное, думаете, куда же меня деть. Пожалуйста, не беспокойтесь! Я вовсе не собираюсь вас обременять! Здесь по дороге, прямо на границе района, у нас есть еще одна больница... то есть не совсем больница – амбулатория. Это в Пяльме, прямо по дороге на Медвежьегорск, вам не придется делать крюк, я просто сойду там, и все!

– Да почему же вы, черт вас дери, думаете, что там еще кто-нибудь остался, в этой вашей Пяльме? – спросил Сережа. – Или что они будут вам рады?

Доктор открыл было рот, чтобы ответить, но потом заморгал, опустил плечи и больше ничего уже не говорил.

Вероятно, именно из-за повисшего в воздухе тягостного, почти враждебного молчания я на какое-то время задремала. Это был неглубокий, поверхностный сон, когда чувствуешь каждый прыжок машины на ухабе, а виском ощущаешь холод от оконного стекла; если бы кто-нибудь заговорил, я немедленно бы проснулась, но Сережа сосредоточенно вел машину, доктор безмолвно сидел сзади, и даже рация молчала. Сейчас, посреди ночи, на этой пустынной дороге просто нечего было обсуждать. Однако стоило нам остановиться, я тут же открыла глаза:

– Что случилось? Почему стоим?

– Сейчас узнаем, – ответил Сережа и взял в руки рацию. – Что там, пап?

– Переезд, – сразу же ответил папа.

– Переезд? Ну и что? – удивился Сережа. – Ты же не думаешь, что поезд пойдет?

– Насчет поезда не знаю, – сообщил папа хмуро. – Но переезд закрыт.

– Да ладно тебе.

Сережа снова нажал на газ, мы обогнули пикап, прокатились чуть вперед и встали рядом с Лендкрузером, на встречной полосе. Свет наших фар уперся в слегка дрожащий на ветру красно-белый шлагбаум.

Судя по всему, это была какая-то второстепенная железнодорожная ветка; глядя на эти узкие, занесенные снегом рельсы, трудно было представить, что даже через тысячу километров они приведут к большому, ярко освещенному, шумному вокзалу; скорее я готова была поверить, что эти тонкие полоски металла, змеясь, уходящие в никуда, в конце концов просто оборвутся где-нибудь посреди леса, торча из-под снега проржавевшими обрубками. Погасший светофор, крошечная заколоченная будка – все свидетельствовало о том, что переезд этот заброшен; однако сразу за полосатым шлагбаумом торчали две массивных неприветливо задранных плиты, преградивших нам путь так же надежно, как это сделал бы бетонный забор.

– Не вздумай выходить из машины, – напряженно сказал папа. – Не нравится мне все это.

Со стороны это должно выглядеть презабавно, думала я, пока мы стояли с включенными двигателями, до боли в глазах всматриваясь в темноту, обступившую нас со всех сторон, и не решаясь выйти на дорогу; три машины у закрытого шлагбаума посреди безлюдного вымерзшего леса где-то на краю света, в месте, о существовании которого еще несколько недель назад никто из нас даже не подозревал. В месте, которое выглядит так, словно последний раз люди были здесь десятилетия назад.

– Ни черта не вижу, – сказал Сережа в микрофон. – Все равно придется выходить. Мишка, давай ружье.

– Погоди, – ответил папа, – я с тобой.

Заспанный Мишка завозился у себя в ногах, и стоило ему извлечь ружье из-под сиденья, чтобы передать Сереже, в ноздри мне бросился горький запах стреляного пороха, который мгновенно напомнил мне, что все это совсем не смешно.

Прежде чем выйти из машины, Сережа сказал серьезно:

– Ань, я хочу, чтобы ты села за руль.

– Зачем? – испуганно спросила я.

– На случай, если что-то вдруг пойдет не так, – сказал он. – Понимаешь? – потом взглянул на меня внимательнее и добавил: – Представь, что мы грабим банк. Кто-то должен быть за рулем, вот и все, – и улыбнулся, и распахнув дверь, шагнул на обочину, а следом за ним, не успев возразить, вышла и я.

Сидя за рулем, готовая в любой момент нажать на газ, я смотрела, как папа с Сережей медленно, то и дело оглядываясь, ныряют под шлагбаум; как Сережа пытается опустить одну из огромных вздыбленных платформ, которая не поддается, даже не шевелится под его ногой; как затем папа плечом пытается выбить дверь заколоченной будки дежурного – безрезультатно. Как они пробуют вместе, и наконец дверь уступает, проламываясь вовнутрь с громким треском, и, пока папа стоит на пороге, держа карабин наготове, Сережа скрывается в будке, чтобы буквально через несколько минут вновь появиться снаружи; и как они торопливо возвращаются назад, к машинам. Когда они были уже в нескольких шагах, я опустила стекло:

– Ну что?

– Бесполезно, – ответил Сережа сокрушенно. – Если бы я даже смог разобраться во всей этой дребедени, электричества все равно нет. Мы не сможем их опустить.

Сзади послышалось вежливое покашливание.

– Я, конечно, могу ошибаться, но, по-моему, это Пяльма, – живо сказал доктор. – Никто из вас случайно не обратил внимания на указатели? Признаться, я задремал ненадолго...

– И что теперь? – спросила я у Сережи.

– Пока не знаю, – ответил он. – Сейчас, дай мне подумать.

– Может, если как следует разогнаться?.. – начала я, но он замотал головой:

– С ума сошла? Только машину разобьем. И вот тогда нам точно крышка. Эти платформы рассчитаны так, что даже грузовик не проедет, не то что мы.

– Я уверен, это Пяльма! – торжествующе объявил доктор с заднего сиденья.

– Да подожди ты со своей Пяльмой! – рявкнул папа, – Пяльма, шмяльма, да что с того!.. Тут за каждым кустом кто угодно может спрятаться! Постреляют нас, как зайцев!

– Ребята, я выйду? – раздался в динамике голос Андрея, и его рослая фигура показалась на дороге. – Есть одна идея, – сказал он, подойдя поближе. – Нужны запаски и несколько досок.

Шлагбаумы, поднять которые оказалось так же невозможно, как и опустить тяжелые бетонные платформы, Сережа просто перерубил топором и отбросил к обочине; вначале первый, преградивший нам дорогу, затем – второй, с другой стороны путей. Запасных колеса нашлось только два. Ненадолго отлучившись к Лендкрузеру, папа бегом возвратился назад и сообщил возмущенно:

– У этого мудака нет запаски! Пустой чехол сзади! Андрюха, как думаешь, хватит нам двух?

– Подложим прямо под колеса, – предложил Андрей, – сверху доски, должно хватить.

– Говорил же я, надо было покрышки Витарины захватить, – сказал папа расстроенно.

– Выходи, Мишка, – перебил его Сережа. – Бери ружье. Если кто появится, кто угодно, стреляй без предупреждения, понял?

Мишка с восторгом кивнул и полез наружу, за ним следом тут же выскочил Пёс, и мы остались с доктором одни в машине, наблюдая, как мужчины отвинчивают запаски и укладывают их под торчащие вверх окончания плит; как папа торопливо, разбрызгивая щепки, рубит деревянную дверь будки, и все это время Мишка с ружьем наперевес стоит на обочине, напряженный и важный. Никто не рискнул заглушить двигатель, и, чувствуя, как дрожит под моей рукой ручка переключения передач, я думала – господи, это какой-то дурацкий дешевый фильм ужасов категории «Z», как же нас угораздило, и еще я думала – если это действительно засада и люди, поднявшие эти плиты, до сих пор не напали на нас просто потому, что ждали, пока мы перестанем смотреть по сторонам, достаточно ли будет тощей Мишкиной фигурки с ружьем, чтобы отпугнуть их? Что, если кто-то незримый прячется в темноте и держит его на мушке, просто выбирая момент? И даже если стрелять им нечем, что, если они вдруг появятся на дороге, вынырнут из-за деревьев, сможет ли он выстрелить? А если сможет, сколько у него выстрелов – один? Два?

– ...наша амбулатория, просто мы немного проскочили развилку.

Вероятно, доктор говорил уже какое-то время; голос у него был спокойный, нисколько не встревоженный. Напротив, в нем сквозило какое-то неуместное радостное нетерпение, а я смотрела в окно, не решаясь даже моргнуть, боясь отвести взгляд от Мишки, от папы с Сережей. Откуда они появятся? Может быть, прямо из-за Мишкиной спины, не дав ему возможности заметить их вовремя? Или сзади, из-за пикапа? Проклятая ручка все дрожала и дрожала под моей ладонью, а доктор не замолкал:

– ...тут недалеко, пара километров всего. Надо было мне раньше сказать, просто я задремал, понимаете, мы двое суток почти не спали...

– Да помолчите же вы, ради бога! – рявкнула я. – Просто помолчите, хорошо? – и он сразу осекся, проглотив обрывок своей незаконченной фразы.

Вся операция заняла минут десять, не больше. Наконец, передав карабин Сереже, папа сел за руль, и Лендкрузер осторожно вполз на самодельный мостик, сооруженный из двух запасок и разрубленной надвое двери. Раздался жалобный деревянный треск, но хлипкая с виду конструкция выдержала; вторая плита, торчащая с другой стороны переезда, под весом тяжелой машины с грохотом опустилась сама, взметнув в воздух снежную пыль. Следующим через рельсы переправили пикап с опасно кренящимся прицепом, и не успел он еще закончить движение, я нажала на газ и тоже рванула вперед, рискуя промахнуться мимо шатких мостков, только бы не остаться в одиночестве по эту сторону рельсов. Остановившись, я почувствовала свои мокрые ладони и холодную струйку пота, бегущую вдоль позвоночника.

– Пойду заберу запаски, и можно ехать, – сказал Сережа и подмигнул мне.

Доктор неожиданно встрепенулся и полез наружу. Двигался он не очень ловко и ощутимо прихрамывал; видимо, монтировка, которую швырнул в него тот человек возле больницы, сильно его ушибла. Добравшись до рельсов, он тронул Сережу за плечо и заговорил. Слов разобрать было невозможно, но я видела, как он оживленно размахивает руками, как Сережа выпрямляется и слушает его. Наконец Сережа покачал головой и, зажав под мышками тяжеленные покрышки, пошел обратно, а доктор захромал следом:

– ...я могу дойти пешком, здесь совсем недалеко, – говорил он, неуверенно улыбаясь. – Как видите, багажа у меня нет, так что...

– Ну не говорите вы ерунды, – перебил его Сережа и бросил запаски на снег. – Ну какая амбулатория, странный вы человек? Какая там может быть амбулатория. Садитесь в машину и не мешайте.

Он отвернулся и начал прикручивать колесо, а доктор, опустив плечи, немного постоял рядом, а затем вздохнул и полез обратно в машину.

Глава двадцать четвертая

Оставшиеся до Медвежьегорска сто километров заняли гораздо больше времени, чем мы ожидали. Дорога по ту сторону переезда выглядела так, словно по ней не ездили уже несколько недель, и если бы не глухая стена деревьев по обе стороны, мы даже не догадались бы, что перед нами дорога. Под толстым слоем снега, местами достающего до колесных арок, а местами — смерзшегося в корку, которая с хрустом проламывалась под весом машин, могли скрываться любые сюрпризы, способные задержать нас или даже остановить совсем — теперь, когда до цели осталось всего ничего; но даже если бы мы не боялись ям, поваленных деревьев и невидимых глазу перемётов, быстрее двигаться было нельзя: стоило чуть сильнее нажать на газ, как двигатели принимались бессильно реветь, а колеса — угрожающе буксовать. После первого же часа на этой непроходимой, сопротивлявшейся вторжению дороге уже казалось, что вперед наши машины толкает не топливо, сгорающее в баках, а постоянное и отчаянное усилие воли каждого из нас.

Никто не спал. Под обиженный, захлебывающийся рев моторов, под неровные рывки, сменяющиеся осторожным скольжением, под папины проклятия, раздающиеся из динамиков, заснуть все равно было невозможно; и, сидя рядом с Сережей, который, сжав зубы, держал вырывающийся руль обеими руками, я боялась отвести взгляд от дороги, закрыть глаза хотя бы на секунду, словно именно от моего взгляда зависел каждый следующий десяток метров, и ловила себя на том, что до боли сжимаю кулаки – так, что на ладонях остаются следы от ногтей. То и дело нам приходилось останавливаться – потому, что перегруженный прицеп выносило из колеи, или потому, что рыхлая груда снега перед широкой мордой Лендкрузера поднималась выше капота и он не мог больше сдвинуться с места; и тогда все мы, даже Мишка, даже хромающий доктор, выскакивали на дорогу и, увязая в сугробах, принимались разгребать их лопатами, ногами и просто руками. Мы все торопились теперь, торопились отчаянно, не позволяя себе ни минуты промедления; никаких привалов, никаких перекуров, в воздухе сгустилась какая-то тревожная, неотложная срочность, которую никто из нас, я уверена, не сумел бы объяснить себе, но каждый чувствовал.

Мы были так заняты, что даже не заметили рассвета, который наверняка начался довольно давно. Длинная зимняя ночь, казавшаяся бесконечной, завершилась для нас неожиданно резко; просто во время одной из вынужденных остановок я вдруг подняла глаза к небу и увидела, что оно лишилось своей черной бездонной прозрачности и нависло теперь у нас над головами низким грязно-серым потолком.

– Утро уже, – сказала я Сереже, когда мы шли назад, к машине.

– Черт, – ответил он, озабоченно глядя вверх. – Опоздали мы. Я надеялся, успеем Медвежьегорск проскочить в темноте.

Не очень-то нам помогла эта темнота в Пудоже, думала я, устраиваясь на сиденье, и вряд ли, ох, вряд ли она поможет в городе, который нам предстоит теперь проехать насквозь, который мы никак не можем обогнуть. Нет смысла рассчитывать на темноту, она больше нам не союзник; для того чтобы прорваться, потребуется что-то понадежнее темноты. Три недели, всего три недели прошло с тех пор, как погиб Петрозаводск, самый большой в этих краях город, наверняка извергнувший из себя перед смертью несколько сотен, а то и тысяч перепуганных носителей болезни; они не успели бы добраться далеко, но сюда добрались наверняка и, перед тем как умереть, оказали нам, сами того не зная, жуткую услугу, убрав с нашего пути большую часть препятствий, каждое из которых – даже самое незначительное – легко могло бы погубить нас. Три недели, сказала я себе, три недели в городе, лежащем на пересечении двух основных северных дорог. Там никто не выжил, там пусто. Брошенные автомобили, разгромленные магазины, безлюдные улицы, по которым ветер гонит колючую снежную крошку. Нам нечего бояться. Мы проедем.

То, что я неправа, выяснилось очень скоро, не прошло и четверти часа. Я все еще пыталась придумать способ, как заговорить об этом — при Мишке, при докторе, особенно при докторе; как вообще можно признаться в том, что желаешь смерти двадцати тысячам человек, незнакомых, ни в чем не виноватых? Признаться вслух, что после одиннадцати страшных дней тебе уже безразлично, мучительно ли они умирали, лишь бы их больше не было у тебя на пути? Хорошо, что я долго подбирала слова, потому что они мне не понадобились; сначала Андрей сказал «подъезжаем, теперь аккуратно», и почти сразу дорога, которая на протяжении ста последних километров не принимала нас, выталкивала обратно, превратилась в полную свою противоположность, расстелив перед нами укатанную ровную поверхность, как будто недавно здесь проехала не одна и не две, а много машин. Это было похоже на границу, оставленную на асфальте дождем, когда плотная стена воды вдруг исчезает разом, заставляя дворники скрипеть по сухому стеклу.

В ней не было никакого дружелюбия, в этой новой дороге, и она не дала нам облегчения, только тревогу; и не успели мы свыкнуться с этой тревогой, в динамике раздался долгий невнятный хруст. Он продолжался минуту или две, а затем умолк, чтобы через мгновение зазвучать снова, и пока он длился — неодушевленный, зловещий, я боролась с острым желанием выключить рацию, словно этот маленький черный ящик под моим правым локтем, столько раз выручавший нас, вдруг ожил и *обратился*, перешел на чужую сторону и мог теперь навредить нам.

— ...к задним воротам, — вдруг отчетливо сказала рация чужим, незнакомым голосом и тут же снова нечленораздельно захрипела.

Я вздрогнула.

– Сигнал плохой, – сказал Сережа, не отводя глаз от дороги. – До них километров двадцать пять – тридцать. Это может быть где угодно, Ань.

Ты же знаешь, отлично знаешь, что они могут быть только в одном месте – у нас на пути, хотела я сказать, но промолчала. Сейчас не было смысла спорить, потому что хруст нарастал, усиливался, становился все ближе, все больше похож на человеческую речь, и его надо было расслышать, расшифровать, чтобы подготовиться к тому, что ждет нас впереди.

– ...не возьмем, не возьмем! – вдруг страшно закричали в динамике; надсадный этот крик захлебнулся жестоким и длинным приступом булькающего кашля, а затем жуткий хруст раздался снова, как будто среди всех невидимых нам собеседников человеческой речью владел только один – тот, кто говорил про задние ворота; остальные же, сколько бы их ни было, способны были изъясняться только с помощью неживого механического треска.

Лендкрузер внезапно бешено засигналил, замигал аварийными огнями, дернулся влево и замер поперек дороги, широкой и все еще совершенно пустой. Нам пришлось притормозить, чтобы не врезаться в резко замедлившийся пикап. Водительское окошко Лендкрузера опустилось, и папа, высунувшись почти по пояс, высоко поднял над головой сложенные крестом руки, и настойчиво затряс ими в воздухе, и не убирал до тех пор, пока Андрей не выставил вверх раскрытую ладонь. То же самое пришлось проделать и Сереже – закатив глаза, он тоже высунулся и нетерпеливо помахал.

— Сами бы мы не догадались, что сейчас не время трепаться, — раздраженно сказал он, когда мы снова тронулись с места.

Было ясно, что мы приближаемся. Звуков в эфире становилось все больше; к тому, кого мы услышали первым, добавился еще один, новый голос, а спустя пару километров еще несколько. Матерясь и перекрикивая друг друга, эти неизвестные люди явно были заняты каким-то важным делом, и, судя по тому, как возбужденно они звучали, дело это вовсе не было безопасным. Теперь мы могли двигаться быстро, и пока за окном мелькали облепившие Медвежьегорск поселки — безлюдные, к счастью, до сих пор еще безлюдные, нам было нечем больше занять себя, не на что отвлечься, кроме этих косноязычных бессвязных выкриков, кашля и мата, и мы слушали их завороженно, как чудовищную безвкусную радиопередачу.

— Я могу ошибаться, — наконец озабоченно начал доктор, — но по меньшей мере один из них болен...

— ...с другой, с другой стороны давай!.. — заорала рация, и одновременно с этим выкриком неожиданно грохнул выстрел, одиночный, с оглушительным эхом, и сразу за ним — еще один, а потом выстрелы пошли недлинными густыми очередями — та-та-там, та-там, та-та-та-там, словно заработала гигантская швейная машинка.

Сережа опустил стекло. Мы как раз проезжали стелу со смешным медведем и аляповатой надписью «Добро пожаловать в Медвежьегорск», и ворвавшийся вместе с холодным воздухом двойник этого отвратительного железного клёкота немедленно переплелся с тем, что несся из захлебывающегося динамика. Нам больше не нужна рация, чтобы все это слышать, подумала я, это совсем рядом, это может быть где угодно, вон за тем двухэтажным домом с облезлой крышей, утыканной спутниковыми тарелками, или впереди, за поворотом. Мы едем слишком быстро, это маленький город; еще минута-две, и мы на полном ходу влетим прямо в самую гущу. Я повернулась и схватила Сережу за плечо, но горло мое сжалось и не пропустило ни звука. Он дернул плечом, стряхнул мою руку и ударил по тормозам, и в то же мгновение стукнул ладонью по широкой перемычке рулевого колеса. Паджеро хрипло вскрикнул три раза и умолк, а я, упираясь локтями в приборную доску, подняла голову и увидела, как тяжелый прицеп тормозящего пикапа заносит вправо, к обочине, как он едва не переворачивается, а еще через несколько секунд, проскочив лишних двадцать метров, останавливается Лендкрузер.

Мы замерли посреди незнакомой улицы и напряженно вслушивались, но выстрелов больше не было; одновременно с ними утихли и голоса в динамиках. Рация теперь умиротворенно шипела и потрескивала, словно и оглушительный грохот, и яростные крики просто нам померещились. Дома стояли вокруг безмолвные и чужие, а метрах в ста впереди широкая эта улица обрывалась, как будто кто-то установил там мутную стеклянную стену.

– Это что, туман? – спросила я.

– Это дым, – сказал Сережа. – Не чувствуешь разве?

Несмотря на холод, свежести в воздухе почти не осталось, и каждый вдох оставлял теперь во рту горький привкус горелой бумаги.

– Ну, какие идеи? – спросил папа.

– Не знаю, – отозвался Сережа, вглядываясь в окутанную дымом улицу. – Не видно еще ни черта...

– Давайте подождем, – сказала Марина и повернула к нам белое лицо с прыгающими губами. – Хотя бы до темноты. Спрячемся где-нибудь, а потом поедем, ну пожалуйста, пожалуйста...

– Если ты опять сиганешь из машины, – свирепо сказал папа, – я тебя здесь брошу, поняла? – и она поспешно, испуганно закивала и снова откинулась на сиденье, прижав ко рту сжатые кулаки.

– Предлагаю ехать, – сказал Сережа. – Тихо, но ехать. В боковые улицы не сворачивать. Го́рода мы не знаем, застрянем легко. Если что, разворачиваемся и рвем назад тем же маршрутом, договорились?

Как бы мы ни жались теперь к обочине, стараясь оставить как можно больше места для разворота, как бы медленно ни ползли, боясь нарушить шумом моторов зловещую тишину, все сильнее становилось желание дать газу и вслепую, на полном ходу проскочить этот жуткий город насквозь. По какой-то причине растянутое ожидание оказалось гораздо тяжелее безрассудного прыжка вперед. Я бы с радостью зажмурилась и спрятала голову в коленях до тех пор, пока все не закончится, но и этого было нельзя; надо было смотреть по сторонам, осматривать каждое разбитое окно, каждую выпотрошенную витрину, беспорядочно разбросанный по снегу мусор, уходящие в никуда переулки. Крошечный видимый кусок улицы, казалось, движется вместе с нами в непрозрачной молочной мгле, словно кто-то держал нас в луче огромного прожектора. Из белесой пустоты неожиданно надвинулось огромное черное здание с одиноко торчащей квадратной башней и подъездной дорожкой, перекрытой двумя бетонными балками. Прислонившись спиной к одной из этих балок, низко опустив голову на грудь и раскинув руки, сидел мертвый человек, и раскрытые его ладони были полны нетающего снега. А стоило черному зданию пропасть, расступившийся туман показал еще одно тело, лежавшее на дороге лицом вниз, и нельзя было не думать о том, что, если надо будет вдруг разворачиваться и во весь дух гнать обратно, нам придется проехать прямо по нему. Еще через сто метров обнаружился съезд на боковую улицу, перегороженную машиной скорой помощи с выбитым лобовым стеклом. Белоснежный борт ее был распахнут, и в зияющем проеме, беззаботно свесив ноги в расшнурованных ботинках, сидел еще один человек. И человек этот был несомненно жив.

Почему-то сразу было ясно, что человек этот никакой не врач; и дело было даже не в отсутствии белого халата. Что-то во всей его безразличной позе и в том, как он безо всякого интереса скользнул глазами по нашим лицам, давало понять, что место, в котором мы его обнаружили, выбрано им совершенно случайно. С таким же успехом он мог бы сидеть на парковой скамейке, разложив газету. Несмотря на мороз, он был без шапки, но в наглухо застегнутой куртке, покрытой от груди и вниз, к животу, какими-то темными пятнами. Рядом с ним на ребристой резиновой подножке стояла открытая консервная банка, из которой он что-то выуживал очень грязными пальцами и с удовольствием отправлял себе в рот; еще одна банка, пока нетронутая, мирно покоилась там же, на полу, рядом с двумя пузатыми бутылками шампанского. Первая была почти пуста, вторая – пока запечатана, но фольга с нее была уже сорвана и золотистой кучкой поблескивала теперь на снегу, между колес.

– Эй, ты, в скорой помощи, – громко сказал папа, и это уточнение показалось мне лишним, потому что, кроме нас и человека в расшнурованных ботинках, на улице, словно залитой молоком, не было больше ни единой души. – Не холодно тебе?

Человек деловито, чтобы не пропало ни капли, облизнул пальцы и только после поднял на нас глаза. Лицо у него было нестарое, но отёчное, обожженное то ли ветром, то ли спиртом, и дышал он нехорошо – неровно и шумно.

– Не, не холодно, – ответил он наконец, покачав головой.

– Ты один? – спросил тогда папа; незнакомец коротко, хрипло засмеялся и ответил непонятно:

– Теперь каждый один.

Смех внезапно сменился приступом кашля, скрутившего человека с красным лицом пополам, и пока он отплевывался и задыхался – мне нестерпимо захотелось закрыть окно, закрыть рот рукавом, – доктор потянулся вперед, оттирая Мишку от окна:

– Не бойтесь, – сказал он вполголоса. – На таком расстоянии заразиться невозможно, – и продолжил уже громче, обращаясь к незнакомцу: – Вы больны! – сказал он настойчиво. – Вам нужна помощь.

Не разгибаясь, человек поднял перепачканную в масле ладонь с растопыренными пальцами и помахал ею в воздухе.

– Водка мне нужна, – сказал он, откашлявшись. – У вас водки нету?

– Водки? – переспросил доктор растерянно. – Нет у нас водки.

– Ну и ладно, – весело и пьяно сказал человек и подмигнул доктору. – Обойдусь как-нибудь. Жрать у нас нечего, – сообщил он потом. – Я три дня не ел. А сегодня зашел к соседке – соседка у меня померла, слышишь, ну я и зашел, мне-то уж не страшно ничего. А в кладовке у ней – вот. Шампанское и шпроты, – он снова полез пальцами в банку и, теперь я разглядела, подцепил скользкую масляную рыбку, добавив еще несколько жирных пятен в коллекцию на своей куртке. – К Новому году наверно готовилась. Хорошая женщина была, – сказал он с набитым ртом.

В этот момент где-то совсем недалеко снова стукнул одинокий выстрел, но незнакомец, увлеченный своими шпротами, даже не повернул головы.

– Это где у вас стреляют? – спросил Сережа у меня над ухом.

– Это? Это в порту, – последовал равнодушный ответ. – Там склад продовольственный. Сегодня чё-то опять штурмуют. Не наши, не местные, наезжают раз в пару дней и давай палить. Наших-то уже не осталось никого. Кто помер, а кого еще в первые дни постреляли, – с этими словами он поднял банку и тщательно осмотрел ее, и, убедившись, что она пуста, в несколько небольших глотков выпил оставшееся масло.

– Слушай, – сказал Сережа. – Если мы вон там направо повернем, к трассе, не попадемся мы?

– Не, – сказал незнакомец и опять улыбнулся; масляная струйка вытекла у него из уголка рта на небритый подбородок. – Тут тихо вроде. К порту не суйтесь, главное, – тут он протянул руку и ухватил ближайшую из пузатых бутылок с уже сорванной фольгой.

– Люблю, когда хлопает, – сообщил он и нежно побаюкал бутылку. – Так оно невкусное, конечно, но как хлопает – люблю. Хотите, сейчас хлопну?

– Послушайте, – сказал доктор. – Пожалуйста, послушайте меня. Вам скоро станет хуже. Найдите теплое место, приготовьте себе воды. Вы скоро не сможете ходить, понимаете?

Мечтательное выражение на небритом грязном лице незнакомца пропало; он перестал улыбаться и, нахмурившись, враждебно поглядел на доктора.

– Приготовьте воды, – передразнил он, и лицо его скривилось. – Стану я ждать. Как прижмет, прогуляюсь вон, до порта хотя бы. Раз! И всё, – еще один, более жестокий приступ кашля снова скрутил его; перед тем как разогнуться, он сплюнул себе под ноги, и плевок растекся красным на утоптанном снегу.

– У вас жар, – сказал доктор. – Это очень быстрая болезнь. Вам прямо сейчас нужно в тепло.

– Ты давай езжай отсюда, умник, – с неожиданной злостью произнес незнакомец. – А то я сейчас подойду поближе да подышу на тебя, понял?

Когда мы отъезжали, снова выстроившись гуськом на разоренной центральной улице, я оглянулась, чтобы еще раз увидеть белоснежную скорую с распахнутым бортом и торчащие из нее ноги в расшнурованных ботинках. Сидящий в ней человек уже как будто забыл о нас; склонив голову, он старательно скручивал проволоку с пластиковой пробки. Как раз перед тем, как он скрылся из вида, раздался хлопок и хриплый смех.

– Надо было оставить ему еды, – глухо сказал доктор. – У вас же есть, наверное?..

– Не нужна ему наша еда, – отозвался Сережа, когда мы нырнули под железнодорожный мост; где-то позади еще постукивали одиночные выстрелы, но каменные здания уже уступали место одноэтажным деревенским домишкам. Этот страшный, самый страшный из всех город вот-вот должен был закончиться. – Ничего ему уже не нужно.

– Вы не понимаете! – закричал вдруг доктор. – Не понимаете! Так нельзя. Я врач. Я должен облегчать страдания, а вместо этого... все как-то страшно вывернулось, все неправильно.

Он замолчал, прожигая глазами Сережин затылок. Мелькнула перечеркнутая табличка «Медвежьегорск», потом синий указатель «Санкт-Петербург – Юстозеро – Мурманск».

– А, вы все равно не поймете, – горько произнес доктор.

– Ну почему же – не пойму, – сказал Сережа. – Я вчера убил человека.

Глава двадцать пятая

Вот и все, подумала я, когда осталась позади широкая лента федеральной трассы, соединяющей мертвый Петрозаводск и далекий Мурманск. Страшный город отпустил нас, в последний раз плюнув вслед далекой автоматной очередью, и радиоэфир опустел. Вот и все. Никаких больше каменных домов, мостов и узких опасных улиц, выпотрошенных витрин и ослепших окон. Тоскливого ожидания смерти. Страха.

– Двести километров, – сказал Сережа, словно услышав мои мысли. – Потерпи, малыш. Если повезет, к вечеру доберемся.

Мы в дороге одиннадцать дней, думала я, каждый из которых, каждый, без исключения, начинается с мысли – если нам повезет; и боже мой, как же я устала полагаться на везение. Нам действительно везло все это время – неправдоподобно, неслыханно везло, начиная с того дня, когда Сережа поехал за Ирой и мальчиком и вернулся живым. И потом, когда многоголовая опасная волна уже нависла над нами, чтобы проглотить – а мы вырвались, ускользнули в последнюю минуту, оставив ей на растерзание все, что было нам дорого: наши планы и мечты, наши дома и даже наших близких, которых мы не успели спасти. Нам повезло даже в тот день, когда Лёню ударили ножом, потому что он мог умереть и не умер. Ни один из этих долгих одиннадцати дней не достался нам дешево, каждый имел свою цену; и теперь, когда впереди последние двести километров, нам уже нечем оплатить свое везение, потому что у нас больше ничего нс осталось. Только мы сами.

– Что за черт, – вдруг сказал Сережа.

Вот оно, подумала я, ну конечно. Разве не глупо было рассчитывать на то, что всё позади. Я подняла глаза, готовая увидеть что угодно – поваленное дерево, замерший поперек дороги груженный бревнами лесовоз; бетонный забор с колючей проволокой или даже просто обрыв, неизвестно откуда взявшийся глубокий непреодолимый овраг, – но ничего этого не было. Ровное белое полотно, молчаливый лес, тишина. Вот только Лендкрузер двигался странными рывками, неуклюже петляя из стороны в сторону, как будто пробил колесо. Сережа потянулся к микрофону, но воспользоваться им не успел, потому что грузный черный автомобиль, вильнув в последний раз, медленно сполз с дороги и замер, уткнувшись тяжелой мордой в голые прутья кустов, торчащие на обочине.

Это все еще можно было объяснить пробитым колесом, так что Сережа спокойно остановил машину, шагнул на дорогу, и даже аккуратно прихлопнул за собой дверь, и побежал только после – когда раздался жалобный треск обледеневших веток и оказалось, что огромные Лендкрузеровы колеса по-прежнему крутятся и тяжелый внедорожник продолжает едва заметно ползти вперед, ломая замороженный частокол молоденьких берез – приземистый, с непрозрачными окнами, похожий на спятившее большое животное. И вот тогда я тоже выскочила, не заботясь уже о том, чтобы захлопнуть дверцу. Не из-за крутящихся колес и треска веток, а из-за того, что он побежал. На бегу я видела, как Сережа рывком распахивает водительскую дверь, как по пояс скрывается в салоне и через мгновение снова показывается снаружи, плотно обхватив руками обмякшую фигуру отца в распахнутой бесформенной куртке и тащит его на воздух; как папины ноги застревают в переплетении педалей под рулем, и как Марина с тоненьким визгом выпадает из салона с другой стороны и почти на четвереньках ползет к водительской дверце, чтобы помочь их вытащить. Как страшно мотается из стороны в сторону безучастная папина голова.

Он лежал на спине прямо на снегу, с подложенной под голову Сережиной курткой, которую тот сорвал с себя так поспешно, что, кажется, выдрал с мясом несколько пуговиц; с открытыми глазами, смотрящими мимо нас куда-то вверх, в низкое холодное небо. Я заметила, что губы у него совсем синие, а в рыжеватой с проседью бороде блестит перламутровая ниточка слюны. Возле него на коленях сидела Марина в своем белоснежном комбинезоне и дрожащей рукой все пыталась зачем-то пригладить ему волосы, а Сережа просто беспомощно стоял рядом и только повторял растерянно: «Пап! Пап!» Он сейчас умрет, подумала я, с каким-то тупым любопытством заглядывая в бессмысленные, незрячие папины глаза. А может быть, он уже умер, пусть она уберет руку, я не могу разглядеть, я ни разу еще не видела, как умирает человек. Почему-то не было ни страха, ни жалости, а только любопытство, за которое мне потом обязательно станет стыдно, и фоном – Сережин голос, повторяющий «пап... пап!..». Перед глазами у меня возникло сердитое лицо доктора:

– Аптечку! Быстро!

Не шевелясь, я тупо смотрела на него, и потому он крепко схватил меня за плечи и тряхнул и только потом спикировал, как нелепая толстая птица, на неподвижное опрокинутое тело, оттолкнул Марину и наклонился прямо к белому папиному лицу, втиснул короткие пальцы под вытянутый ворот его свитера и, поскольку я по-прежнему не двигалась с места, рявкнул, не оборачиваясь: – Вы еще здесь? Аптечку, я сказал! – и, высоко подняв руку, со всего размаху ударил кулаком куда-то в центр папиной груди.

Бесполезно, думала я, пока вяло плелась к машине, пока вынимала из трясущихся Мишкиных пальцев автомобильную аптечку, пока шла назад к доктору, стоявшему на коленях, повернув к дороге стоптанные подошвы своих ботинок. Это все – бесполезно. Мы можем делать что угодно: запрокидывать неподвижную голову, насильно наполнять воздухом обмякшие легкие – раз, два, упирать в грудную клетку перекрещенные ладони, давить быстро и часто, снова дышать. Это не поможет. Он все равно умрет. Он уже умер, потому что кто-то из нас, очевидно, должен был умереть, чтобы заплатить за эти последние двести километров, а иначе нам ни за что не дали бы их проехать; почему никто этого не понимает, кроме меня? Я подошла к Сереже и сунула ему аптечку, и он ошалело, дико взглянул на меня, и доктор крикнул: «Отойдите все, не мешайте!» Мы отшатнулись, Марина просто отползла и осталась сидеть на снегу, а он снова склонился – дышать, щупать пульс за желтоватым папиным ухом, упираться ладонями, бесконечно, бесполезно. Сколько должно пройти времени прежде, чем и ему наконец станет ясно, что усилия напрасны? Что он так же, как и мы, беспомощен против зловещей безжалостной симметрии, потому что нам уже не полагается никакого кредита, никакого аванса?

Когда через несколько минут папины щеки порозовели, а из легких вырвался первый, едва слышный булькающий звук, когда доктор, разогнувшись, рукавом вытер залитое потом лицо и произнес «ну, давайте аптечку» и после этих его слов Сережа наконец начал открывать ее, рассыпая надорванные упаковки с бинтами и салфетками, спрашивая «что, что нужно? валидол?», на что доктор нетерпеливо махнул рукой и потянулся «к черту валидол, нитроглицерин хотя бы есть? дайте сюда»; когда все – все, даже Лёня, выкарабкавшийся из машины, загомонили и засуетились разом, подбирая рассыпавшиеся пакетики, стараясь быть полезными, я поняла, что отступаю назад, к обочине, в милосердную тень застрявшего в кустах Лендкрузера, туда, где никто не сможет увидеть мое лицо. Уже спрятавшись за машиной, я с ужасом обнаружила между пальцев сигарету, не помня даже, как доставала ее, как закуривала; я, наверное, сделала это прямо там, на глазах у всех, на глазах у Сережи, достала и щелкнула зажигалкой? Этого не может быть. Нагнувшись, я зачерпнула целую пригоршню обжигающе холодного снега и прижала к лицу.

— Мам, — сказал Мишка за моей спиной. — Всё в порядке, мам. Доктор говорит, всё уже в порядке, не плачь.

И я кивнула, не отнимая рук от лица, думая: не то, не то, значит, будет что-то еще.

Очень скоро стало ясно, что эти затянувшиеся, бесконечные двести последних километров даются мне сложнее, чем вся предыдущая дорога. Может быть, из-за того, что Сережи со мной в машине не было; он остался за рулем Лендкрузера и забрал с собой доктора на случай, если папе снова станет хуже. Перед тем как оставить нас, он взял с меня слово не пользоваться рацией без крайней необходимости, «ничего не говори, но не выключай, ты поняла? поняла? посмотри на меня! дорога простая, сто двадцать километров сворачивать вообще некуда, а потом — направо, и там уже попетляем, но ехать будем медленно, ты не отстанешь, не бойся, слышишь, ничего не бойся».

А может быть, потому, что Марина, сидевшая теперь с дочерью у меня за спиной, стараясь держаться подальше от Пса, говорила без остановки, тонко, монотонно: «Я так испугалась, так испугалась, он просто вдруг повалился вперед, на руль, хорошо, что мы медленно ехали, он бы умер, Аня, он бы точно умер, как хорошо, что у нас есть доктор, Аня, я же говорила, я говорила». Я сжимала зубы и старалась не слушать ее, но она не унималась и ловила мой взгляд в зеркальце заднего вида, и даже, кажется, улыбалась — неуверенно, искательно, «теперь все будет хорошо, вот увидишь, Аня, вот увидишь», заткнись, думала я, заткнись, ради бога, за два года нашего бестолкового соседства я не слышала от тебя столько слов, ничего не будет хорошо, не может быть хорошо, ты мешаешь мне думать, мешаешь мне ждать, мы еще не заплатили, не заплатили, так не бывает.

Ничего в этой жизни еще не доставалось мне бесплатно, ни одной удачи, ни единой победы. Трехмесячный Мишка в машине скорой помощи, хмурый доктор с запахом перегара — «молитесь, мамочка, чтобы довезли», и я молюсь: забери все, что хочешь, все, что угодно, только пусть он останется со мной, и когда через полгода у меня забирают Мишкиного отца, забирают совсем, бесследно, словно его и не было никогда, я не ропщу, я почти не удивляюсь, потому что сама назначила цену, не торгуясь. А потом безжалостный мамин диагноз, и я прошу снова — ну пожалуйста, не надо, отдаю, отдаю взамен что угодно, и спохватываюсь, потому что знаю теперь курс этого кровожадного обмена, только не Мишку, говорю я, что угодно, только не Мишку, и получаю долгих двенадцать лет, пустых, одиноких, зато мама живет. Я плачу за все высокую цену, иначе не получается, и когда наконец появляется Сережа — вдруг, из ниоткуда, я уже готова заплатить, и плачу, и цена эта опять высока. И поэтому теперь, сквозь бессмысленное Маринино бормотание, я могу думать только об одном: чтобы успеть сбежать, мы купили себе пропуск — мама, с которой я даже не попрощалась, Ирина мертвая сестра и Наташины родители; только этого оказалось недостаточно. Чтобы выкупить нас, этого не хватит. И если не Лёня, если не я, если не папа — кто тогда? Кто из нас?

Пять долгих часов до поворота я держала руль обеими руками и смотрела вперед, на подпрыгивающий прицеп, и в стороны, на безучастную стену деревьев, и назад, на пустую дорогу, вспаханную нашими колесами. Я не могла разговаривать и ничего уже не слышала, потому что каждая из этих трехсот минут до краев была заполнена ожиданием. Что-то должно случиться, обязано; но что, когда, и успею ли я угадать?

И очень скоро Марина перехватила наконец мой взгляд в проклятом зеркальце, хотя я старалась не задеть ее этим взглядом, поперхнулась и проглотила все свои оставшиеся слова, шумно втянула носом воздух и дальше уже сидела молча, спрятав лицо в девочкином мохнатом капюшоне.

Во время нескольких коротких остановок, необходимых всем — детям, измученным дорогой, Псу, изнывающему в тесной машине, и нам, взрослым, чтобы не сойти с ума, Сережа подходил ко мне и говорил «ну как ты?», и в ответ я всякий раз задавала ему один и тот же вопрос — «сколько еще?», несмотря на то, что даже с закрытыми глазами продолжала видеть белёсый кружок спидометра с тусклыми циферками, свой обратный отсчет: еще на тридцать километров ближе, еще на пятьдесят.

В последний раз мы остановились уже после съезда, в темноте. Даже выйдя из машины, я продолжала считать в уме, чтобы не сбиться, как будто после всех этих часов и правда можно было сбиться и забыть о том, что мы почти на месте, что до озера нас отделяет каких-нибудь двадцать километров. Решая вечную дилемму — отойти подальше, не удаляться слишком, — я сделала несколько лишних шагов вперед, куда не доставал уже свет фар, и, подняв глаза, замерла от ужаса, а затем развернулась и побежала назад.

– Сережа, – прошептала я, задыхаясь, и он удивленно обернулся ко мне. – Сережа, там дома, много домов!..

– Не может быть, – ответил он, недоверчиво хмурясь. – Здесь ничего нет. На десятки километров – вообще ничего, – и пошел, на ходу снимая ружье с плеча, а я, как завороженная, последовала за ним.

– Ну какой же это дом, глупая, – сказал он наконец. – Посмотри внимательно. Это уже лет сорок никакой не дом.

И тогда, присмотревшись, я увидела то, чего не заметила с самого начала: рассохшиеся от старости черные бревна, пустые оконные проемы, провалившиеся стропила. Их было немного, этих домов, может быть, четыре или пять; и все они были бесповоротно, необратимо разрушены, рассыпаны, как громадный деревянный конструктор, надоевший своему создателю. Я протянула руку и прикоснулась к изъеденной временем бревенчатой кладке, и даже на ощупь она оказалась холодная и мертвая, не помнящая тепла.

– Это называется «зона», – сказал Сережа за моей спиной, и я вздрогнула. – Приграничная зона отчуждения. Не бойся, Анька. В этих краях полно таких деревень. Когда двигали границу, всех отсюда выселили. Здесь и тогда народу немного было, а теперь, давно уже, совсем никого. А домам что, они еще лет сто простоят, только жить в них уже нельзя, конечно, сама посмотри. Ни крыш, ни окон, все развалилось.

Это кладбище, настоящее кладбище покинутых домов, думала я, пока мы стояли, обнявшись, среди вымерзших черных деревянных скелетов, а через каких-нибудь сто лет здесь будет густой лес, непроходимая тайга, забывшая о жалких наших попытках прорубить в ней дороги, утвердиться, оставить след. Через сто лет, а может, и раньше, окончательно сомкнутся над проваленными крышами высокие деревья, и эта крошечная деревня-призрак исчезнет совсем, словно ее и не было вовсе. И еще я подумала, что ровно то же самое случится с нашим домом, легким, красивым — посереют и растрескаются янтарные бревна, раскрошатся кирпичи каминных труб, а огромные окна сначала зарастут пылью, а затем лопнут, обнажив беззащитную хрупкую начинку. Если мы не вернемся.

— Как там папа? — спросила я тихо, и он ответил прямо мне в ухо:

— Так себе, Анька. Еле сидит, зеленый весь. А у нас, кроме нитроглицерина, нет ничего. Нельзя было его на сутки за руль сажать, простить себе не могу. В больницу бы его. Доктор говорит — постельный режим, никаких нагрузок, ёлки, какой режим, какая постель? Доедем до озера, положим его на топчан, вот и вся больница.

— Но уже ведь недалеко, правда? — сказала я и повернулась к нему, прикоснулась к холодной щеке, к мучительной складке между бровей. — Вот увидишь, все будет хорошо. У нас есть доктор, он не даст ему умереть. Главное, чтобы эта проклятая дорога поскорее закончилась.

— Да, — сказал он, осторожно высвобождаясь. — Конечно. Пошли, малыш, пора. Двадцать километров осталось, мы почти доехали, можешь себе представить? — и зашагал обратно, а я помедлила немного и обернулась, чтобы еще раз взглянуть на это место, заброшенное и пустое, почему-то не желавшее меня отпускать.

Теперь, когда он отошел, тревога снова вернулась ко мне. Здесь ведь никого нет, в шестидесяти километрах от последней приличной дороги, от последнего человеческого жилья, почему же тогда мне так неспокойно? Как будто мы что-то упустили, не заметили что-то важное. И тогда я опустила глаза и посмотрела прямо себе под ноги, и даже села на корточки, чтобы убедиться, а потом поспешно поднялась, и догнала Сережу, и снова схватила его за рукав.

– Значит, тут совсем никто не живет?

– Ну да. Анька, я же только что… Всё, пойдем.

– Тогда откуда здесь вот это? – спросила я, и, проследив за моей рукой, он сбился и замолчал, а потом, наклонившись, положил ладонь в центр широкого четкого следа, отпечатавшегося в снегу под нашими ногами и уходящего в темноту, в ту же сторону, куда нам предстояло двигаться.

– Посмотри, какой огромный. Это же не легковая машина. Это гусеницы, да? – спросила я. – Гусеницы?

Сережа поднял голову.

– Да нет, – сказал он наконец. – Не гусеницы. Это грузовик. Большой, тяжелый. И следы совсем свежие.

Глава двадцать шестая

— Ну, что будем делать?

Мы стояли над отчетливым отпечатком тяжелых колес, оставленных недавно проехавшим здесь чужим грузовиком. Как же мы могли его не заметить, этот след, думала я. Мы ведь, наверное, уже давно едем прямо по нему.

— Может, поедем другой дорогой? — предложил Андрей, но Сережа отмахнулся:

— Нет тут никакой другой дороги. Здесь и одна-то дорога — чудо.

— И куда она ведет, эта дорога?

— К озеру нашему она ведет, — мрачно сказал Сережа. — Здесь просто некуда больше ехать, — и прежде, чем кто-нибудь успел вставить хотя бы слово, заговорил снова, с нажимом:

— Послушайте. Мы не можем сейчас повернуть назад. Нам некуда поворачивать. Запасного плана у нас нет, да мы и не осилим сейчас никакой план. Мы уже сутки не ели и не спали, топливо почти на исходе.

Мы молчали, не зная, что возразить, не уверенные, что вообще стоит возражать; только он истолковал наше молчание по-другому, потому что продолжил с вызовом:

– Ну, хорошо. Если есть другие идеи, давайте. Куда поедем? Назад, в Медвежьегорск? А что, там весело. Или можем остаться здесь, починим какой-нибудь домик, вот этот, к примеру, а? Или вон тот. Умеешь дома строить, Андрюх?

– Да ладно тебе, Серёг, – перебил Андрей хмуро. – Ну что ты завелся.

– Поедем тихо, – сказал тогда Сережа. – Порядок прежний: я впереди, за мной Андрей, потом Анька. Ружья держите наготове, смотрите по сторонам. Рацией не пользоваться. И, Андрюха, выключи свою иллюминацию.

И мы поехали, вернее – поползли, небыстро, гуськом. Снега на этой лесной дороге было уже столько, что, если бы не оставленная грузовиком колея, проехать нам вообще бы не удалось. Я представила себе, как мы бросаем машины и оставшиеся до озера двадцать километров идем пешком, соорудив какие-нибудь примитивные волокуши, и тащим на себе сумки, коробки, детей; мы ни за что не дошли бы на таком морозе, в глубоком снегу, даже если б оставили большую часть вещей, даже если б оставили все вещи, потому что ни Лёня, ни папа не смогли бы этого выдержать, и никто из нас, женщин, тоже, наверное, не смог бы. Если бы не эта чужая колея, мы замерзли бы насмерть где-нибудь на полпути, прямо посреди леса, думала я, глядя на мерцающие впереди красные огоньки прицепа, а это значит, что нам опять повезло. Если, конечно, забыть о том, что место, где мы надеялись спрятаться – безлюдное, никому не известное, безопасное, – оказалось не таким уж необитаемым. Впервые за одиннадцать дней я поймала себя на том, что перестала мысленно подгонять время, считать километры, потому что не знаю, что именно ждет нас в конце дороги; и, как всегда бывает в таких случаях, время тут же ехидно рвануло вперед и понеслось. Через сорок минут мы были на месте; я поняла это сразу, даже не глядя на спидометр, еще до того, как остановились остальные. Сердце мое ухнуло вниз, я нажала на тормоз, а Мишка потащил ружье из-под сиденья. Выходить не хотелось. Лучше было бы просто остаться здесь, в теплом салоне, и подождать, и заставить остаться Мишку; только вот Марина, встрепенувшись, жалобно запричитала:

– Погоди, Аня, не выходи, не выходи, пожалуйста, пусть они сами... – и тогда я толкнула дверь и вышла наружу, и пошла вперед, к Лендкрузеру; и Мишка пошел за мной.

Грузовик стоял прямо посреди дороги, перегораживая ее поперек; широкий, почти квадратный, уверенно упираясь в снег массивными черными колесами. Вдоль борта грязно-зеленой металлической будки, под самой ее крышей недружелюбно смотрели три небольших прямоугольных окошка. Подойдя поближе, я убедилась в том, что остальные уже успели выяснить: грузовик был пуст.

– Это оно? Озеро? – шепотом спросила я.

– Должно быть оно, – так же тихо сказал Сережа. – По идее, вон за теми деревьями. Не могу сказать точно. Темно, не видно ни черта, и потом, я последний раз тут был четыре года назад.

– Это же военный грузовик, да? – спросил Мишка.

Сережа кивнул.

– Значит, там, впереди, военные?

– Не обязательно, – ответил Сережа, а я тут же вспомнила последний день перед нашим отъездом и другой грузовик, очень похожий на этот, стоящий возле Лёниных ворот, и подумала, даже если это военные, это ведь совершенно ничего не значит, абсолютно ничего.

– Зачем они его здесь бросили, без охраны? – спросил Мишка, с радостным любопытством оглядывая грузовик.

– А зачем им тут охрана? – пожал плечами Сережа. – Через лес его не объехать. А пешеходов они, видимо, не очень боятся. В общем, вы ждите здесь, а я схожу вперед. Посмотрю, что там. Фары погасите и сидите тихо. Вряд ли это займет много времени.

– Я с тобой, – быстро сказал Мишка.

Сережа покачал головой, и мы оба – и я, и Мишка – тут же поняли, что спорить бесполезно, и я подумала, только не вздумай сказать сейчас «если я не вернусь», только попробуй сказать это мне, и он не сказал. Похоже было, он вообще не собирается больше говорить, а просто снимет сейчас ружье с плеча и уйдет, и тогда я выпалила:

– Подожди, – и он остановился, и повернул ко мне лицо.

Я могла бы сказать «почему ты?» или предложить «я пойду с тобой», могла бы повиснуть у него на шее, спорить, тянуть время и задерживать его, могла бы просто сказать «я люблю тебя», только все это сейчас было бессмысленно и не нужно. Если бы я верила в бога, я бы тебя сейчас перекрестила, думала я, только я ведь даже не помню, как это делается – слева направо? Справа налево?

Лицо у него было усталое, а вокруг губ уже начал образовываться иней. Он нетерпеливо переступил с ноги на ногу.

– Что, Ань?

Ничего, хотела сказать я. Иди, хотела сказать я и не смогла.

– Сережа!

Он отвернулся. К нему бежала Ира, в руках у нее была голубая марлевая повязка.

– Вот, возьми.

Он склонил голову, чтобы ей было удобнее дотянуться, и она прижала светлый прямоугольник к его лицу, и закрепила, и коротко погладила его по щеке.

Сразу после этого он ушел, а мы остались возле грузовика.

Стоять на ветру было холодно, очень холодно, но я не смогла бы вернуться сейчас в машину, забраться в теплый салон, слушать Маринины причитания; я не стану смотреть на часы и засекать время, не стану, и тогда я не буду знать, сколько времени прошло с момента, когда он ушел, полчаса, час, я просто буду стоять здесь и ждать его возвращения. Я попыталась закурить, но проклятый огонек то и дело гас на ветру; можно было зайти за широкую кабину грузовика, туда, где ветер дул не так сильно, но тогда я перестала бы видеть деревья, за которые уходила цепочка его следов. Сейчас, когда фары больше не горели, мне было страшно отвести взгляд от этих следов; я была не уверена в том, что смогу их найти в темноте.

– Он вернется, – негромко сказала Ира.

Я вздрогнула и все-таки обернулась. Она стояла, прислонившись спиной к кабине, и смотрела на меня. Я не хочу ждать его вместе с тобой, подумала я, даже не думай, что мы будем ждать его вместе, взявшись за руки.

– Тебе надо в тепло, – сказала она.

Я не ответила.

– Ты опять заболеешь, – сказала она. – Его не будет час, а может, и больше. Ты что, все это время будешь торчать тут на ветру, как Ассоль? Это глупо, ты ничем не можешь ему сейчас помочь.

А вот это неправда, подумала я и бросилась назад, к машине, и распахнула заднюю дверь. Марина с ужасом подняла на меня глаза, а Пёс сразу же выскочил наружу, почти выпал мне под ноги. Ну, иди, сказала я. Какое-то время он не двигался с места, я повторила – давай, иди за ним, и тогда он, бесшумно ступая, обогнул грузовик и исчез в темноте.

Пока мы ждали – долго, коченея и волнуясь, Мишка облазил весь грузовик. Взобрался на колесо, дотянулся до дверных ручек и подергал их – они не поддавались, фонариком посветил в кабину, убедившись, что в ней нет ничего, что могло бы нам пригодиться. Я хотела остановить его – и не стала, потому что сейчас, когда все мы, взрослые, были оглушены ожиданием настолько, что не могли даже разговаривать, он единственный, казалось, не чувствовал нашего страха и тревоги, как будто Сережино возвращение было только вопросом времени, а не удачи; и радостная Мишкина суета вокруг брошенного грузовика постепенно вселяла надежду и в нас, остальных. В конце концов из Лендкрузера выбрался даже папа. Шел он с трудом, его заметно шатало, но и он направился к грузовику, где ветра было поменьше, с интересом наблюдая за Мишкиными исследованиями. Следом за папой на улице показался и доктор. Видно было, что он сильно мерзнет без шапки, но помешкав немного возле машины, он с сожалением прикрыл дверь, отделявшую его от спасительного тепла, и обреченно поплелся к нам.

– Может, топливо сольем? – оживленно предложил Мишка. Папа покачал головой:

– Ни к чему. Это «шишига». Она бензиновая, зачем нам бензин. И потом, я не стал бы тут хозяйничать раньше времени, – и он тяжело прислонился к зеленому железному борту.

Ну и название, подумала я, надо же, бензиновый грузовик, я даже не знала, что такие бывают, а папа тем временем, сунув руку в карман, выудил оттуда смятую пачку «Явы». Увидев это, доктор тут же торопливо подбежал к нему:

– Вы с ума сошли! – яростно зашептал он. – После остановки сердца! Вы понимаете, что чудом остались живы? Чудом! У меня ни адреналина, ничего, я вас еле вытащил, вам лежать надо, ле-жать, а вы! Уберите немедленно, и чтобы я этого больше не видел!

К моему удивлению, папа покорно убрал сигареты и проворчал почти примирительно:

– Ладно, ладно. Я машинально. Все равно их осталось всего ничего, скоро так и так бросаем...

Он не договорил, потому что где-то совсем близко раздался вдруг хруст ломающихся веток; звук, которого мы одновременно и ждали, и боялись. С усилием оттолкнувшись от борта, папа потянулся к Мишкиному ружью, но тот оказался быстрее и уже схватил его, и даже успел передернуть затвор, мрачно лязгнувший в наступившей тишине, и тогда я крикнула: «Сережа!», чтобы поскорее убедиться, что он вернулся.

— Я здесь! — отозвался Сережа. — Все нормально!

Звучал он глухо, наверное, из-за маски, и я побежала на голос раньше, чем Андрей успел включить фонарик, и увидела, как Сережа выходит из-за деревьев, а следом за ним, в десяти шагах, идет незнакомый человек в толстой камуфляжной куртке с меховым воротником и поднятым капюшоном. В руках он держал оружие — автомат или ружье, этого я не разобрала, но было совершенно ясно, что человек этот держится у Сережи за спиной неслучайно. Лицо человека было спрятано под широким черным намордником с торчащими в обе стороны толстыми раструбами фильтров, по сравнению с которым Сережин марлевый прямоугольник выглядел совсем по-детски.

— Убери ружье, Мишка, все в порядке, — сказал Сережа, и Мишка нехотя опустил руки, но ружья не выпустил.

У самой кромки деревьев человек в камуфляже остановился и вполголоса что-то произнес, после чего быстро отступил назад, в темноту, а Сережа сделал еще шагов десять, и я увидела наконец, что ружья при нем больше нет, молния на куртке вырвана с мясом, а маска перепачкана кровью, постепенно проступавшей сквозь марлю, и заплакала — сразу, в голос, и обхватила его руками. Он обнял меня в ответ. Я почувствовала, что руки у него дрожат.

— Ну все, все... уже все хорошо.

— Они... это они, да? Зачем они?.. — я плакала и стаскивала маску с его лица, а он улыбнулся мне разбитыми губами и ответил:

– Черт, Анька, я так и думал, что ты психанешь. Ну ничего же страшного, бывает, не разобрались. Я вылез из леса, с ружьем, ну хватит, неудобно...

– Где твое ружье? – резко спросил папа, и я перестала плакать.

– Там осталось, – ответил Сережа просто и неопределенно махнул рукой. – Я договорился, нас пропустят, но идти пока придется пешком. Машины оставим здесь, вещи тоже. И никакого оружия. Тут недалеко совсем.

– Куда идти? – спросила Ира.

– А ты уверен, что это безопасно? – сказал Андрей.

– Не думаю, что у нас сейчас есть выбор, – ответил Сережа. – Но да, я уверен. Мишка, ружье забрось в машину. Берите детей и пошли.

Когда мы выстроились в цепочку, я вдруг впервые осознала, как же нас много: пятеро мужчин, четыре женщины, но это не добавило мне уверенности, потому что, двигаясь вот так, гуськом, с пустыми руками, мы были гораздо беззащитнее спрятавшегося в лесу невидимого незнакомца. Мы не успели дойти и до середины пустой площадки перед грузовиком, как человек в камуфляже снова высунулся из-за дерева и прокричал невнятно:

– Маски!

– Черт, – сказал Сережа с досадой. – Забыл совсем. Они хотят, чтоб мы маски надели. Ирка, где они у тебя? – и помахал незнакомцу рукой, а тот крикнул:

– Детям – тоже!

– Они что, больны? – со страхом спросила Марина, сидя на корточках перед девочкой, пристраивая марлевый прямоугольник на крошечное личико. – Сережа, они болеют, да?

– Не думаю, – сказал Сережа. – По-моему, они боятся заразиться от нас.

Как только мы вошли в лес, оказалось, что провожатый у Сережи не один. Кроме незнакомца в камуфляже был еще второй, весь затянутый в белое. Попадаться нам на глаза этот второй явно не планировал и все время держался метрах в пятнадцати за нашей спиной; я вряд ли вообще заметила бы его, белоснежного, если бы не ветки, иногда хрустевшие у него под ногами. Мне хотелось догнать Сережу и спросить – почему ты думаешь, что эти люди не причинят нам вреда, особенно после того, как они отобрали у тебя ружье и разбили тебе лицо? Мы оставили все, что было у нас с собой – машины, оружие и еду, без охраны посреди тайги, почему ты вообще уверен в том, что мы можем им доверять?

Но Сережа шагал за человеком в камуфляже широко и быстро, и ни разу даже не обернулся, чтобы убедиться, поспеваем ли мы за ним.

Видимо, это был какой-то короткий путь через лес, потому что с каждым шагом мы всё больше удалялись от дороги, перегороженной грузовиком. Идти, проваливаясь в глубокий снег, было нелегко. Мы двигались молча. Мы идем, как заключенные, думала я, добровольно сдавшиеся заключенные; еще несколько минут, и этот странный нелогичный порыв, которому все мы почему-то поддались, начнет выветриваться, и тогда кто-нибудь – папа, а может быть, Ира остановится и потребует объяснений – куда мы идем и зачем, и это наверняка не понравится вооруженным людям в респираторах; что они сделают тогда – бросят нас здесь? Начнут стрелять? К счастью, этого я так и не узнала. Полоса деревьев неожиданно закончилась, и мы вышли на открытое место; с одной стороны широким полукругом стоял лес, а с другой – огромное, белое от снега, лежало озеро. Шагах в двадцати от берега торчали две красивых новых избы, одноэтажных, с широкими плоскими крышами.

– Это что еще за... – сказал папа и схватился за ствол дерева; дышал он тяжело, с присвистом.

– Не задерживаемся, – хмуро приказал человек в камуфляже и пошел к ближайшей избе.

Человек в белом маскировочном костюме тоже наконец показался. Больше не прячась, он спокойно зашагал позади нас, положив руки на висевший на шее автомат.

– Какая-то, мать ее, «Зарница», – задыхался папа; доктор озабоченно семенил за ним следом. – Маскхалаты, респираторы военные. И домá! Откуда здесь домá? Не было тут никаких домов!

– Отгрохали в прошлом году! – весело сообщил Сережа и наконец обернулся. – Представляешь? Ты посмотри, домища какие здоровенные, в каждом человек по двадцать помещается. Цивилизация!

– А вот и они, твои двадцать человек, – негромко сказала Ира.

Перед входом в избу действительно собралась небольшая толпа. Люди стояли молча и внимательно рассматривали нас. В отличие от наших провожатых, респираторов на них не было, и стоило нам подойти поближе, все они поспешно отступили, шарахнулись, словно испугавшись наших масок; смотрели они настороженно, неприветливо. В основном это были мужчины, но я заметила и нескольких женщин; их присутствие почему-то сразу меня успокоило. Они не похожи на военных, подумала я, это обычные люди, какие-нибудь местные, сбежавшие из торчавших вдоль трассы деревень; только за сегодняшний день мы видели три или четыре брошенных деревни. Сережа прав, мы сумеем с ними договориться, должны суметь.

Человек в камуфляже затопал ногами на пороге, стряхивая снег с ботинок, а затем зашел в избу и плотно притворил за собой дверь, оставив нас снаружи. Его белый товарищ непринужденно остановился неподалеку от нас и закурил. Ни он, ни люди, молча стоявшие поодаль, по-прежнему не произнесли ни слова, но я чувствовала, что они изучают нас. Наконец дверь снова распахнулась и камуфляжный, высунувшись, поманил нас рукой. Послушно встрепенувшись, мы по одному просочились внутрь, на темную остекленную веранду, а затем, неловко потолкавшись у входа, словно перепуганные школьники перед кабинетом директора, очутились в теплой комнате, освещенной тусклым светом керосиновой лампы, и разом заполнили ее всю, целиком. У дальней стены зябко жался к огромной печи маленький стол, покрытый смешной цветастой клеенкой. За столом сидел человек – небритый, с сонным помятым лицом, который поднял голову и без улыбки глядел на нас. Возле печки я увидела Пса; как только мы вошли, он вскочил и сидел теперь, подобрав лапы и аккуратно сложив на полу хвост; ах ты, предатель, подумала я, и мне показалось, что желтые глаза его виновато блеснули.

– Иван Семеныч, – по-детски обиженно протянул камуфляжный откуда-то сзади. – Ну маску-то наденьте!..

– Да отстань ты со своей маской, – отмахнулся человек за столом. – Они в масках, мы в масках, ни слова не разберешь.

– Дайте сесть, – задыхаясь, сказал папа. – Не могу стоять, – и качнулся вперед, к стульям, выстроенным вдоль стены.

– Вы больны? – резко спросил помятый и начал вставать, с грохотом двигая шаткий стол.

– Нет, нет, – доктор, усердно работая локтями, принялся пробиваться вперед. – Это сердце, сегодня был приступ, ему нужно лежать... я врач, я могу вам гарантировать, что мы все здоровы.

– Врач? – немного оживился помятый. – Врач – это хорошо, – сказал он затем и добавил загадочно: – Врача у нас теперь нет.

– А вы? – вдруг спросила Ира громко. – А у вас все здоровы?

Человек с помятым лицом не обиделся и не возмутился, и ответил вполне серьезно:

– Мы тут уже две недели. Если я хоть что-нибудь понимаю в этой заразе, за это время она как-нибудь да проявилась бы. Значит, вот как мы поступим, – продолжил он затем. – Вы давайте устраивайтесь ночевать, детишек там уложите, все такое. Илья вас проводит... Илья! – позвал он, и дверь немедленно снова распахнулась, словно неизвестный Илья все это время стоял снаружи, ожидая, когда его позовут. – Проводи, где там у нас место есть? Давай их к Калинам, не спят они еще?

– Подождите, – перебил его Сережа. – У нас там машины на дороге. Надо бы их сюда, поближе. И вообще, поговорить бы.

– Надо – давай поговорим, – живо согласился тот, кого назвали Иваном Семенычем, и снова опустился на свой стул.

– Садись. А вы – идите, идите, устраивайтесь. Маски можете снять, – он махнул рукой, и, выходя на улицу под пристальным взглядом камуфляжного

Ильи, я еще успела расслышать, как он говорит Сереже: – Ты это, не сердись, что ребята тебя помяли немножко, сам понимаешь...

Оказавшись снаружи, Илья стянул с лица респиратор, с наслаждением потер щеки ладонью, а потом оглядел нимало не поредевшую толпу перед входом и позвал:

– Калина! Ты здесь, что ли? Петрович?

– Ну, здесь, – с вызовом отозвались из толпы почему-то женским голосом.

– Забирай, – сказал Илья, указав на нас щедрым, широким жестом. – У вас там место вроде есть еще? Надо их на ночлег определить.

Предложение это, судя по всему, не вызвало у таинственного Калины ни малейшего восторга. С полминуты было тихо, а затем тот же женский голос спросил подозрительно:

– А если они больные?

– Не больные, – ответил Илья важно. – А вот этот – вообще доктор. Ты где, доктор? Покажись-ка, – и доктор неуверенно шагнул вперед, поднял руку и немного помахал ею в воздухе.

Калина оказался хрупким мужичком неопределенного возраста со сморщенным маленьким лицом; переговоры от его имени, как выяснилось, вела его жена – высокая и крупная, вдвое больше самого Калины. Изба, в которую они привели нас, выглядела так же, как и первая: тонко дребезжащие застекленные дверцы, обитые вагонкой стены, простенькие люстры с плафонами-луковицами и даже бесполезный теперь телевизор; пошловатый стандарт подмосковных дачных пансионатов. Мы прошли через огромную веранду с летней мебелью, холодную и темную, и оказались в центральной комнате с печью, которая служила здесь чем-то вроде столовой, потому что вся была заставлена столами и наспех сколоченными деревянными скамейками. Пока мы стаскивали куртки и раздевали детей, Калина не произнес ни слова; забившись в угол, он искоса посматривал на нас, часто моргая.

Жена его, безо всякого удовольствия оглядев нас, сказала все с тем же вызовом:

– Кормить не буду, – и, тяжело передвигая ноги, распахнула одну за другой две боковых двери; душно пахнуло пылью. – Комнаты пустых у меня две, – продолжила она сухо, – размещайтесь, как хотите.

– Спасибо, кормить нас не нужно, – холодно сказала Ира, заглядывая в одну из комнат.

– Куда в ботинках! – рявкнула хозяйка. – Только утром полы натерла!..

Ира остановилась и медленно обернулась.

– Господи, – сказала она раздельно. – Как же вы. Все. Мне. Надоели. Мы двенадцать дней бежим неизвестно куда, как какие-нибудь собаки. Мы не спали больше суток. Не нужна нам ни ваша еда, ни гостеприимство ваше чертово. Нам нужно было просто проехать мимо. Это вы нас сюда притащили. Да плевать я хотела на ваши полы.

– Ну ладно, ладно, крикунья, – сказала хозяйка, неожиданно миролюбиво. – Одеяло принести? У меня есть, шерстяное. Вон, мальчику.

Как только она вышла, Калина-муж разом пришел в движение: придвинувшись к Лёне, жарким шепотом он поинтересовался:

– Водки у вас, конечно, нету?

Лёня рассеянно помотал головой, и Калина, немедленно потеряв к нему интерес, снова замер, сделавшись похожим на маленькую сморщенную черепаху.

– Так, – сказал доктор и посмотрел на папу. – Можете говорить, что хотите, но вам немедленно нужно лечь. И вам, Леонид, тоже.

Вернулась хозяйка с тремя старыми одеялами, и началась суета. Пока укладывали детей, сдвигали мебель и делили кровати, я снова вышла на веранду. Толпа перед избой исчезла, выкуренная морозом, оставив после себя только множество следов на снегу. Приглядевшись, за стеклом на соседней веранде я увидела два мужских силуэта, камуфляжный и белый, и тусклый огонек сигареты. Как же долго он не возвращается. Зачем мы бросили его там одного? Нам сказали «идите», и мы пошли безропотно и покорно; я должна была остаться там, уж я-то могла остаться, вместо того чтобы торговаться сейчас, кто именно будет спать на кровати, кому достанутся подушки.

– Ну что? – дверь у меня за спиной хлопнула, и на веранде показался Лёня в наброшенной на плечи куртке. – Видно что-нибудь?

Я покачала головой.

– Да ладно тебе, Анют. Нормальные вроде мужики, – сказал он успокаивающе.

Мы постояли молча, вглядываясь в темноту.

– Ну, хочешь, я схожу туда? – наконец предложил он.

– Хочу, – сказала я. – И я пойду с тобой.

Мы дошли до середины разделяющей избы площадки; идти ему было трудно, хотя он старался этого не показывать. В сумраке соседней веранды распахнулся вдруг оранжевый прямоугольник двери, и Сережа вышел нам навстречу; следом за ним показался и камуфляжный Илья.

– Лёнька, вот хорошо, сейчас за машинами пойдем. Ань, у тебя ключи с собой? – спросил Сережа, подходя, и, пока я рылась в карманах, еле слышно продолжил: – Не ложитесь пока, есть разговор, – и добавил уже громче, чтобы слышно было камуфляжному: – Скажи Андрюхе, пусть выходит, мы тут его подождем.

Вернувшись, я заметила, что оба Калины – и он, и она – исчезли из общей гостиной, растворившись где-то в недрах громадной избы. За столом остался только доктор, поспешно вскинувший голову с видом человека, который ничуть не устал и в любую секунду готов быть чем-нибудь полезен; глаза у него были красные. Измученных дорогой детей уже успели уложить. Мальчик, до самых глаз укрытый несвежим шерстяным одеялом, свернулся под боком у папы, уснувшего на одной из двух доставшихся нам двуспальных кроватей. На краю кровати сидела Ира – неподвижно, с прямой спиной и смотрела, как спит ее сын, напряженно и жадно, и даже не обернулась, когда я заглянула в комнату. Тут же, на дощатом полу, я увидела Мишку; он тоже спал, прислонившись спиной к стене, с неудобно запрокинутой головой и открытым ртом.

Остальных я нашла в соседней комнате. Лица у них были сердитые; вероятно, спор о том, кто именно должен спать на второй кровати, до сих пор не закончился.

– Не обращайте внимания, – сказала я доктору, присаживаясь рядом, когда Андрей с явным облегчением выскочил на улицу, одеваясь прямо на ходу. –

Сейчас ребята пригонят машины, и мы найдем вам какой-нибудь спальный мешок.

– В этом нет необходимости, – бодро сообщил доктор. – Я могу и на полу, у меня куртка... вот, видите, толстая.

– Сколько дней вы не спали? – спросила я, и он слабо улыбнулся:

– Боюсь, начинаются третьи сутки, – и пока я мысленно пыталась сосчитать, сколько времени прошло с тех пор, как кому-то из нас довелось как следует выспаться или хотя бы сменить одежду, господи, да просто почистить зубы, он снова опустил голову на сложенные руки и едва слышно захрапел.

Мужчины вернулись через четверть часа, нагруженные сумками и свернутыми спальными мешками. Следом в избу смущенно ввинтился Пёс и, явно стараясь остаться незамеченным, юркнул под кровать. Едва сбросив куртку, Сережа быстро прошел в комнату и плотно прикрыл за собой дверь, а затем прижался к ней спиной, оглядел нас и сказал:

– Ну, что. Поговорили мы с этим мужиком. В общем, ребята, я думаю, здесь нам оставаться нельзя.

Он пересказывал нам предложение человека с помятым лицом, с которым они почти час проговорили в соседней избе, вполголоса, чтобы не разбудить спящего на кровати мальчика, и талая вода с его ботинок мутными струйками растекалась по неровным доскам. Дело было не в его разбитом лице и даже не в том, что ружье ему так и не отдали; это ладно, удивительно, что они меня не пристрелили, сказал он и устало, невесело улыбнулся, погодите, послушайте меня сначала, а потом обсудим, ладно?

Оказалось, что все они – муж и жена Калины, камуфляжный Илья и его товарищ в маскхалате, человек с помятым лицом и остальные мужчины и женщины, вышедшие посреди ночи посмотреть, как мы в масках выходим из леса, были жителями последней деревни, которую мы проехали прежде, чем свернуть с трассы. Но они же явно военные, сказал Андрей, те, с автоматами. Они – да, подтвердил Сережа. Точнее, пограничники. И Иван этот Семеныч, и еще кое-кто, мы не всех пока видели. У них там в поселке была пограничная комендатура, здоровенный такой поселок, тысячи три народу, своя больница, школа. Болеть там начали почти сразу; кто-то привез заразу из Медвежьегорска, и через неделю карантин уже можно было не объявлять, да и не было у них приказа – объявлять карантин. Последнее, что им приказали, – ограничить перемещения, понимаешь, они же здесь не границу охраняли, незачем такую границу охранять, попробуй пройди по тайге восемьдесят километров через зону отчуждения. Это же не застава, никаких тебе вышек, собак и солдат-срочников, ничего – просто комендатура. В общем, когда отключили телефоны, их спецсвязь продолжала работать, и последний приказ из Петрозаводска был – никого не пускать дальше, к финнам, и всё, понимаешь, и всё. Они, наверное, все равно ничего поделать не смогли бы, слишком их было мало. А когда началась паника и народ рванул в разные стороны, у них был выбор – выполнить этот приказ и остаться, и за каким-то хрсном дсржать трехтысячный поселок на месте, ну или забить, загрузить в «шишигу» все, что влезет – топливо, оружие, провиант, взять свои семьи и, не знаю, соседей, и рвануть сюда, на озеро. Не дожидаясь, пока грянет настоящий трындец, который все равно бы грянул, в любом случае, мы же видели. А куда подевались остальные, спросила Марина. Да кто их знает, ответил Сережа, связь-то уже не работает. Передатчики у них помощнее наших, но это место слишком все-таки далеко. Кто-то остался, наверное, кто-то двинул дальше, к озёрам. И потом, они ведь уже болели, очень многие успели заболеть в самом начале. Там еще какая-то вторая была у них группа, которая должна была выехать позже, что-то они там не успевали собрать, я не совсем понял, но, в общем, больше никто сюда так и не добрался. Эта турбаза здесь уже полтора года, и про нее много кто знает, но мы — первые, кого они увидели за две недели. Может, больше просто никого не осталось.

И тогда я спросила:

— А почему нам нельзя остаться с ними?

— Их тут тридцать четыре человека, — просто сказал Сережа. — А нас только девять. Я считаю взрослых. Он сказал — общий котел, все поровну, но мы не знаем, как они собирались и что успели взять. Не знаем, что они за люди. Но дело даже не в этом, — тут он осторожно потрогал свою разбитую губу. — Просто здесь не будет никакой демократии, ты же понимаешь, да? Они — военные. У них по-другому устроены мозги. Не лучше, не хуже, просто — по-другому. И их больше. То, что они тут есть, для нас даже хорошо, потому что... ну, по многим причинам. Но мне больше нравится расклад, при котором они останутся здесь, на берегу, а мы будем там, на острове, сами по себе.

Он замолчал, и какое-то время мы стояли в тишине над спящим ребенком, соприкасаясь рукавами, и я все ждала, что кто-нибудь обязательно начнет сейчас спорить. Интересно, кто первый скажет – посмотри вокруг, мы могли бы жить здесь совсем по-другому, почти по-человечески, но все молчали, вообще все; а потом Лёня спросил вдруг:

– А ты уверен, что они нас отпустят?

– Хороший вопрос, – отозвался Сережа. – Я сказал ему, что подумаю до утра. И ей-богу, дольше тянуть нельзя. Завтра утром, я почти уверен, они еще позволят нам уйти, но чем дольше мы будем маячить у них перед носом со своими машинами и припасами, тем меньше у нас шансов.

Мы помолчали еще немного.

– В общем, давайте так, – сказал Сережа. – У нас есть еще немного времени. Необязательно решать прямо сейчас. Я разбужу вас часов в шесть, тогда и поговорим, – и распахнул дверь.

Калина-жена отпрыгнула от двери с прытью, сделавшей бы честь и более молодой женщине, и сказала ворчливо:

– Чего не ложитесь? Там возле печки ведро с водой, если кому надо.

Посреди ночи я открыла глаза в теплой уютной темноте и, прислушиваясь к дыханию спящих, пыталась понять, что меня разбудило. Лежать на дощатом полу было жестко, несмотря на толстый спальный мешок, но дело было не в этом; я осторожно выбралась из-под Сережиной руки, приподнялась на локте и проверила Мишку, зарывшегося лицом в скомканную куртку. С кровати доносился прерывистый папин храп, под боком у него все так же безмятежно спал мальчик. Шерстяное его одеяло сбилось, и я поправила его, отметив, какое оно кусачее, и вдохнула чистый сильный жар, какой источают крепко спящие маленькие дети, и только тогда поняла наконец, что Иры в комнате нет.

В гостиной тоже было темно. Керосиновая лампа давно погасла, и в рыжих отблесках тлеющих в печке углей комната вначале показалась пустой; но потом я присмотрелась и увидела, что в углу, на криво сбитой скамье сидит наша ворчливая хозяйка, а рядом, уткнувшись лицом в ее массивное плечо, плачет Ира – горько, тихо и безнадежно.

– Ну-ну, – говорит хозяйка и гладит светловолосую голову своей широкой ладонью, и немного еще качается из стороны в сторону. – Ну-ну.

Я немного постояла возле двери; недолго, может быть, минуту или две, а потом на цыпочках отступила назад, в комнату, стараясь, чтобы ни одна половица не скрипнула у меня под ногами, и как можно тише легла обратно, на пол, натянула край нагретого спального мешка и снова закрыла глаза.

Глава двадцать седьмая

В шесть утра никто из нас, разумеется, проснуться не смог. Когда я испуганно принялась расталкивать Сережу «вставай, вставай скорее, мы проспали, слышишь, проспали», уже совсем рассвело, и из гостиной раздавались будничные утренние звуки – звяканье посуды, хлопанье дверей и приглушенные разговоры. Ясно было, что незаметно обсудить наши планы еще раз мы уже не успеем, и решать придется быстро, на бегу, прямо у них под носом. Вставай, повторила я, и тогда он отбросил спальный мешок и сел.

– Разбудить Антошку? – спросила Ира, приподнявшись на локте; лицо у нее было сонное, светлые волосы в беспорядке.

– Буди, – кивнул Сережа. – Позавтракаем и двинем дальше.

– Думаешь, они поедут с нами?

– Сейчас узнаем.

Он распахнул дверь и вышел в гостиную; я слышала, как он произносит «доброе утро», и даже попыталась сосчитать голоса, ответившие ему, но не сумела. Почему-то мне пришло в голову, что все они, все тридцать четыре человека, собрались сейчас там, за дверью, и ждут нашего пробуждения, и мысль эта заставила меня подняться и выскочить следом, просто чтобы он не был там с ними один.

Вопреки моим ожиданиям, в гостиной почти никого не было. Судя по беспорядку на столе, завтрак уже закончился. В углу на скамье сидел маленький Калина и с неодобрением глядел в свою чашку с задорными красными петухами на боку; его монументальная жена с грохотом мыла тарелки в большом эмалированном тазу, установленном на шатком табурете возле печки, и одну за другой передавала их второй женщине, стоявшей тут же с несвежим полотенцем в руках. Кисло пахло столовой. Третья женщина, совсем молодая, с короткими светлыми волосами и огромным животом, накрест перевязанным светлым шерстяным платком, с рассеянным видом собирала со стола; когда я вошла в гостиную, она горстью смахнула со скатерти хлебные крошки и отправила себе в рот.

Мое появление вызвало эффект, на который я не рассчитывала: могучая хозяйка утопила тарелки в тазу, выпрямилась и уперлась мрачным взглядом куда-то мне в переносицу, а обе ее помощницы, напротив, необъяснимо оживились. Светловолосая беременная оставила свое неторопливое занятие и поспешила к печке, поближе к двум другим женщинам, и уже оттуда принялась смотреть на меня с отчетливым неприязненным любопытством. Слова застряли у меня в горле. Ну давай, открой рот и скажи — доброе утро, чего ты испугалась. Даже если они знают уже, что вы не останетесь здесь, с ними, ты ничего им не должна; и потом, решают не они. Главное, чтобы человек с помятым лицом из соседней избы согласился отпустить вас, а эти пусть смотрят и хмурятся, от них все равно ничего не зависит.

– Доброе утро, – сказала я через силу.

Ни одна из них не ответила. Младшая из женщин, не сводя с меня круглых белёсых глаз, отняла руку от живота и, прикрыв ею рот, что-то жарко зашептала своей соседке с полотенцем.

– Доброе утро, – повторила я упрямо.

– Выспалась, – сказала хозяйка с вызовом.

Это был даже не вопрос, а скорее, признание какого-то весьма неприятного для нее, хозяйки, факта. И прежде, чем я успела ответить хоть что-нибудь, к примеру – послушайте, ну вам-то какая разница, уедем мы или останемся, вам-то зачем мы нужны, лицо ее неожиданно потеплело. Взглянув поверх моего плеча, она произнесла совсем другим голосом:

– Проснулись? А я молочка как раз согрела козьего...

Обернувшись, я посторонилась и пропустила вперед Иру с мальчиком, и женщины тут же, забыв обо мне, захлопотали вокруг них, а я толкнула плечом соседнюю дверь.

Все были там, кроме доктора, о котором напоминала только смятая на полу куртка. Войдя, я услышала обрывок Лёниной фразы:

– ...сам ему скажешь? А то давай, я с тобой?

– Да ладно, – сказал Сережа. – Сам справлюсь.

И я тут же поняла, что на этот раз все иначе. Что не было никаких споров, а если и были, то закончились еще вчера, ночью; видимо, что-то все-таки изменилось в нашей странной компании, а я просто не успела заметить, когда именно, и к сегодняшнему утру решение было уже принято единогласно — мы уходим.

Обсуждать было больше нечего. Сережа отправился на переговоры в соседнюю избу, а мы вышли в гостиную. Оглядев комнату, я поняла, что Калина исчез. Вместо него появились еще две женщины, одетые так, будто пришли снаружи. Интересно, где сейчас ваши мужчины, подумала я с тревогой, чем они сейчас заняты. Ох, если б можно было уйти отсюда немедленно, не дожидаясь ничьих разрешений и не теряя времени на еду. Но дети были голодны, и до Сережиного возвращения нам в любом случае нечем было заняться, так что, пока мы с Наташей в ужасе разглядывали дровяную плиту, на которой эту еду предстояло готовить, Андрей сбегал на улицу к машинам и вернулся с двумя пачками гречки, банкой тушенки и большой алюминиевой кастрюлей. Пять незнакомых женщин наблюдали за нами молча, критически; это было их жилище, их территория, и делать вид, что их нет в комнате, просто не было смысла. Выдержать час, максимум — два, сказала я себе, мы просто сварим чертову кашу, а потом вернется Сережа, и мы тут же, без промедления уедем; и тут одна из женщин, наклонившись к нашей хозяйке, произнесла вдруг оглушительным шепотом:

— Эта, что ль? Стриженая которая?..

— Тш-ш-ш, — сказала беременная с платком на животе и хихикнула, прикрывшись рукой, а хозяйка, уверенно выдержав мой взгляд, медленно кивнула.

Разорвать пакет, высыпать гречку в кастрюлю. Эти чужие неприятные бабы смотрят на меня и говорят обо мне, не стараясь даже понизить голос. По какой-то неясной, необъяснимой причине именно я им не нравлюсь. Налить воды – где у них тут вода?

– Простите, – сказала я. – А воды где можно взять?

– Воды тебе, – сказала хозяйка после внушительной, почти театральной паузы.

– Воды, да, – повторила я; все это уже начинало меня раздражать. – Кашу сварить.

Она помолчала еще немного, а затем неторопливо, степенно поднялась, зачем-то отряхнула колени и только после ответила:

– Вон ведро. За печкой, – и все время, пока я возилась с ведром, стояла прямо надо мной, скрестив руки на груди, и я чувствовала затылком ее жесткий недружелюбный взгляд.

Вернуться к плите, поставить кастрюлю. Соль, я забыла соль.

– Да ну, – раздался все тот же громкий шепот. – А я думала – та, молодая, рыжая.

– У рыжей свой мужик есть, – послышался хозяйкин ответ. – А этой вон чужой понадобился.

К черту соль; закрыть кастрюлю, куда я дела крышку? Не оборачиваться. Главное – не оборачиваться к ним, не видеть эти лица.

– Аня, ты не посолила, – шепнула Наташа, и кто-то сказал совсем уже громко «и не постеснялась же, при живой-то жене», а я наконец нашла крышку и уложила ее на кастрюлю – спокойно, беззвучно, и только потом повернулась и пошла к выходу.

На веранде я привычно сунула руку в карман, достала пустую пачку, и смяла, и бросила себе под ноги. На вытоптанной площадке между избами стояли теперь наши машины, беззащитные в дневном свете.

Вокруг прогуливались несколько местных, то и дело как бы невзначай пытаясь разглядеть за тонированными стеклами содержимое багажников. Это смешно, сказала я себе, смешно, ну правда. Случись этот нелепый разговор в любом другом месте, я бы только посмеялась. Да кто вы такие, посторонние глупые курицы, я три года живу с ним рядом каждый день, каждую ночь. Я знаю, какое у него лицо, когда он спит, когда сердится, и умею сделать так, чтобы он улыбнулся; я слышу его мысли и вижу, как он счастлив со мной, и потому я, именно я его настоящая жена, и никакая оплодотворенная яйцеклетка, да будь их хоть три, хоть десять, вообще не имеет значения. По крайней мере, теперь у меня точно не будет искушения здесь остаться. Господи, пожалуйста, сделай так, чтобы нас отпустили; их тридцать четыре, а нас – всего девять, но если они скажут мне еще хотя бы слово, я точно стукну какую-нибудь из этих кошмарных баб, я просто не смогу удержаться.

Входная дверь приоткрылась, и в проеме возникло Лёнино улыбающееся лицо.

– Анька, ну чего ты. Расстроилась, что ли? У них тут телевизоров нету, сама подумай. Сериалы отменили, делать нечего. Пойдем-ка обратно, давай, замерзнешь.

– Не пойду я, Лёнь, – сказала я вяло. – Поешьте там без меня, – но он, не слушая, уже тащил меня назад, в пропахшую гречкой комнату, и прямо с порога грохнул:

– Так, девки, а ну бросайте болтовню! Придумали тоже – жена, не жена. У нас вообще, кстати, принято в Москве – чтоб жен побольше, один я дурак, мучаюсь. Есть у вас тут свободные, а то б я вторую выбрал?

С этими словами он уселся за стол, скомандовав «а что, тарелок нету в этом доме? не боись, хозяйка, мы вернем» и «еще бы кипяточку, а? у нас чай – вы такого и не пробовали никогда, “Изумрудные спирали весны” называется, полпачки осталось, Маринка, принеси», и напряжение разом растаяло. «Девки» задвигались, хихикая, засуетились, вытаскивая на стол тарелки, кто-то побежал за кипятком, и через несколько минут стол уже был накрыт, кастрюля с гречкой и тушенкой заботливо укрыта все тем же сомнительным полотенцем, и даже хмурая хозяйка, изобразившая толстым своим лицом подобие кокетливой улыбки, извлекла откуда-то початый каравай серого и ноздреватого, явно домашнего хлеба. Я никогда этому не научусь, думала я, сидя над своей порцией каши с двумя мясными кусочками, никогда не освою эту простоту, я просто не умею жить так тесно, локоть к локтю, потому что лучшим средством защиты для меня до сих пор всегда было пространство между мной и остальными. И теперь, в этом перевернутом мире, не будет мне покоя.

К самому концу завтрака вернулся Сережа; лицо у него было озабоченное, но складка между бровей пропала. «Поедим и можно собираться», – только и сказал он.

Пока он ел, торопливо, не поднимая глаз от тарелки, я прихлебывала безвкусные «Изумрудные Лёнины спирали» и думала – ну вот, ну конечно, так и должно быть.

Провожать нас маленькая колония вышла вся, целиком. Теперь, когда ясно было, что нас отпустят, что мы свободны, эти чужие мужчины и женщины, застенчиво разглядывавшие нас, не вызывали больше ни тревоги, ни страха, и можно было наконец с легким сердцем радоваться – тому, что на берегу стоят эти два просторных дома и люди в них живы, и значит, никто не сумеет добраться до нашего острова незамеченным, минуя их. Тому, что по ночам нам, возможно, будет виден свет из их окон. И даже если остров наш окажется слишком далеко и мы не увидим света – пусть. Мы все равно будем знать, что эти люди здесь. Что мы не одни.

Сами сборы времени заняли немного – нам всего-то нужно было побросать в машины спальные мешки. Но уехать немедленно не получилось, какое-то время пришлось потратить на разговоры и прощания. Большая Калина, держа Иру за плечи, настойчиво говорила ей: «Ты, если что, сюда приходи, поняла? Поняла?»; обернувшись, я увидела, как она сует Ире в руки большую пластиковую бутылку с молоком и ломоть хлеба, завернутый в целлофан, и как Ира неловко кивает в ответ повторяет: «Спасибо, спасибо, я поняла, спасибо».

Расталкивая толпу, к нам пробился Иван Семеныч; лицо у него было такое же помятое и небритое, как вчера, и выражение было прежнее – строгое и начальственное, но роста он оказался неожиданно маленького, почти на голову ниже Сережи.

– На, держи, – сказал он, протягивая Сереже ружье. – Возвращаю. Охотник или так, для защиты взял?

– Охотник, – кивнул Сережа.

– Ну, может, и повезет, – улыбнулся помятый. – Хотя ребята за две недели одного зайца только и взяли. Правда, далеко не заходили пока, не до того было. Вот рыба – да, рыба есть. Налим, щука. Умеете подо льдом рыбу ловить?

— Научимся, — сказал Сережа и взял ружье.

— Учитесь скорее, — Иван Семенович перестал улыбаться. — А то не перезимуете. Дом я этот видел, тесновато вам будет, но ничего, жить можно. Печка дымит немного, трубу надставить надо. Сумеешь?

Сережа снова кивнул, как мне показалось, уже с некоторым нетерпением.

— Я извиняюсь, — сказал вдруг кто-то краснолицый, в толстом овечьем тулупе. — Это вы про который дом? На той стороне который?

— Ну да, — ответил Сережа, поворачиваясь к нему. — Мы на остров.

— Пешком идите, — уверенно заявил овечий тулуп. — По льду на машинах нельзя. Рано еще, провалитесь.

— Так декабрь же, — возмутился папа, прислушивавшийся к беседе. — Мороз какой!

— Нельзя, — упрямо повторил овечий. — Хоть кого спросите, — он повысил голос, и все разговоры разом стихли. — Утопите машины, и сами потонете. Пешком надо.

— Ерунда, — кипятился папа, — ездили мы в этих местах в декабре по льду, и ничего! Вон он толстый какой, смотрите, — и, прежде чем мы успели остановить его, с треском пробрался через редкие прибрежные сорняки и, отбежав на несколько метров от берега, принялся яростно топать обутой в валенок ногой, взметая невысокие снежные брызги. Когда мы подошли поближе, он сердито зашептал Сереже:

— Хочешь им машины здесь оставить? Ты соображаешь?

— А у нас есть варианты? — таким же сердитым, раздраженным шепотом ответил Сережа, и я впервые с удивлением обнаружила, насколько они похожи, эти два взрослых отдельных человека. Короткая пробежка, видимо, отняла у папы много сил, потому что он снова резко побледнел и тяжело, с усилием задышал.

– Ни к чему им наши машины, пап, – сказал Сережа уже спокойнее. – И потом, если б они захотели, и так бы отобрали. И не только машины, – и поскольку папа совершенно не выглядел убежденным, продолжил с усталой улыбкой: – Аккумуляторы снимем, я тебе обещаю.

Расстояние до острова и вправду было невелико, не больше двух километров по льду, но вещей у нас было слишком много, и даже когда с прицепа сняли брезентовый тент, из которого под веселые советы толпящихся вокруг мужиков удалось соорудить подобие волокуши, стало ясно, что за один раз мы сумеем переправить от силы четверть припасов, а то и меньше. От помощи местных Сережа, к моему удивлению, отказался.

– Спасибо, мужики, – сказал он, – вы и так помогли, справимся сами, торопиться нам некуда. – И, поймав мой взгляд (как – некуда торопиться, когда через несколько часов снова станет темно?), отвел меня в сторону и сказал вполголоса: – Папа прав, вынесут пять ящиков – донесут четыре, и концов не найдем. Спокойно, Анька, я знаю, что делаю.

Идти по льду было странно. Белая поверхность озера напоминала скорее огромный пустырь с редко торчащими холмиками заиндевевших сорняков, но под неглубоким снегом явственно чувствовался бугристый слой льда. Тяжелая волокуша, в которую впряглись Сережа и Андрей, оставляла широкий неровный след, и, медленно шагая по нему с рюкзаком на спине и тремя сложенными спальниками в руках, я никак не могла отделаться от мысли, что от тридцатиметровой толщи черной ледяной воды нас отделяют несколько жалких сантиметров хрупкого ненадежного льда, который вот-вот затрещит, ломаясь, и вывернется из-под наших ног, и смотрела только вниз, пугаясь каждой трещины, каждой неровности. Остров торчал впереди черной лесистой горкой, заросшей густыми хвойными деревьями, и я в первый раз за все время, проведенное в пути, попыталась вспомнить, как же он на самом деле выглядит, этот дом, в котором должно завершиться наконец наше бесконечное путешествие, и не смогла. Я ведь видела фотографии, точно видела, но воспоминание это теперь почему-то сопротивлялось, отказывалось выныривать, запрятанное под другими, и, даже сделав над собой усилие, я представляла то хлипкий дачный домик под Череповцом и комнату с заснувшим календарем на стене, то огромную бревенчатую крепость бородатого Михалыча и сквозь все эти перемешавшиеся бессвязные образы так и не смогла найти нужного. Ну и пусть, говорила я себе, переставляя ноги, шаг, другой, третий, лед не трещит, мы прошли уже полдороги, впереди Сережина напряженная спина, рядом Мишка, увешанный ружьями, и где-то далеко впереди – тощая желтая четвероногая тень, выписывающая на снегу ликующие восьмерки. Мы добрались, мы все-таки добрались, и не страшно, что ты не помнишь, как он выглядит, этот крошечный дом, главное – что он есть, что он пуст и ждет нас, и мы сможем остаться там и никуда больше не бежать.

Дом показался внезапно. Только что его не было, а в следующее мгновение он вдруг выглянул из-за деревьев – серый, дощатый, кособокий, притулившийся к самому берегу вмерзшими в лед шаткими мостками, и все мы невольно пошли быстрее, словно боясь, что, если промедлим хотя бы немного, он снова исчезнет, спрячется, и нам больше не удастся найти его; и потому оказались на берегу буквально через несколько минут. Выпутавшись из неудобных ремней, Сережа с облегчением расправил плечи и легко взбежал по доскам вверх на узкий деревянный помост, опоясавший дом по кругу. Слышно было, как его ботинки стучат по тонким доскам; где-то там, позади дома, наверное, и была входная дверь.

– Ну, что вы там? – крикнул он. – Идите, я открыл!

Никто почему-то не двинулся с места сразу, как будто нам требовалось время для того, чтобы осознать – дорога наша действительно закончилась здесь. Но Сережа позвал еще раз: «Эй, ну где вы?», и я опустила спальные мешки на снег и сняла рюкзак.

Чтобы войти, мне пришлось пригнуться. Дверь оказалась низкой и непривычно узкой, и стоило мне шагнуть вперед, она со звонким мёрзлым стуком закрылась снова. Сережа уже возился внутри, лязгнула печная заслонка. Через маленькие окошки света проникало совсем немного, и пришлось ждать, пока мои ослепленные озером глаза привыкнут к сумраку, и только тогда я увидела все сразу – железные кровати без матрасов с продавленными панцирными сетками, колченогий стол, застеленный желтыми газетами и усыпанный шариками мышиного помета. Серую закопченную печь, провисающий пузырями фанерный потолок. Бельевую веревку с дюжиной разноцветных прищепок, натянутую поперек комнаты. Черный дощатый пол с прилипшими намертво рыбьими чешуйками.

– Ну вот, – сказал Сережа, поднимаясь на ноги. – Посмотрим, если будет дымить, надставим дымоход. Я там снаружи видел кирпичи.

Он оглянулся на меня, и его лицо неожиданно осветила торжествующая гордая улыбка; и я вдруг вспомнила день, когда он показывал мне наш будущий дом под Звенигородом, первый дом, который я на самом деле смогла назвать своим. Точно так же, как сегодня, я испуганно застыла у входа, боясь поверить, что этот дом – мой, мой навсегда, а он распахнул передо мной дверь жестом, который я никогда не забуду, и обернулся; и на лице его были те же самые торжество и гордость. Такие же, как сейчас. И потому я сделала шаг ему навстречу и заставила себя улыбнуться.

А потом мы заносили вещи в дом, раскладывая мешки и коробки по панцирным сеткам кроватей, потому что пол оказался слишком грязен. Тонкая дверь то и дело оглушительно хлопала, впуская и выпуская нас, нагруженных поклажей, и стоило всем оказаться внутри, как дом еще больше съёжился и словно навис над нами, тесный и холодный. Огонь в печи разгорелся, но холод не отступил; казалось даже, что внутри он сильнее, чем снаружи. К тому же проклятая печь действительно дымила.

– Последишь за ней, пап? – сказал Сережа. – А мы обратно. До темноты еще ходку успеем сделать. Лёнь, пошли, покажу, где тут поленница.

Мужчины вышли на улицу, и мы остались одни – четыре женщины и двое детей. Сразу стало тихо, и я услышала тонкий воющий звук: сквозь небольшую трещину в одном из мутных оконных стекол со свистом задувал ветер, на облупившемся подоконнике отказывалась таять сахарная снежная горка. Марина опустилась на кровать, прижала к лицу красные от холода ладони и заплакала. Сигареты, мне нужны сигареты, хотя бы одна, у кого-нибудь должна остаться хотя бы одна жалкая сигарета.

Я поспешно выбежала на улицу и с облегчением увидела, что мужчины не успели еще уйти. Разложив остатки брезентового тента на льду, они старательно сворачивали его, превращая в огромный неаккуратный кулек. Подходя, я услышала доктора:

— ...помогу вам носить вещи, — говорил он и, задрав голову, заглядывал Сереже в лицо. — Хотя бы *это* я должен для вас сделать. И поверьте, вы всегда, в любой момент можете позвать меня, и я немедленно приду...

— Конечно, — сказал Сережа.

— Дело в том... — продолжил доктор, заметно волнуясь. — Мы поговорили с Иваном Семенычем утром... Врача у них нет, народу много... Там есть женщина, ей скоро рожать, понимаете? А здесь я буду всем только в тягость.

— Конечно, — повторил Сережа.

— Я в самом деле уверен, что там я нужнее, — в отчаянии сказал доктор.

— И баб там побольше, — засмеялся Лёня и звонко шлепнул доктора по спине; тот вздрогнул и оглянулся.

— Берегите шов, — сказал он Лёне. — И ради бога, не поднимайте ничего тяжелого. Постараюсь на днях до вас добраться, посмотрю, как заживает.

— Ладно, — сказал Лёня уже серьезно и протянул руку. — Спасибо. Правда, спасибо.

И они ушли, и вернулись, и ушли снова; время от времени я смотрела в окно, чтобы видеть их удаляющиеся или, напротив, приближающиеся фигуры, черные на белоснежной поверхности озера, и к часу, когда синие северные сумерки наконец наступили, оказалось, что все наши вещи, все бесчисленные ящики, сумки и картонки перекочевали на остров и на берегу не осталось ничего, кроме выпотрошенных опустевших машин.

– Завтра печкой займусь, – тяжело выдохнул Сережа, опустившись на одну из коробок, и потянулся к чашке, в которой дымились остатки Лёниного пижонского чая. – Эх, водки бы сейчас стакан, и спать, – сказал он мечтательно и зевнул, а я смотрела, как он пьет, обжигаясь, как дрожит чашка у него в руке, и думала – ты будешь спать сутки, а захочешь – двое суток, ты сделал все, что обещал, даже больше, чем обещал, и я никому не позволю разбудить тебя, пока ты не отдохнешь.

Ночью мне не спалось. Я лежала у Сережи под боком, ворочаясь на скрипучей железной кровати, а потом осторожно встала, накинула куртку и вышла на улицу. Подойдя к самому краю мостков, я долго пыталась разглядеть противоположный берег, тонкую темную полоску вдоль горизонта, но не увидела ничего, кроме плотной, мёрзлой, бесконечной черноты. Дверь скрипнула, и, аккуратно ступая по неплотно пригнанным доскам, показался Пёс; добравшись до меня, он пристроил лобастую голову мне под ладонь и сел, обняв лапы лохматым хвостом. Мы не двигались до тех пор, пока где-то наверху, высоко в небе, кто-то не повернул гигантский невидимый рубильник, и тогда сверху повалил густой тяжелый снег, отрезавший непроницаемой стеной и замерзшее озеро, и неразличимый отсюда берег, и весь остальной мир. Мы постояли еще немного, я и Пёс, а потом повернулись и пошли назад, в тепло.

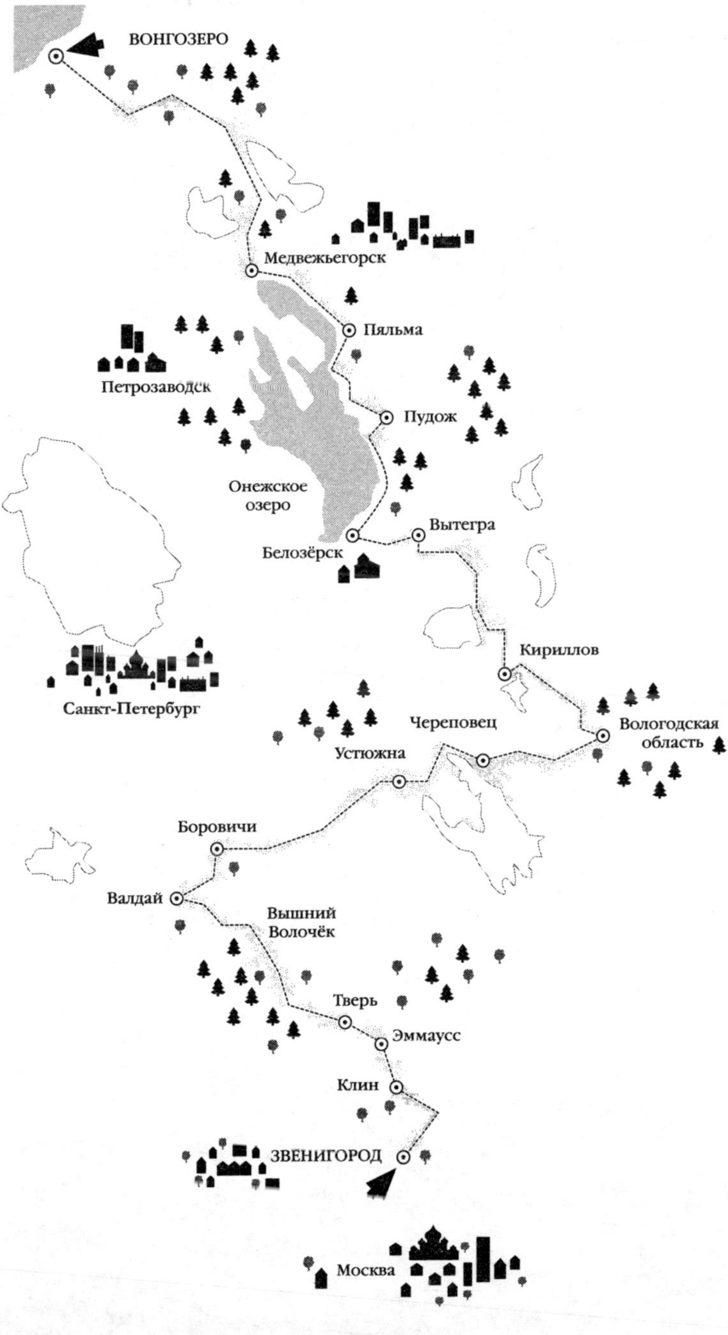
ВОНГОЗЕРО
Медвежьегорск
Пяльма
Петрозаводск
Пудож
Онежское озеро
Вытегра
Белозёрск
Кириллов
Санкт-Петербург
Череповец
Вологодская область
Устюжна
Боровичи
Валдай
Вышний Волочёк
Тверь
Эммаусс
Клин
ЗВЕНИГОРОД
Москва

Оглавление

Литературно-художественное издание

Вагнер Яна Михайловна

ВОНГОЗЕРО

Роман

16+

Главный редактор *Елена Шубина*
Редактор *Вероника Дмитриева*
Художественный редактор *Константин Парсаданян*
Корректор *Ирина Волохова*
Компьютерная верстка *Елены Илюшиной*

http://facebook.com/shubinabooks

http://vk.com/shubinabooks

Подписано в печать 27.03.2020. Формат 84x108/32.
Печать офсетная. Усл. печ. л. 22,52.
Доп. тираж 5000 экз. Заказ №3287.

Общероссийский классификатор продукции
ОК-034-2014 (КПЕС 2008); 58.11.1 — книги, брошюры печатные

Произведено в Российской Федерации
Изготовлено в 2020 г.

ООО «Издательство АСТ»
129085, г. Москва, Звёздный бульвар, дом 21, строение 1, комната 705, пом. I, 7 этаж
Наш электронный адрес: www.ast.ru
Интернет-магазин: www.book24.ru

«Баспа Аста» деген ООО
129085, Мәскеу қ., Звёздный бульвары, 21-үй, 1-құрылыс, 705-бөлме, I жай, 7-қабат

Біздің электрондық мекенжайымыз: www.ast.ru
E-mail: astpub@aha.ru
Интернет-магазин: www.book24.kz
Интернет-дүкен: www.book24.kz
Импортёр в Республику Казахстан ТОО «РДЦ-Алматы».
Қазақстан Республик сындағы импорттаушы «РДЦ-Алматы» ЖШС.
Дистрибьютор и представитель по приему претензий на продукцию в Республике Казахстан:
ТОО «РДЦ-Алматы»

Қазақстан Республикасында дистрибьютор және өнім
бойынша арыз-талаптардықабылдаушыныңөкілі
«РДЦ-Алматы» ЖШС, Алматы қ., Домбровский көш., 3 «а», литер Б, офис 1.
Тел.: +8(727) 2515989, 90, 91, 92, факс: +8(727) 2515812, доб. 107
E-mail: RDC-Almaty@eksmo.kz
Өнімнің жарамдылық мерзімі шектелмеген.

Өндірген мемлекет: Ресей
Отпечатано с готовых файлов заказчика
в АО «Первая Образцовая типография»,
филиал «УЛЬЯНОВСКИЙ ДОМ ПЕЧАТИ»
432980, Россия, г. Ульяновск, ул. Гончарова, 14